Du même auteur, aux éditions Bragelonne, en grand format :

Sorceleur :
Le Dernier Vœu
L'Épée de la providence
1. *Le Sang des elfes*
2. *Le Temps du Mépris*
3. *Le Baptême du feu*
4. *La Tour de l'Hirondelle*
5. *La Dame du Lac*

Édition collector :
Sorceleur – Les Origines

Édition Bragelonne Stars :
Sorceleur – Le Dernier Vœu

Aux éditions Bragelonne, au format poche :

Sorceleur :
La Saison des orages
1. *Le Dernier Vœu*
2. *L'Épée de la providence*
3. *Le Sang des elfes*
4. *Le Temps du Mépris*
5. *Le Baptême du feu*
6. *La Tour de l'Hirondelle*
7. *La Dame du Lac*

Andrzej Sapkowski

L'Épée de la providence

Traduit du polonais par Alexandre Dayet

Bragelonne

Collection dirigée par Stéphane Marsan et Alain Névant

Cet ouvrage est publié avec l'aide de l'Institut du Livre polonais (Instytut Książki)
dans le cadre du programme de traduction ©POLAND.

Titre original : *Miecz Przeznaczenia*

Published by arrangement with Patricia Pasqualini Literary Agency

Illustration de couverture :
© Stéphane Collignon

ISBN : 978-2-35294-132-3

Bragelonne
60-62, rue d'Hauteville – 75010 Paris

E-mail : info@bragelonne.fr
Site Internet : www.bragelonne.fr

Les limites du possible

I

— Il n'en sortira plus, je vous le dis, finit par lancer le grêlé en branlant du chef. Ça fait une heure et quart qu'il est entré. C'en est fini de lui.

Les bourgeois, pressés les uns contre les autres au milieu des ruines et des gravats, observaient en silence le trou noir béant de l'entrée du souterrain. Un gros homme vêtu d'une vareuse jaune se dandinait d'un pied sur l'autre en toussant. Il fit glisser de sa tête une toque toute fripée.

— Attendons encore un peu, dit-il en essuyant la sueur qui perlait de ses sourcils clairsemés.

— Attendre quoi ? mugit le grêlé. Là-bas, dans les oubliettes, se terre un basilic. L'auriez-vous oublié, burgrave ? Celui qui entre signe irrévocablement sa perte. Ils ne sont pas assez nombreux, ceux qui n'en sont pas revenus ? Qu'est-ce que nous attendons ?

— Nous nous sommes mis d'accord, murmura sans conviction le gros homme. N'est-ce pas ?

— Cet accord, nous l'avons conclu avec un vivant, bourgmestre, déclara le compagnon du grêlé, un géant ceint d'un tablier de boucher en cuir. Il est mort, aussi sûrement le soleil brille dans le ciel. Il était évident dès le début qu'il courait à sa perte, tout comme les autres avant lui. Il n'a pris aucun miroir, seulement son épée. Et sans miroir, tout le monde le sait, il est impossible de tuer un basilic.

— Nous avons ainsi économisé quelques sous, bourgmestre, reprit le grêlé. Pour la peau du basilic, il n'y aura point de salaire. Rentrez tranquillement chez vous. Nous nous occupons du cheval et des bagages du magicien. Ce serait dommage d'abandonner ces biens.

— Oui, confirma le boucher. Une bien belle jument, ma foi, et des bâts bien remplis. Voyons ce qu'ils contiennent.

— Comment osez-vous ?

— Silence, bourgmestre. Ne vous mêlez pas de ça si vous ne voulez pas qu'une bosse vous pousse sur le front, menaça le grêlé.

— Une jument bien belle, répéta le boucher.

— Laisse ce cheval tranquille, mon beau.

Le boucher se retourna lentement vers l'étranger qui venait de surgir de derrière un mur effondré, juste dans le dos de l'assistance rassemblée autour de l'entrée du souterrain.

L'étranger portait des cheveux crépus, denses et châtains, une tunique brune recouverte d'un pourpoint de coton et de hautes bottes de cavalier. Aucune arme.

— Éloigne-toi de ce cheval, répéta-t-il avec un sourire menaçant. Est-ce donc possible ? Ce sont le cheval, les bâts et la propriété d'un autre, et tu oses y laisser traîner tes yeux avides et tes sales pattes ? Tout cela est-il bien digne ?

Le grêlé jeta un regard au boucher et glissa une main sous sa veste. Son compagnon fit un signe de tête à deux individus trapus et aux cheveux coupés court qui sortirent du groupe des badauds. Ils tenaient des battes du type de celles qu'on utilise dans les abattoirs pour assommer les animaux.

— Qui êtes-vous, demanda le grêlé en gardant sa main dissimulée sous sa veste, pour oser parler de dignité ?

— Tu n'arriveras à rien de cette manière, mon beau.

— Vous n'êtes pas armé.

— C'est vrai. (L'étranger sourit de plus belle.) Je ne porte jamais d'arme.

— Ce n'est pas bien. (Le grêlé fit apparaître un long couteau.) C'est même très mal que vous n'en portiez pas.

Le boucher sortit une lame aussi longue qu'un couteau de chasse. Les deux autres s'approchèrent en brandissant leur batte.

— Je ne puis en porter, répondit l'étranger. Mais mes armes me suivent.

Deux jeunes filles au pas léger et sûr surgirent de derrière les ruines. Le rang des badauds s'éclaircit immédiatement.

Les jeunes filles souriaient. Elles clignaient des yeux et leurs dents étaient étincelantes. Des zébrures grises étaient tatouées du coin de leurs yeux jusqu'à leurs oreilles. Leurs muscles cruraux saillaient sous les peaux de lynx qu'elles portaient autour des hanches. Leurs épaules nues et rondes roulaient au-dessus de brassards en cotte de mailles. La poignée d'un sabre dépassait au-dessus de leurs omoplates elles aussi protégées par des mailles métalliques.

Le grêlé déposa son couteau au sol lentement, très lentement, en fléchissant le genou.

Du trou dans les ruines parvinrent un cliquetis de pierres et des bruits de choc. Des mains sortirent de l'obscurité, s'agrippant au bord endommagé du mur. Derrière les mains, on vit bientôt apparaître une tête aux cheveux blancs saupoudrés de poussière de brique, puis un visage pâle et la poignée d'une épée dépassant des épaules. La foule laissa échapper un murmure.

En se cassant en deux, l'homme aux cheveux d'albâtre hissa du trou une forme étrange, un corps insolite maculé d'une poussière imprégnée de sang. Saisissant la créature par sa longue queue de lézard, il la jeta sans un mot aux pieds du gros bourgmestre. Celui-ci sursauta et trébucha sur un pan de mur effondré en voyant le bec d'oiseau grimaçant de l'animal, ses ailes membraneuses et les griffes effilées de ses pattes recouvertes d'écailles. Le collet de la créature égorgée, jadis carmin, avait pris des teintes brunes et rousses ; ses yeux exorbités étaient vitreux.

— Voilà le basilic, dit l'homme aux cheveux blancs en époussetant son pantalon. Conformément à notre contrat : 200 lintares, je vous prie. De bons lintares sonnants et trébuchants et point trop usés. Je vérifierai, je vous préviens.

Les mains tremblantes, le bourgmestre sortit une grosse bourse. L'homme aux cheveux blancs observa les alentours et arrêta son regard sur le grêlé et le couteau qui gisait à ses pieds. Il remarqua l'homme à la tunique brune et les jeunes filles parées de peaux de lynx.

— C'est toujours pareil, dit-il en prenant l'escarcelle des mains agitées du bourgmestre. Je risque ma vie contre un salaire de misère, et vous, pendant ce temps, vous volez mes bagages. Par la peste, vous ne changerez donc jamais.

— Vos bagages n'ont pas été touchés, murmura le boucher en reculant. (Les individus armés de battes s'étaient déjà fondus dans la foule.) Vos affaires n'ont pas été inquiétées, seigneur.

— J'en suis fort aise, répondit l'homme en souriant. (À la vue de ce sourire lacérant la pâleur de son visage comme une cicatrice, la foule commença à se disperser.) C'est pourquoi, mon frère, toi non plus tu ne seras pas inquiété. Va en paix. Mais vas-y vite.

Le grêlé voulut lui aussi se retirer. Ses pustules ressortaient affreusement sur la peau de son visage livide.

— Toi ! Attends, lui lança l'homme à la tunique brune. Tu as oublié quelque chose.

— Quoi... seigneur ?

— Tu m'as menacé d'un couteau.

La plus grande des jeunes filles se balança alors sur ses jambes largement écartées en faisant pivoter ses hanches. Son sabre, dégainé imperceptiblement, siffla dans l'air. La tête du grêlé, éjectée, accomplit une parabole avant de disparaître dans le trou béant. Le corps, lourd et rigide, s'effondra comme un tronc d'arbre sur les briques cassées. La foule gémit d'une seule voix. La seconde jeune fille, une main sur la poignée de son sabre, se retourna avec agilité pour surveiller leurs arrières. Manœuvre inutile, car la foule s'enfuyait à toutes jambes vers la ville en trébuchant et chutant dans les ruines. À leur tête, le bourgmestre devançait de plusieurs toises l'énorme boucher en effectuant des bonds ahurissants.

— Beau lancer, commenta froidement l'homme aux cheveux d'albâtre en se protégeant les yeux du soleil avec son gant noir. Beau lancer de sabre, belle Zerricane. Je m'incline humblement devant l'habileté et la beauté des libres guerrières. Je me nomme Geralt de Riv.

— Et moi... (l'inconnu à la tunique brune désigna le blason blême qu'il portait sur le torse, représentant trois oiseaux noirs alignés sur fond uniformément jaune) je me nomme Borch, dit Trois-Choucas. Voici mes gardes du corps : Tea et Vea. Je les nomme ainsi parce que leurs véritables prénoms sont difficiles à prononcer. Toutes les deux sont, comme tu l'as si bien deviné, des Zerricanes.

— Je leur dois, me semble-t-il, de posséder encore mon cheval et mes biens. Je vous remercie, guerrières. Je vous remercie également, seigneur Borch.

— Trois-Choucas. Épargne-moi ce "seigneur". Quelque chose te retient-il en cette contrée, Geralt de Riv ?

— Pas le moins du monde.

— Parfait. J'ai une proposition. Non loin d'ici, à la croisée des chemins, sur la route menant au port fluvial, se trouve l'*Auberge du Dragon pensif.* La cuisine qu'on y sert n'a pas son égale dans toute la région. Je m'y rends justement pour m'y restaurer et m'y reposer. J'apprécierais que tu acceptes de m'y tenir compagnie.

— Borch, répondit Geralt. (Il tourna le dos à son cheval pour regarder l'étranger dans les yeux.) Je ne voudrais pas qu'un malentendu s'immisce entre nous. Je suis un sorceleur.

— Je m'en doutais. Et tu me l'avoues comme si tu disais : "Je suis un lépreux".

— Certains, reprit posément Geralt, comparent la compagnie des lépreux à celle des sorceleurs.

— Et d'autres, répliqua en souriant Trois-Choucas, préfèrent celle des chèvres à celle des jeunes filles. Je pense qu'on peut s'apitoyer sur le sort des uns et des autres. Je renouvelle sans ambages ma proposition.

Geralt fit glisser son gant pour serrer la main que l'étranger lui tendait.

— J'accepte en me réjouissant de cette nouvelle amitié.

— En route, car je meurs de faim.

II

L'aubergiste essuyait les planchettes irrégulières du plateau de la table avec un torchon. Il s'inclina et sourit, laissant apparaître un trou à la place des incisives.

— Oui… (Trois-Choucas fixa un instant le plafond noirci et les araignées folâtres qui le parcouraient.) D'abord… D'abord de la bière. Pour éviter un second service, un tonnelet entier. Et avec la bière… Que proposes-tu avec la bière, mon beau ?

— Un fromage ? se risqua l'aubergiste.

— Non, grimaça Borch. Le fromage sera pour le dessert. Avec la bière, nous voulons quelque chose d'aigre et de fort.

— À votre service. (L'aubergiste sourit en ouvrant encore plus grand la bouche : les incisives n'étaient pas les seules dents qui lui manquaient.) De petites anguilles à l'ail baignant dans de l'huile et du vinaigre ou des poivrons verts marinés…

— Parfait. Les deux. Après, une soupe. Celle que j'avais mangée l'autre fois. Des coquillages, de petits poissons et d'autres saletés comestibles y flottaient.

— Une soupe marinière ?

— Oui. Ensuite, un rôti d'agneau aux oignons. Puis une soixantaine d'écrevisses. Jette du fenouil dans une casserole, tout ce que tu peux. Ensuite, du fromage de brebis et une salade. Après, on verra.

— À votre service. Pour tout le monde ? Quatre couverts, s'entend ?

La plus grande des Zerricanes fit non de la tête en se saisissant la taille, particulièrement moulée par sa chemise de lin.

— J'oubliais. (Trois-Choucas s'adressa à Geralt en bougonnant :) Les filles veulent garder la ligne. Aubergiste ! L'agneau seulement pour nous deux. Sers-nous la bière tout de suite avec les anguilles. Pour le reste, attends un peu. Évitons que les autres plats refroidissent. Nous ne sommes pas venus ici pour bâfrer, mais pour passer le temps agréablement en discutant.

— Je comprends fort bien, seigneur, répondit l'aubergiste en s'inclinant une nouvelle fois.

— Le discernement, voilà une qualité importante dans ton métier. Donne-moi la main, mon beau.

Les monnaies d'or tintèrent. La bouche du tavernier s'ouvrit jusqu'aux limites du possible.

— Ce n'est pas une avance, précisa Trois-Choucas. Il s'agit d'un extra. Et maintenant, file dans ta cuisine, bonhomme.

Il faisait chaud dans l'alcôve. Geralt desserra son ceinturon, retira son pourpoint puis retroussa les manches de sa chemise.

— Je vois que le manque d'argent ne te tracasse pas, dit-il. Vis-tu des privilèges que te confère ton état de chevalier ?

— En partie, répondit Trois-Choucas en souriant et sans entrer dans les détails.

Ils firent un sort rapide aux anguilles et au quart de tonneau. Prenant un plaisir flagrant à la soirée, les Zerricanes n'économisaient pas non plus la bière. Elles se disaient des choses à mi-voix. Vea éclata soudain d'un rire sonore.

— Les filles parlent-elles la *lingua franca* ? demanda discrètement Geralt en les observant du coin de l'œil.

— Mal. Et elles ne sont pas bavardes. C'est appréciable. Comment trouves-tu la soupe, Geralt ?

— Hum.

— Buvons.

— Hum.

— Geralt… (Trois-Choucas posa sa cuiller et rota discrètement.) Revenons un moment à la conversation que nous avions sur la route. J'ai cru comprendre qu'il t'arrive, à toi, sorceleur parcourant le monde de long en large, de rencontrer en chemin des monstres qu'il t'incombe de tuer contre salaire. Est-ce cela ton métier ?

— Plus ou moins.

— Et s'il arrive qu'on fasse personnellement appel à toi quelque part pour, disons, exécuter une commande spéciale ? Que fais-tu alors ? Prends-tu la route ?

— Cela dépend de la personne qui me le demande et du but.

— Et du salaire ?

— Aussi. (Le sorceleur haussa les épaules.) Tout augmente et il faut bien vivre, comme disait l'une de mes amies magiciennes.

— Une attitude sélective que je qualifierais de prosaïque. Pourtant, au principe même de ton activité, il doit bien exister un idéal, Geralt : le conflit entre les forces de l'Ordre et celles du Chaos, comme disait l'un de mes amis sorciers. J'imagine que tu accomplis ces missions pour protéger les humains du Mal partout et toujours, sans distinction, en te tenant explicitement du bon côté de la palissade.

— Les forces de l'Ordre, les forces du Chaos… Que de grands mots, Borch. Tu veux à tout prix me placer d'un côté de la palissade dans un conflit que tous considèrent comme éternel, un conflit qui n'est pas né d'hier et qui n'est pas prêt de disparaître. De quel côté se tient le maréchal-ferrant affairé à son travail ? Et notre aubergiste qui s'empresse d'apporter son rôti d'agneau ? Quelle est, selon toi, la limite entre le Chaos et l'Ordre ?

— C'est très simple. (Trois-Choucas fixait le sorceleur droit dans les yeux.) Le Chaos représente une menace. Il est le côté agressif. L'Ordre, au contraire, représente le côté menacé, qui nécessite d'être protégé, qui a besoin qu'on le défende. Mais buvons. Faisons donc un sort à cet agneau.

— Bonne idée.

Soucieuses de leur ligne, les Zerricanes s'étaient ménagé une pause qu'elles consacraient à boire plus vite encore. Vea, penchée sur l'épaule de sa compagne, lui murmura quelque chose à l'oreille en époussetant de ses tresses le plateau de la table. Tea, la plus petite des deux, éclata de rire en faisant cligner ses paupières tatouées.

— Bien, continua Borch en mordillant un os. Continuons notre conversation, si tu le permets. J'ai compris que tu n'aimais pas que l'on t'assigne une place dans le conflit des forces. Tu ne fais qu'exécuter une tâche.

— Oui.

— Mais tu ne peux cependant pas échapper au conflit de l'Ordre et du Chaos. Malgré ta comparaison, tu n'es pas maréchal-ferrant. J'ai vu comment tu travailles. Tu pénètres dans un souterrain en ruine pour en ressortir avec un basilic haché menu. Il y a une différence, mon beau, entre le ferrage des chevaux et l'élimination des basilics. Tu disais pouvoir te rendre à l'autre bout du monde et occire le monstre qu'on te donne en pâture si le salaire en vaut la peine. Disons un terrible dragon détruisant…

— Mauvais exemple, l'interrompit Geralt. Tu vois, tu mélanges déjà tout. Je ne tue jamais les dragons, même si ces êtres représentent, à n'en point douter, le Chaos.

— Comment cela ? (Trois-Choucas se lécha les doigts.) Ça c'est trop fort ! De tous les monstres, le dragon est pourtant le plus affreux, le plus cruel et le plus vorace. Le plus horrible des sauriens. Il attaque les humains, crache du feu et enlève, oui, il enlève les vierges ! N'a-t-on pas entendu suffisamment d'histoires sur leur compte ? Est-il possible que toi, sorceleur, tu n'aies pas quelques dragons accrochés à ton tableau de chasse ?

— Je ne chasse pas les dragons, répondit sèchement Geralt. Les diploures géants, oui. Les gluasses, les dermoptères. Mais pas les dragons authentiques, les verts, les noirs ou les rouges. Sache-le, voilà tout.

— Tu m'étonnes, répondit Trois-Choucas. Mais soit, j'en prends acte. Assez parlé de dragons d'ailleurs. Je vois à l'horizon quelque chose de rouge. Ce sont nos écrevisses sans aucun doute. Buvons !

Ils brisaient bruyamment les carapaces avec les dents pour en sucer la chair blanche. L'eau salée, mordante, leur coulait entre les phalanges. Borch servit de la bière en raclant le fond du tonnelet avec la louche. Les Zerricanes s'amusaient de plus en plus en observant l'intérieur de l'auberge. Elles faisaient entendre des rires de mauvais augure. Le sorceleur était convaincu qu'elles cherchaient une occasion de se battre. Trois-Choucas le remarqua également. Il les menaça en brandissant une écrevisse. Les filles ricanèrent, et Tea, tendant les lèvres comme pour un baiser, lui fit un clin d'œil ostentatoire. Sur son visage tatoué, ce geste créait une impression macabre.

— De vrais chats sauvages, murmura Trois-Choucas à l'adresse de Geralt. Il faut faire attention. Avec elles, mon beau, en moins de deux, et sans prévenir, le sol est déjà jonché de tripes. Mais elles valent tout l'argent du monde. Si tu savais ce qu'elles sont capables de faire…

— Je sais, répondit Geralt en hochant la tête. Il est difficile d'obtenir meilleure escorte. Les Zerricanes sont des guerrières-nées, formées au combat dès leur plus jeune âge.

— Je ne voulais pas parler de cela. (Borch recracha une pince d'écrevisse sur la table.) Je pensais à leurs performances au lit.

Geralt surveillait les jeunes filles du coin de l'œil. Toutes deux souriaient. Vea saisit un crustacé d'un geste imperceptible, aussi rapide que l'éclair. Sa mâchoire en fit craquer la carapace. Elle cligna des yeux en regardant le sorceleur. Humectées d'eau de mer, ses lèvres brillaient. Trois-Choucas rota bruyamment.

— Donc, Geralt, continua-t-il, tu ne chasses pas les dragons, ni les verts ni les autres. J'en prends acte. Mais pourquoi discriminer ainsi ces trois couleurs, si je puis te le demander ?

— Quatre, pour être précis.

— Tu parlais de trois couleurs.

— Les dragons t'intéressent, Borch. Y a-t-il une raison particulière ?

— Non, c'est uniquement par curiosité.

— C'est avec ces couleurs que l'on a coutume de désigner les dragons authentiques, bien que cela ne soit pas une classification précise. Les dragons verts sont les plus répandus. En fait, ils sont plutôt gris, comme les simples gluasses. Les rouges sont à vrai dire plutôt rouge brun, couleur de brique. Les grands dragons brun foncé sont appelés noirs. Les plus rares sont les dragons blancs. Je n'en ai jamais vu. Ils résident dans le grand Nord, paraît-il.

—Intéressant. Et tu sais de quels dragons j'ai encore entendu parler ?

—Je sais, répondit Geralt en avalant une gorgée de bière. De ceux dont j'ai aussi entendu parler : les dorés. Mais ils n'existent pas.

—Comment peux-tu l'affirmer puisque tu n'en as jamais vu ? Tu n'as jamais vu de blancs non plus.

—Ce n'est pas la question. Derrière les mers, à Ophir et Zangwebar, il y a des chevaux blancs rayés de noir. Je n'en ai jamais rencontré non plus, mais je sais qu'ils existent. Le dragon doré n'est qu'un mythe, une légende, comme le phénix. Les phénix et les dragons dorés n'existent pas.

Appuyée sur ses coudes, Vea l'observait attentivement.

—Tu sais certainement de quoi tu parles : tu es sorceleur, dit Borch en puisant de la bière au tonnelet. Pourtant, je pense que tout mythe, toute légende, recèle une part de vérité qu'on ne peut ignorer.

—De vérité, oui, confirma Geralt, mais qui touche à nos rêves, à nos désirs, à la nostalgie : il s'agit de la croyance en ce que le possible ne possède aucune limite. Et parfois aussi le hasard.

—Le hasard, justement. Il se peut que ce dragon doré ait été le fruit d'une mutation unique.

—Si c'est le cas, ce dragon aura partagé le sort de tous les mutants. (Le sorceleur détourna la tête.) Il n'aura pu se perpétuer à cause de sa trop grande différence.

—Ah ! reprit Trois-Choucas. Tu t'opposes maintenant aux lois de la nature, Geralt. Mon ami sorcier avait l'habitude de dire que chaque être sait durer et se perpétuer d'une manière ou d'une autre dans la nature. La fin d'une existence annonce toujours le début d'une autre. Le possible ne connaît pas de limite, tout au moins dans la nature.

—Ton ami sorcier était un grand optimiste. Il n'a néanmoins pas pris un élément en considération : les erreurs commises par la nature ou par ceux qui jouent avec elle. Le dragon doré et tous les autres mutants de son espèce, s'ils ont existé, n'ont pas pu survivre. Une limite naturelle inhérente au possible les en a empêchés.

— Quelle limite ?

— Les mutants… (Les muscles de la mâchoire de Geralt restaient tendus.) Les mutants sont stériles, Borch. Seules les légendes permettent de perpétuer ce que la nature condamne. Seuls les mythes ne reconnaissent pas de limite au possible.

Trois-Choucas resta silencieux. Geralt observait le visage devenu soudain sérieux des jeunes filles. Vea se pencha vers lui sans prévenir et lui enlaça le cou de ses bras durs et musclés. Il sentit sur sa joue le contact mouillé de ses lèvres.

— Elles t'apprécient, constata posément Trois-Choucas. Que le diable m'emporte, elles t'apprécient !

— Quoi de bizarre à cela ? répondit le sorceleur en souriant tristement.

— Rien. Mais il faut trinquer. Aubergiste ! Un autre tonnelet !

— N'exagère pas. Une carafe tout au plus.

— Deux carafes ! hurla Trois-Choucas. Tea, je dois sortir un instant.

La Zerricane prit son sabre sur le banc en se levant avant d'inspecter la salle d'un regard fatigué. Le sorceleur avait bien remarqué plusieurs paires d'yeux scintiller à la vue de l'escarcelle gonflée, mais personne n'osa suivre Borch qui chancelait en direction de la cour. Tea haussa les épaules avant de suivre son employeur.

— Quel est ton vrai nom ? demanda Geralt à celle qui était restée attablée.

Vea sourit en découvrant une rangée de dents blanches, sa chemise largement déboutonnée, à la limite du possible. Geralt ne doutait pas un instant que son attitude entendait éprouver la résistance des consommateurs présents dans la salle.

— Alveaenerle.

— C'est joli.

Le sorceleur était sûr que la Zerricane lui ferait alors les yeux doux et une bouche en cœur. Il ne se trompait pas.

— Vea ?

— Hum…

— Pourquoi suivez-vous Borch ? Vous, des guerrières si éprises de liberté. Peux-tu m'expliquer ?

— Hum…

— Hum, quoi ?

— Il est… (La Zerricane cherchait ses mots en plissant le front.) Il est le plus… le plus beau.

Le sorceleur hocha la tête. Les critères utilisés par les femmes pour juger du pouvoir de séduction des hommes avaient toujours été une énigme pour lui.

Trois-Choucas fit irruption dans l'alcôve en reboutonnant son pantalon et donna un ordre bruyant à l'aubergiste. Tea, deux pas derrière lui, laissait traîner un regard faussement ennuyé sur la salle. Les marchands et les mariniers présents évitaient son regard. Vea suçait une écrevisse en jetant au sorceleur des regards entendus.

— J'ai encore commandé une anguille pour chacun, braisée cette fois. (Trois-Choucas s'assit lourdement en faisant tinter sa ceinture ouverte.) Ces écrevisses m'ont fatigué et ouvert l'appétit. Je t'ai réservé une chambre, Geralt. Il n'y a aucune raison que tu vagabondes cette nuit. Nous allons encore nous amuser. À votre santé, les filles !

— Vessekheal, lui répondit Vea en brandissant son verre.

Tea papillota des yeux et s'étira. À la surprise de Geralt, son opulente poitrine ne fit pas craquer les boutons de son chemisier.

— Nous allons nous amuser. (Trois-Choucas se pencha au-dessus de la table pour tapoter le fessier de Tea.) Amusons-nous, sorceleur. Hé ! Aubergiste ! Par ici !

L'aubergiste s'approcha prestement en s'essuyant les mains à son tablier.

— Y aurait-il un grand baquet chez toi ? Comme pour laver le linge : solide et spacieux ?

— De quelle taille, seigneur ?

— Pour quatre personnes.

— Pour… quatre, répéta l'aubergiste en ouvrant grand la bouche.

— Quatre, confirma Trois-Choucas en sortant de sa poche une bourse remplie.

— Nous allons vous trouver cela, promit l'aubergiste en s'humectant les lèvres.

— Parfait, répondit Borch tout sourires. Ordonne qu'on l'apporte en haut dans ma chambre et qu'on le remplisse d'eau chaude. Du nerf, mon beau. Et n'oublie pas la bière, au moins trois carafes.

Les Zerricanes ricanaient sans cesser de décocher des œillades au sorceleur.

—Laquelle préfères-tu? demanda Trois-Choucas. Hein, Geralt?

Le sorceleur se gratta l'occiput.

—Je sais que le choix est difficile, continua Trois-Choucas avec un air compréhensif. Moi-même, j'ai parfois des ennuis. Bien, nous déciderons lorsque nous serons installés dans le baquet. Hé, les filles! Aidez-moi à grimper l'escalier!

III

Il y avait un barrage sur le pont. Une longue et solide poutre posée sur des tréteaux barrait l'accès à l'autre rive. Des hallebardiers en vestes de cuir boutonnées et protégés par des hauberts y montaient la garde de part et d'autre. Au-dessus claquait au vent un gonfalon pourpre représentant un griffon d'argent.

—Par le diable! s'étonna Trois-Choucas en continuant de s'approcher au pas. On ne passe pas?

—Vous avez un laissez-passer? demanda le hallebardier le plus proche, sans daigner retirer de sa bouche la paille qu'il mâchouillait pour tromper la faim ou tout simplement tuer l'ennui.

—Quel laissez-passer? Que se passe-t-il? Une épidémie de peste bovine? La guerre? Au nom de qui bloquez-vous la route?

—Ordre du roi Niedamir, seigneur de Caingorn. (Le garde fit glisser sa paille dans la commissure opposée en indiquant le gonfalon.) Sans sauf-conduit, on ne passe pas.

—Quelle idiotie, intervint Geralt d'une voix fatiguée. Nous ne sommes pourtant pas à Caingorn, mais dans le comté de Holopole. C'est bien Holopole et non Caingorn qui perçoit les droits de passage sur les ponts de la Braa. De quoi se mêle Niedamir?

—Ce n'est pas à moi qu'il faut le demander, répondit le garde en crachant sa paille. Ce n'est pas mon affaire. Je ne suis là que pour vérifier les laissez-passer. Si vous voulez, vous pouvez demander à notre décurion.

—Où est-il?

—Là-bas, il profite du soleil derrière la guérite du péager, répondit le garde en regardant non Geralt mais les cuisses nues des Zerricanes qui s'étiraient nonchalamment sur leur selle.

Le garde se tenait assis sur un tas de paille séchée derrière la cabane du péager. Il dessinait avec l'extrémité de sa hallebarde une femme sur le sable, ou plutôt un détail vu d'une perspective peu commune. À côté de lui, un homme mince, à moitié couché, effleurait délicatement les cordes d'un luth. Un chapeau fantaisiste de couleur prune, que décoraient une boucle d'argent et une longue plume d'aigrette, lui tombait sur les yeux.

Geralt reconnut ce chapeau et cette plume si célèbres entre Buina et Iaruga et connus dans tous les manoirs, castels, relais, auberges et bordels. Surtout dans les bordels.

— Jaskier !

— Sorceleur, Geralt ! (Des yeux vifs et gais apparurent sous le chapeau.) En voilà une surprise ! Toi ici ? Tu n'aurais pas de laissez-passer par hasard ?

— Mais qu'est-ce que vous avez tous avec ces laissez-passer ? (Le sorceleur sauta de son cheval.) Que se passe-t-il ici, Jaskier ? Nous voulons traverser le Braa, moi et ce chevalier, Borch Trois-Choucas, accompagné de son escorte.

— Je suis moi aussi bloqué. (Jaskier se leva et enleva son chapeau en s'inclinant devant les Zerricanes d'un salut outrancier de courtisan.) Ils ne veulent pas non plus me laisser traverser, moi, Jaskier, le plus célèbre des ménestrels et des poètes dans un rayon de mille milles. C'est ce décurion qui refuse, bien qu'il soit lui aussi artiste, comme vous le voyez.

— Je ne laisse traverser personne sans laissez-passer, confirma le décurion d'un air chagrin avant de compléter son dessin dans le sable d'une touche finale avec le bout de son arme.

— Nous ferons un détour, dit le sorceleur. Nous suivrons l'autre rive. Par là, la route pour Hengfors est plus longue, mais nous n'avons pas le choix.

— Pour Hengfors ? s'étonna le barde. Toi, Geralt, tu ne suis donc pas Niedamir ? Tu ne traques pas le dragon ?

— Quel dragon ? demanda avec intérêt Trois-Choucas.

— Vous ne savez pas ? Vraiment, vous ne savez pas ? Je dois donc tout vous raconter, mes seigneurs. Comme je suis obligé d'attendre en espérant que quelqu'un muni d'un laissez-passer accepte ma compagnie, nous avons tout le temps. Asseyez-vous.

— Attendez, intervint Trois-Choucas. Le soleil est presque aux trois quarts du zénith et, par la peste, j'ai soif. Nous n'allons pas discuter la gorge sèche. Tea et Vea, retournez au petit galop vers la ville acheter un tonnelet.

—Vous me plaisez, seigneur…

—Borch, dénommé également Trois-Choucas.

—Jaskier, surnommé l'Inégalé… par quelques jeunes filles.

—Raconte, Jaskier, l'interrompit le sorceleur, impatient. Nous n'allons pas moisir ici jusqu'au soir.

Le barde saisit le manche de son luth et en frappa violemment les cordes.

—Que préférez-vous ? En vers ou en prose ?

—Normalement.

—Comme vous voudrez. (Jaskier ne reposa pas son luth.) Écoutez donc, nobles seigneurs, les événements qui eurent lieu, il y a une semaine, non loin d'une ville franche nommée Holopole. Eh bien ! Au petit matin pâle, l'aurore teintant de rouge le voile de la brume dans les prairies…

—Ce devait être normalement, lui rappela le sorceleur.

—Ce n'est pas le cas ? Bien, bien. Je comprends. Brièvement, sans métaphores. Dans les prés de Holopole, un dragon s'est posé.

—Rien que ça! s'exclama le sorceleur. Cela semble invraisemblable. Personne n'a vu de dragon dans ces contrées depuis des années. Ce n'était pas une simple gluasse ? Certaines peuvent être très grandes…

—Ne me vexe pas, sorceleur. Je sais ce que je dis. Je l'ai vu. Par chance, j'étais justement à Holopole pour le marché et j'ai tout vu de mes propres yeux. Ma ballade est déjà prête, mais vous ne vouliez pas…

—Raconte. Il était grand ?

—De la longueur de trois montures. Au garrot, pas plus grand qu'un cheval, mais plus gros. Gris comme le sable.

—Donc, vert.

—Oui. Il a fondu sans prévenir sur un troupeau de brebis. Il a fait fuir les bergers, a tué une douzaine de bêtes et en a mangé quatre avant de reprendre son vol.

—Il a repris son vol… (Geralt hocha la tête.) C'est tout ?

—Non. Il est revenu le lendemain matin. Plus près de la ville cette fois. Il a piqué sur un groupe de femmes qui lavaient leur linge au bord de la Braa. Comme elles ont filé, l'ami ! Je n'ai jamais autant ri de ma vie. Puis le dragon a effectué deux tours au-dessus de Holopole avant d'attaquer des brebis dans les prés. C'est alors que la panique et la confusion ont commencé. La veille, en effet, on n'avait guère cru les bergers… Le bourgmestre a alors mobilisé une milice et les corporations, mais avant qu'il ait eu le temps de les organiser, la population avait pris l'affaire en main et l'a réglée à sa manière.

— Comment ?

— D'une façon populaire, intéressante. Le maître cordonnier, un certain Kozojed, a imaginé un moyen d'en finir avec le saurien. Ils ont tué une brebis qu'ils ont abondamment fourrée d'ellébore, de belladone, de petite ciguë, de soufre et de poix de cordonnier. Par sécurité, le pharmacien local a ajouté deux quarts d'une mixture contre les furoncles et le prêtre du temple de Kreve a béni l'offrande. Puis ils ont empalé la brebis farcie au milieu du troupeau. Personne ne croyait, à vrai dire, que le dragon puisse être attiré par une merde puant à un mille alentour. Mais la réalité a dépassé nos attentes. Délaissant les brebis vivantes et bêlantes, le saurien a avalé l'appât avec le pieu.

— Et puis ? Mais parle donc, Jaskier.

— Mais que fais-je d'autre ? Je n'arrête pas de causer. Écoutez la suite : il ne s'était pas écoulé le temps qu'il faut à un homme habile pour dénouer le corset d'une dame que le dragon s'est mis à hurler et à émettre de la fumée, devant et derrière. Il a alors fait une culbute, a essayé de s'envoler puis est retombé, immobile. Deux volontaires se sont approchés de lui pour vérifier s'il respirait encore. C'étaient le fossoyeur local et l'idiot du village mis au monde par la fille du bûcheron, une handicapée mentale, engrossée par une sous-section de mercenaires, des piquiers ayant traversé Holopole lors de la sédition du voïvode Tracasse.

— Quel menteur tu fais, Jaskier.

— Je ne mens pas, je ne fais que colorer la grise réalité. C'est différent.

— Pas tant que ça. Raconte. Nous perdons du temps.

— Et donc, comme je le disais, un fossoyeur et un brave demeuré sont partis en éclaireurs. Nous leur avons ensuite élevé un tumulus, petit mais agréable pour l'œil.

— Ah bon, dit Borch. Cela signifie que le dragon vivait encore.

— Et comment, répondit gaiement Jaskier. Il vivait, mais il était trop faible pour manger le fossoyeur et l'imbécile. Il n'a fait que sucer leur sang. Il s'est ensuite envolé… pour la plus grande inquiétude de tous, et en ayant du mal à décoller d'ailleurs. Le dragon s'écrasait avec fracas à chaque coudée et demie puis repartait. Par moments, il se déplaçait en laissant traîner ses pattes arrière. Les plus courageux l'ont suivi de loin sans le perdre de vue. Et vous savez quoi ?

— Parle, Jaskier.

— Le dragon a plongé dans une ravine du mont de la Grande Crécerelle, non loin des sources de la Braa. Il se dissimule encore dans les grottes.

— Maintenant, tout est clair, annonça Geralt. Le dragon résidait dans ces grottes en état de léthargie depuis des siècles. J'ai entendu parler de cas semblables. Son trésor doit aussi s'y trouver. Je sais maintenant pourquoi les soldats bloquent le pont. Quelqu'un veut mettre la main sur le trésor. Et ce quelqu'un se nomme Niedamir de Caingorn.

— Exactement, confirma le troubadour. Toute la ville de Holopole bouillonne pour cette raison, car les gens considèrent que le dragon et le trésor leur appartiennent. Mais ils redoutent de s'opposer à Niedamir. Le roi est un jeune écervelé aux joues encore glabres qui a néanmoins su démontrer qu'il était dangereux de se frotter à lui. Niedamir désire ce dragon plus que tout. C'est pourquoi sa réaction fut si prompte.

— Il désire le trésor, voulais-tu dire.

— Je pense justement que le dragon l'intéresse plus que le trésor. Car, voyez-vous, la principauté de Malleore aiguise depuis longtemps l'appétit de Niedamir. Après l'étrange décès du prince, il est resté une princesse en âge, je dirais, nuptial. Les puissants de Malleore ne voyaient pas Niedamir et les autres prétendants d'un bon œil, car ils savaient que le nouveau pouvoir entendrait les tenir en bride, ce qu'une jeune princesse crédule ne saurait faire. Ils ont donc déterré une vieille prophétie poussiéreuse assurant que la couronne et la main de la jeune fille appartiendraient à celui qui vaincrait un dragon. Ils croyaient avoir la paix, sachant que nul n'a vu de dragons dans la région depuis des lustres. Niedamir s'est bien moqué de cette légende. Il a pris Malleore de force, voilà tout.

Mais lorsque la nouvelle de l'apparition du dragon de Holopole est parvenue à ses oreilles, il a compris qu'il pouvait désormais vaincre les nobles de Malleore avec leurs propres armes. S'il retourne à Malleore en brandissant triomphalement la gueule du dragon, on l'accueillera en monarque envoyé par les dieux, et les puissants n'oseront piper mot. Ne vous étonnez pas qu'il recherche ce dragon comme un chat des rognons. D'autant que ce dragon se traîne avec peine. Bon sang, c'est pour Niedamir une pure aubaine, un sourire du destin.

— Et il ferme ainsi les routes à la concurrence.

— Probablement. Il freine aussi l'ardeur des habitants de Holopole. Il a dû envoyer dans tous les environs des cavaliers pourvus de laissez-passer pour ceux qui doivent terrasser le dragon, car Niedamir ne brûle pas d'en découdre personnellement dans ces grottes, l'épée à la main. Il a su réunir en un éclair autour de lui les plus célèbres sauroctones. Tu en connais certainement la plupart, Geralt.

— C'est possible. De qui s'agit-il ?

— Eyck de Denesle, pour commencer.

— Nom de… (Le sorceleur avala son juron.) Le preux et vertueux Eyck : le chevalier sans peur et sans reproche en personne.

— Tu le connais donc, Geralt ? demanda Borch. C'est réellement un redoutable chasseur de dragons ?

— Pas seulement de dragons. Eyck sait se débrouiller avec tous les monstres. Il lui est même arrivé de terrasser des manticores et des griffons. Il est venu à bout de quelques dragons aussi, j'en ai entendu parler. Il est bon. Mais il gâche les affaires, l'énergumène, en refusant de prendre de l'argent. Qui encore, Jaskier ?

— Les traqueurs de Crinfrid.

— Le dragon n'a aucune chance, même s'il recouvre la santé. Ces trois-là, c'est une fameuse bande de chasseurs expérimentés. Ils ne combattent pas trop dans les règles, mais l'efficacité est sans conteste de leur côté. Ils ont exterminé toutes les gluasses et diploures géants de Rédanie, et tué au passage trois dragons rouges et un noir, et rien que ça, c'est déjà quelque chose. Le compte est bon ?

— Non. Six nains les ont aussi rejoints : cinq barbus commandés par Yarpen Zigrin.

— Je ne le connais pas.

— Tu as sans aucun doute entendu parler du dragon Ocvista du Mont quartzeux.

— J'en ai entendu parler. J'ai même vu des pierres provenant de son trésor. Il y avait des saphirs aux teintes inouïes et des diamants gros comme des cerises.

— Sache que c'est Yarpen Zigrin et ses nains qui ont exterminé Ocvista. Un autre que moi a composé une ballade – ennuyeuse, cela va sans dire – sur cette aventure. Tu n'as rien perdu en ne l'entendant pas.

— C'est tout ?

— Oui. Sans compter ta présence. Tu affirmais ne rien savoir de ce dragon. Qui sait, c'est peut-être vrai. En tout cas, tu es maintenant au courant. Alors ?

— Alors rien. Ce dragon ne m'intéresse pas.

— Ah ! Rusé Geralt. De toute façon, tu n'as pas de laissez-passer.

— Je te le répète : ce dragon ne m'intéresse pas. Mais toi, Jaskier ? Qu'est-ce qui t'attire dans ces contrées ?

— Comme d'habitude. (Le troubadour haussa les épaules.) Je me dois d'être près des événements et des situations excitantes. On parlera longtemps de ce combat avec le dragon. Je pourrais bien sûr composer une ballade à partir des récits qu'on en fera, mais elle sera meilleure si elle est chantée par quelqu'un qui a vu la bataille de ses propres yeux.

— La bataille ? questionna Trois-Choucas. Plutôt un acte rappelant l'abattage d'un porc ou le dépouillement d'une charogne. Plus je vous écoute, plus vous m'étonnez. Chers guerriers qui accourez ventre à terre achever un dragon à moitié crevé qu'un paysan a empoisonné, vous me donnez envie de rire ou de vomir.

— Tu te trompes, répondit Geralt. Si le dragon n'est pas mort tout de suite après avoir ingurgité le poison, cela signifie qu'il a recouvré tous ses moyens. Cela n'a d'ailleurs pas grande importance. Les traqueurs de Crinfrid le tueront quand même, mais il y aura bataille, si tu veux savoir.

— Tu paries donc sur les traqueurs, Geralt ?

— Bien sûr.

— Je n'en serais pas si sûr…, intervint le garde artiste qui avait gardé jusque-là le silence. Le dragon est une créature magique que seuls des sorts peuvent abattre. Si quelqu'un pouvait aider cette magicienne qui a traversé le pont hier…

Geralt baissa la tête pour le regarder.

— Qui ?

— Une magicienne, répéta le garde. Je vous l'ai dit.

— Quel nom a-t-elle donné ?

— Je ne m'en souviens pas. Elle avait un laissez-passer. Jeune, séduisante à sa manière, mais de ces yeux... Vous le savez vous-mêmes, seigneurs... On a des frissons lorsqu'un tel être vous regarde.

— Tu sais quelque chose, Jaskier ? Qui cela peut-il être ?

— Non, répondit le barde en grimaçant. Jeune, séduisante et de ces yeux... Piètre indication. Elles répondent toutes à cette description. Aucune des filles que je connais – et j'en connais beaucoup – ne semble dépasser les vingt-cinq, trente ans, même si certaines, paraît-il, se souviennent du temps où Novigrad n'était encore qu'une forêt de conifères. Dans quel but confectionnent-elles des élixirs de mandragore ? Elles peuvent aussi s'en humecter les yeux pour les faire briller. C'est bien les femmes, ça.

— N'était-elle pas rousse ? demanda le sorceleur.

— Non, seigneur, répondit le décurion. Elle avait les cheveux noirs.

— Quelle était la robe de son cheval ? Châtaigne avec une étoile blanche ?

— Non, moreau comme sa chevelure. Seigneurs, je vous le dis, c'est elle qui exterminera le dragon. C'est une affaire de magiciens, les dragons. Les pouvoirs humains ne peuvent rien contre ces monstres.

— Je suis curieux de savoir ce qu'en penserait le cordonnier Kozojed, dit Jaskier en riant. S'il avait eu quelque chose de plus fort sous la main que de l'ellébore et de la belladone, la peau du dragon sécherait contre une palissade de Holopole, ma ballade serait déjà achevée et je ne moisirais pas aujourd'hui ainsi au soleil...

— Comment se fait-il que Niedamir ne t'ait pas pris avec lui ? demanda Geralt en regardant le poète d'un œil mauvais. Tu étais pourtant bien à Holopole lorsqu'il en est parti. Le roi n'aimerait-il pas la compagnie des artistes ? Pourquoi te retrouves-tu ici à te dessécher au lieu de jouer auprès du roi ?

— C'est à cause d'une jeune veuve, répondit Jaskier d'un air chagrin. Que le diable l'emporte ! J'ai folâtré. Le lendemain, Niedamir et sa troupe avaient déjà traversé la rivière. Même ce Kozojed et des éclaireurs de la milice de Holopole s'étaient joints au groupe. J'ai beau l'expliquer au décurion, mais lui…

— Avec un laissez-passer, il n'y a pas de problème, expliqua sereinement le hallebardier en se soulageant contre le mur de la guérite du péager. Pas de laissez-passer, pas de discussion. Un ordre, c'est un ordre…

— Ah ! l'interrompit Trois-Choucas. Les filles reviennent avec la bière.

— Et pas seules, ajouta Jaskier en se levant. Regardez ce cheval. On dirait un dragon.

Les Zerricanes sortirent au galop d'un bois de bouleaux, flanquées d'un cavalier montant un grand étalon nerveux, dressé pour la guerre.

Le sorceleur se leva également.

Le cavalier portait un pourpoint de soie violette chamarré et une veste courte ornée de fourrure de marte. Droit sur sa selle, il les observait fièrement. Geralt connaissait ce type de regard et ne l'appréciait guère.

— Je vous salue, seigneurs. Je suis Dorregaray, se présenta le cavalier en descendant lentement et dignement de sa monture. Maître Dorregaray. Magicien.

— Maître Geralt. Sorceleur.

— Maître Jaskier. Poète.

— Borch, ou encore Trois-Choucas. Les filles qui débouchent le tonnelet sont avec moi. Tu les connais déjà, seigneur Dorregaray.

— En effet, c'est exactement cela, répondit le magicien sans un sourire. Nous nous sommes salués, moi et ces belles guerrières de Zerricanie.

— Eh bien ! À votre santé ! (Jaskier distribua les gobelets de cuir apportés par Vea.) Buvez avec nous, seigneur magicien. Seigneur Borch, le décurion peut-il aussi se joindre à nous ?

— Bien sûr. Rejoins-nous, beau guerrier.

— Je pense, dit le magicien après avoir bu une petite gorgée d'une manière distinguée, que vous attendez devant le pont pour la même raison que moi.

— Si vous pensez au dragon, seigneur Dorregaray, lui répondit Jaskier, en effet, c'est exactement cela. Je veux assister à la bataille et composer une ballade. Malheureusement, le décurion ici présent, un homme comme on le voit sans guère d'éducation, me refuse le passage. Il exige un laissez-passer.

—J'implore votre pardon. (Le hallebardier but sa bière en clappant de la langue.) Je ne peux laisser passer personne sans permission. J'ai le couteau sous la gorge. Il paraît que tout Holopole a préparé des chariots pour retrouver le dragon dans la montagne, mais je dois faire respecter les consignes…

—Tes ordres, soldat, l'interrompit Dorregaray en fronçant les sourcils, concernent la populace incommodante, les catins susceptibles de semer l'immoralité et le désordre, les voleurs, les larrons et ce type d'engeance. Mais pas moi.

—Je ne laisse passer personne sans permission, rétorqua le décurion en se braquant. Je jure…

—Cesse de jurer, l'interrompit Trois-Choucas, bois plutôt. Tea, verse à boire au valeureux guerrier! Asseyons-nous, mes seigneurs. Boire debout, vite et sans apprécier la marchandise, c'est un manque évident de noblesse.

Ils s'assirent sur des rondins disposés autour du tonnelet. Le hallebardier fraîchement promu noble devint cramoisi de contentement.

—Bois, brave petit centurion, le pressa Trois-Choucas.

—Je ne suis que décurion, pas centurion, répondit-il en rougissant de plus belle.

—Mais tu deviendras centurion, c'est évident. (Borch découvrit ses dents:) Les garçons aussi futés que toi sont promis à un bel avenir.

Dorregaray se tourna vers Geralt après avoir refusé une rasade supplémentaire:

—On parle encore en ville de ton basilic, vénéré sorceleur, et tu t'intéresses déjà au dragon, dit-il à mi-voix. Je suis curieux de savoir si tu entends occire cette créature en voie d'extinction pour le plaisir ou pour l'argent.

—Curiosité des plus étranges, répondit Geralt, de la part de quelqu'un qui, dare-dare, se presse à l'exécution d'un dragon pour lui arracher les dents. Sont-elles si précieuses pour la confection de tes médicaments et de tes élixirs magiques? Est-il vrai, vénéré magicien, que celles arrachées aux dragons encore vivants sont les meilleures?

—Es-tu sûr que là est mon but?

— Oui, j'en suis sûr. Mais quelqu'un t'a doublé, Dorregaray. L'une de tes consœurs a traversé le pont, munie du laissez-passer qui te manque. Une magicienne aux cheveux noirs, si cela t'intéresse.

— Sur un cheval moreau ?

— Oui, paraît-il.

— Yennefer, dit Dorregaray d'un air inquiet.

Le sorceleur trembla imperceptiblement.

Un silence s'installa, que le futur centurion brisa d'un rot :

— Personne… sans laissez-passer.

— Est-ce que 200 lintares te suffiraient ? proposa Geralt en saisissant dans sa poche la bourse obtenue du gros bourgmestre.

— Geralt, dit Trois-Choucas en souriant de manière énigmatique. Quand même…

— Je te prie de m'excuser, Borch. Je suis désolé de ne pas me rendre à Hengfors en votre compagnie. Une autre fois peut-être. Nous nous rencontrerons encore.

— Rien ne me force à aller à Hengfors, lui répondit posément Trois-Choucas. Rien de rien, Geralt.

— Veuillez ranger cette aumônière, seigneur, menaça le futur centurion. C'est de la corruption pure et simple. Même pour 300, je ne vous laisserai pas traverser.

— Et pour 500 ? (Borch sortit son escarcelle.) Range ton argent, Geralt. Je me charge du paiement du péage. Cela commence à m'amuser. 500, soldat. 100 par tête en considérant mes filles comme une seule et belle pièce. Qu'en dis-tu ?

— Oh là là, s'affligea le futur centurion en dissimulant sous sa veste l'escarcelle de Borch. Que dirai-je au roi ?

— Tu lui diras, lui suggéra Dorregaray en se redressant et en retirant de derrière sa ceinture une baguette d'ivoire, que la peur t'a saisi en voyant le spectacle.

— Vu quoi, seigneur ?

Le magicien dessina une forme avec sa baguette et hurla un sort. Le pin planté au bord de la rivière explosa : des flammes folles le recouvrirent en un instant de la base au sommet.

— À cheval ! (Jaskier se leva prestement et plaça son luth en bandoulière.) À cheval, seigneurs ! Et mes gentes dames !

— Levez la barrière, hurla à l'adresse des hallebardiers le riche décurion promis à une carrière de centurion.

Sur le pont, derrière le barrage, Vea tirait sur ses rênes. Son cheval dansait en faisant résonner ses sabots sur les rondins du pont. La jeune fille, les tresses au vent, hurlait des invectives.

— C'est bien, Vea ! lui répondit Trois-Choucas. Allons-y à la zerricane ! Comme le vent et dans le tumulte !

IV

— Regardez donc, déclara le plus vieux des traqueurs, Boholt, aussi imposant et puissant qu'un tronc de chêne millénaire. Niedamir ne vous a donc pas dispersés aux quatre vents, vénérés seigneurs. J'étais pourtant persuadé qu'il agirait de la sorte. Ma foi, au fond, ce n'est pas à nous, les roturiers, de discuter les décisions royales. Venez profiter du feu. Faites-vous une place, les gars. Et entre nous, sorceleur, révèle-moi l'objet de ta conversation avec le roi.

— Je n'ai parlé de rien, lui répondit Geralt en s'appuyant confortablement contre sa selle disposée près du feu. Il n'est même pas sorti de sa tente pour nous rencontrer. Il n'a fait qu'envoyer l'un de ses factotums, un certain…

— Gyllenstiern, lui souffla Yarpen Zigrin, un nain trapu et barbu dont la nuque énorme, goudronneuse et recouverte de poussière brillait à la lumière du feu. Un bouffon ampoulé. Un porc bien gavé. Lorsque nous sommes arrivés, il nous a fait de grands airs jusqu'aux nuages, bla-bla, et souvenez-vous, les nains, a-t-il prévenu, qui commande ici, à qui vous devez obéissance. C'est le roi Niedamir qui ordonne et ses paroles sont loi, et ainsi de suite. J'écoutais immobile en ayant envie d'envoyer mes gars le désarçonner et lui piétiner son manteau. Mais je me suis maîtrisé, vous savez. On aurait encore dit que les nains sont dangereux, agressifs, que ce sont des fils de chienne et qu'avec eux il est impossible de… de… comment dit-on, par le diable… de coexister ou autre chose. Et il y aurait eu encore un pogrom dans une petite ville. J'ai donc écouté en hochant sagement la tête.

— Il ressort de ce que tu dis que sieur Gyllenstiern ne sait rien faire d'autre, continua Geralt, car ce seigneur nous a déballé exactement la même chose. Bien sûr, nous avons aussi acquiescé à ses propos.

—Maintenant, à moi, intervint un autre traqueur en déposant une grosse couverture sur un tas de bois mort. Dommage que Niedamir ne vous ait pas renvoyés. Tout le peuple est lancé aux trousses de ce dragon, c'est terrifiant. De vraies fourmis. Ce n'est plus une expédition, c'est une procession mortuaire. Je n'aime pas me battre dans la masse.

—Calme-toi, Brochet-Lance, coupa Boholt. On voyage mieux les uns sur les autres. Tu n'as donc jamais chassé le dragon ? Il y a toujours toute une foule à sa suite, une véritable foire, un bordel sur roues. Mais lorsque le saurien se montre, tu sais bien qui reste sur place. Nous. Personne d'autre.

Boholt garda un moment le silence. Il but une bonne rasade d'une bombonne recouverte d'osier et renifla bruyamment. Il se racla ensuite la gorge :

—D'autant que la pratique, poursuivit-il, a bien souvent montré que ripailles et boucherie commençaient juste après la mort du dragon et que les têtes volaient comme des poires de verger. Lorsque le trésor est découvert, les chasseurs se jettent à la gorge les uns des autres. Eh quoi ! Geralt ? N'est-ce pas ? N'ai-je point raison ? Sorceleur, je te parle.

—Je connais en effet de tels cas, confirma Geralt sur un ton sec.

—Tu en connais, dis-tu. Sans doute pour en avoir entendu parler, car je ne me rappelle pas que tu aies jamais chassé le dragon. Je n'ai jamais ouï dire de mon vivant qu'un sorceleur ait traqué un dragon. Ta présence ici en est d'autant plus étrange.

—C'est vrai, ponctua Kennet, surnommé Un-Brin, le plus jeune des traqueurs. C'est étrange. Et nous…

—Attends donc, Un-Brin, c'est moi qui parle, l'interrompit Boholt. Du reste, je ne compte pas m'étendre sur le sujet. Le sorceleur sait déjà où je veux en venir. Je le connais et lui aussi me connaît. Nos chemins ne s'étaient encore jamais croisés et cela n'arrivera plus jamais. Imaginez les gars que moi par exemple, je veuille déranger le sorceleur dans son travail ou que j'essaie de lui subtiliser son dû. Ne me frapperait-il pas immédiatement avec son épée, et ce légitimement ? N'ai-je pas raison ?

Personne ne confirma ni n'infirma. Boholt ne semblait pas spécialement attendre de réaction.

—Ouais, continua-t-il, on voyage mieux les uns sur les autres, je le disais. Le sorceleur peut s'avérer utile. Les environs sont sauvages et déserts. Qu'une chimère, un rynchote ou une stryge nous tombe dessus et nous aurons des problèmes. Mais si Geralt demeure avec nous, ces problèmes, nous les éviterons, car c'est sa spécialité. Je me trompe ?

Personne ne répondit à la question.

—Le seigneur Trois-Choucas, continua Boholt en confiant sa bombonne au chef des nains, est un compagnon de Geralt. Cette garantie me suffit. Qui vous dérange donc, Brochet-Lance et Un-Brin ? Sûrement pas Jaskier !

—Jaskier, intervint Yarpen Zigrin en transmettant la bombonne au barde, se trouve toujours là où il se passe des choses intéressantes. Tout le monde sait qu'il n'aide ni ne dérange et qu'il ne retarde jamais la marche. Une vraie glu. Vous ne pensez pas les garçons ?

Les « garçons », de robustes nains, éclatèrent de rire en faisant trembler leur barbe. Jaskier fit glisser son chapeau sur sa nuque et but à la bombonne.

—Oh ! C'est fort, gémit-il en reprenant sa respiration. C'est à en perdre la voix. Avec quoi c'est distillé ? Des scorpions ?

—Une chose me déplaît, Geralt, dit Un-Brin en prenant la bouteille des mains du ménestrel. Que ce magicien soit venu avec toi. Il y en a déjà beaucoup trop.

—C'est vrai, confirma Yarpen. Un-Brin a raison. Ce Dorregaray nous est aussi utile qu'une selle sur un porc. Nous avons déjà notre propre sorcière, la noble Yennefer. Pouah, pouah !

—Oui ! surenchérit Boholt en grattant sa nuque de taureau qu'il venait de délivrer d'un collier de cuir clouté. Il y a trop de magiciens dans les parages, doux messires. Deux de trop précisément qui restent collés à Niedamir. Regardez plutôt : nous, à la belle étoile autour d'un feu et eux, doux messires, dans la chaleur de la tente royale ils complotent, ces rusés renards : Niedamir, la sorcière, le magicien et Gyllenstiern. Yennefer est la pire de tous. Vous voulez que je vous dise ce qu'ils complotent ? Comment nous carotter notre salaire, eh oui !

—Et ils bâfrent du faon ! ajouta Un-Brin d'un air chagrin. Et nous, qu'avons-nous mangé ? Des marmottes ! La marmotte, je vous le demande, qu'est-ce que c'est ? Un rat, rien d'autre qu'un rat. Qu'est-ce que nous avons mangé ? Du rat !

— Ce n'est rien, lui répondit Brochet-Lance. Bientôt, nous dégusterons de la queue de dragon. Rien de tel lorsqu'elle est braisée au charbon.

— Yennefer, poursuivit Boholt, est une bonne femme affreuse, méchante, une mégère. Pas comme tes jeunes filles, seigneur Borch, qui savent si bien se tenir et garder le silence. Regardez, elles se sont installées près des chevaux pour affûter leur sabre. Lorsque je suis passé à côté d'elles, je leur ai parlé gentiment. Elles m'ont rendu un sourire, m'ont montré de belles petites dents. Oui, je les apprécie. Ce n'est pas comme cette Yennefer qui complote et complote. Je vous le dis : faisons attention, car notre contrat pourrait n'être que du vent.

— Quel contrat, Boholt ?

— Yarpen, le sorceleur peut être mis au courant ?

— Je n'y vois pas d'inconvénient, répondit le nain.

— Il n'y a plus de gnôle, les interrompit Un-Brin en retournant la bombonne vide.

— Apportes-en donc. Tu es le plus jeune. Le contrat, Geralt, c'est nous qui y avons pensé, car nous ne sommes pas des mercenaires ou quelque autre engeance vénale. Niedamir ne nous enverra pas dans les pattes d'un dragon pour nous faire ensuite l'aumône de quelques pièces d'or. La vérité est que nous n'avons pas besoin de Niedamir pour terrasser le dragon. Lui, au contraire, a besoin de nous. Dans cette situation, qui est le plus important et qui devrait recevoir le plus d'argent sont des questions plus qu'évidentes. Nous avons donc présenté l'affaire honnêtement : ceux qui prendront personnellement part à la bataille contre le dragon remporteront la moitié du trésor. Niedamir en recevra le quart en vertu de sa naissance et de son titre. Les autres, s'ils ont contribué d'une manière ou d'une autre à l'entreprise, se partageront équitablement le dernier quart. Qu'en penses-tu ?

— Qu'en pense Niedamir ?

— Il n'a répondu ni oui ni non. Il aurait intérêt à bien se tenir, le blanc-bec, car je l'ai dit : seul, il ne terrassera jamais le dragon. Niedamir reste tributaire des professionnels, c'est-à-dire de nous, des traqueurs, ainsi que de Yarpen et de ses garçons. C'est nous, et personne d'autre, qui nous approchons du dragon à une longueur d'épée. Les autres, magiciens compris, s'ils apportent une aide honnête, pourront se partager un quart du trésor.

—Outre les magiciens, qui comptez-vous parmi ces autres ? demanda Jaskier avec intérêt.

—Certainement pas les croque-notes et les auteurs de vers de mirliton, ricana Yarpen. Nous y incluons ceux qui triment avec la hache, pas avec le luth.

—Ah bon ! intervint Trois-Choucas en observant le ciel étoilé. Et avec quoi triment donc le cordonnier Kozojed et sa bande ?

Yarpen Zigrin cracha dans le feu en mugissant quelque chose dans la langue des nains.

—La milice de Holopole connaît ces montagnes de merde et nous sert de guide, expliqua à mi-voix Boholt. Il est juste de les inclure dans le partage. En ce qui concerne le cordonnier, l'affaire est pourtant un peu différente. Lorsqu'un dragon s'arrête dans une contrée, il n'est pas bon que le peuple croie qu'on puisse impunément le gaver de poison et continuer d'enfiler les filles dans les blés au lieu de faire appel à des professionnels. Si un tel procédé se répétait, il ne nous resterait plus que la mendicité. Non ?

—C'est vrai, répondit Yarpen. C'est pourquoi, je vous le dis : ce cordonnier devrait faire les frais d'une mauvaise rencontre avant d'entrer dans la légende.

—Qu'il en soit ainsi, ponctua Brochet-Lance avec fermeté. Laissez-moi faire.

—Et que Jaskier, poursuivit le nain, lui fasse une gueule dans sa ballade pour les siècles des siècles.

—Vous avez oublié un élément important, dit Geralt. Il y en a un qui peut brouiller vos cartes en refusant tout partage et tout contrat. Je veux parler d'Eyck de Denesle. Vous êtes-vous déjà concertés ?

—À quel propos ? murmura Boholt entre ses dents en attisant le feu avec une branche. Avec Eyck, pas moyen de discuter, Geralt. Il ne s'y connaît pas en affaires.

—Nous l'avons rencontré, intervint Trois-Choucas. Sur le chemin menant à votre camp. Agenouillé sur les pierres, vêtu de son armure complète, il observait le ciel.

—Il fait toujours ça, expliqua Un-Brin. Il médite ou prie. Il dit répondre à la mission divine de protéger les humains du Mal.

—Chez nous, à Crinfrid, grogna Boholt, on enferme les fous comme lui dans un réduit de l'étable, on les attache à une chaîne et lorsqu'on leur donne un morceau de charbon, ils dessinent des formes merveilleuses sur les murs. Mais cessons de perdre du temps en palabrant sur nos prochains : parlons affaires.

Une jeune femme de petite taille, aux cheveux noirs recouverts d'un réticule doré et vêtue d'un manteau de laine, entra dans le cercle de lumière.

— Qu'est-ce qui pue ainsi ? demanda Yarpen Zigrin en feignant de ne pas la remarquer. Ce ne serait pas du soufre ?

— Non. (Boholt renifla ostensiblement en détournant le regard.) C'est du musc ou un autre encens.

— Non, c'est probablement… (Le nain grimaça :) Ah ! C'est cette vénérable dame Yennefer. Bienvenue, bienvenue !

La magicienne embrassa lentement du regard les individus réunis. Ses yeux luisants s'arrêtèrent un instant sur le sorceleur. Geralt souriait discrètement.

— Vous permettez que je m'assoie ?

— Mais bien entendu, bienfaitrice, lui répondit Boholt en hoquetant. Prenez place, là sur la selle. Pousse-toi, Kennet mon bon, et donne ton siège à la magicienne.

— Messires, j'entends qu'on parle affaires. (Yennefer s'assit en étendant devant elle des jambes sveltes gainées de bas noirs.) Sans moi ?

— Nous n'osions déranger une personne si importante, répondit Yarpen Zigrin.

Yennefer cligna des yeux en se tournant vers le nain :

— Toi, Yarpen, tu ferais mieux de te taire. Depuis le premier jour, tu me traites en courant d'air. Alors continue et cesse de te gêner pour moi. Moi, cela ne me gêne aucunement.

— Que dites-vous, gente dame ? (Yarpen découvrit en souriant une rangée inégale de dents.) Que les sangsues me dévorent si je ne vous traite pas mieux qu'un courant d'air. L'air, il m'arrive de le vicier, ce que je n'oserais jamais faire avec vous.

Les « garçons » barbus éclatèrent d'un rire sonore. Ils se turent immédiatement à la vue d'une lueur grise qui s'était formée autour de la magicienne.

— Encore un mot de toi et l'air sera décidément vicié, Yarpen, lui lança Yennefer d'une voix métallique. Il ne restera qu'une tache noire sur l'herbe.

— Soit. (Boholt rompit le silence qui venait de s'installer en toussotant.) Tais-toi, Zigrin. Entendons ce que dame Yennefer veut nous transmettre. Elle regrettait que notre discussion d'affaires ait lieu sans elle. J'en déduis qu'elle a une proposition à nous faire. Écoutons, doux messires, en quoi consiste cette proposition. Espérons néanmoins qu'elle ne propose pas d'occire seule le dragon avec ses sorts.

—Pourquoi pas ? réagit Yennefer en relevant la tête. Tu penses que cela n'est pas possible, Boholt ?

—C'est peut-être possible. Mais pour nous peu rentable, car vous exigeriez alors la moitié du trésor du dragon.

—Au minimum, répondit froidement la magicienne.

—Vous voyez vous-même que ce n'est pas une bonne solution. Nous, madame, nous ne sommes que de pauvres guerriers. Si la récompense nous échappe, c'est la famine qui menace. Nous ne nous nourrissons que d'oseille et d'ansérine blanche…

—Après les fêtes, parfois une marmotte, ajouta Yarpen Zigrin d'une voix triste.

—… Nous ne buvons que de l'eau. (Boholt but un bon coup à la bombonne et s'ébroua.) Pour nous, dame Yennefer, il n'y a point d'autre solution. Ou bien la récompense ou la mort en hiver dans le gel dehors. Car les auberges coûtent cher.

—La bière aussi, ajouta Brochet-Lance.

—Les filles de joie également, continua Un-Brin, rêveur.

Boholt regarda en l'air.

—C'est pourquoi nous nous débrouillerons sans vos sorts et sans votre aide pour occire le dragon.

—Tu en es si sûr ? Souviens-toi qu'il y a des limites au possible, Boholt.

—Il y en a peut-être. Je ne les ai pour ma part jamais rencontrées. Non, madame. Je le répète : nous tuerons le dragon nous-mêmes, sans avoir recours à votre magie.

—D'autant, ajouta Yarpen Zigrin, que les sorts, eux aussi, sont soumis aux limites d'un possible que nous ignorons.

—Tu as trouvé ça tout seul ? demanda lentement Yennefer. Quelqu'un te l'aurait-il soufflé ? La présence d'un sorceleur dans cette assemblée si vénérable n'expliquerait-elle pas votre suffisance ?

—Non, répondit Boholt en regardant Geralt qui feignait d'être assoupi, étendu paresseusement sur une couverture, la tête reposant sur sa selle. Le sorceleur n'a rien à voir avec ça. Écoutez, douce dame

Yennefer. Nous avons transmis une proposition au roi. Il n'a pas daigné nous répondre. Nous attendrons patiemment jusqu'au matin. Si le roi accepte, nous continuerons notre chemin ensemble. Sinon, nous partirons.

—Nous aussi, murmura le nain.

—Aucun marchandage possible, continua Boholt. C'est à prendre ou à laisser. Veuillez répéter ces mots à Niedamir, gente Yennefer. Et j'ajouterai que le marché peut aussi vous être favorable, à vous et à Dorregaray, si vous vous entendez avec le roi. La carcasse du dragon ne nous intéresse pas. Nous ne prenons que la queue. Tout le reste sera pour vous. Vous n'aurez qu'à vous servir. Nous ne réclamerons ni les dents ni la cervelle : rien de ce qui intéresse les magiciens.

—Bien entendu, ajouta Yarpen Zigrin en ricanant, les abats seront également pour vous, les magiciens. Personne ne vous les prendra, excepté peut-être les vautours.

Yennefer se leva en se couvrant les épaules de son manteau.

—Niedamir n'attendra pas le matin, annonça-t-elle fermement. Il accepte vos conditions tout de suite. En dépit de mes conseils, vous vous en doutez, et de ceux de Dorregaray.

—Niedamir, ponctua lentement Boholt, fait preuve d'une sagesse digne d'admiration chez un jeune roi. Car pour moi, gente Yennefer, la sagesse, c'est aussi l'aptitude à rester sourd aux conseils des gens stupides ou hypocrites.

Yarpen Zigrin pouffa dans sa barbe. La magicienne se mit les mains sur la taille et rétorqua :

—Vous pousserez demain une autre chansonnette lorsque le dragon vous tombera dessus en vous transperçant et en vous brisant les tibias. Vous me lécherez les bottes en implorant mon aide. Comme d'habitude. Je vous connais bien, tout comme je connais tous ceux de votre espèce. Je vous connais si bien que j'en ai la nausée.

Elle se retourna et disparut dans l'obscurité sans dire au revoir.

—De mon temps, dit Yarpen Zigrin, les magiciens restaient enfermés dans leur tour. Ils lisaient des livres savants et remuaient des mixtures dans leur chaudron avec une spatule sans se mettre dans les pattes des guerriers. Ils se mêlaient de leurs propres affaires sans afficher leur derrière devant les garçons.

—Un derrière, pour être franc, bien joli, ajouta Jaskier en accordant son luth. Hein, Geralt ? Geralt ? Où est passé le sorceleur ?

— Qu'est-ce que cela peut nous faire ? bougonna Boholt en alimentant le feu avec du bois. Il est parti. Peut-être pour satisfaire des besoins naturels, doux messires. C'est son affaire.

— Bien sûr, répondit le barde en jouant un accord sur son luth. Que diriez-vous d'une chanson ?

— Chante, par tous les diables, maugréa Yarpen Zigrin en crachant, mais n'attends pas, Jaskier, que je te donne un schilling pour ton bêlement. Ici, mon gars, ce n'est pas la cour royale.

— Ça se voit, répondit le troubadour en hochant la tête.

V

— Yennefer.

Elle feignit l'étonnement en se retournant. Le sorceleur savait qu'elle avait entendu ses pas de loin. Elle déposa à terre sa cuvette en bois et releva la tête en repoussant les cheveux qui lui tombaient sur le front. Ses boucles frisées, libérées du réticule doré, ondoyaient sur ses épaules.

— Geralt.

Comme d'habitude, elle portait uniquement deux couleurs – les siennes : le blanc et le noir. Des cheveux et de très longs cils noirs invitant à deviner la couleur des yeux qu'ils dissimulaient. Une robe noire, un petit pourpoint noir à encolure de fourrure blanche. Une chemise blanche du lin le plus fin. Au cou, un ruban de velours noir orné de petits diamants d'étoile d'obsidienne.

— Tu n'as pas changé, Yennefer.

— Toi non plus. (Elle pinça les lèvres.) Et dans les deux cas, rien de plus normal. Ou, si tu préfères, rien de plus anormal. Mais parler de l'action du temps sur nos visages, même s'il s'agit d'un excellent moyen pour entamer la conversation, frôle l'absurdité, tu ne penses pas ?

— C'est vrai.

Il inclina la tête en regardant du côté de la tente de Niedamir et des feux des archers royaux, dissimulés par les silhouettes sombres des chariots.

D'un feu situé plus loin, on entendait la voix mélodieuse de Jaskier chantant *Les Étoiles au-dessus de la route*, l'une de ses ballades amoureuses les plus réussies.

—Bien, dit la magicienne, le préambule étant passé, j'écoute ce que tu veux me dire.

—Tu vois, Yennefer…

—Je vois, l'interrompit-elle violemment, mais je ne comprends pas. Quelle est la raison de ta présence ici, Geralt ? Certainement pas le dragon. De ce point de vue, j'imagine que rien n'a changé.

—Non. Rien n'a changé.

—Pourquoi t'es-tu donc joint à nous ?

—Si je te dis que c'est à cause de toi, me croiras-tu ?

Elle le regarda en silence. Ses yeux lumineux exprimaient quelque chose de déplaisant.

—Je te crois, finit-elle par dire. Pourquoi pas ? Les hommes aiment à revoir leurs anciennes conquêtes pour se remémorer le bon vieux temps. Ils se complaisent à imaginer que leurs amours d'antan leur assurent un droit de propriété perpétuel sur leurs ex-partenaires. Cela leur fait du bien au moral. Tu ne fais pas exception, malgré tout.

—Malgré tout, répondit-il en souriant. Tu as raison, Yennefer. Ta vue me ravit. En d'autres termes, je suis content de te revoir.

—C'est tout ? Eh bien, disons que je suis contente, moi aussi, de te revoir. Et contente, je te souhaite une bonne nuit. Je vais, tu le vois, me reposer. Avant, j'ai l'intention de me laver et donc de me déshabiller. Je te prie de bien vouloir t'éloigner pour me garantir un minimum d'intimité.

—Yen.

Il lui tendit les mains.

—Ne m'appelle pas ainsi! grogna-t-elle, folle de rage, en reculant. (Des étincelles bleues et rouges jaillissaient des doigts que la magicienne dirigeait contre lui.) Et si tu me touches, je te brûle les yeux, salaud.

Le sorceleur recula. La magicienne, légèrement calmée, repoussa encore ses cheveux qui lui tombaient sur le front. Elle se tenait droite, les mains sur les hanches.

—Qu'est-ce que tu croyais, Geralt? Que nous discuterions légèrement et gaiement? Que nous nous remémorerions les temps anciens ? Que nous irions, après cette conversation, nous étendre dans un chariot et faire l'amour sur des fourrures… comme ça, histoire de se rafraîchir la mémoire? C'est ça ?

Geralt n'était pas sûr que la magicienne sût lire dans ses pensées. Peut-être arrivait-elle simplement à les deviner. Il garda le silence en se forçant à sourire.

— Ces quatre années ont fait leur travail, Geralt. J'ai surmonté la douleur du passé. C'est uniquement pour cette raison que je ne t'ai pas craché au visage, tout à l'heure, lorsque je t'ai aperçu. Mais veille à ce que mon amabilité ne te trompe pas.

— Yennefer...

— Silence! Je t'ai donné plus qu'à n'importe quel autre homme, fumier. Je ne sais pas moi-même pourquoi je t'avais choisi. Et toi... Oh non, mon cher. Je ne suis ni une catin ni une elfe rencontrée au hasard d'un chemin forestier, que l'on peut quitter le lendemain matin sans la réveiller et en laissant sur la table un bouquet de violettes. Une fille offerte à la risée de tous. Fais bien attention à toi! Si tu ajoutes ne serait-ce qu'un mot, tu risques de le regretter.

Geralt garda le silence. Il sentait la colère de Yennefer monter en puissance. La magicienne repoussa une nouvelle fois les boucles désobéissantes de son front. Elle le regardait dans les yeux. De très près.

— Nous nous sommes rencontrés. Tant pis, continua-t-elle à mi-voix. Nous n'allons pas assurer le spectacle pour les autres. Préservons notre dignité. Feignons d'être de bons amis. Mais ne te trompe point, Geralt: entre nous, il n'y a plus rien. Plus rien, tu comprends? Et sois-en heureux, car cela signifie que j'ai abandonné certains plans que j'avais esquissés contre toi. Mais cela ne signifie pourtant nullement que je t'ai pardonné. Je ne te pardonnerai jamais, sorceleur. Jamais.

Elle se retourna violemment, saisit sa cuvette en s'aspergeant d'eau et disparut derrière un chariot.

Geralt chassa un moustique qui voletait autour de son oreille en faisant un bruit agaçant. Il reprit lentement le chemin du feu où de rares applaudissements remerciaient Jaskier pour son tour de chants. Il observa le ciel bleu foncé béant au-dessus de la crête dentelée et noire des montagnes.

VI

— Avec prudence, là-bas! Faites attention! cria Boholt en se retournant sur son siège de conducteur vers le reste de la colonne derrière lui. Plus près des rochers! Faites attention!

Les chariots avançaient les uns derrière les autres en cahotant sur les pierres. Les conducteurs juraient et faisaient claquer leurs fouets ; inquiets, ils vérifiaient en se penchant que les roues demeurent à distance respectable du ravin et toujours au contact du chemin étroit et irrégulier. En bas, au fond du gouffre, la rivière Braa bouillonnait d'écume entre les rochers.

Geralt retint son cheval au plus près du mur de pierre recouvert par endroits de mousse brune et d'efflorescences blanches rappelant le lichen. Il permit ainsi que le fourgon des traqueurs le dépassât. En tête de colonne, Un-Brin forçait le train en compagnie des éclaireurs de Holopole.

— Bien ! hurlait-il. Du nerf ! Le chemin devient plus large.

Le roi Niedamir et Gyllenstiern rattrapèrent Geralt sur leur destrier. Plusieurs archers à cheval les protégeaient. Derrière eux, l'ensemble des chariots royaux roulait en produisant un bruit sourd. Plus loin encore suivait celui des nains, conduit par Yarpen Zigrin qui ne cessait de jurer. Niedamir était vêtu d'une fourrure légère. Son fin visage adolescent arborait des taches de rousseur. Il dépassa le sorceleur en lui jetant un regard fier dans lequel transparaissait nettement l'ennui. Gyllenstiern se redressa en arrêtant sa monture.

— Permettez, seigneur sorceleur, lança-t-il d'un air supérieur.

— Je vous écoute.

Geralt éperonna sa jument pour rejoindre le chancelier derrière les chariots. Il s'étonnait qu'avec un si gros ventre, Gyllenstiern préférât monter à cheval plutôt que de se laisser conduire en fourgon.

Gyllenstiern tira légèrement sur ses rênes ornées de clous en or et fit glisser de ses épaules son manteau turquoise.

— Hier, vous disiez que les dragons ne vous intéressaient pas. À quoi vous intéressez-vous donc, seigneur sorceleur ? Pourquoi faites-vous route avec nous ?

— C'est un pays libre, seigneur chancelier.

— Pour l'instant encore. Dans ce convoi, voyez-vous, seigneur Geralt, chacun doit rester à sa place et connaître son rôle, conformément à la volonté du roi Niedamir. Vous saisissez ?

— Où voulez-vous en venir, seigneur Gyllenstiern ?

— J'y viens. J'ai entendu dire que, dernièrement, c'est difficile de se mettre d'accord avec vous, les sorceleurs. Il paraît que lorsqu'on désigne à un sorceleur un monstre à abattre, celui-là préfère méditer sur la légitimité de cet acte plutôt que de prendre son épée et de frapper. Il préfère repousser les limites du possible en se demandant si tuer, en la circonstance, n'entre pas en contradiction avec son code déontologique et si le monstre est réellement un monstre – comme si cela n'était pas évident au premier coup d'œil. Je pense que l'aisance matérielle vous dessert : de mon temps, chez les sorceleurs, ce n'était pas l'argent qui puait, mais uniquement les bandelettes dont ils se couvraient les pieds. Il n'était nullement question de tergiverser : on tuait ce qu'on avait l'ordre de tuer, voilà tout. Il importait peu que ce fût un loup-garou, un dragon ou un collecteur d'impôts. Seule l'efficacité du travail comptait. Qu'en pensez-vous, Geralt ?

—Voulez-vous me confier une mission, Gyllenstiern ? répondit brutalement le sorceleur. J'attends votre proposition. Nous prendrons alors une décision. Mais si ce n'est pas le cas, à quoi bon ouvrir la bouche pour bavasser de cette manière ? Vous ne croyez pas ?

—Une mission ? soupira le chancelier. Non, je n'en ai pas. Ici, nous chassons le dragon et cela dépasse manifestement vos capacités, sorceleur. Je préfère les traqueurs pour accomplir cette tâche. Je voulais simplement vous prévenir. Faites bien attention : le roi Niedamir et moi-même ne pouvons tolérer ce type de dichotomie fantaisiste consistant à diviser les monstres en bons et mauvais. Nous ne désirons pas en entendre parler et encore moins voir comment les sorceleurs appliquent ce principe. Ne vous mêlez pas des affaires royales, seigneur, et cessez de chercher une collusion avec Dorregaray.

—Je n'ai pas l'habitude de collaborer avec les magiciens. D'où vous viennent de telles suppositions ?

—Les fantaisies tératologiques de Dorregaray, répondit Gyllenstiern, dépassent celles des sorceleurs. Il va au-delà de votre dichotomie manichéenne en considérant que tous les monstres sont bons !

—Il exagère quelque peu.

—Cela ne fait aucun doute. Mais il fait preuve, en défendant ses vues, d'une obstination pour le moins surprenante.

—Je n'apprécie guère Dorregaray, qui me le rend bien.

—Ne me coupez pas la parole ! Votre compagnie – dois-je le dire ? – me paraît des plus étranges : un sorceleur dont les scrupules dépassent en nombre les puces nichant dans la pelisse d'un renard; un magicien ne cessant de répéter des incongruités druidiques sur l'équilibre de la nature; un chevalier silencieux; Borch Trois-Choucas et son escorte originaire de Zerricanie – où l'on organise, comme chacun sait, des sacrifices devant des effigies de dragon. Et tous, comme par hasard, se joignent à notre chasse. C'est étrange, vous ne trouvez pas?

—Si vous voulez, oui.

—Sache donc, continua le chancelier, que les problèmes les plus difficiles trouvent toujours, comme le prouve la pratique, les solutions les plus simples. Ne me force pas, sorceleur, à y avoir recours.

—Je ne comprends pas.

—Tu comprends, tu comprends même très bien. Merci pour cette conversation, Geralt.

Le sorceleur arrêta sa monture. Gyllenstiern accéléra sa course pour rejoindre le roi derrière les chariots. Eyck de Denesle, vêtu d'un pourpoint piqué de cuir clair portant encore les marques d'une cuirasse, passa au pas en tirant un cheval de somme chargé d'une armure, d'un bouclier uniformément argenté et d'une puissante lance. Geralt le salua de la main, mais le chevalier errant détourna la tête en serrant les lèvres avant d'éperonner son cheval.

—Il ne t'apprécie guère, dit Dorregaray en rejoignant Geralt. Tu ne penses pas?

—Rien n'est plus évident.

—C'est un concurrent, n'est-ce pas? Vous menez tous deux une activité semblable. À la différence que le chevalier Eyck est un idéaliste et toi un professionnel. Différence de peu d'importance pour les êtres que vous abattez.

—Ne m'associe pas à Eyck, Dorregaray. Qui sait lequel de nous deux aurait le plus à pâtir de ta comparaison.

—Comme tu voudras. Pour moi, à la vérité, vous êtes aussi répugnants l'un que l'autre.

—Merci.

—Il n'y a pas de quoi. (Le magicien tapota l'encolure de son cheval, apeuré par les cris de Yarpen et de ses nains.) Selon moi, sorceleur, faire du meurtre une vocation est répugnant, bas et stupide. Notre monde vit dans l'équilibre. La destruction, le meurtre de toute créature habitant ce monde menace cet équilibre. L'absence d'équilibre induit l'extermination, et celle-ci la fin du monde que nous connaissons actuellement.

—Théorie de druide, affirma Geralt. Je la connais. Un vieux hiérophante me l'avait présentée autrefois à Riv. Deux jours après notre conversation, des hommes-rats l'ont mis en lambeaux. Le déséquilibre n'a jamais été confirmé.

Dorregaray regardait Geralt avec indifférence.

—Le monde, je le répète, se maintient dans l'équilibre. Un équilibre naturel. Chaque espèce a ses ennemis, chacune est un ennemi naturel pour les autres. Ce fait concerne également les humains. L'extermination totale des ennemis naturels de l'homme – à laquelle tu contribues, Geralt, et qui se laisse actuellement observer – menace notre race de dégénérescence.

—Tu sais, magicien, répondit le sorceleur hors de ses gonds, rends donc visite à la mère dont le fils a été dévoré par un basilic et explique-lui qu'elle devrait se réjouir de son malheur, car celui-ci permettra de sauver l'humanité de la dégénérescence. Tu verras ce qu'elle te répondra.

—Bon argument, sorceleur, intervint Yennefer, qui les avait rejoints sur son grand cheval moreau. Toi, Dorregaray, fais attention à ce que tu dis.

—Je n'ai pas l'habitude de cacher mes opinions.

Yennefer se faufila entre les deux. Le sorceleur remarqua qu'elle avait remplacé son réticule doré par un foulard blanc roulé en bandeau.

—Pense à les dissimuler, Dorregaray, répondit-elle. Au moins devant Niedamir et les traqueurs, qui te soupçonnent de vouloir perturber la chasse. Ils continueront de te traiter en maniaque inoffensif tant que tu te limiteras à des paroles. Mais si tu essaies de passer à l'acte, ils te briseront le cou avant même que tu aies le temps de soupirer.

Le magicien sourit avec mépris.

—De plus, continua Yennefer, tu gâches la réputation de notre métier et de notre vocation par l'exposé de telles opinions.

—Plaît-il ?

—Tu peux te référer, pour tes théories, à la grande création et aux insectes, Dorregaray, mais pas aux dragons. Les dragons demeurent les pires ennemis naturels de l'homme. Il n'est pas question ici de la dégénérescence de l'humanité, mais de sa survie. Pour durer, l'espèce humaine doit se débarrasser de ses ennemis, de ceux-là mêmes qui la menacent.

—Les dragons ne sont pas les ennemis des hommes, intervint Geralt.

La magicienne le regarda en esquissant un sourire perceptible uniquement sur ses lèvres.

—Concernant cette question, répondit-elle, laisse-nous le privilège, à nous humains, d'en décider. Toi, sorceleur, tu n'es pas fait pour juger. Tu n'es là que pour exécuter certaines tâches.

—Comme un golem programmé et servile ?

—Je te laisse la paternité de cette comparaison, rétorqua-t-elle froidement, même si je la considère, soit dit en passant, assez pertinente.

—Yennefer, dit Dorregaray. Pour une femme de ton âge et de ton éducation, les inepties que tu nous infliges sont choquantes. Pourquoi les dragons figureraient-ils justement parmi les principaux ennemis des hommes ? Pourquoi pas d'autres créatures cent fois plus dangereuses, ayant sur la conscience cent fois plus de victimes que les dragons ? Pourquoi pas les hirikkhis, les diploures géants, les manticores, les amphisbènes ou les griffons ? Pourquoi pas les loups ?

—Je vais te le dire. La supériorité de l'homme sur les autres races et espèces, son combat pour la place qui lui incombe dans la nature, son espace vital, tout cela ne pourra être remporté que lorsque l'homme aura mis un terme à son nomadisme déterminé par sa quête de nourriture selon le rythme des saisons. Sinon, il lui sera impossible de se multiplier suffisamment vite. L'humanité est un enfant sans autonomie véritable. Une femme ne peut accoucher selon le rythme annuel normal qu'à l'abri des murs d'une ville ou d'une place forte. La fertilité, Dorregaray, voilà la condition du développement, de la survie et de la domination. Là, nous en venons aux dragons : seul un dragon peut menacer une ville ou une place forte, pas les autres monstres. Si les dragons ne sont pas exterminés, les humains se disperseront pour assurer leur sécurité au lieu de s'unir. Le feu d'un dragon soufflé sur un quartier densément peuplé provoque un cauchemar, des centaines de victimes, un terrible massacre. C'est pourquoi les dragons doivent être supprimés jusqu'au dernier.

Dorregaray la regarda avec un sourire étrange sur les lèvres.

— Tu sais, Yennefer, je préférerais ne pas vivre jusqu'au moment où se réalisera ton idée de domination de l'homme et jusqu'au moment où tes semblables occuperont la place qui leur incombe dans la nature. Par bonheur, cela n'arrivera jamais. Vous vous dévorerez entre vous, vous vous empoisonnerez, vous succomberez à la fièvre et au typhus, car ce seront plutôt la saleté et les poux, pas les dragons, qui menaceront vos villes si magnifiques où les femmes enfantent tous les ans, mais où un nouveau-né sur dix réussira à vivre plus de dix jours. Oui, Yennefer, bien sûr : fertilité, fertilité et encore fertilité. Fais plutôt des enfants, ma chère, voilà une fonction plus naturelle qui t'occupera pleinement au lieu de perdre ton temps à inventer des inepties. Adieu.

Le magicien éperonna son cheval et partit au galop rejoindre la tête de la colonne.

En voyant le visage pâle et crispé de Yennefer, Geralt s'apitoya par avance sur le magicien. Il saisissait parfaitement la situation : Yennefer était stérile, comme la plupart des magiciennes, mais à la différence des autres, elle en souffrait et devenait folle de rage lorsqu'on le lui rappelait. Dorregaray connaissait sans doute cette faiblesse. Il ignorait néanmoins que Yennefer aimait à nourrir froidement ses vengeances.

— Il va se créer des ennuis, siffla-t-elle. Oh, oui ! Fais attention, Geralt. S'il arrive quelque chose, n'espère pas que je te défende si tu ne fais pas preuve de sagesse.

— Je reste sans crainte, répondit-il en souriant. Nous, les sorceleurs et les golems serviles, nous agissons toujours avec sagesse. Les limites des possibilités entre lesquelles nous pouvons nous mouvoir sont clairement et nettement fixées.

— Non, mais regardez-le ! (Le visage de Yennefer pâlit encore.) Tu te vexes comme une jeune fille dont on dévoile l'absence de vertu. Tu es sorceleur. Tu ne changeras ni ton état ni ta vocation…

— Arrête avec cette vocation, Yen. Cet argument commence à me donner la nausée.

— Ne me parle pas ainsi, je te dis. Tes nausées, ainsi que l'éventail limité de tes réactions de sorceleur ne m'intéressent pas.

— Tu assisteras néanmoins à quelques-unes d'entre elles si tu ne cesses de me rassasier de morales sublimes et de combats pour le bien des hommes. Sans parler des dragons, ces affreux ennemis de la tribu humaine. Je connais mieux.

— Ah, oui ? (La magicienne cligna des yeux.) Qu'est-ce que tu en sais, mon cher ?

Geralt ignora l'avertissement violent du médaillon pendu à son cou.

— Si les dragons ne protégeaient pas de trésor, même les chiens boiteux ne s'intéresseraient pas à leur sort. *A fortiori* les magiciens. Il est intéressant de noter la présence, à chaque chasse au dragon, de quelques magiciens fortement liés à la corporation des joailliers. Tout comme toi. Plus tard, alors que le marché devrait crouler sous les pierres, celles-ci disparaissent comme par enchantement et leur prix reste constant. Ne me parle donc pas de vocation et de combat pour la survie de la race. Je te connais trop bien et depuis trop longtemps.

— Depuis trop longtemps, répéta-t-elle d'un air hostile en se tordant les lèvres. Malheureusement. Mais ne crois pas que tu me connaisses bien, fils de chienne. Bon sang, comme j'ai été stupide… Allez, va au diable ! Je ne peux plus te voir.

Elle hurla en lançant son cheval moreau au triple galop vers la tête du convoi. Le sorceleur arrêta sa monture et laissa passer le chariot des nains qui hurlaient, juraient et jouaient sur des flûtes en os. Parmi eux, étendu de tout son long sur des sacs d'avoine, Jaskier les accompagnait de son luth avec désinvolture.

— Hé ! cria Yarpen Zigrin de son siège de conducteur en montrant du doigt Yennefer. Quelle est cette tache noire sur le chemin ? Curieux, qu'est-ce que cela peut être ? Ça ressemble à une jument !

— Sans nul doute ! lui répondit Jaskier en hurlant et en faisant glisser sur sa nuque son chapeau couleur d'olive. C'est une jument qui monte un hongre ! Incroyable !

Les barbes des garçons de Yarpen tremblèrent dans un chœur d'éclats de rire. Yennefer feignit de ne pas les entendre.

Geralt fit stopper son cheval pour laisser passer les archers montés de Niedamir. Derrière eux, à une certaine distance, arrivait lentement Borch et, juste derrière lui, les Zerricanes fermaient la colonne. Geralt les attendit. Il plaça sa jument à côté du cheval de Borch. Les deux hommes chevauchèrent côte à côte en silence.

— Sorceleur, dit soudain Trois-Choucas. Je voudrais te poser une question.

— Ne te gêne pas.

— Pourquoi ne fais-tu pas demi-tour ?

Le sorceleur fixa son interlocuteur en silence avant de répondre.

— Tu veux vraiment le savoir ?

— Oui, répondit Trois-Choucas en se tournant vers lui.

— Je marche dans la colonne car je ne suis qu'un golem servile, qu'un fil d'étoupe promené par le vent sur la grand-route. Où devrais-je aller ? Dis-le-moi. Dans quel but ? Je trouve dans la compagnie de ce convoi des gens à qui parler. Certains ne coupent pas court à la conversation lorsque je m'approche d'eux. D'autres ne m'aiment guère et me le disent dans les yeux sans me jeter des pierres en embuscade. Je les accompagne pour la même raison que lorsque je me suis rendu avec toi dans cette auberge de mariniers. Car tout m'est égal. Je ne suis attendu nulle part. Je n'ai rien au bout du chemin.

Trois-Choucas toussa pour s'éclaircir la voix.

— Au bout de chaque chemin, il y a un but. Chacun en a un. Même toi, malgré tes différences.

— C'est à moi maintenant de te poser une question.

— Vas-y.

— Toi-même, vois-tu un but au bout de ton chemin ?

— J'en vois un.

— Chanceux.

— Ce n'est pas une question de chance, Geralt. Tout est fonction de ce que tu crois et de ce à quoi tu te consacres. Qui pourrait le savoir qu'un mieux ?

— On n'arrête pas de me parler de vocation aujourd'hui, murmura Geralt. La vocation de Niedamir consiste à conquérir Malleore. Celle d'Eyck de Denesle à protéger les humains des dragons. Dorregaray se sent appelé à réaliser un but diamétralement opposé. Yennefer ne peut accomplir sa vocation en raison des changements qu'a subis son organisme, et cela l'inquiète. Par le diable, seuls les traqueurs et les nains semblent ne pas avoir besoin de vocation. Ils désirent tout simplement faire leur beurre. C'est peut-être pourquoi ils m'attirent.

— Non, Geralt de Riv, ce n'est pas eux qui t'attirent. Je ne suis ni aveugle ni sourd. Tu n'as pas sorti ta bourse à la douce musique de leur nom. Il me semble que…

— Il te semble sans raison, l'interrompit sans colère le sorceleur.

— Pardonne-moi.

— Tu t'excuses sans raison.

Ils stoppèrent leur monture, évitant d'entrer en collision avec les archers de Caingorn immobilisés dans la colonne.

— Que s'est-il passé ? (Geralt se leva sur ses étriers.) Pourquoi cet arrêt ?

— Je ne sais pas, répondit Borch en tournant la tête.

Vea débita quelques mots en allongeant étrangement son visage.

— Je vais voir en tête de colonne, déclara le sorceleur. Je veux savoir.

— Reste là.

— Pourquoi ?

Trois-Choucas resta silencieux en fixant le sol.

— Pourquoi ? répéta Geralt.

— Vas-y, lâcha enfin Borch. C'est peut-être mieux ainsi.

— Qu'est-ce qui est mieux ainsi ?

— Vas-y.

Le pont reliant les deux bords du précipice semblait solide. Il avait été construit avec d'imposants rondins de pin reposant sur un pilier carré contre lequel le courant se brisait avec fracas en longs filets d'écume.

— Hé ! Un-Brin ! hurla Boholt en approchant son chariot. Pourquoi t'es-tu arrêté ?

— Ma foi, je ne sais pas trop dans quel état se trouve ce pont.

— Pourquoi prendre ce chemin ? demanda Gyllenstiern en s'approchant. Je n'ai pas le goût de faire traverser les chariots sur cette passerelle. Hé ! Cordonnier ! Pourquoi sortir de la route ? Le sentier continue plus loin vers l'ouest !

L'empoisonneur héroïque de Holopole s'approcha et enleva son bonnet en peau de mouton. Il avait l'air comique dans son manteau de bure protégé d'un plastron de cuirasse démodé datant au moins du temps du roi Sambuk.

— Par-là, le chemin est plus court, vénéré seigneur, répondit-il non au chancelier mais directement à Niedamir dont le visage exprimait toujours un ennui mortel.

— Comment cela ? demanda Gyllenstiern, le visage crispé.

Niedamir ne daigna rendre aucun regard au cordonnier.

—Eh bien, expliqua Kozojed en montrant les trois sommets dentelés dominant les environs. Ce sont Chiava, la Grande Crécerelle et la Dent du coursier. Le sentier mène vers les ruines d'une ancienne place forte, tourne autour de Chiava par le nord, au-delà des sources de la rivière. En empruntant le pont, nous pouvons raccourcir le chemin. Nous suivrons une ravine jusqu'à une nappe d'eau sise entre les montagnes. Si nous n'y trouvons pas trace du dragon, nous prendrons vers l'est pour inspecter les ravins adjacents. Plus loin encore, vers l'est, nous trouverons des alpages plats, puis un chemin menant directement à Caingorn, vers vos domaines, seigneur.

—Comment t'est venue cette science des montagnes, Kozojed ? demanda Boholt. En rabotant les sabots ?

—Non, seigneur. J'étais berger dans ma jeunesse.

—Ce pont tiendra ? (Boholt se leva de son siège pour jeter un œil au fond du ravin, en direction de l'eau tumultueuse.) Le gouffre a dans les quarante toises de profondeur.

—Il tiendra, seigneur.

—Comment expliquer la présence d'un tel pont dans cette contrée sauvage ?

—Les trolls, expliqua Kozojed, ont construit ce pont dans les temps anciens pour y installer un péage. Quiconque voulait traverser devait payer une forte somme. Mais rares étaient les intéressés, et les trolls ont plié bagages. Le pont est resté.

—Je répète, intervint Gyllenstiern avec colère, que nous avons des chariots remplis de matériel et de nourriture. Nous pouvons rester bloqués dans la nature. Ne vaut-il pas mieux rester sur le sentier ?

—Nous pouvons suivre le sentier, répondit le cordonnier en haussant les épaules, mais la route sera plus longue. Le roi avait exprimé son empressement d'en découdre avec le dragon. Il disait briller d'impatience.

—Brûler d'impatience, corrigea le chancelier.

—Soit, brûler, acquiesça le cordonnier. Il n'empêche que la route serait plus courte en prenant le pont.

—Eh bien, allons-y, Kozojed ! décida Boholt. En avant marche, toi et ton armée. Chez nous, nous avons l'habitude d'envoyer les plus valeureux en premier.

—Pas plus d'un chariot à la fois ! ordonna Gyllenstiern.

— D'accord ! (Boholt fouetta ses chevaux ; le chariot fit craquer les rondins du pont.) Derrière nous, Un-Brin ! Prends garde que nos roues aillent droit.

Les archers de Niedamir barrèrent le chemin de leurs pourpoints pourpre et jaune marqués d'un pignon de pierre. Geralt stoppa son cheval.

La jument du sorceleur éternua.

La terre se mit alors à trembler. Les montagnes s'ébranlèrent. La lisière dentelée du mur de roche s'effaça soudain dans le ciel. Le mur de la falaise émit un bruit de roulement sourd et grondant.

— Attention ! hurla Boholt, déjà passé de l'autre côté du pont. Attention !

Les premières pierres, encore petites, commencèrent à bruire et à frapper la pente secouée de spasmes. Geralt vit une fissure noire se former en travers du chemin. Celui-ci rompit et s'effondra dans le vide dans un fracas assourdissant.

— À cheval ! hurla Gyllenstiern. Mes doux seigneurs ! Il faut traverser, vite !

Niedamir, la tête penchée sur la crinière de sa monture, se rua sur le pont avant que Gyllenstiern et quelques archers eussent le temps de sauter. Derrière eux, le fourgon royal portant l'étendard marqué d'un griffon s'encastra, avec un bruit sourd, dans les madriers vacillants.

— C'est une chute de pierres ! Écartez-vous du chemin ! hurla à l'arrière Yarpen Zigrin, en fouettant la croupe de ses chevaux.

Le chariot des nains écrasa des archers en dépassant le second chariot de Niedamir.

— Écartez-vous ! Sorceleur ! Écartez-vous !

Eyck de Denesle, raide et droit comme un *i*, doubla le chariot des nains en galopant. Si son visage n'avait pas été livide et grimaçant, on aurait pu penser que le chevalier errant ne remarquait pas les roches et les pierres dégringolant sur le sentier. Un cri sauvage parvint d'un groupe d'archers restés en arrière. Des chevaux hennissaient.

Geralt tira sur ses rênes et stoppa net son cheval. Juste devant lui, la terre tremblait sous le choc des roches qui dévalaient la pente.

Se frayant un chemin à travers les pierres, le chariot des nains sursauta à l'entrée du pont et se renversa en émettant un craquement.

L'un de ses essieux se brisa : une roue alla frapper la balustrade avant de tomber dans les tourbillons.

La jument du sorceleur, frappée par des éclats de roche pointus, prit le mors aux dents. Geralt voulut sauter de sa monture, mais sa chaussure resta bloquée dans l'étrier. Il tomba. La jument hennit et détala sur le pont vacillant au-dessus du vide. De l'autre côté, les nains couraient en hurlant et en jurant.

— Plus vite, Geralt ! cria Jaskier par-dessus son épaule tout en courant derrière les nains.

— Saute, sorceleur ! hurla Dorregaray, malmené sur sa selle et peinant à maîtriser son cheval devenu fou.

Derrière eux, un pan entier de chemin s'effondra dans le nuage de poussière formé par la chute des roches et par les chariots de Niedamir mis en pièces. Le sorceleur réussit à s'accrocher aux lanières des sacoches de la selle du magicien. Il entendit un cri.

Yennefer avait basculé avec son cheval et roulé sur le côté. Elle se protégeait la tête avec ses mains et tentait de se mettre hors de portée des sabots qui frappaient à l'aveuglette. Le sorceleur lâcha prise pour se précipiter vers elle, tout en évitant une pluie de pierres et en sautant au-dessus des fissures qui se formaient sous ses pieds. Blessée à l'épaule, Yennefer s'agenouilla, les yeux écarquillés et l'arcade sourcilière ouverte. Du sang coulait jusqu'au lobe de son oreille.

— Lève-toi, Yen !

— Geralt, fais attention !

Un énorme bloc de roche, qui s'était détaché du mur dans un crissement, leur tomba directement dessus avec un bruit sourd. Geralt se laissa choir pour recouvrir la magicienne de son corps. Le bloc explosa et se brisa alors en des milliers de fragments aussi effilés que des dards de guêpes.

— Plus vite ! cria Dorregaray.

Sur son cheval, il agita sa baguette, réduisant en poussière d'autres rochers détachés de la paroi.

— Sur le pont, sorceleur !

Yennefer fit un signe de la main en allongeant les doigts. Personne ne comprit ce qu'elle criait. Les pierres disparurent comme des gouttes d'eau sur une tôle brûlante au contact de la voûte bleuâtre qui venait de se former au-dessus de leurs têtes.

— Vers le pont, Geralt ! cria la magicienne. Reste près de moi !

Ils coururent derrière Dorregaray et quelques archers désarçonnés. Le pont se balançait. Il se mit à trembler. Les rondins se tordaient dans tous les sens d'une balustrade à l'autre.

— Plus vite !

Le pont s'effondra d'un coup dans un vacarme assourdissant. La moitié qu'ils venaient de franchir s'arracha et tomba avec fracas dans le vide, emportant le chariot des nains et s'écrasant sur les rangées de pierres. On entendit le hennissement affreux des chevaux affolés. La partie du pont encore en place continuait de tenir, mais Geralt s'aperçut qu'ils couraient sur une pente de plus en plus raide.

— Nous tombons, Yen ! Tiens-toi à moi !

Le reste du pont grinça, craqua et pivota comme une rampe basculante. Yennefer et Geralt glissèrent. Leurs doigts agrippèrent les interstices séparant les rondins. S'apercevant qu'elle lâchait progressivement prise, la magicienne jeta un cri aigu. Se retenant d'une main, Geralt saisit son stylet de l'autre et le planta dans un interstice pour s'y accrocher des deux mains. Les articulations de ses coudes se mirent à craquer lorsque Yennefer se cramponna à sa ceinture et au fourreau de l'épée que le sorceleur portait en bandoulière. Le pont cédait et penchait de plus en plus vers la verticale.

— Yen, murmura le sorceleur entre ses dents. Fais quelque chose… par le diable. Jette un sort !

— Comment ? lui répondit-elle dans un grognement sourd et colérique. Je suis suspendue à bout de bras !

— Libère une de tes mains !

— Je ne peux pas…

— Hé ! hurla Jaskier en contre-haut. Vous tenez bon ? Hé !

Geralt ne jugea pas utile de répondre.

— Lancez une corde ! demanda Jaskier. Vite, bon sang !

Les traqueurs, les nains et Gyllenstiern apparurent aux côtés de Jaskier. Geralt entendit la voix sourde de Boholt :

— Attends, petit barde. Elle ne va pas tarder à tomber. Nous tirerons le sorceleur après.

Yennefer s'agrippait comme une vipère au dos de Geralt. La bandoulière mordait douloureusement le torse du sorceleur.

— Yen ? Tu peux saisir une prise ? Tu peux faire quelque chose avec les pieds ?

— En théorie, oui, geignit-elle. Mais là, ça risque de nous faire dégringoler !

Geralt regarda la rivière qui bouillonnait au fond de la ravine et les rochers contre lesquels s'étaient écrasés des madriers, un cheval et le cadavre d'un homme vêtu des couleurs vives de Caingorn. Derrière les rochers, il aperçut dans un trou d'eau aussi claire que l'émeraude de grandes truites fuselées, qui se déplaçaient paresseusement dans le courant.

— Tu tiens bon, Yen ?

— Encore un peu... oui...

— Hisse-toi. Tu dois saisir une prise.

— Non... Je ne peux pas...

— Lancez une corde ! hurla Jaskier. Vous êtes devenus fous ? Ils vont tomber tous les deux !

— Ne serait-ce pas le mieux ? murmura discrètement Gyllenstiern.

Le pont trembla et pivota encore plus. Geralt commençait à perdre toute sensation dans les doigts tant il serrait la poignée de son stylet.

— Yen...

— Tais-toi... et arrête de gigoter...

— Yen ?

— Ne m'appelle pas ainsi...

— Tu tiens bon ?

— Non, répondit-elle froidement.

Yennefer ne luttait presque plus. Son corps impuissant et passif pendait le long du dos du sorceleur.

— Yen ?

— Tais-toi.

— Yen. Pardonne-moi.

— Non. Jamais.

Quelque chose glissa le long des madriers, très vite, comme un serpent.

Dégageant une lueur froide et pâle, la corde, se tortillant et se tordant comme si elle était vivante, trouva en tâtonnant grâce à son extrémité mobile la nuque de Geralt, s'immisça sous ses aisselles puis forma un nœud lâche. Sous Geralt, la magicienne gémit en reprenant son souffle. Le sorceleur était certain qu'elle allait fondre en larmes. Il se trompait.

— Attention ! cria Jaskier d'en haut. Nous vous hissons ! Brochet-Lance ! Kennet ! Tirez ! Oh hisse !

Yennefer respirait difficilement en raison de la tension et de la contraction douloureuse de la corde. Ils furent hissés rapidement en raclant le bois des madriers.

En haut, Yennefer se dégagea la première.

VII

— De l'ensemble des chariots, annonça Gyllenstiern, nous n'avons sauvé qu'un fourgon, majesté, sans compter celui des traqueurs. De l'escorte, seuls sept archers ont survécu. De l'autre côté du précipice, le chemin a complètement disparu. Il ne reste plus qu'un éboulis et un mur lisse, aussi loin que permette de voir le coude de la falaise. On ne sait pas si les individus présents sur le pont au moment de son effondrement vivent encore.

Niedamir ne répondit pas. Au garde-à-vous devant lui, Eyck de Denesle le fixait avec des yeux fiévreux.

— La colère des dieux nous poursuit, dit le chevalier en levant les bras. Nous avons péché, roi Niedamir. Il s'agissait d'une expédition sainte, d'une expédition contre le mal. Car le dragon représente le mal, oui, chaque dragon est le mal incarné. Moi, je passe avec indifférence à ses côtés : je l'écrase sous mon pied... je l'anéantis... oui, ainsi que l'exigent les dieux et le Livre saint.

— Il délire ? dit Boholt en se renfrognant.

— Je ne sais pas, répondit Geralt en réajustant le harnais de sa jument. Je n'ai rien compris.

— Taisez-vous, demanda Jaskier. J'essaie de mémoriser ses paroles. Elles pourront peut-être me servir pour mes rimes.

— Le Livre saint dit, continua Eyck, tout à son emportement, qu'un serpent surgira du gouffre, un atroce dragon possédant sept têtes et dix cornes. Sur sa croupe s'assoira une femme vêtue de pourpre et d'écarlate, un calice d'or entre les mains, et sur son front sera inscrite la marque de son immense et définitive flétrissure !

— Je la connais ! intervint Jaskier joyeusement. C'est Cilia, l'épouse du burgrave Sommerhalder !

— Faites silence, seigneur poète, lui intima Gyllenstiern. Et vous, chevalier de Denesle, parlez plus clairement, par la grâce des dieux.

— Lorsque l'on combat le mal, poursuivit Eyck avec emphase, il faut soi-même avoir le cœur et la conscience purs pour pouvoir lever la tête fièrement. Mais qui voyons-nous ici ? Des nains, ces païens qui naissent dans les ténèbres et révèrent de sombres puissances ! Des magiciens blasphématoires, s'arrogeant les droits, les forces et les privilèges divins ! Un sorceleur, odieux mutant, créature artificielle et maudite. Vous étonnez-vous donc que le châtiment nous ait frappé ? Cessons de mettre à l'épreuve la grâce divine ! Je vous en prie, roi : débarrassez nos rangs de cette vermine avant que…

— Même pas un mot sur moi, l'interrompit Jaskier en se plaignant. Pas un mot sur les poètes. Et pourtant je fais de mon mieux !

Geralt sourit à l'adresse de Yarpen Zigrin qui caressait d'un mouvement lent et posé le tranchant acéré de sa cognée accrochée à sa ceinture. Amusé, le nain sourit en montrant toutes ses dents. Yennefer tourna le dos à la scène de manière ostentatoire, affichant ainsi une préoccupation supérieure pour sa robe déchirée jusqu'à la hanche que pour les paroles d'Eyck.

— Nous avons peut-être quelque peu exagéré, lui accorda Dorregaray, mais pour de nobles raisons, seigneur Eyck, cela ne fait aucun doute. Je considère néanmoins comme non avenues vos remarques sur les magiciens, les nains et les sorceleurs, même si nous sommes habitués à ce type de jugements qui ne sont ni aimables ni dignes d'un chevalier, seigneur Eyck. Et j'ajouterai : d'autant moins compréhensibles que c'est vous, et nul autre, qui avez accouru tout à l'heure et lancé la corde magique elfique qui a sauvé le sorceleur et la magicienne d'une mort certaine. À entendre ce que vous dites, on ne comprend pas pourquoi vous n'avez pas plutôt prié pour leur chute ?

— Bon sang, murmura Geralt à Jaskier. C'est lui qui a fourni la corde ? Eyck ? Pas Dorregaray ?

— Non, grommela le barde. C'est bien Eyck.

Geralt tourna la tête avec incrédulité. Yennefer jura à voix basse et se redressa.

— Chevalier Eyck, lui lança-t-elle avec un sourire que tous, hormis Geralt, crurent aimable et bienveillant. Comment expliquer cette situation ? Je suis une vermine, mais vous me sauvez la vie ?

—Vous êtes une dame, gente Yennefer. (Le chevalier s'inclina avec rigidité.) Votre visage séduisant et sincère permet de penser que vous vous débarrasserez un jour de votre magie maudite.

Boholt éternua.

—Je vous remercie, chevalier, répondit sèchement Yennefer. Le sorceleur Geralt vous remercie également. Remercie-le, Geralt.

—Que le diable m'emporte d'abord, répondit le sorceleur en toute sincérité. Pour quelle raison devrais-je le remercier ? Je ne suis pour lui qu'un détestable mutant dont l'odieux visage ne promet aucune amélioration. Le chevalier Eyck m'a tiré du vide sans le vouloir, uniquement parce que je me tenais opiniâtrement à la gente dame. Si j'avais été seul, Eyck n'aurait même pas levé le petit doigt. Je me trompe, chevalier ?

—Vous vous trompez, seigneur Geralt, répondit sereinement le chevalier errant. Je ne refuse jamais à personne l'aide dont il a besoin. Même à un sorceleur.

—Remercie-le, Geralt. Et demande-lui pardon, lui intima fermement la magicienne. Dans le cas contraire, tu confirmerais tout ce que Eyck a dit de toi. Tu ne sais pas vivre avec les autres car tu es différent. Ta présence dans cette expédition est une erreur. Un but absurde t'a amené jusqu'ici. Il serait plus raisonnable de nous laisser. Je pense que tu l'as compris toi-même. Sinon, il est grand temps que tu le comprennes.

—De quel but parliez-vous, madame ? intervint Gyllenstiern.

La magicienne le regarda sans répondre. Jaskier et Yarpen Zigrin riaient sous cape, pour ne pas être vus de Yennefer.

Le sorceleur arrêta son regard sur les yeux de Yennefer. Ils étaient froids.

—Veuillez me pardonner, chevalier de Denesle, je vous remercie sincèrement, annonça-t-il en inclinant la tête. Je remercie également toutes les personnes présentes d'avoir essayé sans atermoiements de nous sauver la vie. Accroché à ma palissade, j'ai entendu comment les uns et les autres se sont précipités à notre secours. Je vous demande à tous pardon. À l'exception de la noble Yennefer que je remercie, sans rien lui demander. Adieu. La vermine quitte d'elle-même la compagnie, car la vermine en a assez de vous. Porte-toi bien Jaskier.

—Attends, Geralt, dit Boholt. Ne nous fais pas de caprice de jeune fille. Ce n'est pas la peine d'en faire tout un plat. Au diable…

—Messires!

Kozojed arrivait et quelques miliciens de Holopole envoyés en éclaireurs revenaient en courant de l'étranglement de la ravine.

—Que se passe-t-il? Pourquoi tremble-t-il ainsi? demanda Brochet-Lance en relevant la tête.

—Messires… Mes… seigneurs aimés…, réussit à formuler le cordonnier à bout de souffle.

—Cesse de t'étouffer, l'ami, dit Gyllenstiern en se coinçant les pouces dans sa ceinture dorée.

—Le dragon! Là-bas, le dragon!

—Où?

—De l'autre côté de la ravine… sur un terrain plat… Seigneur… Il…

—À cheval! commanda Gyllenstiern.

—Brochet-Lance! hurla Boholt, sur le chariot! Un-Brin, à cheval et suis-moi!

—Du nerf, les garçons! brailla Yarpen Zigrin. Du nerf, bon sang!

—Hé! Attendez! (Jaskier avait jeté son luth en bandoulière.) Geralt, prends-moi sur ton cheval!

—Saute!

La ravine se terminait sur une moraine de rochers clairs de plus en plus disparates, créant un cercle irrégulier. Derrière eux, le terrain descendait légèrement pour se transformer en un alpage mamelonné et herbeux, fermé de toutes parts par des falaises calcaires piquetées de mille trous. Trois canyons étroits, les anciens lits de torrents asséchés, donnaient sur l'alpage.

Boholt, arrivé le premier en galopant à la barrière de rochers, stoppa soudain son cheval en se levant sur ses étriers.

—Par la peste, dit-il. Par la peste jaune. C'est… c'est… impossible!

—Quoi? demanda Dorregaray en s'approchant de lui.

À côté de lui, Yennefer sauta du chariot des traqueurs, plaqua sa poitrine contre un bloc de rocher et regarda à son tour. Elle recula en se frottant les yeux.

—Quoi? Qu'est-ce que c'est? criait Jaskier en essayant de voir par-dessus l'épaule de Geralt. Qu'est-ce que c'est, Boholt?

—Ce dragon… Il est doré.

La créature se tenait assise à moins de cent pas de l'étranglement de la ravine d'où ses poursuivants venaient de sortir, sur le chemin menant au canyon principal septentrional, au sommet d'une butte en pente douce, un petit mamelon. Ayant incliné sa tête étroite sur un poitrail bombé, il allongea un cou long et fin en arc régulier en entortillant ses pattes antérieures avec sa queue.

Il y avait dans cette créature assise une grâce ineffable, quelque chose de félin contredisant de manière évidente sa nature, à n'en pas douter, reptilienne. Elle portait en effet des écailles au dessin net, brillantes de l'éclat foudroyant de ses yeux de dragon clair et doré. Car la créature était bel et bien dorée : de chacune de ses griffes plantées dans la terre jusqu'à l'extrémité de sa longue queue se déplaçant lentement parmi les chardons pullulant sur les hauteurs. La créature ouvrit ses grandes ailes ambrées de chauve-souris et resta immobile en les regardant de ses immenses yeux dorés et exigeant qu'on l'admire.

— Un dragon doré, murmura Dorregaray. C'est impossible... Une légende vivante !

— Les dragons dorés, nom de nom, n'existent pas, affirma Brochet-Lance en crachant. Je sais ce que je dis.

— Qu'est-ce que tu vois donc sur cette hauteur ? demanda Jaskier.

— C'est une imposture.

— Une illusion.

— Ce n'est pas une illusion, dit Yennefer.

— C'est un dragon doré, ajouta Gyllenstiern. Le plus authentique des dragons dorés.

— Les dragons dorés n'existent que dans les légendes !

— Arrêtez, intervint finalement Boholt. Il n'y a pas de quoi en faire une maladie. N'importe quel imbécile verrait qu'il s'agit d'un dragon doré. Quelle est la différence, doux messires ? Doré, poivre et sel, caca d'oie ou à carreaux ? Il n'est pas grand. Nous pouvons lui régler son affaire en moins de deux. Un-Brin, Brochet-Lance, débâchez le chariot, prenez le matériel. Vous parlez d'une différence : doré, pas doré.

— Il y a une différence, Boholt, dit Un-Brin. Et d'importance. Ce n'est pas le dragon que nous chassons. Ce n'est pas celui qui a été empoisonné près de Holopole et qui nous attend dans sa caverne, tranquillement couché sur des métaux et des pierres précieuses. Lui ne fait que reposer sur son postérieur, dans la prairie. À quoi bon lui régler son compte ?

— Ce dragon est doré, Kennet, cria Yarpen Zigrin. Tu en as déjà vu un comme celui-là ? Tu ne comprends pas ? Pour sa peau, nous obtiendrons bien plus que ce que nous pourrions tirer d'un piteux trésor.

— Sans mettre à mal le marché des pierres précieuses, ajouta Yennefer en souriant laidement. Yarpen a raison. Le contrat garde toute sa vigueur. Il y a de quoi partager, vous ne croyez pas ?

— Hé ! Boholt ? cria Brochet-Lance du chariot en saisissant bruyamment des pièces d'équipement. Quelles protections utilisons-nous pour les chevaux ? Ce lézard doré crache du feu, de l'acide, de la vapeur d'eau, hein ?

— Seul le diable le sait, mes doux messires, répondit soucieusement Boholt. Hé ! Les magiciens ! Les légendes sur les dragons dorés expliquent-elles comment les occire ?

— Comment le tuer ? Mais de la manière la plus ordinaire, répondit soudain Kozojed en élevant la voix. Il n'y a aucune raison de tergiverser. Donnez-moi un animal. Nous le farcirons de poison avant de le donner en pâture au saurien. Qu'il en crève.

Dorregaray regarda le cordonnier de travers. Boholt cracha. Jaskier détourna la tête en grimaçant de dégoût. Yarpen Zigrin sourit vulgairement, les mains sur les hanches.

— Qu'est-ce que vous attendez ? demanda Kozojed. Il est grand temps de se mettre au travail. Nous devons établir de quoi sera composé l'appât afin que le saurien trépasse sur-le-champ ; il faut quelque chose d'affreusement délétère, toxique ou corrompu.

— Ah ! intervint le nain toujours souriant. Qu'est-ce qui est toxique, dégoûtant et puant tout à la fois ? Tu ne le sais pas, Kozojed ? Il semblerait que ce soit toi.

— Quoi ?

— Merde. Du balai, enculeur de bottes. Hors de ma vue.

— Seigneur Dorregaray, dit Boholt en s'approchant du magicien. Rendez-vous utile. Vous souvenez-vous de légendes ou de témoignages sur le sujet ? Que savez-vous des dragons dorés ?

Le magicien sourit en se relevant avec dignité.

— Tu demandes ce que je sais des dragons dorés ? Peu, mais suffisamment.

— Parle.

— Écoutez attentivement, très attentivement : là, devant nous, se tient un dragon doré. Une légende vivante, peut-être la dernière et la seule créature de ce type ayant survécu à votre folie meurtrière. On ne tue pas les légendes. Moi, Dorregaray, je ne vous permettrai pas de toucher à ce dragon. C'est compris ? Vous pouvez faire vos bagages, ranger vos sacoches et rentrer chez vous.

Geralt était persuadé qu'une bagarre allait éclater. Il se trompait. Gyllenstiern rompit le silence :

— Vénéré magicien, prenez garde à ce que vous dites et à qui vous vous adressez. Le roi Niedamir peut vous ordonner, Dorregaray, de faire vos sacoches et d'aller au diable ; le contraire est malséant, notez-le. Est-ce clair ?

— Non, répondit fièrement le magicien. Ça ne l'est pas, car je suis et demeure maître Dorregaray. Je n'obéirai pas aux ordres d'un roitelet gouvernant un royaume uniquement visible du haut de sa palissade et commandant une place forte abjecte, sale et puante. Savez-vous, messire Gyllenstiern, qu'il me suffirait d'un geste de la main pour vous transformer en bouse de vache, et votre roi mal dégrossi en quelque chose de bien pire ? Est-ce clair ?

Gyllenstiern n'eut pas le temps de répondre. Boholt s'était approché de Dorregaray : il le fit pivoter en le saisissant par les épaules. Brochet-Lance et Un-Brin, silencieux et moroses, se placèrent juste derrière Boholt.

— Écoutez bien, seigneur magicien, dit à mi-voix l'énorme traqueur. Écoutez-moi avant d'agiter la main : je pourrais prendre mon temps pour vous expliquer, doux messire, ce que je pense de vos interdits et légendes, sans parler de votre stupide bavardage. Mais je n'en ai pas envie. Aussi, contentez-vous de la réponse suivante :

Boholt se racla la gorge, s'enfonça un doigt dans une narine et se moucha sur les chaussures du magicien.

Dorregaray devint livide, mais ne bougea pas. Il avait remarqué, comme tous les autres, la plommée à chaîne fixée sur un manche d'une coudée que tenait Brochet-Lance au bout de son bras relâché. Il savait, comme tous les autres, que le temps nécessaire pour jeter un sort était décidément plus long que celui dont avait besoin Brochet-Lance pour lui briser la tête en mille morceaux.

— Bien, dit Boholt. Maintenant, déplacez-vous gentiment sur le côté, doux messire. Et s'il vous revient l'envie de l'ouvrir, je vous conseille de calfeutrer sans tarder votre clapet d'une touffe d'herbe. Car si j'entends encore une fois vos ânonnements, je vous promets que vous vous souviendrez de moi. (Boholt lui tourna le dos en se frottant les mains.) Allez, Brochet-Lance, Un-Brin, au travail, car le saurien va finir par nous échapper.

— Il ne semble pas avoir l'intention de fuir, dit Jaskier en observant les parages. Regardez-le.

Le dragon doré, assis sur le mamelon, bâillait, bougeant la tête et les ailes, et frappant la terre de sa queue.

— Roi Niedamir et vous, chevaliers ! lança-t-il soudain d'une voix rappelant le son d'une trompette en laiton. Je suis le dragon Villentretenmerth ! Je vois que la chute de pierres que j'avais, pour me flatter, moi-même provoquée, n'a malheureusement pas eu raison de vous tous et que vous êtes parvenus jusqu'ici. Vous savez qu'il n'existe que trois sorties dans cette vallée. À l'est vers Holopole et à l'ouest en direction de Caingorn. Vous pouvez emprunter tranquillement ces deux routes, mais vous ne passerez pas par la ravine située au nord, car moi, Villentretenmerth, je vous l'interdis. Si quelqu'un n'entend pas respecter mon ordre, je lui lance un défi d'honneur, sous la forme d'un duel de chevalier n'utilisant que des armes conventionnelles et excluant l'usage des sorts et des jets incandescents. Le combat se poursuivra jusqu'au renoncement de l'une des parties. J'attends votre réponse par l'intermédiaire de votre héraut, conformément au protocole !

Tous restèrent ébahis.

— Il cause ! murmura Boholt sans pouvoir reprendre sa respiration. Incroyable !

— Et fort intelligemment, avec ça, ajouta Yarpen Zigrin. Quelqu'un sait-il ce qu'est une arme *confessionnelle* ?

— Ordinaire, sans magie, répondit Yennefer en fronçant les sourcils. Autre chose m'étonne cependant. On ne peut articuler correctement avec une langue fourchue. Cette fripouille utilise la télépathie. Faites attention car cela fonctionne dans les deux sens. Il sait lire dans vos pensées.

— Il est devenu complètement fou ou quoi ? déclara, énervé, Kennet alias Un-Brin. Un duel d'honneur ? Avec un stupide saurien ? Aussi petit ! Allons-y tous ensemble ! En groupe !

— Non.

Ils se regardèrent les uns les autres.

Eyck de Denesle, déjà sur son cheval, complètement équipé, la lance fichée dans l'étrier, présentait beaucoup mieux que lorsqu'il se déplaçait à pied. Des yeux fiévreux brillaient sous la visière relevée de son heaume. Son visage était livide.

— Non, seigneur Kennet, répéta le chevalier, car il faudrait alors d'abord passer sur mon cadavre. Je ne permettrai pas que l'on insulte en ma présence l'honneur des chevaliers. Qui ose violer le code d'honneur du duel… (Eyck parlait de plus en plus fort ; sa voix exaltée se brisait et tremblait d'excitation.) Qui ose se moquer de l'honneur, se moque de moi. Son sang ou le mien coulera sur cette terre exténuée. La bête exige un duel ? Soit ! Que le héraut sonne mon nom ! Que le tribunal des dieux décide de notre sort ! La force des crocs et des griffes pour le dragon, sa colère infernale, et pour moi…

— Quel crétin, murmura Yarpen Zigrin.

— Pour moi, droiture, foi et les larmes des vierges que ce saurien…

— Finis-en, Eyck, tu nous donnes envie de vomir ! gronda Boholt. Vas-y, rends-toi sur le pré au lieu de bavasser !

— Hé, Boholt ! Attends ! intervint le chef des nains en se caressant la barbe. Tu as oublié le contrat ? Si Eyck terrasse le lézard, il obtiendra la moitié…

— Eyck n'obtiendra rien du tout, répondit Boholt en montrant toutes ses dents. Je le connais. Si Jaskier lui consacre une chanson, cela lui suffira amplement.

— Silence ! ordonna Gyllenstiern. Qu'il en soit ainsi. Le chevalier errant, Eyck de Denesle, représentant les couleurs de Caingorn en tant que lance et épée du roi Niedamir, combattra le dragon de toute sa droiture. C'est la volonté du roi !

— Tu vois ? grinça Yarpen Zigrin entre ses dents. La lance et l'épée de Niedamir. Le roitelet de Caingorn nous a bien eus. Que faisons-nous maintenant ?

— Rien. (Boholt cracha par terre.) Tu ne vas pas chercher noise à Eyck, hein ? Certes, il dit des absurdités, mais puisqu'il est déjà monté tout excité sur son cheval, il vaut mieux le laisser faire. Qu'il y aille, par la peste, et qu'il règle son compte à ce dragon. Après, nous verrons bien.

— Qui fera office de héraut ? demanda Jaskier. Le dragon voulait un héraut. Peut-être moi ?

— Non. Il ne s'agit pas de chanter la ritournelle, Jaskier, répondit Boholt en ridant son front. Que Yarpen Zigrin fasse le héraut avec sa voix de taureau.

— D'accord, quelle importance ? répondit Yarpen. Donnez-moi l'étendard et son blason pour que tout soit réalisé dans les formes.

— Attention, seigneur nain, restons polis et respectons les usages en vigueur à la cour, lui intima Gyllenstiern.

— Vous n'allez pas m'apprendre à causer. (Le nain bomba fièrement le torse.) J'effectuais déjà ma première mission officielle alors que vous disiez encore "hein" pour pain et "houche" pour mouches.

Le dragon attendait toujours patiemment, assis sur le mamelon en agitant gaiement la queue. Le nain se hissa sur le plus haut rocher. Il se racla la gorge et cracha :

— Hé ! toi, là-bas ! hurla-t-il en mettant ses mains sur les hanches. Enfoiré de dragon ! Écoute bien ce que va te dire le héraut. Moi, en l'occurrence ! Le chevalier errant Eyck de Denesle sera le premier à s'occuper de ton cas, en tout honneur ! Il te plantera sa lance dans la panse conformément aux us sacrés : pour ton malheur, mais pour la joie des pauvres vierges et du roi Niedamir ! Le combat devra respecter le code de l'honneur et le droit. Il sera interdit de cracher du feu. Il ne sera permis de s'étriper que de manière conventionnelle. Le combat continuera tant que l'adversaire n'aura pas rendu l'âme ou n'aura pas crevé... ce que nous te souhaitons du fond du cœur ! T'as bien entendu, dragon ?

Le dragon bâilla en agitant les ailes puis se laissa rapidement glisser du mamelon jusqu'au terrain plat.

— J'ai bien entendu, vertueux héraut, répondit-il. Que le valeureux Eyck de Denesle daigne venir sur le pré. Je suis prêt !

— De vraies marionnettes ! (Boholt cracha en accompagnant d'un regard morne le chevalier Eyck qui sortait au pas de la barrière de rochers.) Fichu spectacle comique...

— Ferme-la, Boholt, cria Jaskier en se frottant les mains. Regarde, Eyck va charger ! Bon sang, quelle belle ballade je vais composer !

— Hourra ! Vive Eyck ! s'écria l'un des archers de Niedamir.

— Moi, intervint tristement Kozojed, pour être plus sûr, je lui aurais fait ingurgiter du soufre.

Sur le terrain, Eyck rendit son salut au dragon en levant sa lance. Il fit claquer la visière de son casque avant d'enfoncer ses éperons dans les flancs de sa monture.

— Ma foi, ma foi, réagit le nain. Il est peut-être stupide, mais pour ce qui est de charger, il s'y connaît vraiment. Regardez-le !

Penché, crispé sur sa selle, Eyck baissa sa lance lorsqu'il fut au galop. En dépit des suppositions de Geralt, le dragon ne bondit pas en arrière. Il ne tenta pas non plus d'esquiver son adversaire en tournant autour de lui, mais se lança ventre à terre sur le chevalier qui l'attaquait.

— Tue-le ! Tue-le, Eyck ! cria Yarpen.

Eyck ne se jeta pas inconsidérément dans une attaque frontale. Il avait, malgré le galop qui l'emportait, su habilement changer la direction de sa lance en la plaçant juste au-dessus de la tête du cheval. Arrivant sur le flanc du dragon, il frappa de toutes ses forces en se levant sur ses étriers. Tous se mirent à crier d'une seule voix, sauf Geralt qui refusa de participer à ce chœur.

Le dragon évita le contact de l'arme d'un mouvement circulaire élégant, agile et plein de grâce. Tel un ruban vivant, il pivota et, dans un mélange de fulgurance et de nonchalance féline, éventra de sa patte le cheval. Celui-ci rua très haut en poussant un grognement. Le chevalier, fortement secoué, ne lâcha néanmoins pas sa lance. Lorsque le cheval s'écroula à terre, le dragon éjecta Eyck de sa selle d'un coup de patte appuyé. Tous le virent sauter en l'air, la tôle de son armure pivotant sur elle-même. Tous entendirent l'éclatement et le fracas de sa chute sur le sol.

Le dragon broya d'un coup de patte le cheval en se rasseyant et y plongea sa gueule dentée. Le cheval gronda de terreur avant de mourir dans un dernier spasme.

Tous entendirent la voix profonde du dragon Villentretenmerth dans le silence qui suivit.

— Le valeureux Eyck de Denesle peut être retiré du terrain. Il est inapte à poursuivre le combat. Au prochain, je vous prie.

— Oh ! Putain ! s'écria Yarpen Zigrin dans la stupeur générale.

VIII

— Les deux jambes, dit Yennefer en s'essuyant les mains à un torchon de lin. Et certainement quelque chose à la colonne vertébrale. Son armure est fendue dans son dos comme s'il avait reçu un coup de pilon. Ses jambes ont été déchiquetées par sa propre lance. Il n'est pas prêt de remonter à cheval, à supposer qu'il y remonte un jour.

— Ce sont les risques du métier, murmura Geralt.

La magicienne fronça le front.

— C'est tout ce que tu as à dire ?

— Qu'aimerais-tu entendre d'autre, Yennefer ?

— Ce dragon est incroyablement rapide, trop rapide pour être terrassé par un humain.

— Je comprends, mais c'est non, Yen. Pas moi.

— C'est à cause de tes principes ? demanda la magicienne avec un sourire sarcastique. Ou peut-être parce que tu trembles de peur, le plus naturellement du monde. Ce serait le seul sentiment humain dont tu ne serais pas privé.

— Les deux, répondit le sorceleur sans trahir d'émotion. Quelle différence cela fait-il ?

— Justement. (Yennefer s'approcha.) Aucune. Les principes, on peut passer outre ; la peur, on peut la vaincre. Tue ce dragon, Geralt. Fais-le pour moi.

— Pour toi ?

— Pour moi. Je veux ce dragon. En entier. Je veux l'avoir uniquement pour moi.

— Use de tes sorts et tue-le toi-même.

— Non. Toi, tue-le. Moi avec mes sorts, j'immobiliserai les traqueurs et les autres afin qu'ils ne te dérangent pas.

— Il y aura des morts, Yennefer.

— Depuis quand cela te gêne-t-il ? Toi, occupe-toi du dragon. Je me charge des autres.

— Yennefer, déclara froidement le sorceleur, j'ai du mal à comprendre. En quoi as-tu besoin de ce dragon ? La couleur jaune de ses écailles te plaît-elle tant que ça ? La pauvreté ne te menace nullement : tes ressources sont nombreuses, tu es reconnue. Que recherches-tu ? Ne me parle surtout pas de vocation, je te prie.

Yennefer resta silencieuse. Puis, en grimaçant, elle donna un coup de pied dans un caillou qui traînait dans l'herbe.

— Il y a quelqu'un qui peut m'aider. C'est, paraît-il... enfin, tu sais de quoi je parle... C'est, paraît-il, réversible. Il y aurait une chance. Je peux encore avoir... Tu comprends ?

— Je comprends.

— C'est une opération compliquée et coûteuse. Mais en échange d'un dragon doré… Geralt ?

Le sorceleur restait silencieux.

— Lorsque nous étions suspendus au pont, continua-t-elle, tu m'avais demandé quelque chose. Je te l'accorde, malgré tout.

Le sorceleur sourit tristement. Il toucha avec son index l'étoile d'obsidienne qui pendait au cou de Yennefer.

— C'est trop tard, Yen. Nous ne sommes plus suspendus à ce pont. Ce n'est plus aussi important pour moi.

Il s'attendait à tout : une cascade de feux, d'éclairs, de coups portés à son visage, d'insultes et de jurons. Il n'en fut rien. Il ne vit, avec étonnement, que le tremblement retenu de ses lèvres. Yennefer se retourna lentement. Geralt regrettait ses paroles. Il regrettait l'émotion qui en avait été à l'origine. La limite du possible, telle la corde d'un luth, s'était brisée. Il regarda Jaskier et remarqua que le troubadour avait détourné la tête pour éviter son regard.

— Les questions d'honneur et de chevalerie ne semblent plus être d'actualité, doux messire, annonça Boholt, déjà équipé de son armure, à Niedamir, qui demeurait assis, immobile sur une pierre, avec la même expression d'ennui sur le visage. L'honneur des chevaliers gît là-bas et geint discrètement. Piètre conception, sire Gyllenstiern, que d'envoyer Eyck au combat en tant que chevalier et vassal de votre roi. Je n'oserais montrer du doigt le coupable, mais je sais bien à qui Eyck doit d'avoir les échasses brisées. Il est vrai néanmoins que nous faisons d'une pierre deux coups : nous sommes débarrassés d'un fou qui voulait faire revivre les légendes de chevaliers terrassant les dragons et d'un petit malin qui entendait s'enrichir facilement grâce au premier. Vous voyez de qui je veux parler, Gyllenstiern ? Oui ? C'est bien. Maintenant, c'est à nous de jouer. Ce dragon est à nous. C'est à nous, les traqueurs, qu'il incombe de tuer le dragon. Mais pour notre propre compte.

— Et notre contrat, Boholt ? lança le chancelier. Que faites-vous de notre contrat ?

— Je m'en contrefous.

— C'est incroyable ! C'est une injure à magistrat caractérisée ! hurla Gyllenstiern en tapant du pied. Roi Niedamir…

— Quoi, le roi ? répondit, très irrité, Boholt en s'appuyant sur un espadon colossal. Peut-être le roi désire-t-il se mesurer personnellement au dragon ? Ou peut-être vous, son fidèle chancelier ? Il faudrait protéger votre bedaine d'un morceau de tôle avant de vous rendre sur le terrain ! Mais pourquoi pas ? Je vous en prie. Nous attendrons, doux messire. Vous avez eu votre chance, Gyllenstiern, que Eyck transperce le dragon. Vous auriez tout pris pour vous, et nous n'aurions rien obtenu – pas une seule écaille de son râble. Maintenant, c'est trop tard. Ouvrez les yeux. Plus personne n'est susceptible de se battre avec les couleurs de Caingorn. Vous ne trouverez pas un autre imbécile comme Eyck.

— C'est faux ! (Le cordonnier Kozojed se jeta aux pieds du roi, toujours occupé à observer un point invisible à l'horizon.) Seigneur roi ! Attendez seulement un peu que nos gars de Holopole pointent le bout de leur nez. Vous verrez le spectacle. Crachez sur l'arrogante noblesse. Qu'elle fasse place. Z'allez voir qui sont les braves qui ont de la poigne, et qui, de l'autre côté, sont les forts en gueule !

— Ferme-la ! lui intima tranquillement Boholt en essuyant une tache de rouille sur son plastron de cuirasse. Ferme ta gueule, bouseux, sinon je m'en occuperai moi-même en te faisant avaler tes dents.

Kozojed, voyant approcher Kennet et Brochet-Lance, recula prestement et se fondit dans le groupe des éclaireurs de Holopole.

— Sire, demanda Gyllenstiern. Sire, qu'ordonnez-vous ?

L'expression d'ennui disparut immédiatement du visage de Niedamir. Le jeune monarque se renfrogna en plissant son nez piqué de taches de rousseur et se leva.

— Ce que j'ordonne ? dit-il doucement. Tu me le demandes enfin, Gyllenstiern, au lieu de décider pour moi et en mon propre nom. J'en suis ravi. Ne changeons plus rien, Gyllenstiern. À partir de maintenant, je te veux silencieux et obéissant. Voici donc le premier de mes ordres. Rassemble tous les gens. Ordonne qu'on dépose Eyck de Denesle sur un chariot. Nous rentrons à Caingorn.

— Seigneur…

— Pas un mot, Gyllenstiern. Dame Yennefer, nobles seigneurs, adieu. J'ai perdu un peu de temps lors de cette expédition, mais les profits que j'en retire sont incommensurables. J'ai beaucoup appris. Grâce à vous et à vos paroles, dame Yennefer, seigneur Dorregaray, seigneur Boholt. Et grâce à votre silence, seigneur Geralt.

—Sire, dit Gyllenstiern, comment cela ? Ce dragon est là, sous la main, à notre merci. Sire, que faites-vous de votre rêve ?

—Mon rêve, répéta Niedamir, perdu dans ses pensées. Je ne l'ai plus. Et si je demeure ici, je risque de le perdre à jamais.

—Et Malleore ? Et la main de la princesse ? (Le chancelier ne renonça pas ; il poursuivit en agitant les mains :) Et le trône, sire ? Le peuple considérera que...

—Je me fous du peuple de Malleore, pour reprendre l'expression de sieur Boholt, répondit Niedamir. Le trône de Malleore m'appartient de toute façon : trois cents cuirassiers font régner ma loi à Caingorn et j'ai mille cinq cents fantassins contre leurs mille mauvais pavois. Ils devront reconnaître ma légitimité. Tant que je pendrai, pourfendrai et fendrai les routes à cheval, ils devront reconnaître ma légitimité. Leur princesse, ce veau gras, je lui cracherai sur la main. Je n'ai besoin que de son ventre pour qu'elle me fasse des héritiers. Après, je m'en débarrasserai. Avec la bonne vieille méthode de maître Kozojed. Assez parlé, Gyllenstiern. Il est temps d'exécuter mes ordres.

—En effet, murmura Jaskier à Geralt. Il a beaucoup appris.

—Oui, beaucoup, confirma le sorceleur en regardant le mamelon où le dragon doré, sa tête triangulaire abaissée, léchait de sa langue fourchue quelque chose gisant à ses côtés. Mais je n'aimerais pas devenir son sujet, Jaskier.

—Que va-t-il se passer, maintenant ? Qu'en penses-tu ?

Le sorceleur remarqua une petite créature gris-vert battant de ses ailes de chauve-souris à côté des griffes dorées du dragon incliné sur lui.

—Et toi Jaskier qu'en dis-tu ?

—Quelle importance, ce que je pense ? Je suis poète, Geralt. Mon avis a-t-il la moindre importance ?

—Bien sûr.

—Je vais te dire, Geralt. Moi, lorsque je vois un reptile, une vipère par exemple, ou un lézard, ça me dégoûte et m'effraie, quelle horreur... Alors que ce dragon...

—Oui ?

—Il... Il est beau, Geralt.

—Je te remercie, Jaskier.

—De quoi ?

Geralt tourna la tête et d'un mouvement lent resserra de deux trous la boucle de la sangle qu'il portait en bandoulière. Il vérifia avec la main droite que la poignée de son épée était bien en place. Le poète le regardait d'un air ébahi.

— Geralt, tu as l'intention de...

— Oui, répondit le sorceleur avec sérénité. Il existe une limite au possible. J'en ai assez de tout cela. Que fais-tu, Jaskier ? Restes-tu ou suis-tu la troupe de Niedamir ?

Le troubadour se pencha pour ranger prudemment et avec soin son luth contre une pierre puis se releva.

— Je reste. De quoi parlais-tu ? De limite du possible ? Je me réserve le droit d'utiliser cette expression comme titre de ma ballade.

— Ce peut être ta dernière ballade.

— Geralt ?

— Oui ?

— Ne tue pas... si tu peux.

— Une épée, c'est une épée, Jaskier. Lorsqu'on la brandit...

— Essaie.

— J'essaierai.

Dorregaray ricana en se retournant du côté de Yennefer et des traqueurs. Il montra du doigt l'étendard royal qui s'éloignait.

— Là-bas, dit-il, disparaît le roi Niedamir. Il n'ordonne plus par la bouche de Gyllenstiern et se retire raisonnablement. Il est bien que tu sois parmi nous, Jaskier. Je propose que tu commences à composer ta ballade.

— À quel sujet ?

Le magicien fit surgir sa baguette de sous son manteau de fourrure.

— Comment maître Dorregaray, sorcier de son état, réussit à renvoyer chez elle une canaille désireuse d'exterminer le dernier dragon doré vivant. Ne bouge pas, Boholt ! Yarpen, éloigne ta main de cette cognée ! Yennefer, ne pense même pas à remuer le petit doigt ! Allez, canaille, je vous prie de suivre le roi comme si vous retourniez chez votre mère. Reprenez vos chevaux et vos chariots. Je vous préviens : au moindre mouvement inapproprié, il ne restera de son auteur qu'une odeur de brûlé et un glacis sur le sable. Je ne plaisante pas.

— Dorregaray, l'interpella Yennefer non sans ironie.

— Doux magicien, dit Boholt d'une voix prônant le consensus. Ou bien nous sommes d'accord...

— Tais-toi, Boholt. Je l'avais dit : ne touchez pas à ce dragon. Prenez vos affaires et bon vent.

La main de Yennefer lança une décharge qui fit exploser d'un feu d'azur le sol autour de Dorregaray et tourbillonner la terre dans un nuage de cailloux et de mottes arrachées. Entouré de flammes, le magicien se recroquevilla un instant. Brochet-Lance en profita pour bondir et lui assener un coup de poing au visage. Dorregaray tomba à terre. Sa baguette lança un éclair rouge qui alla s'éteindre, inoffensif, contre un rocher. Un-Brin, surgissant de l'autre côté, donna un coup de pied au malheureux magicien. Il pivotait déjà pour répéter son geste lorsque le sorceleur s'immisça entre les deux. Il repoussa Un-Brin en tirant son épée et frappa horizontalement vers l'interstice situé entre l'épaulière et le plastron de cuirasse. Boholt l'en empêcha en interposant son espadon. Jaskier voulut faire un croc-en-jambe à Brochet-Lance, mais sans succès : celui-ci tomba sur la vareuse arc-en-ciel du barde et donna à ce dernier un coup de poing entre les yeux. Yarpen Zigrin, bondissant derrière Jaskier, lui coupa les jambes en le frappant avec le manche de sa cognée à la jointure des genoux.

Geralt esquiva agilement l'épée de Boholt et frappa de près Un-Brin dans sa course tout en lui arrachant son brassard de fer. Un-Brin recula en sautant, s'emmêla les pieds et tomba à terre. Boholt émit un gémissement. Il effectua un mouvement de faux avec son épée. Geralt sauta au-dessus de la lame sifflante et cogna le plastron de Boholt avec la poignée de son épée. Il le repoussa et frappa en visant la joue. Boholt, voyant qu'il ne pourrait pas parer le coup, se jeta en arrière et tomba sur le dos. D'un bond, le sorceleur l'avait déjà rejoint... À ce moment-là, Geralt sentit la terre se dérober et ses pieds chanceler. L'horizon devint vertical. Essayant en vain de dessiner de sa main le Signe de protection, il s'affala lourdement sur le flanc en laissant échapper son épée de sa main paralysée. Il entendit son pouls taper dans ses oreilles et un sifflement continu.

— Attachez-les tant que dure le sort, cria Yennefer, située plus loin en contre-haut. Tous les trois !

Dorregaray et Geralt, étourdis et réduits à l'impuissance, se laissèrent ligoter et transporter sans résistance et sans un mot jusqu'au chariot. Jaskier se débattit et se mit à gueuler : il fut donc attaché après avoir encaissé quelques coups.

— À quoi bon les ligoter, ces traîtres, ces fils de chiens ? intervint Kozojed en s'approchant du groupe. Le mieux serait de s'en débarrasser sur-le-champ, voilà tout.

— Toi-même, tu es un fils, mais pas de chien, lui répondit Yarpen Zigrin. N'insulte pas les chiens. Du balai, la semelle !

— Quelle témérité ! objecta Kozojed. Nous verrons bien si vos seigneuries suffiront lorsque mes hommes arriveront de Holopole. À leur vue, vous...

Yarpen, d'une agilité peu commune pour une telle stature, réussit à pivoter et à lui frapper la tête avec le manche de sa cognée. Brochet-Lance, debout à ses côtés, compléta le travail d'un coup de pied qui envoya Kozojed brouter l'herbe quelques toises plus loin.

— Vous vous en souviendrez ! hurla le cordonnier à quatre pattes. Tous, sans exception, vous...

— Les garçons ! brailla Yarpen Zigrin. Son putain de fil à poix dans la gueule du savetier ! Attrape-le, Brochet-Lance !

Kozojed n'attendit pas son reste. Il se leva et partit au petit trot vers le canyon oriental. Les chasseurs de Holopole coururent à sa suite. Les nains leur jetèrent des pierres en ricanant.

— L'air vient de se rafraîchir brutalement, remarqua Yarpen. Eh bien, Boholt, attaquons le dragon !

— Doucement. (Yennefer leva le bras.) Vous pouvez attaquer, soit, mais uniquement le chemin... J'entends celui du retour : allez, ouste. Tous autant que vous êtes.

— Quoi ? (Boholt se recroquevilla, ses yeux lançant des éclairs malveillants.) Que racontez-vous, douce dame magicienne ?

— Ouste ! Du balai ! Allez retrouver le cordonnier, répéta Yennefer. Tous sans exception. Je m'occuperai moi-même du dragon. Avec une arme non conventionnelle. Remerciez-moi avant de partir. Sans moi, vous auriez goûté de l'épée du sorceleur. Allez, Boholt, plus vite, avant que je m'énerve. Je vous préviens : je connais un sort qui pourrait vous transformer en jeunes hongres. Il me suffit de bouger le bras.

— Alors là, non, s'exclama Boholt. Ma patience atteint les limites du possible. Je ne me laisserai pas faire comme un idiot. Un-Brin, enlève le timon du chariot. Il me semble que j'ai également besoin d'une arme non conventionnelle. Quelqu'un va méchamment morfler, mes doux messires. Je ne le montrerai pas du doigt. Je dirai simplement qu'il s'agit d'une certaine sorcière que tout le monde déteste.

— Essaie seulement, Boholt. Ce serait comme une éclaircie dans ma sombre journée.

— Yennefer, demanda le nain avec regret, pourquoi agis-tu ainsi ?

— Peut-être parce que je n'aime pas partager, Yarpen.

Le nain se mit à sourire :

— Eh bien, rien de plus humain. Tellement humain que cela est même digne d'un nain. Il est agréable de retrouver ses propres qualités chez une magicienne. Moi non plus, je n'aime par partager, Yennefer.

Il se pencha dans un mouvement aussi rapide et court que l'éclair. Une boule de métal, sortie on ne sait d'où ni quand, fut projetée en l'air et alla heurter violemment le front de Yennefer. Avant que la magicienne revienne à elle, Un-Brin et Brochet-Lance lui immobilisaient les bras. Yarpen lui ligota les chevilles avec une corde. La magicienne hurla de colère. L'un des garçons de Yarpen se tenant derrière elle lui passa des brides autour de la tête puis tira avec force. Il réussit à étouffer ses cris en maintenant les rênes dans sa bouche ouverte.

— Alors, Yennefer ? lança Boholt en s'avançant. Comment veux-tu me transformer en hongre ? Sans pouvoir bouger les mains ?

Il déchira l'encolure de sa vareuse puis arracha et déchira sa chemise. Prisonnière des brides, Yennefer l'invectivait de cris étouffés.

— Nous n'avons pas le temps maintenant, dit Boholt en la tripotant sans se gêner parmi les ricanements des nains, mais attends un peu, sorcière. Lorsque nous aurons réglé son affaire au dragon, nous pourrons nous amuser. Attachez-la solidement à la roue, les garçons. Les deux mains nouées, qu'elle ne puisse pas bouger un doigt. Et que personne n'ose broncher près d'elle, bon sang, mes doux messires. Le plus valeureux contre le dragon aura plus tard la première place dans la queue.

— Boholt, déclara Geralt à mi-voix, tranquillement mais d'un ton contrarié. Fais attention à toi. Je te retrouverai à l'autre bout du monde.

— Tu m'étonnes, répondit le traqueur tout aussi tranquillement. Si j'étais toi, je resterais bien sagement à ma place, car connaissant tes capacités, je suis désormais obligé de traiter sérieusement ta menace.

Tu ne me laisses pas le choix. Tu pourrais ne pas sortir vivant de cette histoire, sorceleur. Mais nous reviendrons à ton cas plus tard. Brochet-Lance, Un-Brin, à cheval.

— C'est bien ta chance, gémit Jaskier. Par le diable, c'est moi qui t'ai mis dans un tel pétrin.

Dorregaray observait, en baissant la tête, les denses gouttes de sang lui coulant lentement du nez sur le ventre.

— Tu pourrais cesser de me regarder un instant ! cria la magicienne en direction de Geralt.

Elle ne cessait de gigoter comme un serpent pour se libérer de ses liens et dissimuler ses charmes mis à nu, en vain.

Geralt détourna docilement les yeux. Pas Jaskier.

— D'après ce que je vois, se moqua le barde, tu as dû utiliser tout un tonneau d'élixir de mandragore, Yennefer. Ta peau ressemble à celle d'une jeune fille de seize ans. J'en ai la chair de poule.

— Ferme-la, fils de pute ! lui répondit la magicienne.

Jaskier ne renonça pas :

— Quel âge as-tu en vérité ? Dans les deux cents ans ? Disons plutôt cent cinquante. Et tu t'es comportée comme…

Yennefer allongea le cou pour lui cracher dessus. Elle rata son but…

— Yen, murmura le sorceleur avec tristesse en essuyant avec l'épaule son oreille maculée de salive.

— Qu'il arrête de me reluquer !

— Je n'en ai aucunement l'intention, déclara Jaskier en continuant de fixer son regard sur la silhouette agréable de la magicienne déshabillée. C'est à cause d'elle que nous sommes prisonniers. Ils peuvent nous couper la gorge. Elle, tout au plus, ils pourront la violer, ce qui, à son âge…

— Ferme-la, Jaskier, lui intima le sorceleur.

— Mais sûrement pas. J'ai justement le désir de composer une ballade sur deux tétons. Je vous prierai de ne pas me déranger.

Dorregaray renifla du sang :

— Jaskier, sois sérieux.

— Je suis des plus sérieux, par la peste.

Soulevé par les nains, Boholt, flanqué d'une armure et de pièces de protection en cuir, eut du mal à s'installer sur la selle de son cheval. Brochet-Lance et Un-Brin, un énorme espadon au côté, attendaient déjà sur leur monture.

— Bien, grogna Boholt. Sus au dragon.

— Non, lui répondit une voix profonde dont la sonorité rappelait celle d'un olifant en laiton. C'est moi qui viens à vous !

Un long museau brillant et doré apparut derrière le cercle des rochers. Un cou allongé protégé d'une rangée d'épines, des pattes griffues. Sous des paupières racornies, ses yeux menaçants de saurien aux pupilles verticales observaient ce petit monde de haut.

— Je n'en pouvais plus d'attendre sur le terrain, expliqua le dragon Villentretenmerth en regardant autour de lui. Je me suis donc permis de venir vous rejoindre. Je vois que mes adversaires désireux d'en découdre sont de moins en moins nombreux.

Boholt saisit les brides entre ses dents et son épée dans ses deux poings.

— Cha chufi, susurra-t-il indistinctement en mordant les rênes. Chechpère que tu es prêt au combat, monchtre !

— Je suis prêt, répondit le dragon en courbant son dos comme un arc et en maintenant sa queue en l'air en signe de provocation.

Boholt vérifia la situation autour de lui. Brochet-Lance et Un-Brin cernaient lentement, avec une tranquillité ostentatoire, la bête des deux côtés. Yarpen Zigrin et ses garçons attendaient derrière, hache en mains.

— Aaaah ! rugit Boholt en éperonnant violemment son cheval et en brandissant son épée.

Le dragon pivota en s'élevant et se laissa retomber au sol ; tel un scorpion, il frappa de sa queue de haut en bas au-dessus sa croupe, fauchant non Boholt, mais Brochet-Lance qui attaquait latéralement. Celui-ci s'affala avec son cheval dans un fracas mêlé de hurlements et de hennissements. Boholt, s'approchant au galop, donna un terrible coup d'épée dont le dragon, habilement, évita la large lame. L'élan du galop emporta Boholt sur sa lancée. Le dragon se retourna. Debout sur ses pattes antérieures, il frappa Un-Brin de ses griffes, éventrant d'un seul geste l'abdomen du cheval et écorchant la cuisse de son cavalier. Boholt, redressé sur sa selle, repartit à l'attaque après avoir maîtrisé sa monture, en serrant toujours les brides entre ses dents.

Fouettant l'air avec sa queue, le dragon renversa tous les nains qui s'approchaient de lui en courant. Puis il se jeta sur Boholt en écrasant énergiquement au passage Un-Brin qui essayait de se relever. Boholt tentait de manœuvrer au galop en dodelinant de la tête, mais le dragon fut beaucoup plus rapide et agile. Rattrapant astucieusement Boholt par la gauche et lui coupant la route, il le frappa de sa patte griffue. Le cheval stoppé net fut projeté sur le côté. Boholt, éjecté de sa selle, perdant épée et casque, tomba à la renverse avant de se cogner la tête contre un rocher.

— Du nerf, les garçons ! Dans la montagne ! lança Yarpen Zigrin d'un braillement qui couvrit les hurlements de Brochet-Lance écrasé par son cheval.

Barbes au vent, les nains s'enfuirent en courant vers les rochers à une vitesse étonnante pour leur petite taille. Le dragon ne les poursuivit pas. Brochet-Lance s'agitait et criait sous le poids de son cheval. Boholt gisait sans bouger. Un-Brin ralliait les rochers, en marchant de biais, à la manière d'un crabe.

— C'est incroyable, murmura Dorregaray. Incroyable…

— Hé ! (Jaskier tirait si fort sur ses cordes que le chariot branlait.) Qu'est-ce que c'est ? Là-bas ! Regardez !

On vit du côté du ravin oriental un grand nuage de poussière, bientôt suivi d'un tumulte de cris, de roulements et de piétinements. Le dragon releva le cou pour observer.

Trois grands chariots transportant des hommes en armes débouchèrent dans la plaine. Ils se dispersaient pour encercler le dragon.

— Bon sang ! C'est la milice et les corporations de Holopole ! s'exclama Jaskier. Ils ont réussi à contourner la rivière Braa ! Oui, c'est eux ! Regardez ! Kozojed se tient à leur tête !

Le dragon baissa la tête pour pousser délicatement vers le chariot une petite créature grise qui ne cessait de piailler. Sa queue frappa ensuite le sol. Le saurien poussa un cri avant de se lancer comme une flèche contre les habitants de Holopole.

— Qu'est-ce que c'est ? demanda Yennefer. C'est un petit, ce qui bouge là dans l'herbe, Geralt ?

— C'est ce que le dragon protégeait, répondit le sorceleur. Il vient d'éclore dans une caverne de la ravine septentrionale. C'est la progéniture de la femelle dragon empoisonnée par Kozojed.

Le petit saurien, trébuchant et rasant le sol de son ventre arrondi, rejoignit le chariot d'un pas hésitant. Il piaillait, se dressait sur ses pattes de derrière, dépliait ses ailes. Il alla soudain se blottir contre la magicienne. Yennefer soupira fortement en offrant une mine confuse.

— Il t'apprécie, murmura Geralt.

— Jeune, mais pas idiot, ajouta Jaskier en gigotant joyeusement malgré ses liens. Regardez où il place sa petite tête. J'aimerais bien être à sa place, par les dieux. Hé ! Petit ! Tu dois fuir. C'est Yennefer, la terreur des dragons ! Et des sorceleurs ! Tout au moins d'un sorceleur en particulier…

— Tais-toi, Jaskier, cria Dorregaray. Regardez ce qui se passe sur le terrain, là-bas ! Ils vont l'attraper ! Que la peste soit sur eux !

Les chariots des habitants de Holopole, roulant dans un terrible grondement, comme dans une course de chars, chargeaient le dragon qui, lui aussi, les attaquait.

— Taillez-le en pièces, hurlait Kozojed accroché aux épaules du conducteur. Taillez-le en pièces, compagnons, lorsqu'il tombera ! N'économisez pas vos forces !

Le dragon évita d'un bond agile le premier chariot hérissé de faux, mais se retrouva coincé entre les deux suivants, d'où un grand filet de pêcheur à double nappe, tiré par des cordes, fut jeté sur lui. Le dragon pris au piège s'agita, se mit à rouler sur lui-même, se recroquevilla, écarta les pattes. Les mailles tendues commençaient à craquer. Du premier chariot, d'autres filets furent lancés, l'immobilisant complètement. Les deux autres chariots firent demi-tour et chargèrent de nouveau le dragon en cahotant et en rebondissant dans les trous.

— Tu es pris dans le filet, carassin ! hurla Kozojed. Nous n'allons pas tarder à t'écailler !

Le dragon poussa un rugissement en crachant un jet de vapeur dans le ciel. Les miliciens de Holopole l'assaillirent en sautant des chariots. Le dragon rugit de nouveau, désespéré, en faisant vibrer son appel.

Une réponse parvint du canyon septentrional sous la forme d'un cri de guerre perçant.

Au triple galop, leurs tresses blondes voletant dans le vent, auréolées du miroitement de leurs sabres, surgirent de la ravine…

— Les Zerricanes ! cria le sorceleur essayant toujours de se libérer de ses liens.

— Par la peste ! reprit Jaskier. Geralt, tu comprends ce que cela signifie ?

Les Zerricanes pénétrèrent dans la masse des miliciens comme un couteau dans une motte de beurre, en laissant sur leur passage des tas de cadavres tailladés. Elles descendirent de leur monture en pleine course près du dragon prisonnier des filets. Un milicien tenta de s'interposer. Sa tête alla rouler. Un autre essaya de transpercer Vea de sa fourche, mais la Zerricane, tenant son sabre des deux mains la pointe dirigée vers le bas, l'éventra du périnée jusqu'au sternum. Les autres prirent la poudre d'escampette.

— Sur les chariots, hurla Kozojed. Sur les chariots, compagnons ! Nous les écraserons avec les chariots !

— Geralt ! cria soudain Yennefer. (Raidissant ses jambes ligotées, elle parvint à les placer sous le chariot, tout près des mains que le sorceleur avait sanglées dans le dos.) Le Signe d'Igni ! Brûle mes liens ! Tu sens où se trouve la corde ? Brûle-la par la peste !

— Au jugé ? gémit Geralt ? Je vais te brûler, Yen !

— Forme le Signe ! Je tiendrai le coup.

Geralt y consentit. Il sentit des picotements dans ses doigts, formant le Signe d'Igni juste au-dessus des chevilles de la magicienne. Yennefer tourna la tête pour mordre l'encolure de sa vareuse et étouffer tout gémissement de douleur. Le jeune dragon blottit ses ailes contre elle en piaillant.

— Yen !

— Brûle la corde ! hurla-t-elle.

Les liens finirent par lâcher alors que l'infecte odeur de viande carbonisée devenait intolérable. Dorregaray émit un son étrange avant de s'évanouir, toujours prisonnier de sa corde, contre la roue du chariot.

La magicienne, grimaçant de douleur, se détendit en dépliant sa première jambe libre. Elle émit un cri d'une voix pleine de rage et de souffrance. Le médaillon que Geralt portait au cou tremblait comme s'il était vivant. Yennefer assouplit ses hanches et fit un geste de la jambe en direction des chariots de la milice de Holopole en train de charger et formula un sort. L'air se mit à trembler et se remplit d'une odeur d'ozone.

— Oh ! Par les dieux ! s'exclama Jaskier, plein d'admiration. Quelle ballade ce sera, Yennefer !

Le sort lancé d'une aussi jolie jambe ne réussit pas complètement. Le premier chariot et tout ce qui se trouvait à l'intérieur prirent une teinte jaune bouton-d'or, ce que les guerriers de Holopole, aveuglés par l'ardeur du combat, ne remarquèrent même pas. Le sort fut plus efficace sur le deuxième chariot : tout son équipage se transforma instantanément en d'énormes grenouilles pustuleuses qui s'échappèrent dans toutes les directions en coassant. Le chariot, privé de conducteur, se retourna et se fracassa au sol. Traînant derrière eux le timon arraché, les chevaux disparurent dans le lointain en hennissant de façon hystérique.

Yennefer serra les lèvres en levant une nouvelle fois sa jambe. Le chariot de couleur bouton-d'or, accompagné d'une musique entraînante provenant de quelque part dans les hauteurs, fut réduit en un nuage de fumée de même couleur ; tout l'équipage, étourdi, alla s'écraser dans l'herbe en formant un tas des plus pittoresques.

Les roues du troisième chariot devinrent carrées : les chevaux stoppèrent net, le chariot s'effondra sur lui-même et les miliciens de Holopole en furent éjectés. Par pure vengeance, Yennefer remua encore sa jambe, pour un charme supplémentaire, transformant au petit bonheur tout ce petit monde en tortues, oies, mille-pattes, flamants roses ou cochons de lait. Les Zerricanes s'occupèrent avec métier du cas des derniers combattants.

Ayant enfin déchiré les filets, le dragon réussit à se dégager. Il s'envola dans un cri, à la vitesse d'une flèche décochée, à la poursuite de Kozojed qui avait réussi à échapper au massacre. Le cordonnier courait comme un dératé, mais le dragon fut plus rapide. Geralt détourna le regard à la vue de sa gueule ouverte et de ses dents affilées comme des rasoirs. Il entendit un hurlement sinistre puis un affreux craquement. Jaskier étouffa un cri. Yennefer, pâle comme un linge, se plia en deux pour vomir sous le chariot.

Le silence qui suivit ne fut troublé que par les cris, les coassements et les grognements sporadiques des survivants de la milice de Holopole.

Vea se tenait au-dessus de Yennefer, les jambes largement écartées, arborant un sourire mauvais. La Zerricane brandit son sabre. Yennefer, pâle, souleva sa jambe.

— Non, intervint Borch, alias Trois-Choucas, assis sur une pierre.

Il tenait dans ses bras le jeune dragon, tranquillisé et content.

— Nous ne tuerons pas dame Yennefer, continua le dragon Villentretenmerth. Nous avons changé d'avis. Je dirai même que nous sommes redevables à dame Yennefer de son aide inestimable. Libère-les, Vea.

—Tu comprends, Geralt? murmura Jaskier en frottant ses mains tremblantes. Tu comprends? Il existe une ballade antique sur un dragon doré. Les dragons dorés peuvent...

—... peuvent prendre toutes les formes, compléta le sorceleur, même une forme humaine. J'en ai moi aussi entendu parler, mais je n'y croyais pas.

—Sieur Yarpen Zigrin! lança le dragon en direction du nain accroché à la paroi verticale de la falaise, à environ deux cents coudées au-dessus du sol. Que cherchez-vous là? Des marmottes? Elles ne sont pourtant pas à votre goût, si je me souviens bien. Descendez, je vous prie, et occupez-vous des traqueurs. Ils ont besoin d'aide. La tuerie est terminée pour aujourd'hui. Cela vaut pour tout le monde.

Jaskier réveilla Dorregaray, toujours inconscient, tout en jetant des regards inquiets sur les Zerricanes qui continuaient d'inspecter attentivement le champ de bataille. Geralt appliqua un baume et un pansement sur les chevilles meurtries de Yennefer. La magicienne souffrait. Elle gémissait et susurrait des formules magiques.

Le sorceleur se leva après s'être acquitté de cette tâche.

—Reste ici, demanda-t-il, je dois avoir une conversation avec le dragon.

Yennefer se leva cependant en grimaçant de douleur.

—Je vais avec toi, Geralt. (Elle le prit par le bras.) Je peux? S'il te plaît, Geralt.

—Avec moi, Yen? Je pensais que...

—Ne pense rien.

Elle se blottit contre lui.

—Yen?

—Tout va bien maintenant, Geralt.

Il fixa les yeux de la magicienne, redevenus bienveillants comme autrefois. Il se pencha et l'embrassa sur les lèvres. Elles étaient chaudes, douces et désirantes. Comme autrefois.

Ils rejoignirent le dragon. Yennefer, soutenue par Geralt, fit une révérence très basse comme devant un roi, en tenant l'ourlet de sa robe du bout des doigts.

—Trois-Ch... Villentretenmerth..., déclara le sorceleur.

—Mon nom signifie littéralement dans votre langue “trois oiseaux noirs”, expliqua Borch.

Le jeune dragon, les griffes accrochées à l'avant-bras de Trois-Choucas, offrait sa nuque aux caresses que celui-ci lui prodiguait.

—L'Ordre et le Chaos, dit Villentretenmerth en souriant. Tu te souviens, Geralt ? Le chaos représente l'agression, tandis que l'ordre représente le moyen de s'en protéger. Il n'est pas absurde d'aller au bout du monde pour s'opposer à l'agression et au mal, n'est-ce pas Geralt ? Et cela est d'autant plus vrai que le salaire est intéressant. Ce qui a été le cas pour moi : le trésor que m'a légué la femelle dragon Myrgatabrakke, empoisonnée près de Holopole. C'est elle qui m'a appelé pour que je l'aide à neutraliser le mal qui la menaçait. Myrgatabrakke s'est envolée peu de temps après que Eyck de Denesle eut été évacué du terrain de tournoi. Elle a eu le temps de fuir pendant vos discussions et vos querelles en me laissant son trésor, autrement dit mon salaire.

Le jeune dragon piaillait et tapait des ailes.

—Donc, tu...

—Oui, interrompit le dragon. Ainsi le veut l'époque. Les créatures que vous appelez communément monstres se sentent, depuis un certain temps, de plus en plus menacées par les humains. Elles ne savent plus se défendre seules et ont besoin d'un protecteur... d'un sorceleur tel que toi.

—Et le but situé au bout du chemin ?

—C'est lui. (Villentretenmerth souleva son avant-bras ; effrayé, le jeune dragon se mit à piailler.) Le voici, mon but. Grâce à lui, je prouverai, Geralt de Riv, qu'il n'existe aucune limite au possible. Toi aussi, un jour, tu découvriras un tel but, sorceleur. Les êtres différents peuvent vivre eux aussi. Adieu, Geralt. Adieu, Yennefer.

La magicienne fit de nouveau une révérence en se retenant fermement à l'épaule de Geralt. Villentretenmerth se leva en regardant Yennefer d'un air extrêmement sérieux.

—Pardonne mon indiscrétion et ma simplicité, Yennefer. Tout est lisible sur vos visages. Il n'est même point besoin de lire dans vos pensées. Vous êtes tous deux, toi et le sorceleur, faits l'un pour l'autre. Mais il n'en ressortira rien. Désolé.

—Je sais. (Yennefer pâlit quelque peu.) Je sais, Villentretenmerth. Mais je voudrais croire, moi aussi, qu'il n'existe pas de limite au possible ou que cette limite se situe très loin.

Vea s'approcha de Geralt. Elle lui confia quelques mots en lui touchant l'épaule. Le dragon esquissa un sourire.

— Geralt, Vea veut que tu saches qu'elle n'oubliera jamais le baquet du *Dragon pensif.* Elle espère pouvoir te revoir.

— Quoi ? demanda Yennefer en clignant nerveusement des yeux.

— Rien, répondit rapidement le sorceleur. Villentretenmerth...

— Je t'écoute, Geralt de Riv.

— Tu peux prendre toutes les formes. Vraiment toutes ?

— Oui.

— Pourquoi te transformes-tu en humain ? Pourquoi avoir créé le personnage de Borch, chevalier portant blason aux trois oiseaux noirs ?

Le dragon lui rendit un large sourire.

— Il m'est difficile de dire, Geralt, dans quelles circonstances nos ancêtres respectifs ont eu leurs premiers démêlés, mais je sais que pour les dragons, rien n'est plus répugnant que les êtres humains. Les hommes nourrissent en chaque dragon un dégoût instinctif et irrationnel. Je suis une exception. Vous m'êtes en effet tout simplement sympathiques. Adieu.

Sa métamorphose n'avait pas les caractéristiques d'une forme s'effaçant progressivement ou disparaissant dans le flou d'une illusion. Elle s'opéra en un clin d'œil. À l'endroit où se tenait encore un instant plus tôt le chevalier frisé dans une tunique ornée de trois oiseaux noirs avait pris place un dragon doré, tendant son long cou svelte en guise de reconnaissance. Inclinant sa tête, le dragon déploya des ailes éblouissantes sous les rayons du soleil. Yennefer ne put s'empêcher d'émettre un murmure d'admiration.

Vea, déjà en selle à côté de Tea, fit adieu de la main.

— Vea, dit le sorceleur, tu avais raison.

— Hum ?

— C'est bien lui le plus beau.

Éclat de glace

I

La brebis crevée, gonflée, boursouflée, les quatre pattes rigides levées vers le ciel, eut un soubresaut. Geralt, accroupi contre le mur, dégaina lentement son épée en prenant garde que le tranchant ne sonne pas au contact du fourreau. À une dizaine de pas, le dépotoir enfla soudain en ondulant. Le sorceleur n'eut que le temps d'éviter d'un bond une vague d'immondices se déversant avec violence du tas d'ordures mis en branle.

Un tentacule terminé par un renflement fusiforme surgit soudainement du dépotoir et le rattrapa à très grande vitesse. Le sorceleur fut projeté sur les restes d'un meuble brisé tenant en équilibre sur un tas de légumes pourris ; il se rétablit et frappa d'un coup d'épée bref et net le tentacule, sectionnant les ventouses en forme de massue. Mais le sorceleur glissa sur des planches en voulant bondir en arrière et retomba sur les fesses dans un fumier fangeux.

La montagne d'immondices explosa alors comme un geyser, expulsant une masse dense et puante d'épluchures de cuisine, de torchons décomposés et de fils blanchâtres de choucroute. Sous elle apparut un corps énorme et bulbeux, dont la forme grotesque, frappant de ses trois tentacules et de son moignon, rappelait celle d'une pomme de terre.

Geralt, enlisé dans la boue, sectionna un autre tentacule grâce à un large mouvement de rotation de la hanche. Les deux restants, aussi gros que des branches charpentières, frappèrent avec force la surface des ordures dispersées autour de lui. Le corps du monstre s'approcha à la manière d'un tonneau qui roule. Geralt vit l'immonde bulbe éclater et ouvrir une large gueule piquée de dents longues et effilées.

Le sorceleur se laissa saisir la taille par les tentacules et retirer de la masse puante dans un bruit de gargouillement. Il s'approcha ainsi de la bête. Celle-ci avançait dans la décharge en roulant sur elle-même. Sa gueule implacable offrait une denture horrible. Parvenu à proximité du monstre, le sorceleur se décida à frapper des deux mains avec son épée. La lame pénétra en glissant mollement dans la chair. Une puanteur douceâtre et étouffante s'en exhala. Le monstre se mit à siffler et à trembler en frappant l'air convulsivement avec ses tentacules restants. De nouveau embourbé dans les ordures, Geralt donna d'un mouvement de revers un coup d'épée dont la pointe craqua et crissa terriblement dans la mâchoire ouverte du monstre. Celui-ci gargouilla encore avant de tomber comme une masse, mais reprit immédiatement ses esprits, crachant et sifflant sur le sorceleur une sorte de goudron puant. Geralt réussit à s'extirper de sa position en reprenant appui par de violents mouvements de ses jambes emprisonnées dans le bourbier, et bondit en avant en repoussant les ordures de son torse. Il frappa alors de toutes ses forces. Le fil abattu de haut en bas alla se ficher entre les deux yeux faiblement phosphorescents du monstre et lui incisa le corps. La créature gémit de douleur ; elle se trémoussa en laissant échapper sur le tas d'ordure une sorte de vessie transpercée d'où s'exhala une fétidité amère. Les tentacules continuèrent pendant un instant de trembler et de remuer dans la pourriture.

S'étant extirpé à grand-peine de ce magma, le sorceleur se tenait désormais sur un socle immergé et mobile, mais stable. Il sentit quelque chose de collant et de repoussant – qui avait dû s'immiscer dans sa botte – ramper sur son mollet. *Vivement le puits que je puisse nettoyer tout cela le plus vite possible,* pensa-t-il. *Me nettoyer...* Les tentacules du monstre frappèrent une dernière fois les ordures, provoquant moult éclaboussures.

Une étoile filante brilla dans le ciel : un éclair d'une seconde animant le noir firmament orné de points lumineux immobiles. Le sorceleur ne formula aucun vœu.

Il respirait lourdement, bruyamment, attentif à la disparition progressive de l'effet des élixirs bus avant le combat. L'énorme dépotoir adossé à l'enceinte de la ville et s'affaissant en pente raide vers les méandres de la rivière offrait maintenant à la lumière des étoiles un spectacle des plus pittoresques et des plus émouvants. Le sorceleur cracha.

Le monstre tué se fondait désormais dans les immondices qui avaient accueilli son séjour.

Une seconde étoile filante passa.

— Un tas d'ordures..., réussit difficilement à articuler le sorceleur. Rien d'autre que des ordures, du fumier et de la merde.

II

— Tu pues, Geralt, déclara Yennefer avec une grimace de dégoût, sans arrêter de fixer le miroir devant lequel elle se démaquillait les joues et les cils. Baigne-toi.

— Il n'y a pas d'eau, répondit-il en vérifiant le contenu du seau.

— Nous allons nous débrouiller. (La magicienne se leva et alla ouvrir la fenêtre en grand.) Tu préfères l'eau de mer ou l'eau douce ?

— De mer, pour changer.

Yennefer écarta largement les bras puis formula un sort en effectuant avec les doigts un petit geste mystérieux. Un fort courant d'air humide entra par la fenêtre ouverte en la faisant claquer. Un tourbillon prenant la forme d'une sphère irrégulière pénétra dans la pièce en sifflant. Le baquet écuma. De l'eau ridée, frappant contre les bords, sourdait de son fond. La magicienne revint à son occupation première.

— Ça s'est bien passé ? demanda-t-elle. Qu'y avait-il là-bas, sur le tas d'ordures ?

— Un zeugle, comme je le pensais. (Geralt enleva ses bottes, fit glisser ses habits et plongea un pied dans le baquet.) Par la peste, Yen, qu'est-ce que c'est froid ! Tu ne peux pas la chauffer, cette eau ?

— Non. (La magicienne, approchant son visage du miroir, s'injectait une goutte dans l'œil à l'aide d'une pipette.) Ce type de sort m'exténue et me donne des nausées. Et puis après avoir consommé tes élixirs, l'eau froide te fera du bien.

Geralt n'insista pas. Insister auprès de Yennefer demeurait toujours improductif.

— Le zeugle t'a causé des problèmes ?

La magicienne plongea sa pipette dans un flacon et s'humidifia le second œil avec un rictus comique.

— Rien de bien terrible.

On entendit de l'autre côté de la fenêtre ouverte un bruit massif, le fracas d'un tronc brisé et une voix de fausset, indistincte, répétant sans pudeur le refrain d'une chanson paillarde.

— Un zeugle. (La magicienne saisit un second flacon parmi une batterie imposante de récipients qui reposaient sur la table ; une odeur de lilas et de groseille à maquereau emplit la pièce.) Tu vois, même en ville, un sorceleur trouve facilement du travail. Tu n'es pas obligé de vagabonder. Istredd affirme qu'après la disparition d'une créature forestière ou marécageuse, une autre la remplace toujours, une mutation nouvelle, adaptée au milieu artificiel que les humains ont créé.

Geralt grimaça lorsque Yennefer fit mention d'Istredd. Le sorceleur commençait à prendre ombrage de l'admiration qu'elle témoignait au génie de celui-ci. Même si le magicien, en l'occurrence, n'avait pas tort.

— Istredd a raison, poursuivit Yennefer en démaquillant ses joues et ses cils avec la potion fleurant bon le lilas et la groseille à maquereau. Vois par toi-même : les pseudo-rats dans les égouts et les caves, les zeugles dans les immondices, les platocorises dans les canalisations et les fossés non entretenus, et puis aussi les goodyères rampantes dans les étangs des moulins. Nous ne sommes pas loin de la symbiose, tu ne trouves pas ?

Et les goules dans les cimetières dévorant les cadavres un jour après leur enterrement, pensa-t-il en rinçant le savon sur son corps. *Une totale symbiose !*

— Oui… (La magicienne repoussa les flacons et les bocaux.) Même en ville, il y a du travail pour un sorceleur. Je pense que tu finiras par t'installer définitivement dans un bourg, Geralt.

Que le grand cric me croque! pensa-t-il tout bas. S'opposer à Yennefer aurait irrémédiablement conduit à une querelle et celle-ci pouvait devenir dangereuse.

—Tu as fini, Geralt?

—Oui.

—Sors du baquet.

Sans se lever, Yennefer fit un geste de la main et formula un sort. L'eau du récipient – ainsi que celle qui avait débordé et celle qui ruisselait sur le corps de Geralt – se reforma avec un léger bruissement en une sphère translucide qui s'échappa en sifflant par la fenêtre. Puis le sorceleur entendit un énorme plouf.

—Que la peste vous conchie, fils de pierreuses! (Le hurlement provenait d'en bas:) Z'avez pas où déverser votre pisse? Que les poux vous dévorent vivants! Allez crever!

La magicienne ferma la fenêtre.

—Bon sang, Yen, dit Geralt en ricanant. Tu ne pouvais pas jeter l'eau ailleurs?

—J'aurais pu, grogna-t-elle, mais je n'en avais pas envie.

Elle prit une lanterne sur la table puis s'approcha du sorceleur. Sa chemise de nuit blanche, enveloppant les mouvements de son corps, la rendait extrêmement séduisante. *Plus que si elle eût été nue*, pensa-t-il.

—Je veux t'examiner, dit-elle. Le zeugle a pu te blesser.

—Il ne m'a pas blessé. Je le sentirais.

—Malgré tes élixirs? Ne me fais pas rire. Tu ne sentirais une fracture ouverte que si l'os saillant heurtait une clôture. Après un combat contre un zeugle, tu peux t'attendre à tout, y compris au tétanos et aux ptomaïnes. Il est encore temps d'agir. Tourne-toi.

Il sentit sur son corps la chaleur de la lanterne et la douce caresse de ses cheveux.

—Il semble que tout aille bien, affirma-t-elle. Allonge-toi avant que les élixirs aient complètement raison de toi. Ces mélanges sont terriblement dangereux. Ils te font perdre peu à peu la santé.

—Avant chaque combat, je dois en absorber.

Yennefer ne répondit pas. De nouveau assise devant son miroir, elle peignait ses longues boucles noires et brillantes. Elle ne manquait jamais cette activité avant d'aller se coucher. Geralt traitait cette habitude comme une bizarrerie qu'il prenait néanmoins plaisir à observer. Il se doutait que Yennefer en avait conscience.

Il eut soudain une crise violente de frissons. Les élixirs secouèrent son corps ; sa nuque se rigidifia ; l'effet se concentra enfin dans le bas de l'abdomen, provoquant des nausées. Geralt piqua du nez et s'effondra sur son lit sans cesser de fixer Yennefer.

Le sorceleur remarqua quelque chose bouger dans l'un des coins de la pièce. Il regarda attentivement : sur des bois de renne suspendus de travers au mur et recouverts d'une toile d'araignée se tenait un petit oiseau aussi noir que le bitume.

L'oiseau tourna la tête et observa à son tour le sorceleur de ses yeux jaunes et immobiles.

— Qu'est-ce que c'est, Yen ? D'où sort-il ?

— Quoi ? (Yennefer se retourna :) Ah ! Ça. C'est une crécerelle.

— Une crécerelle ? Les crécerelles sont rousses mouchetées. Celle-ci est noire.

— C'est une crécerelle de magicien. C'est moi qui l'ai créée.

— Dans quel but ?

— Elle m'est nécessaire, répondit-elle sèchement.

Geralt ne posa pas d'autre question sachant que Yennefer n'y répondrait pas.

— Demain, tu rends visite à Istredd ?

La magicienne replaça les flacons sur le bord de la table, rangea son peigne dans un coffret puis referma le triptyque de son miroir.

— Oui, je m'y rendrai dès le matin, pourquoi ?

— Pour rien.

Elle s'étendit à côté de lui sans éteindre la lanterne. Ne pouvant supporter de s'endormir dans le noir, elle n'éteignait jamais la lumière. Qu'il s'agisse d'une lanterne, d'une veilleuse ou d'une bougie, il fallait qu'elle se consume toujours jusqu'au bout. Encore une bizarrerie. Yennefer devait sans doute les collectionner.

— Yen ?

— Oui ?

— Quand reprenons-nous la route ?

— Arrête avec ça. (Yennefer froissa brutalement l'édredon.) Nous sommes ici depuis trois jours et tu as déjà posé cette question une trentaine de fois. Je te l'ai dit : j'ai des affaires à régler en ville.

— Avec Istredd ?

— Oui.

Il soupira et l'embrassa sans masquer ses intentions.

— Hé ! murmura-t-elle. N'oublie pas que tu es sous l'effet de tes élixirs.

— Et alors ?

— Rien, ricana-t-elle comme une adolescente.

Elle se blottit contre lui en se tordant et en ondulant son corps pour ôter plus facilement sa chemise de nuit. Geralt sentit un frisson lui parcourir le dos et des picotements dans les doigts au contact de la peau nue de Yennefer. Il effleura de ses lèvres la poitrine de la magicienne, ses seins ronds et délicats aux tétons si pâles qu'il ne les distinguait que grâce à leur protubérance. Ses mains se perdaient dans l'enchevêtrement de ses cheveux fleurant bon le lilas et la groseille à maquereau.

Yennefer s'abandonnait à ses caresses en ronronnant comme un chat, enlaçant les hanches de Geralt de ses jambes repliées.

Le sorceleur s'aperçut bientôt qu'il avait, comme d'habitude, surestimé sa résistance aux élixirs et oublié leur action néfaste sur l'organisme. *Ce ne sont peut-être pas les élixirs*, pensa-t-il. *C'est à cause de la fatigue du combat et des risques de mort permanents. Une fatigue que la routine me fait oublier. Mon corps, même amélioré, ne peut s'astreindre à la routine. Il réagit naturellement… et au plus mauvais moment. Par la peste…*

Comme d'habitude, Yennefer ne se laissa pas dépasser par les événements. Geralt sentit le contact de la magicienne. Il entendit un murmure fredonné à son oreille et se prit, comme d'habitude, à compter le nombre de fois où elle avait dû avoir recours à ce sortilège si pratique. Il finit par ne plus y penser.

Comme d'habitude, ce fut extraordinaire.

Il observait ses lèvres sourire et ses commissures trembler. Il connaissait bien cette expression du visage : plus un sourire de triomphe que de bonheur. *Ne lui demande jamais.* Il savait qu'elle ne lui aurait pas répondu.

La crécerelle noire, installée sur les bois du renne, battit des ailes et fit claquer son bec incurvé. Yennefer se tourna et soupira avec une grande tristesse.

— Yen ?

— Ce n'est rien, Geralt. Ce n'est rien.

La lanterne brillait d'une lumière incertaine. Une souris fit craquer quelque chose contre le mur. Un scolyte dissimulé dans le bois de la commode tapotait discrètement et régulièrement.

— Yen ?

— Hum ?

— Partons d'ici. Je ne me sens pas bien dans cette ville. Elle me déprime.

La magicienne se tourna sur le flanc et caressa la joue du sorceleur en dégageant ses mèches de cheveux. Ses doigts glissèrent plus bas, jusqu'à la cicatrice boursouflée qui lui barrait le cou.

— Sais-tu ce que signifie le nom de cette ville ? Aedd Gynvael ?

— Non. C'est dans la langue des elfes ?

— Oui. Cela signifie "Éclat de glace".

— C'est étrange. La beauté du nom ne correspond pas à la laideur de ce trou immonde.

— Il existe chez les elfes, continua pensivement la magicienne, une légende sur une reine de l'hiver parcourant le pays dans le blizzard sur un traîneau tiré par des chevaux blancs. Elle sème en chemin de menus éclats de glace, durs et effilés. Malheur à celui dont le cœur ou les yeux en sont transpercés. Car celui-ci est perdu : il ne sera plus jamais capable d'être heureux. Tout ce qui n'a pas la couleur blanche de la neige devient alors pour lui laid, horrible, repoussant ; il ne connaît plus la paix et abandonne tout pour suivre la reine et réaliser son rêve et son amour. Il ne la retrouvera bien sûr jamais et mourra de tristesse. C'est dans cette ville, paraît-il, dans des temps très anciens, qu'un tel malheur a eu lieu. C'est une belle légende, qu'en penses-tu ?

— Les elfes savent tout déguiser par de beaux mots, grogna Geralt dans un demi-sommeil en effleurant de ses lèvres l'épaule de la magicienne. Il ne s'agit pas du tout d'une légende, Yen, mais d'une jolie description du phénomène horrible que l'on nomme la Quête sauvage, une malédiction visible dans certaines contrées : une folie collective inexplicable qui force les gens à suivre un cortège funeste se déplaçant dans le ciel. J'en ai été le témoin direct. Cela se passe en effet bien souvent en hiver. On m'avait offert quelques sous pour que je mette fin à cette malédiction, mais j'ai refusé. Rien ne peut agir contre la Quête sauvage…

— Sorceleur, murmura Yennefer en l'embrassant sur la joue, il n'y a pas en toi une once de romantisme. Moi… j'aime les légendes des elfes. Elles sont si belles. Il est dommage que les humains n'en aient pas. Peut-être un jour en créeront-ils ? Je me demande de quoi pourront traiter leurs légendes ? Leur monde n'est constitué que de grisaille et de banalité. Avec eux, même les choses belles au début deviennent ennuyeuses et vulgaires. Oh, Geralt ! il n'est pas facile d'être une magicienne, mais si je devais comparer ma condition avec celle des humains… Geralt ?

Elle posa sa tête sur son torse ondoyant sous l'effet d'une lente respiration.

— Dors, sorceleur, murmura-t-elle. Dors.

III

La ville le déprimait.

Dès le matin, tout le mit de mauvaise humeur et attisa sa colère. Tout : la grasse matinée à cause du temps perdu et l'absence de Yennefer sortie pendant son sommeil.

Elle avait dû se presser, car les ustensiles qu'elle rangeait d'habitude méthodiquement sur des coffrets avaient été laissés éparpillés sur la table comme des dés jetés par un devin lors d'une séance de voyance : des pinceaux en poil délicat – les plus grands pour poudrer le visage, les plus petits pour appliquer de la pommade sur les lèvres et les plus menus pour le henné dont Yennefer se maquillait les paupières ; des crayons et des bâtons à joues et sourcils ; des pincettes et de petites cuillers en argent ; des fioles et des bocaux en porcelaine et en verre dépoli contenant, pensait-il, des élixirs et des onguents aux composants aussi banals que la suie, la graisse d'oie, le jus de carotte et aussi dangereusement mystérieux que la mandragore, l'antimoine, la belladone, le cannabis, le sang de dragon et le venin concentré de scorpions géants. Une fragrance de lilas et de groseille à maquereau – l'encens qu'elle utilisait toujours – emplissait l'air.

La magicienne habitait ces objets et cette odeur.

Mais elle n'était pas là physiquement.

Inquiet et sentant monter sa colère pour n'importe quel prétexte, Geralt descendit au rez-de-chaussée.

Les œufs brouillés refroidis et coagulés que l'aubergiste lui servit entre deux pelotages en cuisine, le firent rager. Le fait que la jeune fille abusée eût à peine douze ans – et les larmes aux yeux – le mit particulièrement en colère.

Le temps chaud et printanier, le tumulte des conversations de la rue, n'améliorèrent pas l'humeur de Geralt. Il ne se plaisait décidément pas à Aedd Gynvael, parodie de toutes les petites villes qu'il avait connues : une caricature plus bruyante, plus étouffante, plus sale et plus énervante encore.

Il sentait toujours la puanteur du dépotoir dans ses vêtements et ses cheveux. Le mieux était de se rendre aux thermes.

Ce fut ensuite la mine du préposé aux bains qui l'énerva. Ce dernier n'arrêtait pas d'observer le médaillon que le sorceleur portait au cou et son épée déposée sur le bord de la baignoire. Geralt s'irrita du fait que le préposé ne lui offrît pas les services d'une putain. Il n'avait nulle intention de jouir des charmes d'une jeune femme, mais que l'on pût faire une telle proposition à tout le monde sauf à lui, cela le révoltait.

Dehors, malgré l'odeur forte de savon gris se dégageant de son corps lavé, le sorceleur ne fut pas de meilleure humeur : la ville d'Aedd Gynvael n'en était pas plus belle. Rien de ce qui s'offrait à ses yeux ne lui plaisait. Il n'aimait pas les tas de fumier jonchant les rues ; il n'aimait pas les mendiants agenouillés contre le mur de l'église ; il n'aimait pas l'inscription peinte à la va-vite sur le mur : « Enfermez les elfes dans des réserves ! »

On ne l'introduisit pas dans le château. Le sorceleur fut renvoyé vers le staroste à la ghilde des marchands. Cela l'irrita. Il s'énerva également lorsque l'un des anciens de la corporation, un elfe, lui ordonna de chercher le staroste sur la place du marché, le regardant avec mépris et supériorité, ce qui était étrange pour un être censé faire preuve de réserve.

La place du marché grouillait de monde, d'étals, de chariots, de chevaux, de bœufs et de mouches. Un condamné, recouvert de boue et d'excréments par la populace, était ligoté sur la plate-forme d'un pilori ; gardant son sang-froid, il se contentait d'insulter ses tourmenteurs sans particulièrement élever la voix.

Pour Geralt, habitué à ces situations, la raison de la présence du staroste dans ce fourmillement était claire. Les marchands itinérants intégraient dans leurs prix le montant des pots-de-vin qu'il leur fallait bien remettre à quelqu'un. Le staroste, au fait lui aussi de ce genre de pratiques, apparaissait en personne pour éviter aux marchands qu'ils se fatiguent à le chercher.

Le fonctionnaire officiait, assis derrière une table dressée pour accueillir les intéressés, sous un baldaquin bleu sale tendu sur des piquets. Le visage blafard du staroste Herbolth ne témoignait que mépris et indifférence à leur égard.

—Eh, toi ! Où vas-tu ?

Geralt détourna lentement le visage en réprimant sa colère. Maîtrisant sa fureur, et conscient qu'il n'était plus possible de laisser libre cours à ses émotions, le sorceleur se figea tel un éclat de glace. L'homme qui lui barrait le chemin avait des cheveux jaunis comme des plumes de loriot et des sourcils de même couleur, plantés au-dessus d'yeux livides et ahuris. Ses mains fines terminées par de longs doigts restaient accrochées à une ceinture retenant une rangée de plaques massives en laiton, une épée, une masse d'armes et deux stylets.

—Ah ! dit l'homme. Je te reconnais. Tu es le sorceleur, n'est-ce pas ? Tu veux voir Herbolth ?

Geralt acquiesça sans cesser d'observer les mains de l'homme. Il savait qu'il eût été dangereux de perdre ces mains de vue.

—J'ai entendu parler de toi, tueur de monstres, continua l'homme aux cheveux jaunis sans quitter des yeux les mains de Geralt. Bien qu'il me semble que nous ne nous soyons jamais rencontrés, je pense que tu as entendu parler de moi. Je m'appelle Ivo Mirce. Mais tous me surnomment la Cigale.

Le sorceleur confirma d'un signe de tête. Il savait aussi quel prix Caelf et Vattweir offraient à Wyzima pour la tête de la Cigale. Si on lui avait demandé son avis, il aurait certainement répondu que le prix était trop modeste, mais personne ne lui avait posé la question.

—Bien, continua la Cigale. D'après ce que je sais, le staroste t'attend. Tu peux y aller. Mais, ton épée, l'ami, il faut me la laisser. On me paie justement pour que ce cérémonial soit respecté. Personne ne peut s'approcher d'Herbolth avec une arme. T'as compris ?

Geralt haussa les épaules. Il ouvrit la ceinture maintenant le fourreau et remit son épée à la Cigale. Celui-ci eut un sourire en coin :

—S'il vous plaît, dit-il, comme on est poli ! Pas un mot de protestation. Je savais bien que les rumeurs sur ton compte étaient exagérées... J'aimerais bien que tu me demandes un jour de te remettre mon épée. Tu verrais alors quelle est ma réponse.

—Holà, la Cigale ! appela le staroste en se levant. Fais-le passer ! Venez, seigneur Geralt, soyez le bienvenu ! Faites place, messieurs les marchands, laissez-nous un moment. Vos affaires doivent se subordonner aux intérêts supérieurs de la ville. Transmettez votre pétition à mon secrétaire !

L'affabilité feinte du staroste n'en imposa pas à Geralt qui savait qu'il s'agissait là uniquement d'un argument de vente. Les marchands obtenaient du temps supplémentaire pour fixer le montant convenable des pots-de-vin.

—Je parie que la Cigale a essayé de te provoquer. (Herbolth répondit d'un mouvement de la main indistinct au salut tout aussi inconsistant de Geralt.) Ne t'en fais pas, la Cigale ne confisque les armes que sur mon ordre. Il est vrai que cela n'est pas toujours à son goût, mais tant que je le paie, il doit m'écouter, sinon adieu, retour sur la grand-route. Ne t'inquiète pas.

—Le diable m'emporte si vous avez besoin de quelqu'un comme la Cigale, Staroste. Le lieu est-il si dangereux ?

—S'il n'y a aucun risque, c'est justement parce que j'emploie la Cigale, répondit Herbolth en riant. Sa gloire rayonne loin. C'est justement ce dont j'ai besoin. Tu vois, Aedd Gynvael et les autres villes de la vallée de l'Apocyn dépendent du gouvernement de Rakverelin et les gouverneurs, dernièrement, se succèdent chaque année. On ne sait d'ailleurs pas pourquoi ils changent tout le temps, car un sur deux est toujours un elfe métis ou un quarteron : sale race maudite. Les elfes sont responsables de tous les malheurs !

Geralt n'ajouta pas que la situation pouvait également être le fait des conducteurs de chariot, car la plaisanterie, bien que connue, n'était pas toujours appréciée.

—Chaque nouveau gouverneur, enchaîna Herbolth, emporté par son ardeur, commence par démettre le châtelain ou le staroste en place pour nommer à sa place un proche ou un ami. Mais après ce que la Cigale a fait un jour aux envoyés d'un gouverneur, plus personne n'essaie de me déloger de ma fonction et je demeure le plus ancien des starostes d'un des plus anciens régimes qui fut jamais en vigueur. Je ne me souviens même pas lequel. Trèves de parlotes ! La veine risque de s'épuiser, comme disait feu ma première épouse. Venons-en au fait. Quel type de saurien frayait donc dans notre dépotoir ?

— Un zeugle.

— De ma vie, je n'ai jamais entendu parler d'un tel animal. J'imagine qu'il est mort ?

— Oui. Mort.

— De combien allons-nous donc grever le budget municipal ?

— 100.

— Allons bon, seigneur sorceleur ! Auriez-vous abusé du persil des fous ? 100 marks pour nous débarrasser d'un vulgaire insecte qui encombre un tas de merde ?

— Insecte ou pas insecte, staroste, il avait dévoré huit personnes. C'est vous-même qui me l'avez dit.

— Oui… des gens, pour ainsi dire ! Le monstre aurait avalé le vieil Hylaste, connu de tous pour ne jamais dessaouler, une vieille bonne femme des faubourgs et quelques enfants du guide Soulirade, ce que nous n'avons pas découvert tout de suite, car Soulirade ne sait pas au juste combien il a d'enfants. Il en fait trop pour pouvoir les compter. Moi aussi, j'ai des gens ! 80.

— Si je n'avais pas tué le zeugle, il aurait tôt ou tard dévoré quelqu'un de plus important, le pharmacien par exemple. Où auriez-vous trouvé de l'onguent pour traiter vos chancres ? 100.

— 100 marks, c'est beaucoup d'argent. Je ne sais si je donnerais autant pour une hydre à neuf têtes. 85.

— 100, seigneur Herbolth. Bien sûr, ce n'était pas une hydre à neuf têtes, mais reconnaissez que personne ici, même la célèbre Cigale, n'aurait pu venir à bout de ce zeugle.

— Parce que personne ici n'a l'habitude de barboter dans les excréments et les ordures. C'est mon dernier mot : 90.

— 100.

— 95, par tous les démons et les diables !

— D'accord.

— Ah ! (Herbolth se mit à rire à belles dents :) C'est réglé. Tu marchandes toujours aussi bien, sorceleur ?

— Non. (Geralt ne broncha pas.) C'est plutôt rare. Je voulais juste vous faire plaisir, staroste.

— Tu y as réussi, par le choléra, ricana Herbolth. Hé, Grosse-Tête ! Viens ici ! Donne-moi le registre et une bourse. Décompte-moi 90 marks.

— Nous avions convenu 95.

— Que fais-tu de l'impôt ?

Le sorceleur jura en silence. Le staroste apposa un signe vigoureux sur le reçu puis se gratta l'oreille avec l'autre bout de la plume.

— J'imagine que la tranquillité régnera désormais dans le dépotoir… N'est-ce pas, sorceleur ?

— Normalement, oui. Il n'y avait qu'un seul zeugle. Bien sûr, il a pu se reproduire. Les zeugles sont hermaphrodites comme les escargots.

— Quelle histoire me contes-tu ? (Herbolth l'observa en louchant.) Pour se multiplier, il faut être deux : un mâle et une femelle. Serait-il possible que ces zeugles viennent au monde comme les puces ou les souris de la paille putride des paillasses ? Chaque imbécile sait qu'il n'y a pas de souris mâles et femelles, qu'elles sont toutes semblables et naissent de la paille putride.

— Et les escargots naissent des feuilles humides, intervint le secrétaire Grosse-Tête occupé à former des tas de monnaie réguliers.

— Tout le monde le sait, surenchérit Geralt en souriant de toutes ses dents. Il n'y pas d'escargots mâles et femelles. Il n'y a que des feuilles. Quiconque pense le contraire se trompe.

— Assez, coupa le staroste en le regardant avec suspicion. Assez parlé des insectes. Je demandais s'il existe un risque que quelque chose réapparaisse dans le dépotoir. Réponds succinctement et clairement.

— Dans un mois, il conviendrait de fouiller le dépotoir, le mieux avec des chiens. Les jeunes zeugles sont dangereux.

— Ne pourrais-tu pas t'en occuper tout de suite, sorceleur ? Nous pourrions nous entendre concernant le paiement.

— Non. (Geralt perçut l'argent des mains de Grosse-Tête.) Je n'ai pas l'intention de rester plus longtemps dans votre belle ville, même une semaine, alors *a fortiori* un mois…

— Tu dis des choses intéressantes. (Herbolth feignit de sourire en le regardant dans les yeux.) Vraiment intéressantes, mais je pense que tu vas rester plus longtemps.

— Vous vous trompez, staroste.

— Vraiment ? Tu es bien venu avec cette magicienne aux cheveux noirs, comment s'appelle-t-elle ? J'ai oublié… Guinever, je crois. Vous êtes descendus à *L'Esturgeon*. On dit que vous couchez dans la même chambre.

— Et alors ?

— On dit aussi que chaque fois qu'elle est venue à Aedd Gynvael, elle n'en est pas repartie de sitôt.

Grosse-Tête rit bruyamment en montrant sa mâchoire édentée. Herbolth continuait de fixer les yeux de Geralt sans montrer la moindre émotion. Geralt se mit lui aussi à rire de la manière la plus horrible qu'il pût.

— D'ailleurs, je ne sais rien. (Le staroste détourna les yeux en foulant la terre de son talon.) Et cela m'intéresse autant que de la merde de chien. Mais le magicien Istredd, ne l'oubliez pas, est une personne importante chez nous, irremplaçable en ville, inestimable, dirais-je. Les gens d'ici le respectent. Les autres aussi. Nous ne nous mêlons pas de sa magie ni de ses affaires.

— C'est sûrement mieux ainsi, accorda le sorceleur. Où habite-t-il, s'il est possible de le savoir ?

— Tu ne le sais pas ? Ici même, tu vois cette maison ? La blanche, la grande, située entre l'entrepôt et l'arsenal, plantée comme une bougie dans le postérieur. Mais tu ne trouveras pas Istredd maintenant. Il a déterré quelque chose dans le fossé sud et continue de creuser autour comme une taupe. Ses gens s'exténuent à piocher. Je m'y suis rendu pour lui demander poliment : "Maître, mais pourquoi creusez-vous tous ces trous comme un enfant ? Cela fait sourire les habitants ! Que recèle la glèbe ?" Lui me regarde comme un malheureux et répond : "L'histoire." "Quelle histoire encore ?" je demande. Et lui : "L'histoire de l'humanité. Des réponses aux questions. À la question de ce qui fut et de ce qui sera." "Il n'y avait que de la merde avant la construction de la ville, je lui rétorque, des jachères, des buissons et des loups-garous. Et quant à l'avenir, il dépend uniquement de la nomination du prochain gouverneur – de nouveau un elfe métis de malheur – par l'administration de Rakverelin. Dans la terre, il n'y a aucune histoire. Il n'y a rien, à part des vers pour qui s'intéresse à la pêche." Tu crois que mes arguments l'ont convaincu ? Penses-tu. Il continue de creuser. Si tu veux le voir, rends-toi au fossé sud.

— Eh ! Seigneur staroste, grogna Grosse-Tête. Il est revenu chez lui. Il se fiche bien des fouilles maintenant que…

Herbolth lui lança un regard menaçant. Grosse-Tête fit le gros dos en se raclant la gorge et en piétinant le sol. Le sorceleur croisa ses mains sur le torse en continuant de sourire faussement.

— Oui, hum, hum. (Le staroste toussa :) Qui sait, oui, Istredd est peut-être déjà rentré chez lui. Qu'est-ce que cela me fait d'ailleurs ?

— Portez-vous bien, staroste, conclut Geralt sans même esquisser une parodie de salut. Je vous souhaite une bonne journée.

Le sorceleur rejoignit la Cigale qui venait à sa rencontre dans le cliquetis des armes qu'il portait. Il tendit le bras sans un mot pour récupérer l'épée que la Cigale tenait sous l'aisselle. Ce dernier recula.

— On est pressé, sorceleur ?

— Oui, on est pressé.

— J'ai inspecté ton épée.

Geralt le dévisagea froidement.

— Tu peux t'en vanter, répondit le sorceleur en hochant la tête. Rares sont les personnes qui ont pu l'examiner de si près et encore moins celles qui ont ensuite relaté leur expérience.

— Ah ah ! (La Cigale rit de toutes ses dents :) Quelle menace ! J'en ai la chair de poule. Je me suis toujours demandé pourquoi les humains avaient peur de vous, les sorceleurs. Je pense que je le sais.

— Je dois me dépêcher, la Cigale. Rends-moi mon épée, je te prie.

— De la poudre aux yeux, sorceleur, rien que de la poudre aux yeux. Vous effrayez les gens comme l'apiculteur ses abeilles en les enfumant : avec vos visages de marbre, votre bagout, les rumeurs que vous colportez et créez de toutes pièces. Les abeilles fuient la fumée, les idiotes, au lieu de planter leur dard dans la face des sorceleurs qui enfleraient comme toutes les autres. On dit de vous que vous ne ressentez rien comme les humains. Mensonge. Si l'un d'entre vous se faisait rosser, il le sentirait passer.

— Tu as fini ?

— Oui, répondit la Cigale en lui rendant l'épée. Tu sais ce qui m'intéresse, sorceleur ?

— Oui. Les abeilles.

—Non. C'était une façon de parler. Si tu entrais armé d'une épée dans une ruelle d'un côté et moi de l'autre, je me demande lequel des deux atteindrait le bout de la rue. La chose me semble digne d'un pari.

—Pourquoi m'importuner, la Cigale? Tu cherches querelle? Dis-le-moi.

—Pour rien de spécial. Je suis simplement curieux de savoir quelle est la part de vérité dans ce que disent les gens à propos de votre ardeur au combat. Il n'y aurait en vous ni cœur, ni âme, ni pitié, ni conscience. C'est tout? On dit exactement la même chose de moi… avec raison, note-le bien. Je suis terriblement curieux de savoir lequel d'entre nous sortirait vivant de cette ruelle. Hein? Ça vaut le coup de parier? Qu'en penses-tu?

—J'ai dit que j'étais pressé. Je n'ai nulle envie de perdre du temps en ratiocinant. Les paris ne sont d'ailleurs pas ma marotte. Mais s'il te prenait l'envie de venir me déranger dans une ruelle, je te conseille fortement, la Cigale, d'y regarder d'abord à deux fois.

—Un écran de fumée! (La Cigale rit aux éclats:) De la poudre aux yeux, sorceleur! Rien de plus. Au revoir. Qui sait, peut-être nous reverrons-nous dans une ruelle?

—Qui sait?

IV

—Nous pourrons tranquillement discuter ici. Assieds-toi, Geralt.

Le nombre de livres occupant la majeure partie de l'immense atelier était impressionnant. De gros incunables remplissaient les rayonnages muraux, courbant les planches sur lesquelles ils reposaient et s'empilant dans des boîtes et sur les commodes. Geralt estima qu'il y en avait pour une fortune. D'autres éléments de décoration ne manquaient pas: un crocodile empaillé, un diodon séché pendu au plafond, un squelette poussiéreux et une imposante collection de bocaux contenant un musée des horreurs conservées dans de l'alcool: scolopendres, araignées, serpents, crapauds et quelques échantillons humains et non humains, principalement des viscères. Il y avait même un homoncule ou quelque chose rappelant un tel être, mais il pouvait s'agir d'un nouveau-né préalablement fumé.

Cette collection n'impressionnait guère Geralt. Yennefer, chez qui il avait habité pendant près de six mois à Vengerberg, possédait une collection bien plus intéressante, contenant même un phallus de dimension prodigieuse ayant appartenu à un troll des montagnes. Elle possédait également un rhinocéros parfaitement empaillé sur lequel elle aimait à faire l'amour. Geralt était d'avis que le seul autre endroit plus impropre encore à une telle activité devait être l'encolure d'un rhinocéros vivant. À la différence du sorceleur, pour qui un lit représentait une forme de luxe dont il fallait apprécier tous les usages possibles, Yennefer était capable des plus grandes extravagances. Geralt se souvenait d'heureux moments passés avec la magicienne sur la déclivité d'un toit, dans le creux d'un arbre mort, sur le balcon d'un autre, sur la balustrade d'un pont, dans une pirogue instable emportée par des rapides et en état de lévitation à environ trente toises au-dessus du sol. Le rhinocéros avait été le pire moment. Un jour, la chance voulut néanmoins bien lui sourire : l'animal se brisa sous lui et se fracassa, provoquant leur fou rire à tous deux.

— Qu'est-ce qui t'amuse, sorceleur ? demanda Istredd, assis derrière une longue table dont le plateau portait un grand nombre de crânes pourris, d'ossements et de fer rouillé.

— Chaque fois que je vois ces choses (le sorceleur assis en face du magicien désigna les bocaux et les fioles), je me demande s'il n'est pas réellement possible de pratiquer la magie sans avoir recours à toutes ces horreurs dont la vue retourne l'estomac.

— C'est une question de goût. Ce qui répugne certains laisse les autres indifférents. Qu'est-ce qui te répugne, Geralt ? Je suis curieux de savoir ce qui peut bien répugner quelqu'un qui, comme on le dit, n'hésite pas pour de l'argent à s'immerger jusqu'au cou dans le fumier et les immondices. Ne prends pas ma remarque pour une attaque ou une provocation. Je suis vraiment curieux de savoir ce qui peut provoquer un sentiment de dégoût chez un sorceleur.

— N'aurais-tu pas par hasard dans ce bocal, Istredd, le sang menstruel d'une vierge ? Sache que me dégoûte cette image de toi, agenouillé, la bouteille à la main, recueillant goutte par goutte ce précieux liquide à la source, toi un magicien sérieux.

— Bien envoyé. (Istredd sourit :) Je parle bien sûr de ta plaisanterie piquante, car quant au contenu du bocal, tu te trompes.

— Mais tu utilises parfois un tel sang, n'est-ce pas ? J'ai entendu que, pour certains sorts, on ne pouvait se passer du sang d'une vierge tuée par la foudre une nuit de pleine lune. En quoi un tel sang est-il meilleur que celui d'une femme facile tombée d'une palissade en état d'ébriété ?

— En rien, accorda le magicien avec un sourire aimable sur les lèvres. Mais s'il s'avérait que l'on peut tout aussi bien utiliser du sang de porc, bien plus facile à trouver, n'importe quelle fripouille pourrait se lancer dans l'expérimentation des sortilèges. Si ces fripouilles doivent rechercher et utiliser ce sang de vierge qui te fascine tant, des larmes de dragon, du venin de tarentule blanche, un bouillon de mains de nouveau-né coupées ou de cadavre exhumé à minuit, plus d'un hésitera à se lancer dans une telle entreprise.

Ils restèrent un moment silencieux. Istredd, faussement perdu dans ses pensées, tapotait avec ses ongles sur un crâne brisé, bruni et privé de mâchoire inférieure, placé juste en face de lui. Son index suivait l'ouverture dentée béant à partir de l'os temporal. Geralt l'observait discrètement. Il se demandait quel pouvait être son âge. Il savait que les plus doués des magiciens étaient capables de ralentir le processus du vieillissement de façon permanente et à tout moment de leur vie. Les hommes préféraient, pour des raisons de réputation et de prestige, se donner l'apparence d'un âge moyen et mûr témoignant d'une certaine sagesse et expérience. Les femmes, comme Yennefer, privilégiaient le pouvoir de séduction au détriment de celui que confère le sérieux lié aux années. Istredd, dans la force de l'âge, ne paraissait pas avoir plus de quarante ans. Il avait des cheveux raides, légèrement blancs, qui lui tombaient sur les épaules. De nombreuses rides lui barrant le front ainsi que la commissure des lèvres et l'extrémité des yeux lui assuraient un air grave. Geralt ignorait si la profondeur et l'intelligence de ses doux yeux gris étaient naturelles ou le fruit d'un sortilège. Il arriva à la conclusion après un moment que cette question n'avait aucune espèce d'importance.

Geralt interrompit brutalement le silence :

— Istredd, je suis venu chez toi, car je voulais voir Yennefer. Tu m'as fait entrer bien qu'elle ne soit pas là. Dans quel but ? Pour discuter avec moi ? Mais de quoi ? Des fripouilles menaçant le monopole des magiciens ? Je sais bien que tu me comptes parmi ces fripouilles. Rien de nouveau sous le soleil. J'avais eu l'impression pendant un instant que tu te comporterais avec moi autrement que tes confrères qui ne commencent généralement la discussion que pour me prouver leur animosité.

—Je n'ai nullement l'intention de demander pardon au nom de mes confrères, comme tu les appelles, répondit tranquillement le magicien. Je les comprends, car comme eux, j'ai dû beaucoup travailler pour accéder à un certain niveau de compétence dans le domaine de la magie. Lorsque j'étais encore un gamin, les garçons de mon âge couraient à travers champs avec des arcs, pêchaient des poissons ou jouaient au pair et à l'impair. Moi, je potassais déjà les manuscrits. Le sol en pierre de la tour était si froid qu'il me brisait les os et me gelait les articulations ; je parle de l'été bien sûr, car l'hiver, c'est l'émail de mes dents qui craquait. Je toussais à cause de la poussière des manuscrits et des livres ; les yeux me sortaient de la tête à cause de la fatigue ; et mon maître, le vieux Roedskilde, ne manquait jamais l'occasion de me caresser le dos avec son martinet, persuadé visiblement que je ne pouvais avancer sur le chemin de la science sans cela. Je ne me suis jamais battu, je n'ai jamais fréquenté de filles et je n'ai jamais bu une goutte de bière pendant toutes ces années où ce genre de divertissement est le meilleur.

—Pauvret, répliqua le sorceleur avec une grimace. Les larmes me montent aux yeux.

—Pourquoi une telle ironie ? J'essaie de t'expliquer les raisons pour lesquelles les magiciens éprouvent de l'antipathie à l'égard des charlatans de village, des enchanteurs, des guérisseurs, des mauvaises fées et des sorceleurs. Nomme ça comme tu l'entendras, de la jalousie si tu veux, mais c'est bien là l'origine de cette animosité. Nous sommes exaspérés lorsque la magie, cet art qu'on nous a présenté comme élitiste, le privilège des meilleurs et le plus sacré des mystères, tombe entre les mains des profanes et des autodidactes. Même lorsque cette magie ne vaut pas un clou. C'est la raison pour laquelle mes confrères ne t'adorent pas. Moi non plus, soit dit en passant, je ne t'aime guère.

Geralt eut assez du tour que prenait la discussion et de l'inquiétude qu'elle éveillait en lui – aussi désagréable qu'un escargot déambulant sur sa nuque et sur son dos. Il fixa Istredd droit dans les yeux en appuyant ses doigts sur le bord de la table.

— Il s'agit de Yennefer, n'est-ce pas ?

Le magicien releva la tête en continuant de tapoter légèrement avec ses ongles le crâne posé devant lui.

— Bravo pour la présence d'esprit, répondit-il en soutenant le regard du sorceleur. Toutes mes félicitations. Oui, il est bien question de Yennefer.

Geralt garda le silence. Autrefois, il y avait très longtemps – il n'était alors qu'un jeune sorceleur –, ayant préparé une embuscade contre une manticore, il avait soudain senti que le monstre s'approchait, sans qu'il pût néanmoins le voir ou l'entendre. Il avait tout simplement senti sa présence et n'avait jamais oublié ce sentiment qu'il éprouvait de nouveau à l'instant.

— Ta présence d'esprit, poursuivit le magicien, nous fait gagner énormément de temps et nous évite pas mal de bavardage inutile. Ainsi, la situation est claire.

Geralt se garda de tout commentaire.

— Ma relation intime avec Yennefer, enchaîna Istredd, dure depuis pas mal de temps. Elle fut longtemps une relation sans engagement de part et d'autre, fondée sur des périodes plus ou moins régulières de vie commune. Ce type de liaison se pratique souvent parmi les gens de notre profession, mais j'avoue qu'elle a cessé de me satisfaire. C'est pourquoi j'ai décidé de lui proposer de rester avec moi pour toujours.

— Qu'a-t-elle répondu ?

— Qu'elle réfléchirait. Je lui en ai donné le temps. Ce n'est pas une décision facile pour elle.

— Pourquoi m'avouer tout cela, Istredd ? Qu'est-ce qui te motive, outre une sincérité digne de respect et si rare chez tes semblables ? Que vises-tu à travers cette franchise ?

— Un but des plus prosaïques, murmura-t-il. Ta présence empêche Yennefer de prendre une décision. Je te prie donc de t'effacer, de disparaître de sa vie et de cesser de nous gêner. En d'autres termes : va au diable, Geralt. Le plus discrètement possible et sans adieu, ce que tu sais admirablement faire, paraît-il.

Geralt figea sur ses lèvres un sourire forcé :

— En effet, ta sincérité me désarçonne. Je m'attendais à tout, sauf à ça. Ne penses-tu pas qu'il serait préférable, au lieu de me soumettre une telle demande, de me réduire en cendres d'un coup de foudre globulaire lancé de derrière un tas de charbon ? Aucun inconvénient à cela : rien qu'un peu de suie à essuyer sur le mur. Le moyen serait plus simple et plus sûr, car une demande, on peut toujours la refuser, au contraire de la foudre globulaire.

— Je ne prends nullement en compte l'éventualité d'un refus.

— Pourquoi ? Ton étrange demande ne serait-elle au fond qu'un banal avertissement précédant la foudre ou tout autre sortilège ? Ou peut-être s'agit-il de renforcer ta demande par des arguments plus convaincants ? Une somme susceptible de rassasier l'appétit du cupide sorceleur ? Quel est selon toi le prix de ma disparition et de mes vœux de bonheur ?

Le magicien cessa de jouer avec le crâne. Il le recouvrit et le pressa de sa main. Geralt remarqua que ses phalanges blanchissaient.

— Il n'était pas dans mon intention de te faire une telle offre, répondit-il. J'étais loin d'y penser, mais si… Geralt, je suis un magicien. Et pas le moindre. Je ne prétends pas jouir de la toute-puissance, mais je pourrais réaliser nombre de tes vœux si tu voulais bien me les confier. Certains d'entre eux même facilement.

Istredd fit un geste machinal de la main comme s'il voulait chasser un moustique. Au-dessus de la table apparut soudain une grappe de papillons apollons multicolores.

— Mon vœu, Istredd, expliqua Geralt en martelant ses mots et en chassant les insectes voletant autour de sa tête, serait que tu cesses de t'immiscer entre Yennefer et moi-même. Ton offre ne m'intéresse nullement. Autrefois, rien ne t'empêchait de faire ta demande lorsque Yennefer était encore avec toi. Aujourd'hui, la situation a changé : Yennefer est avec moi. Je devrais disparaître pour te faciliter la tâche ? Je refuse catégoriquement. Non seulement je n'entends pas t'aider, mais je ferai tout ce qui est en mon modeste pouvoir pour te nuire. Tu vois, je ne suis pas non plus en reste de franchise.

— Tu n'as pas le droit de refuser ma demande. Pas toi.

— Pour qui me prends-tu, Istredd ?

Le magicien le regarda droit dans les yeux en se penchant sur la table.

— Pour une amourette de passage, une fascination momentanée, un caprice, une aventure parmi des centaines d'autres, car Yenna aime à jouer avec les émotions : elle est impulsive et imprévisible. Mais je reconnais, après avoir échangé ces quelques mots avec toi, qu'elle ne te traite pas en objet. Crois-moi, c'est rare de sa part.

— Tu n'as pas compris ma question.

— Tu te trompes. Je l'ai fort bien comprise : c'est volontairement que je ne parle que des émotions de Yenna. Toi, sorceleur, tu ne peux en ressentir aucune. Tu refuses d'accéder à ma demande, car tu considères que Yenna t'appartient, tu penses que... Geralt, tu ne restes avec elle que parce qu'elle le veut bien. Ce que tu ressens toi-même n'est qu'une projection de ses émotions et de l'intérêt qu'elle te porte. Par tous les démons de l'enfer ! Geralt, tu n'es plus un enfant : tu sais qui tu es. Un mutant. Ne le prends pas mal : je ne veux pas t'humilier ou te témoigner du mépris ; je ne fais qu'affirmer un fait. Mutant, tu demeures incapable de ressentir des émotions, car c'est ainsi qu'on t'a modelé : pour exercer ton métier. Tu comprends ? Il t'est impossible de ressentir quoi que ce soit. Ce que tu considères comme émotion se résume à une mémoire cellulaire ou somatique, si tu sais ce que signifie ce mot.

— Imagine-toi que je le sais.

— Tant mieux. Écoute-moi : je te demande une chose que l'on peut demander à un sorceleur et non à un humain. Je parle généralement aux sorceleurs en toute franchise, ce que je ne puis me permettre avec les humains. Geralt, j'entends offrir à Yenna compréhension et stabilité, sentiment et bonheur. Peux-tu en tout honnêteté affirmer que tu désires de même ? Non, cela t'est impossible. Ce ne sont pour toi que des mots privés de sens. Tu cours après Yenna comme un enfant jouissant d'une sympathie momentanée, comme un petit chat sauvage à qui tout le monde jette des pierres, mais qui ronronne auprès de la seule personne qui ne redoute pas de le caresser. Saisis-tu ce que je veux dire ? Je sais que tu le comprends. Tu n'es pas idiot, c'est certain. Tu vois toi-même qu'il ne t'est pas permis de me refuser mon aimable demande.

— J'ai autant le droit de te la refuser, martela Geralt, que toi de me la demander. C'est pourquoi nos deux droits s'annulent, ce qui nous ramène au point de départ qui est le suivant : Yen, malgré mon état et les conséquences de ma mutation, est avec moi. Tu as déclaré ton amour : c'est ton droit. Elle t'a répondu qu'elle réfléchirait : c'est également son droit. Tu as l'impression que je la dérange dans son choix ? Qu'elle hésite ? Que je serais la raison de son hésitation ? C'est là mon propre droit. Son hésitation doit bien avoir quelques raisons. Je lui apporte peut-être finalement quelque chose, même si le lexique des sorceleurs manque de mots pour l'exprimer.

—Écoute…

—Non, c'est toi qui vas m'écouter. Yennefer fut jadis avec toi, dis-tu. Qui sait, peut-être n'étais-tu toi-même alors qu'une amourette de passage, un caprice, l'une de ses émotions incontrôlées qu'elle éprouve si souvent ? Il m'est impossible, Istredd, de rejeter l'hypothèse qu'elle ne t'ait instrumentalisé à ce moment-là. Cela me semble même probable si je m'en réfère à notre discussion, *seigneur magicien*. Il me semble par conséquent que parfois, l'instrument peut se révéler supérieur à l'éloquence.

Istredd ne broncha pas. Sa mâchoire ne trembla même pas. Geralt admirait sa maîtrise de soi. Le silence prolongé semblait néanmoins attester que le coup avait porté.

—Tu joues avec les mots, répondit enfin le magicien. Tu en abuses en tentant de les substituer à de banales émotions humaines dont tu es dépourvu. Tes mots n'expriment aucune émotion, uniquement des sons semblables à celui que rend ce crâne lorsqu'on le tapote. Tu es en effet aussi vide que ce crâne. Tu n'as pas le droit de…

—Arrête, l'interrompit brutalement Geralt, peut-être même trop brutalement. Cesse de me refuser le privilège de mes droits. J'en ai assez, tu entends ? Je t'avais signifié que nos droits sont égaux, mais par la peste, c'est faux : les miens sont supérieurs.

—Vraiment ? (Le magicien pâlit légèrement pour le plus grand plaisir de Geralt.) À quel titre, je te prie ?

Le sorceleur réfléchit un instant. Il avait décidé d'achever son adversaire.

—Pour la simple raison que, la nuit dernière, elle a fait l'amour avec moi et pas avec toi.

Istredd rapprocha le crâne près de lui en le caressant. Geralt s'inquiéta du fait que sa main ne tremble pas.

—Selon toi, cela te donne des droits ?

—Seulement un : celui de tirer des conclusions.

—Ah! répondit lentement le magicien. Bien. Comme tu voudras. Eh bien, sache que nous avons fait l'amour ce matin. Tires-en les conclusions qui s'imposent. Pour ma part, c'est déjà fait.

Le silence qui suivit dura longtemps. Geralt chercha désespérément des mots qu'il ne trouva pas.

—Assez perdu de temps, finit-il par dire en se levant. (Geralt était en colère contre lui-même car cette phrase obséquieuse sonnait bêtement.) Je m'en vais.

—Va au diable, rétorqua à brûle-pourpoint Istredd sans lui accorder un seul regard.

V

Lorsque la magicienne rentra à l'hôtel, Geralt reposait encore habillé sur le lit, les mains sur la nuque, faisant semblant de regarder le plafond. C'est elle qu'il observait.

Yennefer referma délicatement la porte. Elle était belle.

Quelle beauté, pensa-t-il. *Tout en elle respire la beauté. Et tout en elle est dangereux. Les couleurs qu'elle porte : ce contraste de noir et de blanc, le beau et l'effroi ; ses boucles naturellement noires comme les freux ; ses pommettes saillantes, marquées d'une ride se formant, lorsqu'elle juge bon de sourire, à la commissure de ses lèvres si menues et si pâles sous le rouge ; ses cils si parfaitement irréguliers lorsqu'elle essuie le mascara qui les met en valeur pendant le jour ; son nez si parfaitement trop long ; ses doigts, menus, si parfaitement nerveux, inquiets et doués ; sa taille dont la finesse et la délicatesse sont soulignées par une ceinture trop serrée ; ses jambes sveltes créées pour le mouvement sous sa jupe noire. Qu'elle est belle.*

Yennefer s'assit à la table sans un mot en posant son menton sur ses doigts croisés.

—Bien, commençons, dit-elle. Ce silence tragique qui n'en finit plus est trop banal pour moi. Réglons cette affaire. Lève-toi et cesse de fixer les araignées au plafond d'un air fâché. La situation est suffisamment stupide ; il n'y a aucune raison de la rendre plus stupide encore. Lève-toi, je te dis.

Geralt obéit et, sans enlever son manteau, s'assit à califourchon sur une chaise située en face de la magicienne.

—Réglons cette affaire, disais-je, le plus vite possible. Pour ne pas te mettre dans une situation inconfortable, je propose de répondre à toutes tes questions sans même que tu aies à les poser :

Oui, il est vrai qu'en route avec toi pour Aedd Gynvael, je me rendais chez Istredd, et je savais que je coucherais avec lui. J'ignorais que ce fait allait devenir public : que chacun d'entre vous se vanterait auprès de l'autre. Je sais ce que tu ressens ; j'en suis navrée. Mais je ne me sens pas coupable.

Geralt gardait le silence.

Yennefer tourna brusquement la tête. Ses boucles noires et brillantes ondulèrent en cascade sur ses épaules.

— Geralt, dis quelque chose.

— Il…, réussit-il à articuler en se raclant la gorge, il t'appelle Yenna.

— Oui. (Elle ne le quittait pas des yeux.) Et moi, je l'appelle Val. C'est son prénom. Istredd n'est que son surnom. Je le connais depuis des années, Geralt. Il m'est très proche. Ne me regarde pas ainsi. Toi aussi, tu m'es proche. C'est là que repose tout le problème.

— Tu hésites à accepter sa proposition ?

— Oui, j'hésite. Je t'ai dit que nous nous connaissons depuis des années… depuis de nombreuses années et puis, nous avons des intérêts, des ambitions et des objectifs communs. Nous nous comprenons au-delà des mots. Il peut m'aider ; qui sait si un jour je n'aurai pas besoin d'une telle aide. Mais avant tout… il m'aime. Je le pense du moins.

— Je ne voudrais pas te faire obstacle, Yen…

La tête de la magicienne sursauta. Ses yeux violets lançaient des flammes grises.

— Obstacle ? Tu ne comprends donc rien, espèce d'idiot ? Si tu me faisais obstacle, si tu me gênais, je me débarrasserais de toi en un clin d'œil en te téléportant au bout du cap Bremervord ou en formant un cyclone qui t'emporterait jusqu'au pays de Hannu. Avec un peu d'effort, je saurais te fondre dans un morceau de quartz que j'abandonnerais dans un jardin au beau milieu d'un massif de pivoines. Je pourrais aussi te laver le cerveau de façon à ce que tu oublies qui je suis et comment je m'appelle. Mais tout cela à la condition que je le veuille bien, car je pourrais tout simplement dire : "Nous avons passé du bon temps, Geralt, mais il faut maintenant nous quitter." Je pourrais filer à l'anglaise, comme tu l'as fait un jour en fuyant ma maison de Vengerberg.

— Ne crie pas, Yen, ne sois pas agressive. Cesse de rappeler cette histoire de Vengerberg; nous avions convenu de ne jamais revenir là-dessus. Je ne t'en veux pas, Yen, je ne te fais pas de reproches. Je sais que tout ce que tu fais dépasse la mesure commune. Concernant ma peine... Concernant ma tristesse à l'idée de devoir te perdre... il ne s'agit que d'une mémoire cellulaire: des traces de sentiments ataviques subsistant chez un mutant après que toute émotion eut été effacée en lui...

— Je ne supporte pas lorsque tu parles ainsi ! explosa-t-elle. Je ne supporte pas lorsque tu as recours à de telles paroles. Ne parle jamais plus ainsi en ma présence. Jamais !

— Est-ce que cela change la situation ? Je ne suis qu'un mutant.

— Il n'y a pas de mutant qui tienne. Ne prononce pas ce mot en ma présence.

La crécerelle noire, perchée sur les bois de renne, fit battre ses ailes et racler ses serres. Geralt jeta un regard à l'oiseau, plus précisément à son œil morne et jaune. Yennefer reposa son menton sur ses doigts croisés.

— Yen.

— Je t'écoute, Geralt.

— Tu avais promis de répondre à mes questions... aux questions que je ne poserai même pas. Il en reste une. La plus importante. Celle que je ne t'ai jamais posée. Celle que j'ai toujours eu peur de te poser. Réponds-y.

— Je ne peux pas, Geralt, dit-elle durement.

— Je ne te crois pas, Yen. Je te connais bien.

— Il est impossible de bien connaître une magicienne.

— Réponds à ma question, Yen.

— Je te réponds : je ne sais pas. Mais que vaut une telle réponse ?

Ils gardèrent le silence. Le tumulte de la rue commença à décroître.

Les feux du soleil couchant transperçaient les fentes des volets et projetaient dans la pièce des traits obliques de lumière.

— Aedd Gynvael, murmura le sorceleur. Éclat de glace... je le sentais. Je savais que cette ville... m'est hostile. Néfaste.

— Aedd Gynvael, répéta-t-elle lentement. La luge de la reine des elfes. Pourquoi ? Pourquoi, Geralt ?

— Je fais route avec toi, Yen. Les rênes de mon traîneau sont emmêlées aux tiennes. Autour de moi, je ne vois que tempête de neige et gel. Il fait froid.

— La chaleur ferait fondre en toi l'éclat de glace avec lequel je t'ai frappé, murmura-t-elle. Le charme cesserait alors d'agir. Tu me verrais telle que je suis.

— Cingle tes chevaux blancs, Yen. Qu'ils rallient le pays septentrional des neiges éternelles ! Pourvu que la glace ne fonde jamais ! Je veux me retrouver au plus vite dans ton château de glace.

— Ce château n'existe pas. (Les lèvres de Yennefer tremblaient et grimaçaient.) Ce n'est qu'un symbole. Notre course en traîneau n'est qu'une longue glissade derrière un rêve inaccessible. Moi, reine des elfes, j'aspire à la chaleur. C'est là justement mon mystère. C'est pourquoi chaque année, mon traîneau m'emmène à travers le blizzard jusqu'à une petite ville où les rênes de quelqu'un s'enlacent aux miennes. Chaque année quelqu'un de nouveau. Sans fin, car la chaleur que je désire consume le charme, la magie et la séduction. Mon élu qu'une étoile de glace a désigné disparaît alors. Et à ses yeux redevenus tièdes, je ne suis pas meilleure que les autres… mortelles.

— Mais sous la blancheur immaculée apparaît bientôt le printemps, rétorqua Geralt. Aedd Gynvael, petite ville bien laide au si joli nom, se libère alors des neiges, et son dépotoir, sa montagne d'immondices dans laquelle je m'enfonce car ils me paient pour cela, apparaît. On m'a créé pour entrer dans les ordures que les autres évitent avec horreur et dégoût. On m'a privé de la faculté de ressentir pour que j'ignore combien ces excréments sont excrémentiels, pour que je ne recule pas devant leur puanteur. Oui, on m'a privé de cette faculté de ressentir… mais pas complètement. Celui qui était chargé de cette tâche a dû bâcler son travail, Yen.

Ils gardèrent le silence. La crécerelle noire fit bruisser ses plumes en ouvrant et en fermant ses ailes.

— Geralt…

— Je t'écoute.

— Maintenant, réponds à la question que je ne t'ai jamais posée. Moi aussi j'ai toujours eu peur… Je ne la poserai d'ailleurs pas non plus aujourd'hui, mais réponds-y. Je veux entendre ta réponse : un mot, ce mot unique que tu ne m'as jamais dit. Dis-le, Geralt. Je t'en prie.

— Je ne peux pas.

— Pourquoi ?

— Tu ne le sais pas ? demanda-t-il tristement. Ma réponse ne serait qu'un mot privé d'émotion, semblable au bruit creux d'un crâne froid et vide que l'on tapote.

Elle le regarda en silence. Ses yeux grands ouverts prirent une teinte de violet incandescent.

— Non, Geralt, dit-elle, c'est faux. Ce n'est tout au moins qu'une semi-vérité. Tu n'es pas privé de sentiments. Je le vois bien, maintenant. Je sais maintenant que…

Elle s'interrompit.

— Termine, Yen. Tu t'es déjà décidée. Ne mens pas. Je te connais. Je le vois dans tes yeux.

Elle ne baissa pas son regard. Il savait.

— Yen, murmura-t-il.

— Donne-moi la main, dit-elle.

Elle saisit ses doigts dans les siens. Geralt sentit immédiatement un picotement et une pulsation accélérée du sang dans les veines de son avant-bras. Yennefer murmurait un sort d'une voix sereine et mesurée, mais le sorceleur remarquait les gouttes de sueur que l'effort faisait perler sur son front pâle. Il vit ses pupilles dilatées par la douleur.

Ayant relâché sa main, la magicienne allongea ses bras et les mit en mouvement d'un geste doux caressant une forme invisible, lentement, de haut en bas. Entre ses doigts, l'air commençait à devenir plus dense et plus opaque, à enfler et à onduler comme de la fumée.

Fasciné, Geralt observait le spectacle. La magie créatrice, art suprême des sorciers, l'avait toujours plus émerveillé que l'illusion ou la magie transformatrice. *Oui, Istredd avait raison*, pensa-t-il, *mes Signes semblent ridicules en comparaison d'une telle magie.*

Entre les doigts de Yennefer tremblants sous l'effort se matérialisait lentement la forme d'un oiseau noir comme le charbon. Les mains de la magicienne caressaient délicatement le plumage dressé, la tête plate et le bec crochu de l'animal. Un dernier mouvement, fluide, doux et hypnotique, provoqua le cri strident d'une crécerelle noire qui tourna la tête. Sa jumelle, toujours immobile sur les bois de renne, lui répondit par un couinement.

— Deux crécerelles, dit Geralt à voix basse. Deux crécerelles noires créées par la magie. Je suppose qu'elles te sont toutes deux nécessaires.

— Tu supposes bien, répondit-elle avec difficulté. Elles me sont toutes deux utiles. Je m'étais trompée en pensant qu'une seule suffirait. Je m'étais lourdement trompée, Geralt… À quelle erreur m'a conduite l'orgueil de la reine de l'hiver, convaincue de sa toute-puissance. Il y a des choses que même la magie ne peut procurer. Et il y a des dons qu'il ne sied pas d'accepter si l'on n'est pas capable de les rendre… par quelque chose d'aussi précieux. Car ces dons vous filent alors entre les doigts : ils fondent comme des éclats de glace que la main presse. Il ne restera alors que le regret, un sentiment de perte et d'injustice…

— Yen…

— Je suis une magicienne, Geralt. Le pouvoir que je possède sur la matière est un don… un don payé en retour par… l'abandon de tout ce que je possédais. Il ne m'est rien resté.

Geralt garda le silence. La magicienne essuya de la main son front frémissant.

— Je me suis trompée, répéta-t-elle. Mais je réparerai mon erreur. Émotions et sentiments…

Elle toucha la tête de la crécerelle noire. L'oiseau se leva en ouvrant silencieusement son bec crochu.

— Émotions, caprices, mensonges, fascination, jeu, sentiments, vide… dons qu'il ne sied pas d'accepter… mensonge, vérité. Qu'est-ce que la vérité ? Le contraire du mensonge ou l'affirmation d'un fait ? Et si ce fait est mensonge, que devient la vérité ? Qui se nourrit vraiment de sentiments ardents ? Qui n'est que la froide carapace d'un crâne vidé de ses émotions ? Qui ? Qu'est-ce qui est vrai, Geralt ? Qu'est-ce que la vérité ?

— Je ne sais pas, Yen. Dis-moi.

— Non, répondit-elle en relâchant son regard.

Jamais auparavant, Geralt ne l'avait vue baisser ainsi les yeux. Jamais.

— Non, répéta-t-elle. Je ne peux pas, Geralt. Je ne peux te le dévoiler. C'est cet oiseau, né du contact avec ta main, qui te le dira. Oiseau, qu'est-ce que la vérité ?

— La vérité, déclara la crécerelle, est un éclat de glace.

VI

Bien qu'il lui semblât déambuler au hasard des ruelles, il se retrouva soudain au pied du mur sud, sur une butte surplombant un quadrillage de fossés dessinés entre des parcelles de fondations antiques et des ruines éparses disposées le long de l'enceinte de pierre.

Istredd se trouvait là. Les manches de sa chemise retroussées, chaussé de bottes, il criait sur des valets creusant à la bêche la paroi d'un trou stratifié de couches de terre, d'argile et de charbon de bois multicolores. Sur des planches disposées sur le côté gisaient des os noircis, des fragments de pots et d'autres objets méconnaissables, corrodés et recouverts de rouille.

Le magicien repéra immédiatement Geralt. Après avoir donné quelques ordres sonores aux ouvriers, il sauta hors du trou et s'approcha en tenant ses pouces accrochés à son pantalon.

— Que se passe-t-il ? demanda-t-il à brûle-pourpoint.

Immobile devant lui, le sorceleur ne répondit pas. Les valets feignant de travailler les surveillaient du coin de l'œil et murmuraient entre eux.

— La haine te sort par les yeux, dit Istredd en grimaçant. Que veux-tu ? Tu t'es décidé ? Où est Yenna ? J'espère que…

— N'espère pas trop, Istredd.

— Oh ! réagit le magicien. Ne l'entendrais-je pas dans ta voix ? Est-ce que je sens bien ce qui est en toi ?

— Qu'est-ce que tu sens ?

Istredd plaça ses poings sur ses hanches en fixant le sorceleur d'un air de défi.

— Ne nous mentons pas l'un à l'autre, dit-il. Tu me hais autant que je te hais. Tu m'as insulté en me parlant de Yennefer. Je t'ai répondu avec le même mépris. Tu me gênes autant que je te gêne. Réglons cette affaire entre hommes. Je ne vois pas d'autre solution. C'est la raison de ta présence, pas vrai ?

— Oui, répondit Geralt en se grattant le front. Tu as raison, Istredd. C'est la raison de ma présence, cela ne fait aucun doute.

— Parfait. Cette situation ne peut durer. Ce n'est qu'aujourd'hui que j'apprends que Yenna passe, depuis plusieurs années, de l'un à l'autre comme une balle de chiffons. Une fois avec moi, une autre fois avec toi. Elle me fuit pour te retrouver et inversement. Ceux qu'elle fréquente en plus ne comptent pas. Seuls nous deux sommes importants pour elle. Cela doit prendre fin. L'un d'entre nous doit s'effacer.

—Oui, répéta Geralt sans cesser de se toucher le front. Oui, tu as raison…

—Notre présomption nous a fait croire que Yenna choisirait le meilleur. Quant à savoir qui est le meilleur, chacun de nous a sa petite idée. Comme des gamins, nous nous sommes vantés des égards qu'elle nous témoignait et non moins comme des gamins, nous avons même dévoilé quels étaient ces égards et ce qu'ils signifiaient. Je suppose que tu as réfléchi comme moi et que tu es arrivé à la conclusion que nous nous sommes trompés tous les deux. Yenna n'a pas la moindre intention de choisir entre nous deux. Elle ne le ferait pas même si elle en était capable. C'est pourquoi, nous devons régler cette question sans elle. Je ne pense pas pouvoir partager Yenna avec qui que ce soit. Ta présence prouve que tu penses de même. Nous la connaissons tous deux plutôt bien. Tant que deux rivaux resteront en lice, aucun de nous ne pourra être sûr de ses sentiments. Il ne doit en rester qu'un seul. Tu es d'accord, n'est-ce pas ?

—Je suis d'accord, répondit le sorceleur en ayant du mal à remuer ses lèvres engourdies. La vérité est un éclat de glace…

—Quoi ?

—Rien.

—Qu'est-ce que tu as ? Tu es malade ou ivre ? Tu t'es gavé d'herbes de sorceleur ?

—Non, je n'ai rien. Quelque chose m'est tombé dans l'œil. Istredd, un seul doit rester. Oui, c'est la raison pour laquelle je suis ici. Cela ne fait aucun doute.

—Je le savais, dit le magicien. Je savais que tu viendrais. Du reste, je veux être sincère avec toi : tu as anticipé mes intentions.

—La foudre globulaire ? dit le sorceleur en souriant indistinctement.

Istredd plissa les sourcils.

—Peut-être, répondit-il. Peut-être la foudre globulaire, mais pas derrière un tas de charbon. Un face-à-face dans l'honneur. Tu es un sorceleur : les chances sont égales. Décide toi-même où et quand.

Geralt hésita un instant avant de prendre sa décision.

— Cette petite place… (Il désigna l'endroit de la main.) Je suis venu par là…

— Je sais. Il y a un puits que l'on nomme la Clé verte.

— Près du puits donc. Oui. Près du puits… Demain, deux heures après le lever du soleil.

— Bien. J'y serai.

Ils se firent face sans bouger et sans s'accorder un regard. Le magicien grogna finalement quelque chose dans sa barbe, déterra une motte d'argile puis la brisa d'un coup de talon.

— Geralt ?

— Oui ?

— Tu ne te sens pas idiot ?

— Si, reconnut à contrecœur le sorceleur.

— Tu me rassures, murmura Istredd, car je me sens comme le dernier des imbéciles. Jamais je n'aurais cru que je puisse me battre à mort avec un sorceleur pour une femme.

— Je sais ce que tu ressens, Istredd.

— Ma foi… (Le magicien se força à sourire.) Mais le fait que je me sois résolu à une solution si éloignée de ma nature prouve bien… qu'il faut qu'il en soit ainsi.

— Je sais, Istredd.

— Tu sais aussi bien sûr que celui qui survivra devra fuir Yenna le plus rapidement possible à l'autre bout du monde ?

— Je le sais.

— Bien sûr, tu comptes revenir à elle lorsque sa colère sera apaisée ?

— Bien sûr.

— L'affaire est donc réglée. (Le magicien esquissa un mouvement de demi-tour, mais il tendit d'abord sa main au sorceleur.) À demain, Geralt.

— À demain. (Le sorceleur lui serra la main.) À demain, Istredd.

VII

— Hé ! Sorceleur !

Geralt releva la tête au-dessus de la table. Perdu dans ses réflexions, il avait laissé la bière se déverser sur le plateau de la table en formant des zigzags fantaisistes.

—Il n'a pas été facile de te trouver. (Le staroste Herbolth s'assit en repoussant les carafes et les chopes.) On m'a dit à l'auberge que tu te trouvais à l'écurie ; dans l'écurie je n'ai trouvé que des chevaux et des paquets ; et je te trouve ici, à n'en pas douter dans le pire des bouges de la ville, dans le repaire de la pire des engeances. Qu'est-ce que tu fais ici ?

—Je bois.

—À n'en point douter. Je voulais m'entretenir avec toi. Tu as cuvé ?

—Comme un enfant.

—J'en suis fort aise.

—Que voulez-vous, Herbolth ? Vous ne voyez pas que je suis occupé ?

Geralt sourit à la catin venue lui servir une nouvelle carafe.

—La rumeur court, continua le staroste d'un air inquiet, que vous avez décidé de vous entre-tuer, toi et notre magicien.

—C'est notre affaire : uniquement la sienne et la mienne. Ne vous en mêlez pas.

—Non, ce n'est pas votre affaire, répliqua Herbolth. Istredd nous est grandement utile et nous n'avons pas les moyens de nous payer les services d'un autre magicien.

—Allez prier au temple pour sa victoire.

—Ne te moque pas, grogna le staroste. Cesse de te prendre pour qui tu n'es pas, espèce de vagabond. Par tous les dieux, si je savais que le magicien pardonnerait mon geste, je te ferais enfermer dans un trou, au fond d'une grotte, ou expulser hors de la ville, traîné par deux chevaux ; ou je demanderais tout simplement à la Cigale de t'abattre comme un porc. Malheureusement, Istredd est très sensible aux questions d'honneur et ne pourrait jamais excuser un tel acte.

—C'est bien. (Le sorceleur but une bière supplémentaire et cracha sous la table un brin de paille tombé dans sa chope.) Victoire ! C'est tout ?

—Non, répondit Herbolth en sortant de sous son manteau une bourse remplie d'argent. Tu as là 100 marks, sorceleur, prends-les et décampe d'Aedd Gynvael. Déguerpis. Le mieux serait tout de suite, avant le lever du soleil en tout cas. Nous n'avons pas les moyens de payer les services d'un autre magicien. Je ne permettrai pas que le nôtre risque sa vie dans un duel avec quelqu'un comme toi pour une stupide raison qui…

Le staroste s'interrompit sans terminer sa phrase bien que le sorceleur n'eût même pas bronché.

— Herbolth, vire ta sale gueule de ma table, lui jeta alors Geralt à la face. Tes 100 marks, tu peux te les carrer dans le pot. Ta vue me donne la nausée. Si tu restes, je risque de te maculer entièrement de vomi : des poulaines au couvre-chef.

Le staroste escamota la bourse. Il posa les deux mains sur la table :

— Si c'est non, c'est non, dit-il. Je voulais simplement régler l'affaire par bonté d'âme. Battez-vous, écorchez-vous, brûlez-vous, découpez-vous en morceaux pour cette catin tout juste bonne à ouvrir les jambes au premier venu. Je pense qu'Istredd saura d'ailleurs te régler ton compte, espèce de tueur à gages, oui, et de toi seules les chaussures subsisteront, mais sinon, je te retrouverai avant que son cadavre ait eu le temps de refroidir et je te romprai les os sous la torture. Pas une seule partie de ton corps n'en sortira intacte. Tu…

Le staroste n'eut pas le temps de retirer ses mains de la table. Le sorceleur fut trop rapide : la pointe du stylet se ficha avec un bruit sourd entre les doigts d'Herbolth après un mouvement d'épaule à peine ébauché.

— Peut-être, chuchota le sorceleur en pressant de son poing le manche du stylet et en ne cessant de fixer Herbolth du regard devenu cramoisi, peut-être Istredd va-t-il me tuer. Mais si ce n'est pas le cas… je partirai d'ici et toi, petite ordure puante, n'essaie pas de m'arrêter si tu ne veux pas que le sang baigne les ruelles de ta ville sordide. Tire-toi maintenant.

— Seigneur staroste ! Que se passe-t-il ici ? Eh, toi !

— Doucement, la Cigale, dit Herbolth en retirant lentement ses doigts de la table et en les faisant glisser le plus prudemment possible le long du tranchant du stylet. Il ne s'est rien passé. Rien.

La Cigale rengaina son épée déjà à moitié sortie du fourreau. Geralt ne lui accorda pas un regard. Il ne regarda pas non plus le staroste, qui sortit de la taverne en présence de la Cigale, censé le protéger des chalandeaux et des cochers. Un petit homme à la face de rat et aux yeux noirs pénétrants, installé quelques tables plus loin, accaparait l'attention du sorceleur.

Je me suis énervé, s'étonna-t-il. *Mes mains tremblent. Mes mains tremblent vraiment. C'est incroyable, ce qui m'arrive. Est-ce que cela signifierait que…*

Oui, pensa-t-il en observant le petit homme à la face de rat. *C'est sûrement ça.*

Qu'est-ce qu'il fait froid…

Le sorceleur se leva et sourit en regardant une nouvelle fois le petit homme, puis il écarta le pan de sa veste pour retirer deux monnaies d'or de sa bourse qu'il jeta sur la table. Les pièces tintèrent ; l'une d'entre elles alla en roulant percuter le tranchant du stylet toujours planté dans le bois patiné.

VIII

Le coup fut porté à l'improviste. Le gourdin siffla silencieusement et si vite dans le noir qu'il s'en fallut de peu que le sorceleur n'eût le temps de se protéger la tête en soulevant son épaule et d'amortir le coup d'un mouvement souple du corps. D'un bond en arrière, Geralt retomba un genou à terre. Il effectua ensuite une roulade en avant pour se relever. Il sentit le mouvement de l'air déplacé sous l'effet d'un nouveau coup de gourdin qu'il évita grâce à une agile pirouette et exécuta un demi-tour entre les deux silhouettes qui le cernaient dans l'obscurité. Il tendit la main derrière son épaule droite pour saisir son épée.

Il n'avait plus d'épée.

Rien ne me privera de mes réflexes, pensa-t-il en bondissant mollement. *Routine ? Mémoire cellulaire ? Je suis un mutant et je réagis comme un mutant*, poursuivit-il intérieurement tout en mettant de nouveau un genou à terre pour éviter un coup et en cherchant son stylet dans la tige de sa botte.

Il n'avait plus de stylet.

Il sourit en crispant les lèvres avant de recevoir un coup de gourdin sur la tête. Il fut ébloui. La douleur rayonna jusqu'au bout de ses doigts. Il tomba en relâchant ses muscles sans cesser de sourire.

Quelqu'un se laissa tomber sur lui pour le maintenir au sol. Un autre lui arracha sa bourse accrochée à la ceinture.

Geralt entrevit la lueur d'un couteau. Celui qui lui écrasait le torse de son genou lacéra l'encolure de sa vareuse, saisit la chaîne et arracha son médaillon avant de le relâcher immédiatement. Geralt l'entendit balbutier :

— Par Belzébuth… C'est un sorceleur… Un enchanteur.

Le second se mit à jurer en haletant :

— Il n'avait pas d'épée… Par les dieux… par la beauté, par le mal… Filons d'ici, Radgast ! Ne le touche pas !

La lune éclaira un rare nuage pendant un instant. Geralt vit juste au-dessus de lui un visage de rat émacié et de petits yeux noirs luisants. Il entendit le bruit des pas du second larron prenant la poudre d'escampette et disparaissant dans une ruelle puant le chat et la graisse brûlée.

Le petit homme à la face de rat enleva lentement son genou du torse du sorceleur.

— La prochaine fois… (Geralt entendait distinctement son murmure :) La prochaine fois que tu voudras te suicider, sorceleur, ne mêle pas les autres à tes affaires. Pends-toi tout simplement à tes brides dans une écurie.

IX

Il avait dû pleuvoir pendant la nuit.

Geralt sortit devant l'écurie en se frottant les yeux et en balayant avec ses doigts la paille restée collée à ses cheveux. Le soleil levant brillait sur les toits mouillés. Les flaques reflétaient des lueurs dorées.

Le sorceleur cracha par terre. Il avait toujours un sale goût dans la bouche et une bosse sur la tête terriblement dolente.

Un maigre chat noir se tenait assis sur la barrière située en face de l'écurie et se léchait consciencieusement la patte.

— Tss-tss, chaton, chaton, appela le sorceleur.

Le chat le regarda sans bouger et se mit à siffler avec hostilité. Il baissa les oreilles et montra ses crocs.

— Je sais, dit Geralt avec un signe de la tête. Moi non plus je ne t'aime pas. Je ne faisais que plaisanter.

Sans se presser, Geralt ferma les boutons et les boucles de sa veste, aplatit les plis de ses vêtements et vérifia que ceux-ci n'entravaient pas ses mouvements. Il plaça son épée en bandoulière, rectifia l'emplacement de sa poignée au-dessus de son épaule droite, puis se ceignit le front d'un bandeau plaquant ses cheveux vers l'arrière, derrière ses oreilles. Le sorceleur enfila enfin de longs gants de combat hérissés de petites pointes d'argent en forme de cône.

Geralt observa une nouvelle fois le soleil, réduisant ses pupilles à l'état de menues fentes verticales. *Belle journée*, pensa-t-il. *Belle journée pour combattre.*

Il soupira, cracha puis se mit à descendre les ruelles encadrées de murs exhalant une forte odeur de crépi mouillé et de chaux.

—Eh, l'original!

Geralt regarda autour de lui. La Cigale, accompagné de trois hommes armés fortement suspects, se tenait assis sur un tas de poutres disposées le long du fossé. Il se leva soudain, s'étira et gagna le milieu de la ruelle en évitant avec soin les flaques d'eau.

—On va où là? demanda La Cigale en agrippant son ceinturon avec ses doigts fins.

—Ça ne te regarde pas.

—Pour que les choses soient claires: je n'ai que faire du staroste, du magicien et de toute cette foutue ville, continua la Cigale en martelant chacun de ses mots. C'est toi qui m'intéresses, sorceleur. Tu ne parviendras pas à atteindre le bout de cette ruelle. Tu entends? Je veux vérifier ton habileté.

—Ôte-toi de mon chemin.

—Arrête-toi! hurla la Cigale en saisissant la poignée de son épée. Tu n'as pas compris ce que je viens de dire? Nous allons combattre! Je te lance un défi! Nous saurons enfin qui de nous deux est le meilleur!

Geralt haussa les épaules en ne ralentissant pas sa marche.

—Je te défie! Tu entends, l'anormal? cria la Cigale en lui barrant le passage une nouvelle fois. Qu'est-ce que tu attends? Fais fuser le fer de ton cuir! Que se passe-t-il? C'est la peur qui te paralyse? Ou peut-être ne t'intéresses-tu qu'à ceux qui, comme Istredd, ont misé ta sorcière?

Geralt continua de son pas décidé, obligeant la Cigale à marcher inconfortablement à reculons. Les hommes armés accompagnant la Cigale se levèrent du tas de bûches et les suivirent en maintenant une certaine distance. Le sorceleur entendait leurs chaussures gargouiller dans la boue.

— Je te défie ! répéta la Cigale qui pâlissait et devenait cramoisi tour à tour. Tu entends, sale engeance ? Que te faut-il de plus ? Je dois te cracher à la gueule ?

— Crache donc.

La Cigale s'arrêta et inspira en pinçant ses lèvres pour cracher. Fixant le sorceleur dans les yeux, il oublia de surveiller ses mains. Ce fut son erreur : ne ralentissant pas sa marche, Geralt frappa instantanément de son gant clouté la bouche de la Cigale dont les lèvres s'ouvrirent et explosèrent comme une griotte écrasée. Le coup avait été porté sans élan, au terme d'une simple génuflexion. Le sorceleur se courba et frappa une nouvelle fois au même endroit en prenant cette fois-ci un court élan. Il sentit en cognant combien sa colère s'expulsait de lui-même grâce à la force et à la vigueur du coup porté. Le dos tourné, la Cigale tituba sur un pied dans la boue puis vomit et cracha du sang dans une flaque. Entendant derrière lui le cliquetis d'une lame sortie de son fourreau, Geralt fit halte et se retourna sans à-coup, la main posée sur la poignée de son épée.

— Alors ? demanda-t-il d'une voix trahissant sa rogne. À vous l'honneur…

Celui qui avait dégainé ne soutint son regard qu'un instant et baissa les paupières. Les autres commencèrent à reculer. D'abord lentement puis de plus en plus rapidement. Se rendant compte de la situation, l'homme à l'épée recula lui aussi en actionnant muettement ses lèvres. L'homme situé le plus loin se retourna soudain et s'enfuit en pataugeant dans les flaques. Les autres, morts de peur, n'osaient pas approcher.

La Cigale tomba dans la boue. Il se releva en se hissant sur les coudes. Proférant d'une voix éraillée des mots sans signification, il vomit quelque chose de blanc mêlé à une grande quantité de liquide rouge. S'approchant, Geralt lui donna nonchalamment un coup de pied à la pommette qui lui brisa l'os zygomatique. L'homme de main pataugea une nouvelle fois dans la flaque.

Le sorceleur reprit son chemin sans se retourner.

Istredd attendait déjà, appuyé à la margelle du puits contre le treuil en bois recouvert d'une pellicule de mousse verte. Une épée était accrochée à sa ceinture : belle, légère, munie d'une garde semi-ouverte et retenue par l'extrémité forgée d'un fourreau venant buter contre la tige luisante de sa botte de cavalier. Un oiseau noir se tenait bien droit sur l'épaule du magicien.

Une crécerelle.

— Te voilà, sorceleur.

Istredd, équipé d'un gant de fauconnier, saisit la crécerelle et la déposa prudemment et délicatement sur le toit du puits.

— Me voilà, Istredd.

— Je ne pensais pas que tu viendrais. Je pensais que tu préférerais prendre la route.

— Tu vois : je ne suis pas parti.

Le magicien éclata d'un rire affranchi et bruyant en rejetant la tête en arrière.

— Elle voulait nous sauver..., dit-il. Tous les deux. Il n'en est pas question, Geralt. Croisons le fer. Seul l'un d'entre nous doit subsister.

— Tu comptes combattre à l'épée ?

— Cela t'étonne ? Toi aussi, tu comptes combattre à l'épée. Allez, lève-toi.

— Pourquoi, Istredd ? Pourquoi avec une épée et non pas au moyen de la magie ?

Le magicien pâlit. Ses lèvres se mirent à trembler.

— Lève-toi, je te dis ! cria-t-il. Il n'est plus temps de poser des questions ! Le temps des questions est révolu ! Il est maintenant temps d'agir !

— Je veux savoir, continua lentement Geralt, pourquoi à l'épée. Je veux savoir d'où te vient cette crécerelle et pourquoi elle se trouvait chez toi. J'ai le droit de le savoir. J'ai droit à la vérité, Istredd.

— À la vérité ? répéta amèrement le magicien. Oui, peut-être y as-tu droit. Nos droits sont égaux. La crécerelle, disais-tu ? Elle est apparue à l'aurore, trempée par la pluie, porteuse d'une lettre très courte que je connais par cœur : "Adieu, Val. Pardonne-moi. Il y a des dons qu'il ne sied pas d'accepter. Rien en moi ne pourrait te payer en retour. C'est la vérité, Val. La vérité est un éclat de glace." Alors, Geralt ? Tu es content ? Tu as usé de ton droit ?

Le sorceleur hocha lentement la tête.

— Bien, reprit Istredd. Maintenant, c'est moi qui vais user du mien, car je ne prends pas acte de cette information. Je ne peux pas sans elle... Je préfère encore... Lève-toi, par le diable !

Le magicien se voûta et tira son épée d'un mouvement souple et rapide témoignant de son savoir-faire. La crécerelle poussa un hurlement.

Le sorceleur resta immobile, les deux bras pendant le long de son corps.

— Qu'est-ce que tu attends ? aboya le magicien.

Geralt releva lentement la tête ; il le regarda encore un moment puis tourna les talons.

— Non, Istredd, dit le sorceleur à mi-voix. Adieu.

— Qu'est-ce que ça signifie, par la peste ?

Geralt s'arrêta.

— Istredd, lança-t-il par-dessus son épaule, ne mêle pas les autres à tes affaires. Si tu le dois vraiment, pends-toi à des brides dans l'écurie.

— Geralt ! cria le magicien. (Sa voix se brisa en une fausse note qui lui écorcha les oreilles.) Je ne renoncerai pas. Elle ne m'échappera pas. Je la suivrai à Vengerberg, je la suivrai jusqu'au bout du monde ! Je la retrouverai ! Je ne renoncerai jamais à elle ! Sache-le !

— Adieu, Istredd.

Il gagna la ruelle sans se retourner. Il marchait sans faire attention aux passants qui l'évitaient prestement et au claquement des portes et des volets. Il ne remarqua rien ni personne.

Le sorceleur pensait à la lettre qui l'attendait à l'auberge et pressa le pas.

Il savait que l'attendait sur la tête du lit une crécerelle noire trempée par la pluie tenant une lettre dans son bec crochu. Il voulait lire cette lettre le plus vite possible, même s'il en connaissait déjà la teneur.

Le Feu éternel

I

— Fumier ! Pitoyable chanteur ! Espèce de faisan !

Geralt, piqué par la curiosité, tira sa jument jusqu'au coin de la ruelle. Avant qu'il eût le temps de localiser l'origine des hurlements, il entendit un fracas de verre se joindre au concert des cris. *Un bocal de confiture de griottes*, pensa-t-il. *Ce bruit est celui d'un bocal de confiture de griottes jeté sur quelqu'un d'une hauteur importante ou avec une grande force.* Il se souvenait parfaitement de Yennefer durant leur vie commune lui jetant dans sa colère des bocaux semblables qu'elle recevait de ses clients. Yennefer ignorait en effet tout des secrets de la confection des confitures : sa magie demeurait en la matière désespérément incomplète.

Un groupe de curieux relativement nombreux s'était amassé derrière le coin de la ruelle, au pied d'une maisonnette étroite peinte en rose. Une jeune femme aux cheveux blonds se tenait en chemise de nuit sur un balconnet fleuri suspendu juste au-dessous de la saillie du toit. Des épaules douces et rondelettes apparaissaient sous les volants de son corsage. Elle saisit un pot de fleurs avec l'intention de le jeter.

L'homme mince, coiffé d'un chapeau de couleur olive orné d'une plume, n'eut que le temps de bondir en arrière comme un cabri pour éviter le choc du pot qui explosa au sol juste devant lui et s'éparpilla en mille morceaux.

—Je t'en prie, Vespula ! cria-t-il. Ne les crois pas ! Je te suis fidèle ! Que je meure sur-le-champ, si ce n'est pas vrai !

—Fripouille ! Fils du démon ! Vagabond ! hurla en retour la blonde pulpeuse avant de battre en retraite dans les profondeurs de la maison pour rechercher, à n'en pas douter, de nouvelles munitions.

—Hé, Jaskier ! appela le sorceleur en tirant sur le champ de bataille sa jument récalcitrante. Comment vas-tu ? Qu'est-ce qui se passe ?

—Tout va bien, répondit le troubadour en souriant à belles dents. Comme d'habitude. Salut, Geralt. Qu'est-ce que tu fais là ? Par la peste, fais attention !

Une coupe en étain siffla dans l'air avant de rebondir avec fracas sur le pavé. Jaskier la récupéra au sol pour vérifier son état puis la rejeta dans le caniveau.

—N'oublie pas de prendre tes fripes, hurla la blonde en continuant de faire danser les volants de sa chemise de nuit sur sa poitrine plantureuse. Hors de ma vue ! Ne remets plus jamais les pieds ici, piètre musicien !

—Ce n'est pas à moi ça, s'étonna Jaskier en ramassant par terre un pantalon aux jambes multicolores. Je n'ai, de ma vie, jamais porté un pantalon pareil.

—Va-t'en ! Je ne veux plus te voir ! Toi… Toi… Tu veux savoir ce que tu vaux au lit ? Rien ! Rien, tu entends ? Vous entendez, vous autres ?

Un autre pot de fleurs fusa : la tige séchée de la plante émit un vrombissement. Jaskier eut tout juste le temps de se baisser. Une casserole en cuivre d'au moins deux galons et demi suivit le même chemin en tournoyant. La foule des curieux se tenant hors de portée des projectiles éclata de rire. Les plus plaisantins d'entre eux applaudissaient en encourageant outrageusement la jeune femme à continuer.

—Possède-t-elle une arbalète à la maison ? s'enquit le sorceleur avec inquiétude.

—C'est possible, répondit le poète en allongeant le cou vers le balcon. Quel bric-à-brac elle tient chez elle ! Tu as vu ce pantalon ?

—Il est plus prudent de ne pas rester ici. Tu reviendras lorsqu'elle se sera calmée.

—Par tous les diables, grimaça Jaskier, je ne reviens pas dans une maison où l'on me jette au visage des calomnies et des casseroles en cuivre. Notre courte liaison est terminée. Attendons encore un peu qu'elle me jette… Oh, par les dieux ! Non ! Vespula ! Pas mon luth !

Le troubadour s'élança en allongeant les bras, trébucha et s'affala en saisissant au dernier moment l'instrument juste au-dessus du sol. Le luth émit un gémissement chantant.

— Ouf ! murmura-t-il en se relevant. Je l'ai. Tout va bien, Geralt, nous pouvons y aller. J'ai laissé chez elle, il est vrai, encore un manteau avec un col en fourrure de marte, mais tant pis, que cela soit mon prix à payer. Telle que je la connais, elle ne jettera pas le manteau.

— Menteur ! Canaille ! s'égosilla la blonde avant de cracher ostensiblement du balcon. Vagabond ! Espèce de faisan enroué !

— Pourquoi t'en veut-elle autant ? Aurais-tu fait une bêtise, Jaskier ?

— Normal, répondit le troubadour en haussant les épaules. Elle exige que je sois monogame, mais elle-même n'hésite pas à exposer à la face du monde le pantalon d'un autre. Tu as entendu ses invectives ? Par les dieux, j'en connais ma foi personnellement de plus belles, mais je m'abstiens de les crier en pleine rue. Partons.

— Où proposes-tu que nous allions ?

— Qu'est-ce que tu crois ? Certainement pas au temple du Feu éternel. Allons à *La Grotte de la pique*. Je dois me calmer les nerfs.

Le sorceleur tira sans protester sa jument derrière Jaskier qui marchait déjà d'un pas décidé dans l'étroite ruelle. Le troubadour accorda son instrument et fit sonner quelques cordes avant de jouer un accord profond et vibrant :

« L'air de l'automne ses parfums exhalait
Le vent froid le sens des mots emportait
Même les brillants que tu portes aux sourcils
N'y peuvent rien changer, car c'est ainsi… »

Jaskier s'interrompit. Il fit gaiement signe à deux gamins passant à côté d'eux et portant des paniers remplis de légumes. Les gamins ricanaient.

— Qu'est-ce qui t'amène à Novigrad, Geralt ?

— Des achats : un harnais, de l'équipement, et cette nouvelle veste. (Le sorceleur caressa le cuir frémissant et flambant neuf de son vêtement.) Qu'en penses-tu, Jaskier ?

— Tu n'arrives décidément pas à suivre la mode, répondit le barde en grimaçant et en lissant sa plume de poule de la manche bouffante de son pourpoint bleu brillant à encolure crénelée. Je suis heureux de te rencontrer à Novigrad, la capitale, le centre et le cœur culturels du monde. Un homme éclairé peut respirer à pleins poumons ici !

— Allons donc respirer une rue plus loin, proposa Geralt en voyant un va-nu-pieds accroupi, les yeux écarquillés, en train de déféquer dans une ruelle adjacente.

— Ton sarcasme continuel devient énervant, dit Jaskier en grimaçant de nouveau. Novigrad, Geralt, ce sont des maisons en briques, les rues principales de la ville pavées, un port de mer, des entrepôts, quatre moulins à eau, des abattoirs, des scieries, une grande manufacture de souliers à poulaine, et toutes les corporations et artisans souhaitables, un hôtel de la monnaie, huit banques et dix-neuf monts de piété, un château et une tour de garde à couper le souffle, et puis toutes sortes de divertissements : un échafaud, un gibet équipé d'une trappe, trente-cinq auberges, un théâtre, un parc zoologique, un bazar et douze maisons closes… Je ne me souviens plus combien de temples. Beaucoup en tout cas. Et toutes ces femmes, Geralt, propres, bien peignées et odorantes… Ces satins, ces velours, cette soie, ces buscs, ces rubans. Oh, Geralt ! Les vers se forment d'eux-mêmes dans ma bouche :

« Là où tu habites, la neige recouvre les traces
Même les lacs et la boue se marbrent de glace
Dans tes yeux je vois de la nostalgie
Qu'y puis-je ? c'est ainsi. »

— Une nouvelle ballade ?

— Oui. Elle s'intitule *Hiver*, mais elle n'est pas encore finie. Je n'arrive pas à la terminer à cause de Vespula : je suis bouleversé et les vers ne s'accordent pas entre eux. Au fait, j'oubliais, comment ça va avec Yennefer ?

— Moyen.

— Je comprends.

— Non, tu ne comprends rien du tout. Bon, elle se trouve où cette auberge ? C'est encore loin ?

— Juste à l'angle. Ça y est, nous sommes arrivés. Tu vois l'enseigne ?

— Je la vois.

— Je vous salue bien obligeamment ! lança Jaskier en souriant de toutes ses dents à la jeune fille balayant l'escalier. Quelqu'un vous a-t-il déjà dit, gente demoiselle, que vous étiez ma foi bien jolie ?

La demoiselle rougit en serrant fort le manche de son balai. Geralt crut un instant qu'elle voulait en frapper Jaskier. Il se trompait. La demoiselle lui rendit son sourire en clignant des yeux. Jaskier, comme d'habitude, ignora son attitude.

— Je vous salue et vous souhaite une bonne santé ! Bonne journée ! gronda-t-il en entrant dans l'auberge et en faisant résonner bruyamment son luth dont les cordes tressautaient sous le mouvement répété de son pouce. Maître Jaskier, le plus célèbre poète de ce pays rend visite à ton indigne établissement, aubergiste ! L'envie lui a pris de boire de la bière ! Apprécies-tu à sa juste valeur l'honneur que je te fais, vieux grippe-sou ?

— J'apprécie, répondit d'un air chagrin l'aubergiste, surgissant de derrière son comptoir. Je suis fort aise de vous revoir, seigneur chanteur. Je me réjouis de m'apercevoir que vous n'avez qu'une parole. Vous m'aviez en effet promis de revenir ce matin pour payer vos dettes d'hier soir. Et moi qui croyais que ce n'était que du vent, comme d'habitude. J'ai bien honte de m'être trompé.

— Tu te tortures sans raison, brave homme, lui répondit gaiement le troubadour, car je n'ai pas d'argent. Nous en reparlerons plus tard.

— Non, répliqua froidement l'aubergiste. Nous allons en parler tout de suite. Le crédit est mort, seigneur poète. On ne m'extorque pas deux fois de suite.

Jaskier accrocha son luth à un crochet planté dans le mur puis s'assit à une table. Il enleva son chapeau et en examina minutieusement la plume d'aigrette.

— Tu as de l'argent, Geralt ? demanda-t-il avec une trace d'espoir dans la voix.

— Je n'en ai pas. J'ai dépensé tout ce que j'avais pour ma veste.

— Ce n'est pas bien, ce n'est pas bien, soupira Jaskier. Par la peste, il n'y a personne pour nous inviter. Aubergiste, pourquoi ton établissement est-il si vide aujourd'hui ?

— Il est trop tôt pour les clients ordinaires. Les ouvriers qui réparent le temple sont déjà passés et repartis sur le chantier en emmenant le contremaître avec eux.

— Personne d'autre ?

— Personne d'autre, à part sa magnificence le marchand Biberveldt qui prend son petit déjeuner dans l'alcôve.

— Dainty est là, se réjouit Jaskier. Il fallait le dire tout de suite. Viens avec moi dans l'alcôve, Geralt. Tu connais Dainty Biberveldt, le hobbit ?

— Non.

— Ce n'est pas grave. Tu vas faire sa connaissance. Oh oh ! appela le troubadour en se dirigeant vers la pièce latérale. Je flaire déjà l'odeur et les effluves d'une soupe à l'oignon si douces pour mes narines. Coucou ! C'est nous ! Surprise !

Au pied du poteau central de l'alcôve décoré de guirlandes de gousses d'ail et de bouquets d'herbes se tenait, attablé, un hobbit joufflu et aux cheveux frisés ceint d'un gilet vert pistache. Sa main droite tenait une cuiller en bois, la gauche retenait une écuelle en terre. Ayant aperçu Jaskier et Geralt, le hobbit se figea et ouvrit grand la bouche. Ses yeux noisette tout ronds se dilatèrent de terreur.

— Salut Dainty, dit Jaskier en agitant gaiement son chapeau.

Le hobbit resta immobile sans refermer la bouche. Geralt remarqua que sa main tremblait légèrement et qu'un long morceau d'oignon cuit pendu à la cuiller se balançait comme un pendule.

— Ssss… Salut à toi, Jaskier, parvint-il à dire en bégayant et en avalant sa salive.

— Tu as le hoquet ? Tu veux que je te fasse peur ? Attention : on vient de voir ta femme au péage de la ville ! Elle arrive dans un instant ! Gardénia Biberveldt en personne ! Ha ! ha ! ha !

— Qu'est-ce que tu peux être bête, Jaskier, dit le hobbit sur un ton de reproche.

Jaskier éclata encore de rire en s'accompagnant de deux accords joués sur son luth.

— Si tu voyais ta mine, frère : extrêmement idiote. En plus, tu nous observes comme si nous avions des cornes et des queues. C'est le sorceleur qui te fait peur… hein ? Tu penses peut-être que la chasse aux hobbits vient d'être ouverte ! Peut-être…

—Arrête, l'interrompit, agacé, Geralt en s'approchant de la table. Pardonne-nous, l'ami. Jaskier a vécu aujourd'hui une tragédie personnelle qu'il n'a pas encore réussi à digérer. Il tente de masquer par des plaisanteries sa tristesse, son abattement et sa pudeur.

—Ne me dites rien. (Le hobbit avala enfin le contenu de sa cuiller.) Je devine : Vespula t'a enfin mis à la porte ? C'est cela, Jaskier ?

—Je ne discute pas des sujets délicats avec les individus qui boivent et s'empiffrent devant leurs amis forcés de rester debout, répondit le troubadour qui s'assit sans attendre qu'il y soit invité.

Le hobbit avala une cuillerée de soupe et se mit à lécher les fils de fromage fondu qui en dégoulinaient.

—C'est sûr, admit-il avec affliction. Je vous invite, donc. Asseyez-vous. À la fortune du pot… Vous mangerez de la soupe à l'oignon ?

—En principe, je ne mange jamais si tôt le matin, répliqua insolemment Jaskier. Mais qu'il en soit ainsi : je mangerai, mais certainement pas le gosier sec… Hé ! Aubergiste ! De la bière s'il vous plaît ! Vite !

Une jeune fille coiffée d'une grosse natte qui lui descendait jusqu'aux fesses apporta des gobelets et des écuelles remplies de soupe. Ayant remarqué sa bouche toute ronde recouverte de duvet, Geralt se persuada qu'elle aurait pu avoir de belles lèvres à condition de ne pas oublier de les fermer.

—Dryade des forêts ! lui lança Jaskier en saisissant sa main et en lui embrassant la paume. Sylphide ! Voyante ! Entité divine aux yeux bleu pastel comme un lac. Belle comme le jour qui se lève. La forme de tes lèvres ouvertes, si excitantes…

—Donnez-lui de la bière, vite, gémit Dainty. Il va arriver un malheur.

—Rien de tel, rien de tel, assura le barde. N'est-ce pas, Geralt ? Il est difficile de trouver des personnes plus tranquilles que nous deux. Moi, seigneur marchand, je suis poète et musicien : la musique adoucit les mœurs. Le sorceleur ici présent n'est menaçant que pour les monstres. Je te présente : Geralt de Riv, la terreur des stryges, des loups-garous et autres engeances. Tu as certainement entendu parler de lui, Dainty !

—J'en ai entendu parler… (Le hobbit jeta un œil suspicieux sur le sorceleur.) Eh bien, que faites-vous à Novigrad, seigneur Geralt ?

D'affreux monstres auraient-ils montré le bout de leur museau ? On loue... heu, heu... vos services ?

— Non, répondit le sorceleur en souriant. Je ne suis ici que pour me divertir.

— Oh ! répondit nerveusement Dainty en tripotant ses pieds poilus d'une demie coudée qui pendaient au-dessus du sol. C'est bien...

— Qu'est-ce qui est bien ? demanda Jaskier en avalant une cuillerée de soupe et en buvant une rasade de bière. Tu as peut-être l'intention de nous soutenir, Biberveldt ? Pendant nos divertissements, s'entend ? Cela ne pouvait pas mieux tomber. Nous entendons d'abord nous enivrer subtilement ici, à *La Grotte de la pique*, puis nous ferons un saut au *Passiflore* : c'est une excellente et dispendieuse maison close où nous pourrons nous payer une elfe demi-sang ou peut-être même pur-sang. Nous avons néanmoins besoin d'un mécène.

— De qui ?

— De celui qui paiera.

— C'est bien ce que je pensais, murmura Dainty. Désolé, mais j'ai un rendez-vous d'affaires. Je ne dispose d'ailleurs pas de fonds pour de tels divertissements. Et puis, le *Passiflore* ne tolère que les humains.

— Qui sommes-nous donc ? Des effraies ? Ah, je comprends ! Les hobbits y sont interdits d'entrée. C'est vrai, tu as raison, Dainty. Ici, c'est Novigrad, la capitale du monde.

— Oui..., dit le hobbit en ne cessant d'observer le sorceleur, les lèvres crispées. Je vais partir maintenant... J'ai rendez-vous...

La porte de l'alcôve s'ouvrit alors avec fracas : nul autre que... Dainty Biberveldt pénétra dans la pièce !

— Par les dieux ! s'exclama Jaskier.

Le hobbit se tenant sur le seuil de la porte ne se différenciait en rien de celui qui était assis à la table, à part le fait que ce dernier était propre et que le nouvel arrivant était sale, ébouriffé et vêtu d'habits froissés.

— Je te tiens, fils de chienne, hurla le hobbit maculé en se jetant vers la table. Espèce de voleur !

Son jumeau immaculé se leva brusquement en renversant son tabouret et en faisant voler ses couverts. Geralt réagit immédiatement : ayant saisi sur le banc son épée engainée, il frappa avec le ceinturon de bandoulière la nuque de Biberveldt. Le hobbit se laissa tomber puis roula au sol avant de ramper entre les jambes de Jaskier avec l'intention de rejoindre la porte à quatre pattes. Ses membres s'allongeaient tels les pattes d'une araignée. À cette vue, le Dainty Biberveldt maculé jura, hurla et exécuta un bond en arrière qui propulsa avec fracas son dos contre la cloison de bois. Geralt délivra l'épée de son fourreau. Il se fraya un chemin d'un coup de pied dans une chaise puis se lança à la poursuite du Dainty Biberveldt immaculé. Celui-ci, n'ayant plus en commun avec le vrai Dainty Biberveldt que la couleur de son gilet, franchit le seuil de la pièce à la manière d'une sauterelle et fit irruption dans la salle commune en bousculant la jeune fille aux lèvres entrouvertes. Découvrant ses longues pattes et sa physionomie indistincte, la demoiselle ouvrit la bouche au maximum et en émit un hurlement à percer les tympans. Profitant du temps gagné grâce au choc avec la fille, Geralt rattrapa la créature au milieu de la salle et la fit trébucher d'un habile coup de pied donné au genou.

— N'essaie pas de bouger, frérot, menaça-t-il en serrant les dents et en appuyant la pointe de son épée sur le cou de la surprenante apparition. N'essaie surtout pas de bouger.

— Que se passe-t-il ici ? cria l'aubergiste en accourant armé d'un manche de pelle. Qu'est-ce que c'est que ça ? La garde ! Obstruante, cours avertir la garde !

— Non ! hurla la créature en s'aplatissant contre le sol et en se déformant de plus en plus. Pitié, non !

— Il n'y a pas de garde qui tienne ! confirma le hobbit maculé en s'extrayant de l'alcôve. Retiens la jeune fille, Jaskier !

Malgré la promptitude de sa réaction, le troubadour réussit à saisir Obstruante, qui hurlait, en choisissant minutieusement l'endroit de sa prise. La fille se laissa tomber à ses pieds en poussant des couinements.

— Tout doux, l'aubergiste, lança Dainty Biberveldt en respirant bruyamment. C'est une affaire personnelle. Nous n'allons pas déranger la garde. Je paierai tous les dégâts...

— Il n'y a aucun dégât, répondit simplement le maître de céans en vérifiant autour de lui.

— Cela ne devrait pas tarder, continua le hobbit ventru, car ça va être sa fête… et comment ! Je vais lui faire son affaire. Ce sera si douloureux et si long qu'il n'est pas prêt de m'oublier : c'est lui qui cassera tout ici.

Aplatie au sol comme une flaque, la caricature de Dainty Biberveldt aux longues pattes reniflait misérablement.

— Il n'en est pas question, dit froidement l'aubergiste en clignant des yeux et en levant légèrement le manche de sa pelle. Battez-vous dans la rue ou dans la cour, seigneur hobbit. Pas ici. Sinon j'appelle la garde. Vous pouvez compter sur moi. Mais c'est… mais c'est un monstre, celui-là !

— Seigneur aubergiste, intervint tranquillement Geralt sans diminuer la pression de la pointe de son épée sur la nuque de la créature, restez calme. Personne ne cassera quoi que ce soit chez vous. Il n'y aura aucun dommage. La situation est maîtrisée. Je suis sorceleur. Comme vous le voyez, le monstre est neutralisé. Mais comme il s'agit effectivement d'une affaire personnelle, je propose de l'éclaircir sereinement dans l'alcôve. Relâche la jeune fille, Jaskier, et viens ici. J'ai dans mon sac une chaîne en argent. Sors-la et ligote sérieusement les pattes de sa majesté l'inconnu : au niveau des coudes, dans le dos. Ne bouge pas, frérot.

La créature piaillait discrètement.

— Bien, Geralt, dit Jaskier. Il est attaché. Passez dans l'alcôve. Et vous, l'aubergiste, que faites-vous planté là ? J'ai commandé de la bière. Et lorsque je commande de la bière, vous devez en servir tant que je ne demande pas de l'eau.

Geralt poussa la créature ligotée en la bousculant jusqu'à l'alcôve puis la fit s'asseoir au pied du poteau. Dainty Biberveldt s'assit lui aussi, l'œil mauvais.

— Regardez son allure : une horreur, dit le hobbit. On dirait la masse d'une pâte en fermentation. Vois son nez, Jaskier. On a l'impression qu'il va se décrocher. Fils de chien. Ses oreilles sont pareilles à celles de ma belle-mère avant son enterrement. Brrr !

— Attends, attends, grogna Jaskier. Toi, tu es Biberveldt ? Euh, oui, sans hésiter. Mais ce qui est assis contre le poteau, était toi-même il y a quelques instants. Si je ne me trompe. Geralt ! Tous les regards se tournent désormais vers toi, sorceleur. Qu'est-ce qui se passe ici par tous les diables ? Qu'est-ce que c'est ?

— C'est un mime.

— Mime toi-même, répondit la créature d'une voix gutturale en remuant le nez. Je ne suis pas un mime, mais un doppler. Je me nomme Tellico Lunngrevink Letorte, alias Penstock. Mes amis m'appellent Doudou.

— Je vais t'en donner, moi, du Doudou, espèce de fils de pute ! se mit à hurler Dainty en s'approchant de lui le poing serré. Où sont mes chevaux, voleur ?

— Messeigneurs, rappela l'aubergiste en entrant avec un broc et une brassée de chopes. Vous avez promis de rester tranquilles.

— Oh, de la bière ! murmura le hobbit. J'ai tellement soif, par la peste. Et je suis affamé !

— Moi aussi, je boirais volontiers quelque chose, dit Tellico Lunngrevink Letorte.

Personne ne fit attention à sa demande.

— Qu'est-ce que c'est que ça ? demanda l'aubergiste en observant la créature qui, devant le spectacle de la bière servie, tirait une longue langue entre ses lèvres pendantes. Qu'est-ce que c'est que ça, messeigneurs ?

— Un mime, répéta le sorceleur sans égard pour la grimace du monstre. Il porte du reste de nombreux noms : changeur, doubleur, cambio, pauvrat ou encore doppler, comme lui-même s'est identifié.

— Un cambio ! s'exclama l'aubergiste. Ici, à Novigrad ? Dans mon établissement ? Vite, il faut avertir sans tarder la garde ! Et les prêtres ! Ma parole…

— Doucement, doucement, grommela Dainty Biberveldt en mangeant la soupe de Jaskier, miraculeusement sauvée dans son écuelle. Nous aurons bien le temps de le remettre à qui de droit. Mais plus tard. Cette fripouille m'a volé. Il n'est pas question de le confier aux autorités avant qu'il m'ait rendu mon bien. Je vous connais bien, vous, les habitants de Novigrad et vos juges : je n'en récupérerais que le dixième, et encore, avec de la chance…

— Ayez pitié, gémit désespérément le doppler. Ne me remettez pas aux humains ! Vous ne savez pas ce qu'ils font aux êtres comme moi ?

— Bien sûr que nous savons, intervint l'aubergiste en hochant la tête. Les prêtres exorcisent les dopplers capturés ; ils les attachent ensuite solidement à une broche en bois et les emprisonnent dans une boule de glaise mêlée à des scories avant de les cuire au four jusqu'à ce que la glaise durcisse et devienne de la brique. C'est ce que l'on faisait en tout cas jadis, lorsque ces monstres étaient plus fréquents.

— Une coutume barbare, digne des humains, dit Dainty avec une grimace et en repoussant l'écuelle vidée. Mais il s'agit peut-être du châtiment propre à punir le banditisme et le vol. Allez, parle fripouille, où sont passés mes chevaux ? Réponds vite, car je vais t'arracher le nez avec mes pieds et t'en fourrer le postérieur ! Je te demande où sont mes chevaux !

— Je... Je les ai vendus, répondit Tellico Lunngrevink Letorte.

Ses lèvres pendantes se contractèrent soudain en prenant la forme de boules semblables à des choux-fleurs miniatures.

— Il les a vendus ? Vous avez entendu ? écuma le hobbit. Il a vendu mes chevaux !

— Bien sûr, commenta Jaskier. Il en a eu le temps. Je le vois ici depuis trois jours... Cela signifie que son... Par la peste, Dainty, cela signifie que...

— C'est évident ce que cela signifie ! cria le marchand en tapant le sol de ses pieds velus. Il m'a dévalisé sur le chemin, à un jour de route de la ville et il est venu ici en se faisant passer pour moi, vous comprenez ? Et il a vendu mes chevaux ! Je vais le tuer ! Je vais l'étouffer de mes propres mains !

— Racontez-nous ce qui s'est passé, seigneur Biberveldt.

— Geralt de Riv, je présume ? Sorceleur ?

Geralt acquiesça d'un hochement de tête.

— Cela tombe bien, enchaîna le hobbit. Je suis Dainty Biberveldt de la prairie des Persicaires, fermier, éleveur et marchand. Appelle-moi Dainty, Geralt.

— Raconte-nous ce qui s'est passé, Dainty.

— Eh bien, cela s'est déroulé de la manière suivante : nous convoyions, mes domestiques et moi-même, des chevaux jusqu'au marché du gué du Diable pour les vendre. À un jour de marche de la ville, nous établissons notre dernier campement. Nous nous endormons après avoir bu du brûlot d'un tonnelet. Réveillé pendant la nuit, je sens que ma vessie va éclater. Je sors donc du chariot et j'en profite pour jeter un œil sur les chevaux dans la prairie. Une peste de brouillard m'enveloppe. Je regarde : quelqu'un s'approche.

“Qui va là ?” je demande. L’autre ne répond rien. Je me rapproche et… je me vois moi-même, comme dans un miroir. Je pense que je n’aurais pas dû boire autant de brûlot, de cette satanée eau-de-vie. Celui-là… parce que c’était lui, me frappe alors au visage ! J’ai vu trente-six chandelles avant de perdre connaissance. Je me réveille au petit matin dans un foutu fourré avec une bosse sur la tête grosse comme un concombre. Pas âme qui vive aux alentours. Aucune trace de notre campement. J’ai erré pendant toute une journée pour retrouver le chemin. Puis j’ai continué ma marche en me nourrissant de petites racines et de champignons crus. Lui, pendant ce temps, cet infect Doudoulico, peu importe son nom, se rendait à Novigrad revêtu de mon apparence pour se débarrasser de mes chevaux ! Je vais le… Quant à mes domestiques, ces aveugles, je leur donnerai cent coups de bâton sur leurs fesses nues pour ne pas avoir reconnu leur propre maître et pour s’être fait ainsi blouser ! Crétins, citrouilles creuses, gueules à pisse…

— Ne leur en veux pas, Dainty, l’interrompit Geralt. Ils n’avaient aucune chance de s’en rendre compte : le mime réalise des copies si parfaites qu’il n’est pas possible de le distinguer de l’original, en l’occurrence de sa victime. Tu n’avais jamais entendu parler des mimes ?

— J’en avais entendu parler, certes, mais je pensais qu’il s’agissait là d’une invention.

— Il ne s’agit nullement d’une invention. Il suffit à un doppler de connaître ou de scruter sa victime pour adapter immédiatement et parfaitement sa propre matière à la structure qu’il copie. J’attire votre attention sur le fait qu’il ne s’agit nullement d’illusion, mais d’une métamorphose extrêmement fine allant jusqu’à imiter les moindres détails. Comment les mimes y parviennent-ils ? Cela, nous ne le savons pas. Les magiciens présument que nous avons affaire à un processus proche de celui de la lycanthropie, mais je pense qu’il s’agit ou bien de quelque chose de complètement différent ou bien d’une lycanthropie sous-tendue par une force mille fois supérieure. Le loup-garou ne peut prendre en tout et pour tout que deux ou trois formes au maximum, alors que le mime peut se transformer à l’infini à condition que l’être copié corresponde plus ou moins à sa masse corporelle.

— Sa masse corporelle ?

— Oui. Il ne se transformera jamais en mastodonte. Ni en souris.

— Je comprends. À quoi sert la chaîne avec laquelle tu l'as fait ligoter ?

— Son argent est mortel pour un lycanthrope, mais seulement neutralisant, comme vous pouvez le voir, pour un mime. Il se tient tranquille sans changer de forme grâce au pouvoir de cette chaîne.

Le doppler serra ses lèvres tombantes en posant un regard mauvais sur le sorceleur. Ses yeux troubles avaient perdu la couleur noisette des iris du hobbit et devenaient jaunes.

— Qu'il se tienne à carreau, ce fils de chienne, grogna Dainty. Quand je pense qu'il est même descendu à *La Grotte* où j'ai moi-même l'habitude de résider. Il a dû se persuader, l'imbécile, qu'il était vraiment moi !

Jaskier hocha la tête.

— Dainty, dit le troubadour, il était vraiment toi. Je l'ai fréquenté ici pendant trois jours. Il avait ton apparence et ton phrasé. Il pensait comme toi. Lorsqu'il fallait payer l'addition, il était aussi avare que toi. Peut-être même plus.

— Ce dernier point me soucie le moins, dit le hobbit, car je pourrai ainsi peut-être récupérer une partie de mon argent. Je n'ose pas le toucher. Reprends-lui ma bourse, Jaskier, et vérifie ce qu'elle contient. Il devrait y avoir beaucoup d'argent si ce voleur de chevaux a vendu mes bêtes.

— Combien de chevaux possédais-tu, Dainty ?

— Douze.

— Si je me réfère aux prix en vigueur sur le marché mondial, continua le musicien en inspectant le contenu de la bourse, et au patrimoine qui te reste réellement, ce que je vois correspond peut-être à la valeur d'un cheval, et encore : vieux et fourbu. À Novigrad, cette somme ne suffirait à l'acquisition que de deux chèvres, trois éventuellement.

Le marchand resta silencieux. On pouvait croire qu'il allait éclater en sanglots. Tellico Lunngrevink Letorte aplatit son nez le plus bas possible et sa lèvre inférieure plus bas encore en produisant de faibles gargouillis.

— Autrement dit, soupira enfin le hobbit, c'est une créature dont j'avais rejeté l'existence dans les contes qui m'a dévalisé et ruiné. Cela s'appelle avoir la guigne.

— Rien à ajouter, commenta le sorceleur en jetant un regard sur le doppler de plus en plus recroquevillé sur lui-même. J'étais moi aussi persuadé que les mimes appartenaient à une époque révolue. Il y en avait paraît-il beaucoup autrefois dans les forêts et sur les plateaux environnants. Mais leur aptitude à prendre des formes étrangères a inquiété les premiers colons qui ont commencé à les chasser assez efficacement. Presque tous ont été exterminés.

— Et cela est bien, intervint l'aubergiste en crachotant : je jure sur le Feu éternel que je préfère encore les dragons ou les diables, car un dragon c'est un dragon et un diable un diable. On sait à qui on a affaire. Les loups-garous, leurs métamorphoses et leurs variations, tout cela est proprement horrifiant. C'est un procédé de démon, de l'escroquerie, un comportement de traître. Les humains ont à tout à perdre avec de telles fourberies ! Je vous le dis : alertons la garde et au feu le monstre !

— Geralt, dit Jaskier, intrigué par le sujet, je serais heureux d'entendre la voix d'un spécialiste. Ces mimes sont-ils vraiment menaçants et agressifs ?

— Leur aptitude à copier, répondit le sorceleur, leur sert généralement plus à se défendre qu'à attaquer. Je n'ai pas entendu que...

— Par la peste, l'interrompit Dainty en frappant du poing avec colère sur la table. Si assommer quelqu'un et le dévaliser n'est pas de l'agression, alors je ne sais pas ce que c'est. L'affaire est simple : j'ai été attaqué et l'on m'a volé non seulement le fruit d'un dur labeur, mais aussi ma propre personne. J'exige un dédommagement ! Je n'accepterai pas...

— Il faut alerter la garde, répéta l'aubergiste. Il faut alerter aussi les prêtres ! Et brûler ce monstre, cet *inhumain* !

— Arrêtez, l'aubergiste ! coupa le hobbit en relevant la tête. Vous commencez à nous ennuyer avec votre garde. Je vous fais remarquer que cet *inhumain* n'a commis de tort qu'à moi-même. Pas à vous, jusqu'à preuve du contraire. Et, entre parenthèses, vous remarquerez que je suis moi aussi un *inhumain*.

— Allons donc, seigneur Biberveldt..., réagit l'aubergiste en souriant d'un air gêné. Quelle différence entre lui et vous ! Les vôtres sont comme les humains, pardi, alors que celui-là n'est qu'un monstre. Je m'étonne d'ailleurs, seigneur sorceleur, que vous restiez assis comme ça sans réagir. Quelle est votre tâche, on peut le demander ? Ne serait-elle pas de tuer les montres justement ?

— Les monstres en effet, répondit froidement Geralt, pas les représentants des races intelligentes.

— Là, seigneur, répliqua l'aubergiste, vous exagérez quelque peu.

— C'est vrai, Geralt, intervint Jaskier, tu pousses le bouchon assez loin avec cette race intelligente. Il suffit de le regarder.

Tellico Lunngrevink Letorte ne donnait en effet guère l'impression d'appartenir à une race pensante. Fixant le sorceleur de ses yeux jaunes et troubles, il rappelait plutôt une marionnette fabriquée avec de la boue et de la farine. Les reniflements produits par son nez, relevé au niveau du plateau de la table, ne plaidaient pas non plus pour une telle appartenance.

— Assez de cette jacasserie vide de sens, cria soudain Dainty Biberveldt. Il n'y a pas lieu de discuter ! Tout ce qui compte, ce sont mes chevaux et mes pertes ! Tu as entendu, espèce de satané bolet jaune ! À qui tu as vendu mes chevaux ? Qu'est-ce que tu as fait de l'argent ? Parle sur-le-champ, car je vais te botter et te frapper et t'arracher la peau !

Entrouvrant la porte, Obstruante passa la tête dans l'alcôve.

— Des hôtes viennent d'arriver à l'auberge, père, murmura-t-elle. Des apprentis du chantier et d'autres. Je les sers, mais cessez de crier de la sorte, car ils commencent à se demander ce qui se passe ici.

— Par le Feu éternel ! jura l'aubergiste apeuré en regardant le doppler effondré. Si quelqu'un entre et le voit… c'est fichu. Si nous n'alertons pas la garde, eh bien… Seigneur sorceleur ! S'il s'agit d'un véritable cambio, dites à cette chose qu'elle prenne une forme plus convenable et plus discrète en un sens. Pour l'instant du moins.

— Bien dit, ajouta Dainty. Qu'il se transforme en quelque chose, Geralt.

— En qui ? demanda alors le doppler en gargouillant. Je ne peux prendre la forme que de quelqu'un que je scrute. Lequel d'entre vous veut-il me prêter son apparence ?

— Pas moi, dit rapidement l'aubergiste.

— Moi non plus, s'indigna Jaskier. Ce ne serait d'ailleurs pas un bon camouflage. Tout le monde me connaît : la vue de deux Jaskier installés à la même table pourrait provoquer une plus grande sensation que la vue de ce monstre nu.

— Avec moi, ce serait pareil, ajouta Geralt en souriant. Il ne reste que toi, Dainty. Ça tombe bien. Ne te vexe pas : tu sais bien que les humains ont des difficultés à différencier les hobbits.

Le marchand n'hésita pas longtemps.

— D'accord, dit-il. Qu'il en soit ainsi. Enlève-lui sa chaîne, sorceleur. Allez, transforme-toi en moi, race intelligente.

Libéré de la chaîne, le doppler étira ses membres pâteux, se caressa le nez puis scruta le hobbit. La peau étirée de son visage devint plus ferme et prit des couleurs. Le nez diminua en produisant un sourd gargouillis. Sur son crâne chauve apparurent des cheveux frisés. Dainty écarquilla les yeux. L'aubergiste, admiratif, ouvrait muettement la bouche. Jaskier soupirait sans cesser de geindre.

La dernière touche fut le changement de la couleur des yeux.

Dainty Biberveldt Second grogna un borborygme. Il saisit la chope de Dainty Biberveldt Premier par-dessus la table et la porta avec avidité à ses lèvres.

— C'est impossible, c'est impossible, répétait à voix basse Jaskier. Regardez plutôt : la copie est fidèle, impossible à différencier. Tout y est ! Cette fois, même les piqûres de moustiques et les taches sur les braies… Justement, les braies ! Geralt, cela, même les magiciens n'y parviennent pas ! Tâte, c'est de la laine véritable, pas une illusion ! Incroyable ! Comment fait-il ?

— Personne ne le sait, grommela le sorceleur. Lui-même l'ignore. Je disais qu'il disposait d'une aptitude totale à transformer la structure de sa propre matière, mais cette aptitude est organique et instinctive…

— Mais les braies… De quoi sont faites les braies ? Et le gilet ?

— Il s'agit justement de sa peau transformée. Je ne pense pas qu'il accepte si facilement de se déshabiller. Du reste, sa peau perdrait immédiatement ses propriétés laineuses…

— Dommage, dit Dainty, l'œil malin. Je me demandais justement s'il était possible qu'il transforme la matière de ce seau en or.

Visiblement fort heureux d'être au centre de l'intérêt, le doppler, devenu copie fidèle du hobbit, prit confortablement ses aises en souriant de toutes ses dents. Il prit une position assise identique à celle de Dainty en tripotant ses pieds velus de la même façon.

— Tu connais bien le sujet des dopplers, Geralt, dit-il avant de boire à la chope, de clapper de la langue et de roter. Très bien, même.

— Par les dieux, c'est exactement la voix et les manières de Biberveldt, dit Jaskier. Personne n'aurait un ruban de taffetas rouge ? Il faut le marquer, bon sang, car cela peut mal se passer.

— Comment donc, Jaskier ? s'emporta Dainty Biberveldt Premier. Tu ne vas tout de même pas me confondre avec lui ! À première…

— … vue, il y a des différences, enchaîna Dainty Biberveldt Second avant de roter avec grâce. Pour nous confondre, il faut vraiment être aussi bête que le cul d'une jument.

— Qu'est-ce que je disais ? murmura Jaskier saisi d'admiration. Il pense et parle comme Biberveldt. Il est impossible de les différencier…

— Abus de langage ! (Le hobbit fit la moue :) Grossier abus de langage.

— Non, objecta Geralt, nul abus de langage. Que tu le croies ou non, Dainty, cette créature est bel et bien toi-même en ce moment. Par un moyen inconnu, le doppler copie également avec précision le psychisme de ses victimes.

— Le psy… quoi ?

— Les caractéristiques de l'esprit : le caractère, les sentiments, les pensées. L'âme. Cela infirme ce qu'affirment la majorité des magiciens et tous les prêtres : l'âme serait elle aussi un corps.

— Tu blasphèmes…, lança l'aubergiste en respirant de manière saccadée.

— Quelle ânerie, ajouta durement Dainty Biberveldt. Ne raconte pas de blagues, sorceleur. Les propriétés de l'esprit, soit : copier le nez ou les braies de quelqu'un c'est une chose, mais l'intelligence, ce n'est pas du crottin. Je vais te le prouver sur-le-champ. Si ton sac à puces de doppler copiait mon intelligence de marchand, il n'aurait pas vendu mes chevaux à Novigrad où les ventes sont faibles, mais il se serait rendu au gué du Diable, au marché des chevaux où les prix sont décidés aux enchères. Là, on ne perd pas…

— Bien sûr qu'on y perd ! (Le doppler parodiait la mine piquée du hobbit en imitant sa manière caractéristique de grommeler.) D'abord, les prix aux enchères au gué du Diable ont tendance à baisser, car les marchands s'entendent entre eux pour enchérir. Il faut de plus payer une commission aux organisateurs.

— Tu ne vas pas m'apprendre le commerce, imbécile, se fâcha Biberveldt. Au gué du Diable, j'aurais obtenu 90 ou même 100 par pièce. Et toi, combien as-tu reçu des roublards de Novigrad ?

— 130, répondit le doppler.

— Tu mens, espèce de gruau.

— Je ne mens pas. J'ai emmené les chevaux directement au port, seigneur Dainty, où je suis tombé sur les fourrures d'un commerçant d'outre-mer. Les pelletiers n'utilisent pas les bœufs pour former leurs caravanes, car ces animaux sont trop lents. Les fourrures sont légères, mais précieuses. Il faut donc voyager rapidement. À Novigrad, il n'y a pas de marché pour les chevaux : il n'y a donc pas de chevaux non plus. J'étais le seul à en proposer. J'ai donc imposé mon prix. C'est aussi simple...

— Ne me fais pas la leçon, je t'ai dit ! hurla Dainty en devenant cramoisi. Soit, tu as gagné de l'argent. Mais où est-il passé maintenant ?

— Je l'ai investi, répondit fièrement Tellico en peignant avec ses doigts, exactement comme le faisait Dainty, sa mèche récalcitrante. L'argent, seigneur Dainty, doit circuler pour que les affaires roulent.

— Fais attention à ce que je ne te casse pas la figure ! Qu'est-ce que tu as fait du fric des chevaux ? Parle !

— Je l'ai dit : j'ai acheté des marchandises.

— Quelles marchandises, espèce de dément ?

— De la co... De la cochenille de teinturier, répondit le doppler en bégayant, puis il récita rapidement : cinq cents boisseaux de cochenille de teinturier, soixante-deux quintaux d'écorce de mimosa, cinquante-cinq fûts d'essence de rose, vingt-trois barriques d'huile de poisson, six cents assiettes d'argile et huit cents livres de cire d'abeille. Notez que l'huile de poisson était très bon marché parce que légèrement éventée. Ah ! j'allais oublier : et cent coudées de corde en coton.

Un très long silence s'abattit.

— De l'huile de poisson éventée, articula enfin très lentement Dainty en insistant sur chaque mot. De la corde de coton, de l'essence de rose. Je dois rêver. C'est un cauchemar. On peut tout acheter à Novigrad : les articles les plus précieux et les plus utiles... et ce crétin dépense mon argent pour acquérir des marchandises merdiques. Avec mon apparence ! Mon patrimoine et ma réputation de marchand sont ruinés. Non, c'est trop pour moi. Je n'en peux plus. Prête-moi ton épée, Geralt, que j'en finisse définitivement avec lui.

La porte de l'alcôve s'ouvrit en couinant.

—Le marchand Biberveldt! appela l'individu qui venait d'entrer. (Il était si maigre que la toge pourpre qu'il portait semblait être accrochée à un portemanteau; sur sa tête trônait un couvre-chef de velours dont la forme rappelait celle d'un pot de chambre renversé.) Le marchand Biberveldt est-il là?

—Oui, répondirent de conserve les deux hobbits.

Dans la seconde qui suivit, l'un des deux Dainty Biberveldt projeta le contenu d'une chope au visage du sorceleur, fit habilement glisser d'un coup de pied le tabouret sur lequel était assis Jaskier et rampa rapidement sous la table en direction de la porte en bousculant sur son chemin l'individu au drôle de chapeau.

—Au feu! À l'aide! hurla-t-il en tombant à la renverse dans la salle principale. On m'assassine! Appelez les pompiers!

Ayant essuyé la mousse qu'il avait reçue, Geralt se jeta à la poursuite du fuyard, mais le second Dainty Biberveldt, qui s'était lui aussi précipité vers la porte, alla se ficher dans ses jambes après avoir glissé sur la sciure. Ils tombèrent ensemble sur le seuil de la porte. Jaskier jura affreusement en essayant de s'extirper de sous la table.

—Au vol! gueula l'individu efflanqué, encore empêtré au sol dans les plis de sa toge. Au vol! Les bandits!

Geralt piétina le hobbit. Enfin dans la salle de l'auberge, il vit le doppler bousculer des clients et sortir dans la rue. Le sorceleur prit son élan pour traverser le mur élastique mais décidé des clients lui barrant le passage. Il réussit à faire tomber l'un d'entre eux, qui était noir de boue et puait la bière, mais les autres, forts de leurs prises aux épaules, ne bronchèrent pas d'un pouce. Geralt se débattit avec rage. Il entendit le craquement sec d'un fil qui cède et du cuir qu'on griffe. Sous son aisselle, le mouvement devint plus libre. Le sorceleur cessa de résister en jurant.

—Nous l'avons attrapé! hurlaient les ouvriers. Nous avons pris le voleur! Qu'est-ce que nous en faisons, chef?

—Dans la chaux vive! beugla le contremaître en soulevant la tête de la table et en essayant de repérer les alentours de ses yeux malvoyants.

—La garde! s'égosilla l'individu vêtu de pourpre en s'extrayant de l'alcôve. Outrage à magistrat! La garde! Tu finiras sous la potence, voleur!

—Nous l'avons! crièrent les ouvriers. Nous l'avons, seigneur.

— Ce n'est pas lui, gueula en retour l'individu à la toge. Rattrapez cette fripouille ! Poursuivez-le !

— Qui ?

— Biberveldt, le hobbit ! Rattrapez-le, rattrapez-le ! Enfermez-le dans un cachot !

— Une minute..., intervint Dainty en sortant de l'alcôve. Que se passe-t-il, seigneur Schwann ? Ne vous essuyez pas la gueule avec mon nom. Cessez de sonner l'alarme. Ce n'est nullement nécessaire.

Schwann se tut en observant le hobbit avec circonspection. Jaskier apparut sur le seuil de l'alcôve, portant son chapeau de travers et vérifiant l'état de son luth. Les ouvriers relâchèrent enfin Geralt après avoir échangé quelques mots à voix basse. Malgré sa colère, le sorceleur se borna à cracher abondamment au sol.

— Marchant Biberveldt ! glapit Schwann en clignant de ses yeux myopes. Qu'est-ce que cela signifie ? Attaquer un fonctionnaire municipal peut vous coûter cher... Qui était-ce, ce hobbit qui a disparu ?

— Un cousin, répondit promptement Dainty. Un cousin éloigné...

— Oui, oui..., confirma prestement Jaskier se sentant enfin dans son élément. Un cousin éloigné de Biberveldt surnommé Toupet-Biberveldt, le mouton noir de la famille. Encore enfant, il est tombé dans un puits. Le puits était heureusement sec, mais par malheur, le seau lui est tombé sur la tête. Il se tient d'ordinaire tranquille. Seule la vue de la couleur pourpre le fait enrager. Mais il n'y a pas de quoi s'inquiéter, car la vue de poils roux sur le pubis des dames a la vertu de le calmer. C'est pourquoi il a filé au *Passiflore*, je vous le dis, seigneur Schwann...

— Assez, Jaskier, l'interrompit brutalement le sorceleur. Ferme-la, bon sang.

Schwann se drapa dans sa toge, la débarrassa de la sciure qui s'y était collée et bomba le torse en prenant une mine de circonstance.

— Oui..., dit-il. Occupez-vous plus attentivement de vos proches, marchand Biberveldt, car vous devez savoir que vous en êtes responsable. Si je déposais plainte... Mais je n'en ai pas le temps. Biberveldt, c'est le service qui m'amène : au nom des autorités municipales, je vous somme de payer l'impôt dont vous êtes débiteur.

— Comment ?

— L'impôt, répéta le fonctionnaire en se pinçant les lèvres à la manière de ses supérieurs. Qu'est-ce qui vous prend ? C'est votre cousin qui vous fait perdre la tête ? Lorsqu'on fait des affaires, il faut payer des impôts ou alors il faut s'attendre à se retrouver dans un cul-de-basse-fosse.

— Moi ? brailla Dainty. Moi, faire des affaires ? Mais je n'ai que des pertes, putain de merde ! Moi...

— Fais attention, Biberveldt, murmura le sorceleur.

Jaskier lui donna furtivement un coup de pied sur sa malléole velue. Le hobbit toussa.

— Bien sûr, dit-il en essayant de plaquer un sourire sur son visage joufflu. Bien sûr, seigneur Schwann. Si l'on fait des affaires, il faut payer des impôts. Les bonnes affaires génèrent de gros impôts. Et inversement, j'imagine.

— Ce n'est pas à moi de juger de la qualité de vos transactions, seigneur marchand. (Le fonctionnaire s'assit à table en faisant grise mine ; des méandres de sa toge, il fit apparaître un boulier et un rouleau de parchemin qu'il déplia sur le plateau de la table en les aplatissant de la manche.) Mon rôle consiste à compter et à encaisser. Oui... Dressons la facture... Cela fera... hum... J'enlève deux, je retiens un... Oui... 1 553 couronnes et 20 koppers.

Un son rauque s'échappa de la gorge de Dainty. Les ouvriers murmurèrent d'ébahissement. Jaskier soupira.

— Eh bien, adieu les amis, dit enfin le hobbit. Si quelqu'un me demande, dites-lui que je moisis à l'ombre.

II

— Jusqu'à demain midi, geignit Dainty. Schwann, ce fils de chienne, exagère. Ce vieillard répugnant aurait pu m'accorder un délai supplémentaire. Plus de 1 500 couronnes ! Où vais-je trouver autant d'argent d'ici demain ? Je suis un hobbit fini, ruiné, qui terminera sa vie en prison ! Ne restons pas assis ici, par la peste. Je vous le dis : il faut rattraper cette fripouille de doppler. Nous devons le rattraper !

Ils étaient tous trois installés sur la margelle en marbre du bassin d'une fontaine asséchée située au centre d'une placette environnée de petits immeubles bourgeois cossus mais d'un goût extrêmement douteux. L'eau du bassin verte et affreusement sale grouillait d'ides nageant entre les ordures. La bouche ouverte, ils essayaient de capter de l'air à la surface en ouvrant et refermant laborieusement leurs ouïes. Jaskier et le hobbit mastiquaient des beignets que le troubadour venait de subtiliser sur un étal.

—À ta place, dit le barde, j'arrêterais de le poursuivre et je me mettrais à rechercher quelqu'un qui puisse me prêter de l'argent. Qu'est-ce que te donnera la capture du doppler ? Tu penses que Schwann l'accepterait en tant qu'équivalent financier ?

—Tu es idiot, Jaskier. En retrouvant le doppler, je lui reprends mon argent.

—Quel argent ? Ce que ta bourse contenait a servi à couvrir les dommages et à graisser la patte de Schwann. Il n'y avait pas plus.

—Jaskier, dit le hobbit en grimaçant. Tu t'y connais peut-être en poésie, mais pour les affaires, pardonne-moi, tu n'es qu'un cave. Tu as entendu le montant fiscal que Schwann a calculé ? Les impôts, on les paie sur la base de quoi ? Hein ? De quoi ?

—De tout, répondit le poète. Moi-même j'en paie pour pouvoir chanter. Et le fait que je chante pour répondre à une nécessité intérieure leur importe peu.

—Tu es vraiment idiot, je le disais. Dans les affaires, les impôts se paient sur les bénéfices. Sur les bénéfices, Jaskier ! Tu saisis ? Cette fripouille de doppler a volé mon identité et organisé une escroquerie particulièrement lucrative ! Il a fait des bénéfices ! Et moi, je dois payer les impôts et certainement aussi les dettes que ce vagabond aura contractées ! Si je ne paie pas, j'irai derrière les barreaux ; ils me mettront publiquement les fers et m'enverront à la mine. Par la peste !

—Ah ! dit gaiement Jaskier. Tu n'as donc pas d'autre issue, Dainty. Tu dois quitter la ville en catimini. Tu sais quoi ? J'ai une idée. Nous te dissimulerons sous une peau de mouton et lorsque tu franchiras la porte, tu n'auras qu'à répéter : "Bê, bê, je suis une brebis." Personne ne te reconnaîtra.

—Jaskier, répliqua le hobbit avec humeur. Ferme-la ou tu vas passer un sale quart d'heure. Geralt ?

—Oui, Dainty.

—Tu veux bien m'aider à rattraper le doppler ?

— Écoute, répondit le sorceleur en essayant vainement de recoudre la manche déchirée de sa veste. Nous sommes à Novigrad, une ville qui compte trente mille habitants : humains, nains, elfes métis, hobbits et gnomes, et peut-être deux fois plus de gens de passage. Comment veux-tu retrouver quelqu'un dans cette foule ?

Dainty avala son beignet puis se lécha les doigts.

— Et la magie, Geralt ? Que fais-tu de tes sortilèges de sorceleur qui font la matière de tant de récits ?

— Le doppler n'est magiquement détectable que lorsqu'il revêt sa propre apparence. Il ne se déplace malheureusement pas dans les rues sous cette forme. Et quand bien même, la magie ne serait d'aucun secours, car les alentours sont saturés de faibles signaux magiques. Une maison sur deux possède une serrure magique ; trois quarts des gens portent une amulette destinée à toutes les fins : contre les voleurs, les poux, les grippes intestinales… Leur nombre est infini.

Jaskier passa les doigts sur la caisse de son luth en en faisant retentir les cordes.

— *Au printemps reviendra l'odeur chaude de la pluie*, chanta-t-il. Non, ça ne va pas. *Au printemps reviendra l'odeur du soleil…* Bon sang, non ! Ça ne va décidément pas. Mais alors pas du tout…

— Arrête de piailler, intervint le hobbit. Tu me tapes sur les nerfs.

Jaskier jeta aux ides le reste de son beignet et cracha dans le bassin.

— Regardez, dit-il, des carassins dorés. On dit que ces poissons exaucent les vœux.

— Ceux-là sont rouges, remarqua Dainty.

— Quelle différence ? Par la peste, nous sommes trois, et justement ils exaucent trois vœux. Un par personne. Qu'en penses-tu Dainty ? Tu n'aimerais pas qu'un poisson règle tes impôts ?

— Bien sûr. J'aimerais aussi qu'un météore tombe du ciel et fracasse la tête du doppler. Et puis…

— Stop, stop. Nous aussi nous avons des vœux. Moi, j'aimerais que le poisson me souffle la fin de ma ballade. Et toi, Geralt ?

— Fous-moi la paix, Jaskier.

— Ne casse pas l'ambiance, sorceleur. Dis simplement ce que tu souhaiterais.

Le sorceleur se leva.

—Je souhaiterais, murmura-t-il, que ceux qui essaient de nous cerner ne le fassent que suite à un malentendu.

Quatre individus habillés de noir et coiffés de chapeaux en cuir venaient de surgir d'une ruelle et se dirigeaient directement vers la fontaine. Dainty jura en silence en les voyant approcher.

Quatre autres apparurent derrière eux, sortant de la même ruelle. Ceux-ci n'approchaient pas. Disposés en ligne, ils se contentaient d'en bloquer l'accès. Les individus tenaient curieusement en main des cercles rappelant des morceaux de corde enroulée. Le sorceleur inspecta les alentours. Il fit rouler ses épaules pour rectifier la position de l'épée qu'il tenait dans le dos. Jaskier se mit à gémir.

Un homme de petite taille, vêtu d'un pourpoint blanc et d'un manteau court de couleur grise, apparut dans le dos des individus en noir. La chaîne en or qu'il portait au cou luisait, au rythme de ses pas, de teintes dorées sous le soleil.

—Chapelle, grommela Jaskier. C'est Chapelle…

Les individus en noir se déplaçaient lentement derrière eux en direction de la fontaine. Le sorceleur voulut saisir son épée.

—Non, Geralt, murmura Jaskier en se pressant contre lui. Par les dieux, ne sors pas ton arme. Il s'agit de la garde du temple. Si nous offrons une résistance, jamais nous ne sortirons vivants de Novigrad. Ne touche pas à ton épée.

L'homme au pourpoint blanc s'approchait d'eux d'un pas décidé. Les individus en noir se dispersèrent derrière lui pour cerner le bassin et occuper complètement le terrain. Geralt les observait attentivement en se recroquevillant légèrement. Les étranges cercles qu'ils tenaient en main n'étaient pas, comme il l'avait cru au début, de simples fouets. C'étaient des lamies.

L'homme au pourpoint blanc s'approcha.

—Geralt, murmura le barde, par tous les dieux, reste calme…

—Je n'accepterai pas qu'on me touche, grogna-t-il. Je ne laisserai personne me toucher. Quel qu'il soit. Fais attention, Jaskier… Lorsque je commencerai, fuyez de toutes vos jambes. Je les arrêterai… pendant un certain temps…

Jaskier ne répondit pas. Ayant jeté son luth sur l'épaule, il s'inclina profondément devant l'homme au pourpoint blanc richement brodé de fils d'or et d'argent, selon le schéma d'une mosaïque aux motifs minuscules.

— Vénérable Chapelle...

L'homme appelé Chapelle s'arrêta et les embrassa du regard. Geralt avait remarqué que ses yeux terriblement glaciaux reflétaient la couleur du métal. Son front anormalement suant offrait une pâleur maladive ; des taches cramoisies et irrégulières se dessinaient sur ses joues.

— Le seigneur Dainty Biberveldt, marchand, annonça-t-il. Le talentueux seigneur Jaskier. Et Geralt de Riv, représentant de la corporation ô combien noble des sorceleurs. S'agit-il d'une réunion entre vieux amis ? Chez nous, à Novigrad ?

Personne ne répondit.

— Pour comble d'infortune, continua Chapelle, je dois avouer que quelqu'un vous a dénoncés.

Jaskier pâlit légèrement. Le hobbit claquait des dents. Ne relâchant pas sa surveillance des individus en noir coiffés de chapeaux en cuir qui cernaient le bassin, le sorceleur ignorait Chapelle. Dans la majorité des pays que connaissait Geralt, la fabrication et la possession d'une lamie barbelée, dénommée aussi fouet de Mayhe, étaient strictement interdites. Novigrad ne faisait pas exception. Geralt avait vu des gens frappés au visage avec une lamie. Il était impossible ensuite d'oublier leurs traits.

— Le propriétaire de l'auberge de *La Grotte de la pique*, continua Chapelle, a eu l'impudence de reprocher à vos seigneuries des contacts avec un démon, un monstre que l'on nomme généralement changeur ou cambio.

Personne ne répondit. Chapelle plaça ses mains en croix sur son torse et les dévisagea froidement.

— Je me suis senti obligé de vous prévenir qu'une telle dénonciation avait eu lieu. Je vous informe également que l'aubergiste en question a été enfermé dans un cachot. Nous le suspectons d'avoir inventé cette histoire sous l'influence de la bière ou de la gnôle. Qu'est-ce que ces humains ne vont pas inventer. Pour commencer, les cambios n'existent pas. C'est une invention de culs-terreux crédules.

Personne ne fit de commentaire.

— Ensuite, aucun cambio n'aurait pu s'approcher d'un sorceleur, continua Chapelle en souriant, sans être tué sur-le-champ. N'est-ce pas ?

L'accusation de l'aubergiste serait dans ces circonstances absolument ridicule si un certain détail ne créait néanmoins quelques doutes.

Chapelle branla du chef dans un silence imposant. Le sorceleur entendait l'expiration lente de l'air que Dainty avait préalablement profondément inhalé dans ses poumons.

—Oui, une certaine précision très importante, répéta Chapelle. Nous avons en effet affaire à un acte d'hérésie et de blasphème sacrilège. Il est bien évident qu'aucun cambio, je dis bien aucun, et aucun monstre d'ailleurs, n'aurait pu s'approcher des murs de Novigrad en raison de la présence dans ses dix-neuf temples du Feu éternel dont la vertu sacrée protège la ville. Quiconque affirme qu'il a vu un cambio à *La Grotte de la pique*, située à un jet de pierre du maître-autel du Feu éternel, est un hérétique sacrilège qui devra répudier ses paroles. S'il s'avérait qu'il refuse de les répudier, je serai dans l'obligation de l'aider sous la forme des forces et des moyens qui demeurent, croyez-moi, à ma disposition dans mes geôles. Vous le voyez, il n'y a pas lieu de s'inquiéter.

L'expression des visages de Jaskier et du hobbit prouvait sans conteste qu'ils étaient d'un avis différent.

—Il n'y a absolument pas lieu de se tourmenter, répéta Chapelle. Leurs seigneuries peuvent quitter Novigrad sans encombre. Je ne vous retiendrai pas, mais je me permets d'insister pour que vos seigneuries ne colportent pas les allégations imaginaires de l'aubergiste et ne commentent pas bruyamment ces événements. Nous, humbles serviteurs de l'Église, devrions considérer comme hérésie, avec toutes ses conséquences, les récits mettant en doute la puissance divine du Feu éternel. Les convictions religieuses de vos seigneuries, que je respecte quelles qu'elles soient, n'entrent pas ici en ligne de compte. Croyez simplement en ce que vous voulez. Je suis tolérant tant que l'on respecte le Feu éternel et que l'on ne blasphème pas contre lui. Celui qui osera blasphémer, je le condamnerai au bûcher, voilà tout. À Novigrad, tous sont égaux devant la loi. Le droit est le même pour tous : quiconque blasphème contre le Feu éternel périt dans les flammes et voit son patrimoine confisqué. Mais assez parlé de tout cela. Je le répète : vous pouvez sans encombre franchir les portes de Novigrad. Le mieux serait...

Chapelle sourit légèrement en offrant le spectacle d'une grimace maligne : il pompait l'intérieur de ses joues en observant la placette.

Témoins de la scène, des passants peu nombreux pressaient le pas et détournaient rapidement le regard.

— … Le mieux, finit par dire Chapelle, le mieux serait tout de suite, sans délai. Il est évident que, dans le cas du seigneur marchand Biberveldt, cette absence de délai signifie "sans délai après règlement de ses obligations fiscales". Je vous remercie, mes seigneurs, pour le temps que vous avez bien voulu m'accorder.

Se tournant discrètement vers les autres, Dainty articula silencieusement un mot. Le sorceleur n'eut aucun doute que le mot muet ne pouvait être que « salaud ». Jaskier baissa la tête en souriant bêtement.

— Seigneur sorceleur, dit soudain Chapelle. Si vous le permettez, j'aimerais m'entretenir en privé avec vous.

Geralt s'approcha. Chapelle lui tendit légèrement la main. *S'il me touche le coude, je le frappe*, pensa le sorceleur. *Je le frappe malgré les conséquences.*

Chapelle ne toucha pas le coude de Geralt.

— Seigneur sorceleur, dit-il à voix basse en tournant le dos aux autres, je sais que certaines villes, au contraire de Novigrad, sont privées de la protection divine du Feu éternel. Supposons donc qu'une créature de type cambio évolue dans l'une de ces villes. Dites-moi par curiosité combien vous exigeriez pour capturer vivante une telle créature.

— Je ne loue pas mes services dans les villes peuplées, répondit le sorceleur en haussant les épaules. Un tiers pourrait en pâtir.

— Tu te préoccupes donc de la fortune des tiers ?

— Eh oui, car je porte en général la responsabilité de leur sort. Ce qui peut ne pas être sans conséquences.

— Je comprends, mais le degré d'égard pour les tiers ne devrait-il pas être inversement proportionnel au montant de la récompense perçue ?

— Non, il ne le devrait pas.

— Le ton dont tu uses ne me plaît guère, sorceleur. Mais peu importe, je comprends ce que tu suggères par ce ton. Tu suggères que tu n'entends pas entreprendre ce… que je pourrais te demander de faire et ce, quel que soit le montant de ton paiement. Et qu'en est-il du type de paiement ?

— Je ne comprends pas.

—Si, si.

—Non, vraiment.

—Ce que je dis est purement théorique, continua Chapelle discrètement, tranquillement, sans colère ou menace dans la voix. Serait-il possible que ta récompense pour ton service soit la garantie que tes amis et toi-même sortent vivants de… cette ville théorique ? Qu'en penses-tu ?

—À cette question, répliqua le sorceleur en souriant atrocement, il n'est pas possible de répondre théoriquement. La situation que vous décrivez, vénéré Chapelle, devrait se réaliser dans la pratique. Je ne suis absolument pas pressé, mais s'il le faut… S'il n'y a pas d'autre issue… Je suis prêt à expérimenter cette situation.

—Ah ! Tu as peut-être raison, répondit sans passion Chapelle. Nous théorisons trop et je vois que, pour ce qui est de la pratique, tu n'entends pas coopérer. Peut-être est-ce mieux ainsi. Je nourris en tout cas l'espoir que ce ne sera pas une source de conflit entre nous.

—Moi aussi, dit Geralt, je nourris cet espoir.

—Que cet espoir continue de flamber en nous, Geralt de Riv. Sais-tu ce qu'est le Feu éternel ? Une flamme qui ne s'éteint jamais ? Le symbole de ce qui dure ? Un chemin dans l'obscurité ? L'annonce d'un progrès et de lendemains qui chantent ? Le Feu éternel, Geralt, est l'espoir. Pour tous, sans exception. Car si quelque chose se donne en partage… pour toi, pour moi, pour les autres… ce quelque chose se nomme justement l'espoir. Souviens-t'en. J'ai été heureux de te rencontrer, sorceleur.

Geralt s'inclina avec rigidité en gardant le silence. Chapelle le dévisagea pendant un moment puis lui tourna le dos et traversa la placette sans jeter de regard sur son escorte. Les hommes armés de lamies lui emboîtèrent le pas en ordre rangé.

—Oh, ma mère, piaula timidement Jaskier en les regardant partir. Nous avons eu de la chance. Si ce n'est pas déjà la fin, s'ils n'en finissent pas maintenant avec nous.

—Calme-toi, dit le sorceleur, et cesse de gémir. Il ne s'est rien passé, tu le vois bien.

—Tu sais qui il était, Geralt ?

—Non.

—C'était Chapelle, le préposé à la sécurité. Les services secrets de Novigrad dépendent de l'Église. Chapelle n'est pas un prêtre, mais l'éminence grise de la hiérarchie, l'homme le plus puissant et le plus dangereux de la ville. Tous, même le Conseil et les corporations, tremblent dans leurs braies devant lui : c'est une fripouille de premier choix, Geralt, ivre de pouvoir comme l'araignée de sang. Les gens parlent en douce de ses exploits : disparitions sans traces, fausses accusations, tortures, assassinats masqués, terreur, chantage, vol ordinaire, pressions, escroqueries et complots. Par les dieux, tu nous as fourrés dans une belle histoire, Biberveldt.

— Laisse-moi tranquille, Jaskier, répondit Dainty. Toi, tu n'as rien à craindre : personne ne touche aux cheveux de la tête des troubadours. Pour des raisons qui me sont inconnues, vous demeurez intouchables.

— Un poète intouchable, gémit Jaskier toujours aussi pâle, peut lui aussi tomber sous les roues d'un chariot qui s'emballe, s'empoisonner en mangeant un poisson ou se noyer malencontreusement dans un fossé. Chapelle est le spécialiste de ce type de situations. Qu'il ait consenti à discuter avec nous, c'est déjà un fait extraordinaire. Une chose est sûre : il ne l'aurait jamais fait sans une bonne raison. Il manigance quelque chose. Vous verrez : ils vont nous tomber dessus à la première occasion, nous mettre les fers et nous torturer en toute impunité. Rien de plus normal ici !

— Il y a beaucoup de vrai dans ce qu'il dit, dit le hobbit à Geralt. Nous devons faire attention à cette fripouille tant que la terre le porte. On dit qu'il est malade, que son sang s'altère. Tout le monde attend qu'il passe l'arme à gauche.

— Tais-toi, Biberveldt, siffla peureusement Jaskier en inspectant les alentours. Quelqu'un pourrait entendre. Voyez comment tous nous épient. Levons le camp, je vous le dis. Je vous conseille de réfléchir sérieusement à ce que Chapelle nous a suggéré au sujet du doppler. Moi, par exemple, je n'ai jamais vu de doppler de ma vie. S'il le faut, je suis prêt à le jurer devant le Feu éternel.

— Regardez ! dit soudain le hobbit. Quelqu'un s'approche de nous en courant.

— Fuyons ! clama Jaskier.

— Tranquille, tranquille, dit Dainty en souriant de toutes ses dents et en caressant son épi récalcitrant. Je le connais. C'est Muscadin, un marchand local, le trésorier de la corporation. Nous avons fait des affaires ensemble. Regardez sa mine! Comme s'il avait fait dans ses braies. Hé, Muscadin, tu me cherches?

—Je le jure sur le Feu éternel, articula Muscadin, essoufflé, en faisant glisser sur l'occiput son chapeau de renard et en s'essuyant le front de sa manche. J'étais persuadé qu'ils t'avaient traîné jusqu'à la barbacane. C'est un miracle. Ça m'étonne...

Le hobbit coupa malicieusement court aux mots de Muscadin:

—... Il est aimable de ta part que tu t'étonnes... Fais-nous plus plaisir encore en nous expliquant pourquoi.

—Ne joue pas à l'imbécile, Biberveldt, répondit Muscadin avec inquiétude. Tout le monde en parle. La hiérarchie en a pris connaissance. Chapelle également. Toute la ville sait quelle affaire tu as faite avec la cochenille et avec quelle intelligence et quelle ruse tu as gagné de l'argent grâce aux événements de Poviss.

—Qu'est-ce que tu racontes, Muscadin?

—Par les dieux, Dainty, cesseras-tu donc de pavoiser comme l'oiseau du proverbe qui considère que son nid est le plus beau? N'as-tu pas acheté de la cochenille à moitié prix, pour 5,20 le boisseau? Tu en as bien acheté. Profitant d'une offre faible, tu l'as payée avec une lettre de change avalisée. Tu n'as pas engagé un seul sou en espèces dans l'affaire. Et qu'est-ce qui s'est passé? En l'espace d'une journée, tu as refourgué la marchandise pour un prix quatre fois supérieur et de la monnaie sonnante et trébuchante. Auras-tu le toupet d'affirmer qu'il ne s'agit que d'un hasard ou de la chance, et qu'en achetant de la cochenille, tu ne savais rien des bouleversements qui ont eu lieu à Poviss?

—Comment? De quoi parles-tu?

—Il y a eu des bouleversements à Poviss! hurla Muscadin. Une... là... comme on dit: un «rêve à lotion». Le roi Rhyd a été destitué. C'est le clan des Thyssénides qui gouverne désormais! La cour, la noblesse et l'armée de Rhyd portaient la couleur bleue. Les ateliers de tissage locaux n'achetaient alors que de l'indigo. Mais les Thyssénides portent la couleur écarlate. Le cours de l'indigo a baissé et la cochenille a grimpé! C'est alors qu'on a appris que c'était toi, Biberveldt, qui avais la main sur la seule charge de cochenille disponible. Ha!

Dainty garda le silence en se renfrognant.

—Biberveldt le rusé, c'est le moins qu'on puisse dire, continua Muscadin. Et pas un mot à qui que ce soit, même aux amis… Si tu m'en avais parlé, nous aurions tous pu en profiter. Nous aurions même pu fonder une agence commune. Mais tu as préféré faire cavalier seul. C'est ton choix. En tout cas, ne compte plus sur moi. Par le Feu éternel, les hobbits ne sont que des fripouilles égoïstes et des chiens. Vimme Vivaldi ne m'a jamais avalisé de lettre de change, et à toi ? Sans hésiter. Tous pourris, vous, maudits « inhumains », hobbits et nains de malheur ! Que la peste vous emporte !

Muscadin cracha et tourna les talons. Perdu dans ses pensées, Dainty se grattait la tête. Son épi se dressait.

— Quelque chose commence à s'éclaircir, les garçons, dit-il enfin. Je sais ce que nous devons faire. Allons à la banque. Si quelqu'un peut se repérer dans tout ça, c'est bien mon banquier, Vimme Vivaldi.

III

— Je m'imaginais les banques différemment, murmura Jaskier en examinant la pièce. Où tiennent-ils l'argent, Geralt ?

— Seul le diable le sait, répondit le sorceleur à voix basse en dissimulant la manche déchirée de sa veste. Peut-être dans la cave ?

— Que dalle. J'ai bien observé : il n'y a pas de cave ici.

— Certainement au grenier.

— Je vous invite dans mon bureau de change, messeigneurs, annonça Vimme Vivaldi.

Assis à de grandes tables, des jeunes gens et des nains à l'âge incertain s'occupaient à aligner des rangées de chiffres et de lettres sur des feuilles de parchemin. Tous, sans exception, courbaient la nuque et tiraient légèrement la langue. Le sorceleur jugea que la tâche devait être terriblement fastidieuse. Il semblait néanmoins absorber les travailleurs. Dans un coin, un vieillard ressemblant à un mendiant taillait des crayons, assis sur un tabouret. Sa cadence demeurait faible.

Le banquier ferma avec précaution la porte du bureau. Il lissa sa longue barbe blanche bien entretenue bien que tachée ici et là d'encre domestique, puis rajusta sa vareuse en la boutonnant difficilement sur son ventre rebondi.

— Vous savez, seigneur Jaskier, dit-il en s'asseyant derrière une énorme table acajou croulant sous les parchemins, je vous imaginais très différemment. J'ai entendu et je connais vos chansons : sur la reine Vanda, noyée dans la rivière Cula, car personne ne la voulait. Et sur l'alcyon tombé dans un siège d'aisance jusqu'au fond…

— Je n'en suis pas l'auteur, répondit Jaskier rouge de colère. Je n'ai jamais rien écrit de tel !

— Ah bon. Excusez-moi.

— Nous pourrions peut-être passer aux choses sérieuses, intervint Dainty. Le temps presse et vous discutez de sujets superflus. J'ai de sérieux problèmes, Vimme.

— Je redoutais cela, répondit le nain en hochant la tête. Tu te souviens que je t'avais averti, Biberveldt. Je t'ai dit il y a trois jours de ne pas investir d'argent dans cette huile de poisson éventée. Quelle importance que le prix en fût peu élevé ? Le prix nominal n'est pas important. Ce qui est important, c'est le taux de bénéfice à la revente. Pareil pour l'essence de rose et la cire, et ces satanées écuelles d'argile. Qu'est-ce qui t'a pris, Dainty, d'acheter une telle merde ? En espèces, en plus, au lieu de payer raisonnablement par lettre de crédit ou de change ! Je te l'ai dit, les frais de stockage à Novigrad sont hors de prix. Ils dépassent en l'espace de deux semaines le triple de la valeur de cette marchandise. Et toi…

— Oui, gémit discrètement le hobbit. Parle, Vivaldi. Quoi, moi ?

— Toi, tu m'assurais qu'il n'y avait aucun risque, que tu vendrais le tout en vingt-quatre heures. Tu reviens aujourd'hui me voir pour m'annoncer la queue basse que tu as des ennuis. Tu n'écoules rien, n'est-ce pas ? Et les prix grimpent, hein ? Ah, ce n'est pas bien, ce n'est pas bien ! Je devrais maintenant te sortir de là, Dainty ? Si au moins, tu avais assuré ta marchandise, j'enverrais volontiers l'un de mes copistes brûler discrètement ton entrepôt. Non, mon cher, la seule chose que l'on puisse faire, c'est de prendre les choses avec philosophie et se dire que “l'affaire a merdé”. C'est ça, le commerce : on gagne un jour, on perd le lendemain. Qu'est-ce que représente d'ailleurs cet argent dépensé pour acheter l'huile de poisson, la cire et l'essence de rose ? Pas grand-chose. Parlons plutôt d'affaires plus sérieuses. Dis-moi si je dois encore vendre l'écorce de mimosa, car les offres ont commencé à se stabiliser au niveau de cinq et cinq sixièmes.

— Hein ?

— Tu es sourd ? demanda le banquier en se renfrognant. La dernière offre équivaut à cinq et cinq sixièmes. J'espère que tu es revenu pour t'en débarrasser, car tu n'en obtiendras pas sept, Dainty.

— Revenu ?

Vivaldi lissa sa barbe pour se débarrasser des miettes de brioche roulée qui s'y étaient accrochées.

— Tu es venu il y a une heure, répondit-il tranquillement, avec l'ordre de tenir jusqu'à sept. Vendre sept fois plus cher que le prix initial d'achat, cela représente 2 couronnes et 45 koppers par livre. C'est trop cher, Dainty, même sur un marché si favorable. Les tanneurs se sont déjà entendus entre eux pour solidairement geler les prix. Je parie ma tête que...

Les portes du bureau s'ouvrirent pour laisser entrer en trombe un quelque chose coiffé d'un chapeau de feutre vert et vêtu d'une fourrure de lapin tacheté ceinte d'une corde de chanvre.

— Le marchand Sulimir offre 2,15 couronnes ! hurla-t-il d'une voix stridente.

— Six et un sixième, calcula rapidement Vivaldi. Que faisons-nous, Dainty ?

— Vendons ! cria le hobbit. Six fois le prix d'achat initial et tu hésites encore, par la peste ?

Un second quelque chose, coiffé d'un chapeau jaune et recouvert d'un pardessus rappelant un vieux sac, surgit à son tour dans le bureau.

— Le marchand Biberveldt recommande de ne pas vendre au-dessous de sept ! hurla-t-il avant de s'essuyer le nez avec la manche et de ressortir aussi sec.

— Ah ah ! dit enfin le nain après un long moment d'attente. Un Biberveldt m'ordonne de vendre, mais un autre Biberveldt me demande au contraire d'attendre. Situation intéressante. Que faisons-nous, Dainty ? Veux-tu bien trancher la question avant qu'un troisième Biberveldt ordonne d'embarquer l'écorce sur une galère et de la transporter jusqu'au pays des Hommes à tête de chien, hein ?

— Qu'est-ce que c'est que ça ? demanda Jaskier en désignant le quelque chose coiffé d'un chapeau vert toujours immobile à la porte. Qu'est-ce que c'est, par la peste ?

— Un jeune gnome, répondit Geralt.

— Sans aucun doute, confirma sèchement Vivaldi. Ce n'est pas un vieux troll. Ce que c'est n'a d'ailleurs aucune importance. Alors, Dainty, je t'écoute.

— Vimme, dit le hobbit, je t'en supplie : ne pose pas de questions. Il s'est passé quelque chose de terrible. Sache et prends acte que moi, Dainty Biberveldt, honnête marchand de la prairie des Persicaires, je n'ai pas la moindre idée de ce qui se passe ici. Raconte-moi tout dans les détails : tous les événements des trois derniers jours. Je t'en prie, Vimme.

— Intéressant, dit le nain. Je comprends qu'avec les commissions que je perçois, je dois bien exaucer les vœux de mon commanditaire. Écoute donc. Tu es apparu chez moi il y a trois jours, complètement essoufflé. Tu m'as laissé en dépôt 1 000 couronnes et demandé un aval sur lettre de change d'un montant de 2 520 payable au porteur. Je t'ai donné cet aval.

— Sans garantie ?

— Sans, car je t'aime bien, Dainty.

— Raconte la suite, Vimme.

— Le lendemain, tu as surgi au petit matin en faisant du bruit et en tapant des pieds pour que je t'ouvre un crédit dans la succursale de ma banque à Wyzima d'un montant non négligeable de 3 500 couronnes. Le bénéficiaire devait en être, si je me souviens bien, un certain Ther Lukokian, alias Grosse-Truffe. Je t'ai ouvert un tel crédit.

— Sans garantie, répéta le hobbit avec de l'espoir dans la voix.

— Ma sympathie pour toi, Biberveldt, soupira le banquier, s'arrête à 3 000 couronnes. J'ai exigé une reconnaissance de dette écrite stipulant qu'en cas d'insolvabilité, le moulin m'appartiendrait.

— Quel moulin ?

— Le moulin de ton beau-père, Arno Hardbotomm de la prairie des Persicaires.

— Je ne reviens plus à la maison, se désola Dainty avant d'ajouter d'un air décidé : Je prendrai un crédit pour acquérir un vaisseau et devenir pirate.

Vimme Vivaldi se gratta l'oreille en l'observant d'un air suspicieux.

— Eh ! dit-il. Cela fait longtemps que tu as récupéré et déchiré cette reconnaissance de dette. Tu es solvable. Rien de bien étrange avec de tels bénéfices…

— Des bénéfices ?

— En effet, j'avais oublié, bougonna le nain, que j'étais censé ne m'étonner de rien. Tu as conclu une excellente affaire avec la cochenille, Biberveldt, car tu vois, des bouleversements ont eu lieu à Poviss...

— Je le sais déjà, l'interrompit le hobbit. L'indigo a baissé et la cochenille a grimpé. Et j'ai gagné de l'argent. C'est bien cela, Vimme?

— C'est la vérité. Tu possèdes en dépôt chez moi 6 346 couronnes et 80 koppers. Net, après décompte de ma commission et du montant de l'impôt.

— Tu as payé l'impôt pour moi?

— J'ai mal fait? s'étonna Vivaldi. Lorsque tu es venu il y a une heure, tu m'as pourtant bien ordonné de le régler. L'un de mes clercs a déjà apporté la somme à l'hôtel de ville. Environ 1 500, car la vente des chevaux y est bien sûr comprise.

La porte du bureau s'ouvrit avec fracas pour laisser passer un quelque chose coiffé d'un chapeau extrêmement sale.

— 2,30 couronnes! hurla-t-il. Le marchand Hazelquist!

— Ne vendons pas! clama Dainty. Attendons un meilleur prix! Tous les deux, vous retournez illico à la bourse!

Les deux gnomes saisirent au vol les pièces de cuivre que leur envoya le nain et disparurent.

— Oui... Où en étais-je donc? se demanda un instant Vivaldi en jouant avec un énorme cristal d'améthyste bizarrement formé lui servant de presse-papiers. Ah oui... J'en étais resté à la cochenille achetée avec ma lettre de change. La lettre de crédit que je mentionnais tout à l'heure t'était nécessaire pour acheter une grande quantité d'écorce de mimosa. Tu en as acheté beaucoup, mais à bon prix: 35 koppers la livre d'un courtier de Zangwebar, cette Grosse-Truffe ou Morille. La galère a accosté au port hier. Tout a commencé à partir de ce moment-là.

— J'imagine, gémit Dainty.

— À quoi sert l'écorce de mimosa? ne put s'empêcher de demander Jaskier.

— À rien, grogna tristement le hobbit. Malheureusement.

— L'écorce de mimosa, seigneur poète, expliqua le nain, est une substance tannante utilisée pour la confection des peaux.

— Quelqu'un a été suffisamment stupide, intervint Dainty, pour acheter de l'écorce de mimosa d'outre-mer alors qu'on peut acquérir pour presque rien de l'écorce de chêne en Témérie.

— C'est justement là que gît le vampire, dit Vivaldi, car les druides de Témérie menacent de lancer sur le pays des nuées de sauterelles et des multitudes de rats si la destruction des chênes n'est pas immédiatement stoppée. Les dryades ont soutenu les druides. Il faut dire que leur roi a toujours témoigné un certain faible pour les dryades. Pour résumer : un embargo complet sur le bois de chêne en provenance de Témérie est entré hier en vigueur. Le prix du mimosa ne cesse de grimper. Tu as profité de bonnes informations, Dainty.

Du cabinet parvint un bruit de pas. Le quelque chose coiffé d'un chapeau vert surgit tout essoufflé dans le bureau :

— Le vénéré marchand Sulimir..., parvint à articuler le gnome, ordonne de répéter que le marchand Biberveldt, hobbit de son état, n'est qu'un porc sauvage au poil en épi, un spéculateur et un chevalier d'industrie, et que lui, Sulimir, souhaite à Biberveldt de contracter la gale. Il donne 2,45 couronnes. C'est son dernier mot.

— Vendons, conclut le hobbit. Va, petit, cours et confirme. Compte, Vimme.

Vivaldi attrapa une pile de parchemins et extirpa un boulier de nain, un véritable jouet. À la différence de ceux utilisés par les humains, les bouliers de nain avaient la forme d'une pyramide miniature ajourée. Celui de Vivaldi était constitué de fils dorés sur lesquels se déplaçaient de petits rubis, émeraudes, onyx et agates noires uniformément taillés en prisme. Le nain manipula habilement de ses gros doigts les bijoux vers le haut, le bas et les côtés.

— Cela fera... hum... hum... Moins les frais et ma commission... Moins l'impôt... Oui... 15 622 couronnes et 25 koppers. Pas mal.

— Si je compte bien, dit lentement Dainty Biberveldt, cela fait un total net de... Je devrais avoir...

— Précisément 21 969 couronnes et 5 koppers. Pas mal.

— Pas mal ? clama Jaskier. Pas mal ? Avec une telle somme, on peut s'acheter tout un village ou un petit château ! Je n'ai de ma vie jamais vu autant d'argent !

— Moi non plus, dit le hobbit. Mais ne nous emballons pas, Jaskier. Il se trouve que personne ici présent n'a jamais vu autant d'argent et nous ne savons même pas si nous en verrons la couleur.

— Comment ça, Biberveldt ? se renfrogna le nain. D'où te viennent de si tristes pensées ? Sulimir paiera en espèces ou par lettre de change. Celles de Sulimir sont sûres. De quoi s'agit-il donc ? Tu redoutes les pertes provoquées par l'achat de ton huile de poisson puante et de la cire ? Avec de tels bénéfices, tu couvres gaiement ces pertes…

— Il ne s'agit pas de cela.

— De quoi alors ?

Dainty inclina sa tête frisée en se raclant la gorge.

— Vimme, dit-il en fixant le sol. Chapelle renifle notre piste.

Le banquier clappa de la langue.

— Ce n'est pas bien, articula-t-il, mais il fallait s'y attendre. Tu vois, Biberveldt, les informations commerciales dont tu t'es servi pour réaliser tes transactions ont également un poids politique. Personne ne se doutait de ce qui se passerait à Poviss et en Témérie. Chapelle non plus, et Chapelle aime à savoir les choses le premier. Maintenant, tu peux imaginer qu'il se creuse la tête pour savoir comment tu as eu accès à ces informations. Je pense qu'il s'en doute déjà. Tout comme moi.

— C'est intéressant.

Vivaldi embrassa du regard Jaskier et Geralt en retroussant le nez.

— Intéressant ? Ce qui est intéressant, c'est ton association, Dainty, dit-il. Un troubadour, un sorceleur et un marchand. Toutes mes félicitations. Seigneur Jaskier se promène partout : il fréquente les cours royales et sait sans aucun doute tendre l'oreille. Le sorceleur ? Une garde personnelle ? Un épouvantail contre les débiteurs ?

— Vos conclusions sont trop hâtives, seigneur Vivaldi, répliqua froidement Geralt. Nous ne sommes pas associés.

— Et moi, enchaîna Jaskier en rougissant, je ne tends nulle part l'oreille. Je suis poète, pas espion !

— On entend de tout, répondit le nain en grimaçant. De tout, seigneur Jaskier.

— Mensonge ! hurla le troubadour. C'est faux !

— Bien, bien, je vous crois. Seulement, je ne sais pas si Chapelle, lui, vous croira. Mais qui sait, peut-être faisons-nous beaucoup de bruit pour rien. Je te dirai, Biberveldt, que Chapelle a beaucoup changé depuis sa crise d'apoplexie. La peur de la mort lui serait-elle entrée dans le postérieur en le forçant à se poser des questions ? Ce n'est plus le même Chapelle. Il est devenu aimable, compréhensif, serein et… même honnête en un sens.

— Qu'est-ce que tu racontes ? dit le hobbit. Chapelle… honnête ? Aimable ? Ce n'est pas possible.

— Je te dis la vérité, rétorqua Vivaldi. En plus, l'Église doit actuellement faire face à un autre problème nommé Feu éternel.

— Comment cela ?

— Le Feu éternel doit brûler partout, comme on dit. Partout dans les environs, des autels qui lui sont consacrés doivent être érigés. Beaucoup d'autels. N'exige pas de détails, Dainty : je ne m'oriente guère dans les croyances humaines. Mais je sais que tous les prêtres, y compris Chapelle, ne s'occupent que de ces autels et de ce feu. On procède à de grands préparatifs. Les impôts vont augmenter, c'est sûr.

— Ma foi, dit Dainty. Maigre consolation, mais…

La porte du bureau s'ouvrit de nouveau pour faire apparaître le quelque chose au chapeau vert et à la fourrure de lapin que le sorceleur connaissait déjà.

— Le marchand Biberveldt, rapporta-t-il, demande d'acheter des casseroles. Le prix est secondaire.

— Parfait, réagit le hobbit en souriant, mais ce sourire rappelait plutôt la gueule déformée d'un chat sauvage enragé. Achetons donc beaucoup de casseroles. La volonté du seigneur Biberveldt est un ordre. Que devons-nous acheter encore ? Du chou ? De l'huile de cade ? Des poêles en fer ?

— De plus (le messager extirpa quelque chose de sa fourrure), le marchand Biberveldt demande 30 couronnes en espèces pour payer un pot-de-vin, se restaurer et boire une bière. Trois fripouilles lui ont volé sa bourse à *La Grotte de la pique*.

— Ah ! Trois fripouilles, répéta Dainty en soulignant chaque mot. Ma foi, cette ville est remplie de fripouilles. Et où le vénérable marchand Biberveldt se trouve-t-il en ce moment, si je puis demander ?

— Où pourrait-il être ? Au bazar de l'Ouest, bien sûr, répondit le quelque chose en reniflant.

— Vimme, dit Dainty funestement. Ne pose aucune question. Dégote-moi quelque part une grosse canne bien solide. Je me rends au bazar de l'Ouest, mais cela m'est impossible sans cette canne. Il y a là-bas trop de fripouilles et de voleurs.

— Une canne, dis-tu ? Ça peut se trouver. Mais quelque chose ne cesse de me tarauder, Dainty. Je devais ne pas poser de question. Je n'en poserai donc pas, mais je ne ferai que deviner, et toi tu confirmeras ou infirmeras mes propositions, d'accord ?

— Devine.

— Cette huile de poisson éventée, cette essence de rose, cette cire et ces écuelles, cette satanée corde en coton, ce n'était qu'une tactique pour détourner l'attention de la concurrence sur la cochenille et le mimosa et embrouiller le marché, n'est-ce pas, Dainty ?

La porte du bureau s'ouvrit pour laisser passer un quelque chose sans chapeau.

— Oxyria au rapport : tout est prêt ! hurla-t-il en piaillant. Il demande si l'on peut déverser !

— Déversez ! brailla le hobbit. Déversez sans délai !

— Par la barbe rousse du vieux Rhundurin, hurla Vimme Vivaldi après que le gnome eut refermé la porte. Je n'y comprends rien ! Que se passe-t-il ici ? Déverser quoi ? Le déverser dans quoi ?

— Je n'en ai aucune idée, reconnut Dainty, mais les affaires doivent tourner.

IV

Se faufilant difficilement dans la foule, Geralt déboucha directement sur un étal rempli de casseroles de cuivre, de chaudrons et de poêles réverbérant la lumière rouge du soleil de fin de journée. Derrière l'étal se tenait un nain à la barbe rousse coiffé d'une capuche vert olive et chaussé de lourdes bottes en peau de phoque. Sur le visage du nain se dessinait une certaine mauvaise volonté : on avait même l'impression qu'il pouvait à tout moment cracher sur la cliente occupée à choisir la marchandise. La cliente noyait le nain sous un flot de paroles incohérentes en faisant ondoyer sa poitrine et trembler ses boucles d'or.

La cliente n'était autre que Vespula, que Geralt connaissait déjà dans son rôle de bombarde. Sans attendre qu'elle le reconnaisse, le sorceleur se fondit de nouveau dans la foule.

Le bazar de l'Ouest débordait d'énergie : la traversée d'une telle cohue n'était pas sans rappeler une promenade à travers des buissons d'aubépine. Les manches et les jambes ne cessaient, à chaque instant, d'être accrochées : par des enfants ayant perdu leur maman sortie du chapiteau pour en éloigner un mari trop tenté par les alcools des buvettes ; des espions de la tour de garde ; des vendeurs à la sauvette proposant des chapeaux d'invisibilité, des aphrodisiaques et des scènes érotiques sculptées dans du bois de cèdre. Geralt cessa vite de sourire pour jurer et jouer des coudes.

Il entendit le son d'un luth suivi d'un rire perlé dont il reconnut le timbre. Ces sons provenaient d'un étal coloré comme dans un conte, orné de l'enseigne « Miracles, amulettes et appâts pour la pêche ».

— Quelqu'un vous a-t-il déjà dit que vous êtes extrêmement jolie ? braillait Jaskier, assis sur l'étal en agitant gaiement ses jambes pendantes. Non ? Mais c'est impossible ! Mais c'est une ville d'aveugles ! Allez, bonnes gens ! Qui veut entendre une ballade d'amour ? Qui veut s'émouvoir et s'enrichir spirituellement n'a qu'à jeter une pièce dans mon chapeau. Qu'est-ce que tu me refiles, abruti ? Les pièces de cuivre, tu peux les garder pour les mendiants. N'insulte pas les artistes avec du cuivre ! Je pourrais éventuellement te le pardonner, mais l'art jamais !

— Jaskier, dit Geralt en s'approchant. Il me semblait que nous nous étions séparés pour cerner le doppler, mais je vois que tu organises un concert. Tu n'as pas honte de chanter sur les marchés comme un vieux mendigot ?

— Honte ? s'étonna le barde. Ce qui est important, c'est ce que l'on chante, pas où l'on chante. En plus, j'ai faim. Le propriétaire de l'étal m'a promis un déjeuner. Pour ce qui est du doppler, recherchez-le vous-mêmes. Moi, je ne suis pas fait pour les poursuites, les bagarres et les règlements de comptes. Je suis poète.

— Tu ferais mieux de ne pas te faire remarquer, poète, car ta fiancée est dans les parages. Tu pourrais avoir des ennuis.

— Ma fiancée ? grogna Jaskier nerveusement. Laquelle ? J'en ai plusieurs.

Brandissant une poêle en cuivre, Vespula se frayait un chemin dans la foule avec la vélocité d'un aurochs qui charge. Jaskier dégringola de l'étal pour prendre la fuite en sautillant avec agilité au-dessus des paniers de carottes. Vespula se tourna vers le sorceleur, les narines en furie. Geralt bouscula la rigide cloison de la devanture en reculant.

— Geralt ! cria Dainty Biberveldt en jaillissant de la foule et en renversant Vespula. Vite, vite ! Je l'ai vu ! Là-bas, il s'enfuit !

— Je vous retrouverai, débauchés ! hurla Vespula en reprenant son équilibre. Je réglerai mes comptes avec vous, bande de porcs ! Quelle compagnie ! Un faisan, un déguenillé et un nabot aux talons velus ! Vous vous souviendrez de moi !

— Par ici, Geralt ! gueula Dainty en renversant sur son chemin un groupe de carabins occupés à jouer aux "trois coquilles". Là-bas, il se faufile entre les chariots ! Bloque-lui le chemin par la gauche ! Vite !

Ils se jetèrent à sa poursuite, eux-mêmes poursuivis par les jurons des clients et des marchands qu'ils bousculaient. Geralt réussit par miracle à éviter un gamin qui s'était empêtré dans ses jambes. Il bondit au-dessus de lui, mais heurta deux tonnelets de harengs. Le poissonnier, furieux, lui jeta dans le dos l'anguille vivante dont il vantait les qualités à ses clients.

Ils repérèrent le doppler qui tentait de se dissimuler à l'intérieur d'un enclos de brebis.

— De l'autre côté ! hurla Dainty. Prends-le de revers, Geralt !

Le doppler, toujours visible dans son gilet vert, prit la tangente comme une flèche le long de la barrière. Il était évident qu'il ne se transformait pas pour continuer à profiter de l'agilité du hobbit que personne n'eût pu égaler. Personne. Excepté bien sûr un autre hobbit. Et le sorceleur.

Geralt s'aperçut que le doppler avait soudain changé de direction en soulevant un nuage de poussière et qu'il se faufilait dans un trou de la palissade élevée autour du chapiteau, abritant les abattoirs et les boucheries. Dainty le repéra aussi. Il franchit une clôture et se retrouva bloqué au milieu d'un troupeau de moutons bêlants. Il perdait du temps. Geralt vira et se jeta sur les traces du doppler entre les planches de la palissade. Il entendit alors le craquement d'un vêtement qui se déchire. Sous sa seconde aisselle, sa veste devint très lâche.

Le sorceleur stoppa net pour jurer et cracher. Et jurer une nouvelle fois.

Dainty courait après le doppler vers le chapiteau. On entendait des cris, des bruits de coups, des grossièretés et un affreux brouhaha s'en échapper.

Le sorceleur jura une troisième fois particulièrement vulgairement. Il grinça des dents en levant la main droite et dessina le Signe d'Aard qu'il dirigea directement vers le chapiteau. Celui-ci se gonfla comme une voile pendant la tempête. De l'intérieur parvinrent un hurlement inhumain, des bruits de sabots et les beuglements des bœufs. Le chapiteau s'effondra.

En rampant, le doppler réussit à sortir de sous la toile pour prendre la fuite du côté d'une tente plus petite, servant vraisemblablement de chambre froide. Geralt dirigea instinctivement sa main vers le fuyard et le toucha de son Signe dans le dos. Le doppler s'effondra au sol comme s'il avait été touché par la foudre, mais il se rétablit aussitôt en exécutant quelques bonds et disparut sous la tente, le sorceleur toujours sur ses talons.

Sous la tente, ça puait la viande. On n'y voyait goutte.

Tellico Lunngrevink Letorte se tenait là, immobile et essoufflé, agrippé à la carcasse d'un porc pendu à une perche. La tente n'offrait pas d'autre sortie ; la toile était solidement et hermétiquement arrimée au sol.

— C'est un plaisir renouvelé de te revoir, le mime, dit froidement Geralt.

Le doppler respirait lourdement et bruyamment.

— Laisse-moi tranquille, articula-t-il enfin. Pourquoi me poursuis-tu, sorceleur ?

— Tellico, répondit Geralt, tu poses des questions stupides. Pour entrer en possession des chevaux et de l'apparence de Biberveldt, tu l'as assommé et mis sur la paille. Tu continues de profiter de sa personnalité et tu t'étonnes des ennuis que cela t'apporte ? Seul le diable connaît tes plans, mais j'entends m'y opposer d'une manière ou d'une autre. Je ne veux ni te tuer ni te livrer aux autorités. Tu dois quitter cette ville. J'y veillerai particulièrement.

— Et si je refuse ?

— Alors c'est moi qui te la ferai quitter sur une brouette et dans un sac.

Le doppler enfla brusquement puis maigrit tout aussi soudainement et se mit à grandir. Ses cheveux frisés de couleur noisette blanchirent et s'allongèrent jusqu'à ses épaules. Le gilet vert du hobbit brilla comme de l'huile et devint un cuir noir. Des clous d'argent apparurent sur ses épaules et sur ses manches. Son visage joufflu et rougeaud s'effila et pâlit.

Au-dessus de son épaule droite surgit le manche d'une épée.

— Ne t'approche pas, lança le second sorceleur en ronflant et en souriant. Ne t'approche pas, Geralt. Je ne permettrai pas que tu me touches.

Quel horrible sourire, pensa Geralt en voulant saisir son épée. *J'ai vraiment une sale gueule. Mes yeux papillotent horriblement. Est-ce là mon portrait tout craché ? Par la peste.*

La main du doppler et celle du sorceleur touchèrent en même temps le manche de leur arme. Les deux épées furent ensemble retirées de leur fourreau. Les deux sorceleurs effectuèrent en simultané deux petits pas rapides : le premier en avant, le second sur le côté. Tous deux brandirent leur épée et la firent siffler comme une hélice.

Ils s'immobilisèrent ensemble dans cette position.

— Tu ne peux pas me battre, grogna le doppler, car je suis devenu toi-même, Geralt.

— Tu te trompes, Tellico, répondit le sorceleur à voix basse. Jette ton épée et reprends la forme de Biberveldt. Sinon, tu le regretteras. Je te préviens.

— Je suis toi-même, répéta le doppler. Tu ne prendras jamais l'avantage sur moi. Tu ne peux pas me battre, car je suis toi !

— Tu n'as aucune idée de ce que signifie être moi-même, le mime.

Tellico baissa le bras qui tenait son épée.

— Je suis toi, répéta-t-il.

— Non, répondit le sorceleur. Tu ne l'es pas. Sais-tu pourquoi ? Parce que tu n'es qu'un gentil petit doppler. Un doppler qui aurait pu tuer Biberveldt et enterrer son cadavre dans la végétation, s'assurant ainsi de ne jamais être démasqué, pas même par l'épouse du hobbit, la fameuse Gardénia Biberveldt. Mais tu ne l'as pas tué, Tellico, car cela ne fait pas partie de ta nature. Tu n'es en effet qu'un gentil petit doppler que ses amis surnomment Doudou. Quelle que soit l'apparence que tu empruntes, tu demeures toujours le même. Tu sais copier en nous uniquement ce qui est bon, car ce qui est mauvais, tu ne le comprends pas. C'est ainsi que tu es, doppler.

Tellico recula jusqu'à la toile de la tente contre laquelle son dos se plaqua.

— C'est pourquoi tu vas te retransformer en Biberveldt et me donner gentiment tes pattes pour que je les ligote. Tu n'es pas capable de me résister, car je suis justement celui que tu n'es pas capable de copier. Tu le sais très bien, Doudou. Tu as eu accès pendant un instant à mes pensées.

Tellico se redressa brusquement. Les traits de son visage disparaissaient, comme délavés. Ses cheveux blancs frisaient et devenaient sombres.

— Tu as raison, Geralt, dit-il confusément car ses lèvres changeaient de forme. J'ai eu accès à tes pensées. Pendant un court laps de temps, il est vrai, mais cela a été suffisant. Sais-tu ce que je vais faire maintenant ?

Sa veste de sorceleur en cuir prit un lustre bleuet. Le doppler sourit, rajusta son chapeau olive orné d'une plume d'aigrette et accrocha son luth en bandoulière. Ce luth qui, encore un instant auparavant, était une épée.

— Je vais te dire ce que je vais faire, sorceleur, dit-il en riant du rire bruyant et perlé de Jaskier. Je vais aller mon chemin et me perdre dans la foule où je me transformerai discrètement en n'importe qui, même en mendiant. Je préfère devenir mendiant à Novigrad que doppler dans un endroit dépeuplé. Novigrad me doit une dette, Geralt. La construction de cette ville a détruit l'environnement où nous pouvions vivre dans notre enveloppe naturelle. On nous a exterminés en nous traquant comme des chiens enragés. Je suis l'un des rares à avoir survécu. Je veux vivre et je survivrai. Autrefois, lorsque des loups m'attaquaient, je me transformais en loup et j'accompagnais la meute pendant plusieurs semaines. C'est ainsi que j'ai survécu. Je ne fais encore aujourd'hui rien d'autre, car je ne veux plus vagabonder dans les bois et passer l'hiver sous les souches d'arbre ; je ne veux plus ressentir la faim en permanence ; je ne veux plus être sans répit la cible des tirs. Ici, à Novigrad, il fait chaud, il y a de la nourriture, on peut gagner sa vie et l'on s'entre-tue très rarement avec des arcs. Novigrad m'offre une meute de loups. Je me joins à elle pour survivre, tu comprends ?

Geralt acquiesça en hochant la tête.

— Vous avez accordé aux nains, aux hobbits, aux gnomes et aux elfes même, continua-t-il en crispant les lèvres avec le sourire insolent de Jaskier, une modeste marge d'intégration. Pourquoi serais-je pire qu'eux ? Pourquoi me refuse-t-on ce droit ? Que dois-je faire pour pouvoir vivre dans cette ville ? Me transformer en une elfe aux yeux de biche, aux cheveux de soie et aux longues jambes ? Hein ? En quoi une elfe est-elle meilleure que moi ? À la vue d'une elfe, vous regardez ses jambes, mais moi, lorsque je parais, vous avez envie de vomir ? Vous m'ordonnez de déguerpir, vous voulez m'exclure, mais je survivrai. Je sais comment. Dans la peau d'un loup, j'ai couru, hurlé et mordu mes congénères pour les faveurs d'une femelle. En tant qu'habitant de Novigrad, je ferai du commerce, tresserai des paniers en osier, mendierai ou volerai. Faisant partie de votre société, je ferai des choses ordinaires que font les gens de votre société. Qui sait, peut-être pourrai-je me marier ?

Le sorceleur resta silencieux.

—Comme je le disais, continua tranquillement Tellico, je m'en vais. Et toi, Geralt, tu n'essaieras même pas de m'arrêter. Tu ne bougeras même pas le petit doigt, car j'ai percé pendant un instant tes pensées, Geralt – celles également dont tu refuses d'admettre l'existence, celles que tu te dissimules à toi-même. Pour m'arrêter, tu devrais me tuer, mais l'idée de m'éliminer de sang-froid te remplit d'horreur. Je me trompe ?

Le sorceleur ne répondait toujours pas.

Tellico rajusta une nouvelle fois la sangle de son luth et se dirigea vers la sortie après avoir tourné le dos à Geralt. Il marchait d'un pas résolu, mais le sorceleur remarqua qu'il crispait la nuque et rétractait les épaules dans l'attente du sifflement de la lame. Geralt rengaina son épée. Le doppler s'arrêta à mi-chemin en tournant son regard.

—Adieu, Geralt, dit-il. Merci.

—Adieu, Doudou, répondit le sorceleur. Bonne chance.

Le doppler reprit la direction du bazar surpeuplé du même pas décidé, gai et balancé que celui de Jaskier. Tout comme le troubadour, il agita haut et fort sa main droite en souriant de toutes ses dents aux jeunes filles alentour. Geralt lui emboîta lentement le pas. Lentement.

Tellico saisit son luth en marchant et, ayant ralenti son pas, en tira deux accords, prélude à une mélodie déjà connue de Geralt qu'il fit résonner avec ses cordes. En se retournant, il chanta légèrement comme Jaskier :

« Le printemps reviendra, la pluie les routes lavera
La chaleur du soleil nos cœurs réchauffera
C'est ainsi, car en nous brûle toujours la flamme
Celle du Feu éternel de l'espoir dans notre âme. »

— Répète-le à Jaskier si tu arrives à t'en souvenir, lança-t-il. Cette ballade devrait s'intituler *Le Feu éternel.* Adieu, sorceleur !

— Hé ! entendit-il soudain. Espèce de faisan !

Étonné, Tellico se retourna. Vespula apparut de derrière un étal en faisant violemment ondoyer sa poitrine et en lui lançant un regard de mauvais augure.

— Tu reluques les filles, traître ? siffla-t-elle en remuant d'une manière de plus en plus excitante. Tu pousses la chansonnette, fripouille ?

Tellico enleva son chapeau et s'inclina en offrant un large sourire, exactement comme l'aurait fait Jaskier.

— Vespula, ma chère, dit-il plein d'attention, comme je suis heureux de te voir. Pardonne-moi ma douce. Je te suis redevable...

— Tu es, tu es..., l'interrompit-elle bruyamment. Et comme tu m'es redevable, c'est le moment de payer ! Tiens !

L'énorme poêle en cuivre brilla au soleil avant de frapper la tête du doppler en rendant un bruit qui résonna profondément. Une grimace stupide figée sur le visage, Tellico se raidit et tomba en croisant les bras. Sa physionomie commença soudain à changer, à fondre et à perdre toute similitude vraisemblable. Témoin de la scène, le sorceleur saisit un grand kilim reposant sur un étal en se précipitant vers lui. Ayant déroulé le kilim au sol, il y fit glisser le doppler de deux petits coups de pied et enroula consciencieusement le tapis.

Assis sur le paquet, Geralt s'essuya le front avec sa manche. Vespula le regardait d'un air méchant en serrant la poêle dans son poing. Une foule s'amassa autour d'eux.

— Il est malade, dit le sorceleur en se forçant à sourire. C'est pour son bien. Ne vous tassez pas, bonnes gens. Le pauvre a besoin d'air.

— Vous avez entendu ? demanda tranquillement mais avec autorité Chapelle en se frayant un passage dans la masse. Je vous prie de retourner à vos occupations ! Les rassemblements sont interdits sous peine d'amende !

La foule se dispersa sur les côtés en dévoilant Jaskier attiré, d'un pas pressé, par les notes du luth. À sa vue, Vespula émit un cri affreux avant de jeter sa poêle et partir sur la place en courant.

— Que lui est-il arrivé ? demanda Jaskier. Elle a vu le diable ?

Geralt se leva du tapis enroulé qui commençait à gigoter légèrement. Chapelle s'en approcha lentement. Il était seul. Sa garde personnelle n'était jamais visible.

— À votre place, seigneur Chapelle, je n'irais pas plus loin, dit à voix basse Geralt.

— Tu dis ?

Chapelle le regardait froidement en serrant les lèvres.

— Si j'étais vous, seigneur Chapelle, je ferais semblant de n'avoir rien vu.

— Oui, c'est certain, répondit Chapelle, mais tu n'es pas moi.

Dainty Biberveldt, essoufflé et en sueur, surgit de derrière la tente. Il stoppa net à la vue de Chapelle et se mit à siffloter, les mains dans le dos, en faisant semblant d'admirer le toit de l'entrepôt.

Chapelle se rapprocha beaucoup de Geralt. Le sorceleur demeura immobile sans cligner des paupières ni broncher. Ils se regardèrent droit dans les yeux pendant un moment, puis Chapelle se pencha au-dessus du colis :

— Doudou, dit-il à l'adresse des chaussures en cordouan de Jaskier dépassant du kilim enroulé et bizarrement déformé. Copie Biberveldt, vite.

— Comment ? s'écria Dainty en cessant de regarder l'entrepôt. Quoi ?

— Silence, intima Chapelle. Alors Doudou, comment ça va ?

— Voilà..., répondit un gémissement étouffé à l'intérieur du kilim. Voilà... voilà...

Les chaussures en cordouan dépassant du tapis perdirent leur consistance, se dématérialisèrent pour se transformer en pieds nus et velus de hobbit.

— Sors de là, Doudou, dit Chapelle. Et toi, Dainty, reste tranquille. Pour les gens, tous les hobbits se ressemblent, n'est-ce pas ?

Dainty grogna indistinctement. Geralt fixait Chapelle en clignant des yeux d'un air suspicieux. Le gouverneur se releva et se retourna : les derniers curieux restés dans un proche périmètre déguerpirent sur-le-champ dans un vacarme de bruits de sabots de bois qui décrut au loin.

Dainty Biberveldt Second s'extirpa et sortit du tapis en éternuant. Il s'assit en s'essuyant le nez et les yeux. Jaskier s'adossa contre un coffre posé sur le côté et fit résonner son luth avec une expression d'intérêt sur le visage.

— Qui est-ce ? Qu'en penses-tu, Dainty ? demanda délicatement Chapelle. Très ressemblant, tu ne trouves pas ?

— C'est mon cousin, dit Dainty dans un souffle et en souriant de toutes ses dents. De la famille très proche : Doudou Biberveldt de la prairie des Persicaires, un génie du commerce. J'avais justement décidé de…

— Oui, Dainty ?

— J'avais décidé d'en faire mon fondé de pouvoir à Novigrad. Qu'en penses-tu, cousin ?

— Merci beaucoup, cousin, répondit la très proche famille dans un large sourire, le héros du clan des Biberveldt, le génie du commerce.

Chapelle sourit lui aussi.

— Ton rêve de vie dans la grande ville se réalise, grogna Geralt. Qu'est-ce que vous lui trouvez donc à la ville, Doudou… et toi, Chapelle ?

— Si tu avais vécu dans les landes à bruyère, répondit Chapelle, en mangeant des racines, trempé et transi de froid, alors tu saurais… Nous aussi, nous voulons que la vie nous apporte quelque chose, Geralt. Nous ne sommes pas pires que vous.

— C'est un fait, commenta Geralt en hochant la tête, vous ne l'êtes pas. Vous êtes même souvent meilleurs. Où est passé le véritable Chapelle ?

— Il a passé l'arme à gauche, dit entre ses dents Chapelle Second. C'était il y a deux mois : une apoplexie. Que la terre dans laquelle il repose lui soit légère et que le Feu éternel lui éclaire la voie. J'étais à ce moment-là à proximité… Personne n'a remarqué… Geralt ? Tu ne vas pas…

— Que n'ont-ils pas remarqué ? demanda le sorceleur, le visage impassible.

— Je te remercie, grogna Chapelle.

— Vous êtes nombreux ?

— Est-ce si important ?

— Non, accorda le sorceleur. Ça ne l'est pas.

Une forme coiffée d'un chapeau vert et vêtue d'une fourrure en lapin tacheté surgit de derrière les fourgons et étals.

— Seigneur Biberveldt…, bégaya le gnome essoufflé en regardant alternativement avec stupeur les deux hobbits.

— Je pense, petit, dit Dainty, que tu cherches mon cousin, Doudou Biberveldt. Parle, parle, le voici.

— Oxyria rapporte que le stock a entièrement été vendu, expliqua le gnome qui sourit largement en montrant des dents aiguës. À 4 couronnes la pièce.

— Il me semble savoir de quoi il s'agit, dit Dainty. Dommage que Vivaldi ne soit pas avec nous : il aurait calculé notre bénéfice en un clin d'œil.

— Tu permets, cousin, intervint Tellico Lunngrevink Letorte alias Penstock, Doudou pour les amis et, pour toute la ville de Novigrad, membre de la nombreuse famille des Biberveldt. Tu permets que je le calcule. J'ai une mémoire infaillible des chiffres. Pas seulement d'ailleurs.

— Je t'en prie, s'inclina Dainty. Je t'en prie, cher cousin.

— Les dépenses, réfléchit le doppler en fronçant les sourcils, n'ont pas été élevées : 18 pour l'essence de rose, 8,50 pour l'huile de poisson, hum… le tout, en comptant la corde : 45 couronnes. La transaction étant de 600 pièces à 4 couronnes, soit 2 400. Et aucune commission en l'absence d'intermédiaires…

— Je te prie de ne pas oublier l'impôt, rappela Chapelle Second. N'oubliez pas que le représentant des autorités municipales et de l'Église se tient devant vous et qu'il a l'intention de traiter consciencieusement ses obligations.

— Non assujetti à l'impôt, lança Doudou Biberveldt, car il s'agit d'une vente à but religieux.

— Hein ?

— Mélangées dans des proportions idoines, l'huile de poisson, la cire et l'essence colorée d'un peu de cochenille, expliqua le doppler, une fois versées dans des écuelles d'argile dans lesquelles on aura immergé un petit morceau de corde, donneront lorsqu'on allumera la mèche, une belle flamme rouge qui brûlera longtemps et ne sentira pas mauvais : le Feu éternel. Les prêtres ont besoin de cierges pour leurs autels consacrés au Feu éternel. Nous avons ce qu'il leur faut.

— Par la peste…, grogna Chapelle. En effet… Nous avions besoin de cierges… Doudou, tu es vraiment un génie.

— Je tiens ça de ma mère, répondit modestement Tellico.

— Une mère ô combien ressemblante, confirma Dainty. Voyez ces yeux brillants d'intelligence. Tout comme ma tante chérie, Bégonia Biberveldt.

— Geralt, gémit Jaskier. En trois jours, il a gagné plus d'argent que moi pendant toute ma vie !

— À ta place, dit le sorceleur sérieusement, j'abandonnerais le chant au profit du commerce. Demande-lui, peut-être acceptera-t-il de te prendre en apprentissage.

— Sorceleur… (Tellico lui saisit la manche.) Dis-moi comment je pourrais te… te remercier.

— 22 couronnes.

— Quoi ?

— Pour une nouvelle veste. Regarde ce qu'il reste de celle-ci.

— Vous savez quoi ? hurla brusquement Jaskier. Allons tous dans une maison close. Au *Passiflore* ! Ce sont les Biberveldt qui régalent !

— Ils acceptent les hobbits ? s'inquiéta Dainty.

— Qu'ils essaient seulement de vous empêcher d'entrer. (Chapelle prit une mine menaçante.) Qu'ils essaient seulement et j'accuse tout leur bordel d'hérésie.

— Bien, dit Jaskier. Tout va bien, Et toi, Geralt, tu nous accompagnes ?

Le sorceleur rit sous cape.

— Tu sais, Jaskier, dit-il, c'est même avec plaisir.

Une once d'abnégation

I

La jeune sirène émergea de l'eau jusqu'à la taille en éclaboussant violemment la surface de l'eau avec ses mains. Geralt se convainquit qu'elle arborait de très beaux seins – *parfaits, même.* Seule leur couleur gâchait le spectacle : les tétons étaient vert pâle et l'aréole les enveloppant plus claire encore. Se laissant habilement porter par les vagues qui la soulevaient, la jeune sirène s'étira avec charme en secouant ses cheveux mouillés vert céladon et se mit à chanter mélodieusement.

— Quoi ? (Le duc se pencha par-dessus le bastingage de la nef.) Que dit-elle ?

— Elle refuse, répondit Geralt. Elle dit qu'elle ne veut pas.

— Tu lui as expliqué que je l'aime, que je n'imagine pas vivre sans elle, que je veux me marier avec elle, seulement avec elle, avec personne d'autre ?

— Je lui ai dit.

— Et… ?

— Et rien.

— Répète-lui encore.

Le sorceleur se toucha les lèvres avec les doigts et émit un trille vibrant. Sélectionnant ses mots et la mélodie, il commença à transmettre scrupuleusement les confessions du duc.

La jeune sirène lui coupa la parole en se laissant flotter sur le dos :

— Cesse de traduire, cesse de te fatiguer, chanta-t-elle. J'ai compris. Lorsqu'il m'avoue qu'il m'aime, c'est toujours avec la même mine stupide. A-t-il dit quelque chose de concret ?

— Pas vraiment.

— Dommage.

La sirène brassa l'eau et s'immergea d'un mouvement brusque de la queue. La mer écuma sous l'effet de sa nageoire étroite rappelant celle d'un rouget barbet.

— Quoi ? Qu'a-t-elle dit ? demanda le duc.

— Que c'est dommage.

— Qu'est-ce qui est dommage ? Qu'est-ce que cela signifie : dommage ?

— Il me semble que cela ressemble à un refus.

— Personne ne me refuse jamais rien ! hurla le duc en réfutant l'évidence des faits.

— Seigneur, marmonna le capitaine de la nef en s'approchant d'eux, nos filets sont prêts. Il suffit de les jeter pour la capturer…

— Je ne vous le conseille pas, intervint Geralt d'une voix mesurée. Elle n'est pas seule. Sous l'eau, il y en a beaucoup plus, et les profondeurs peuvent dissimuler un kraken.

Le capitaine trembla et pâlit en se prenant le postérieur à deux mains d'une façon ridicule.

— Un kra… un kraken ?

— Un kraken, confirma le sorceleur. Je ne vous conseille pas de vous laisser tenter par ce type de plaisanterie avec vos filets. Il suffirait qu'elle crie pour qu'il ne reste de cette coque de noix que des planches dérivantes et que nous nous noyions comme de vulgaires chatons. Du reste, Agloval, tu dois te décider : entends-tu l'épouser ou la pêcher dans un filet pour la conserver ensuite dans un bocal ?

— Je l'aime, répondit résolument Agloval. Je la veux pour épouse. Mais pour cela, il faut qu'elle ait des jambes, et non une queue squamée. Tout est prévu : j'ai acquis contre deux livres de belles perles un élixir magique totalement garanti qu'il lui suffira de boire pour que des jambes lui poussent. Elle souffrira seulement un peu pendant trois jours, pas plus. Appelle-la, sorceleur, dis-le-lui encore une fois.

— Je lui ai déjà expliqué deux fois. Elle a répondu qu'elle refusait catégoriquement, mais a ajouté qu'elle connaissait une sorcière des mers dont les sortilèges peuvent transformer tes jambes en une queue magnifique. Et ce sans douleur.

— Elle est devenue folle ? Moi, je devrais porter une queue de poisson ? Jamais de la vie ! Préviens-la, Geralt !

Le sorceleur se pencha fortement au-dessus du bastingage dans l'ombre duquel la mer paraissait verte et dense comme de la gelée. La sirène émergea dans une fontaine d'eau avant même qu'il eût le temps de l'appeler. Elle se figea durant un instant à la verticale sur sa queue, puis plongea dans une vague en se retournant sur le dos et en dévoilant ainsi tous ses charmes. Geralt avala sa salive.

— Hé, vous ! chanta-t-elle. Cela va durer encore longtemps ? Ma peau craquelle sous le soleil ! Cheveux d'albâtre, demande-lui s'il est d'accord.

— Il n'est pas d'accord, répondit le sorceleur en modulant sa voix. Sh'eenaz, tu dois comprendre qu'il ne peut se permettre de porter une queue et de vivre sous l'eau. Toi, tu respires à l'air libre, lui, sous l'eau, absolument pas !

— Je le savais ! cria-t-elle en piaillant. Je le savais ! Des faux-fuyants, de stupides et naïfs faux-fuyants : pas une once d'abnégation ! Celui qui aime se sacrifie ! Moi, je me suis sacrifiée pour lui : tous les jours je rampe sur les rochers à m'en racler les écailles de mon postérieur et à m'en effilocher la nageoire. Tout cela pour lui ! Et maintenant, il refuse de renoncer à ses deux horribles cannes ? L'amour, ce n'est pas seulement prendre, c'est aussi savoir se dévouer et se sacrifier ! Répète-le-lui !

— Sh'eenaz, appela Geralt. Tu ne comprends donc pas ? Il ne peut pas vivre dans l'eau !

— Je n'accepte pas les refus imbéciles ! Moi aussi… Moi aussi je l'aime bien, et je veux élever avec lui des alevins, mais comment faire s'il refuse de devenir un poisson laité ? Où serais-je censée déposer mon frai, hein ? Dans son chapeau ?

— Qu'est-ce qu'elle dit ? cria le duc. Geralt ! Je ne t'ai pas emmené ici pour que tu aies une conversation privée avec elle…

— Elle refuse de changer d'avis. Elle est en colère.

— Lancez les filets ! brailla Agloval. Je la retiendrai enfermée pendant un mois dans un bassin et…

— Alors là ! intervint le capitaine en faisant un bras d'honneur. Il peut y avoir un kraken sous le navire ! Vous avez déjà vu un kraken, seigneur ? Sautez dans l'eau si c'est votre bon vouloir et attrapez-la avec les mains ! Moi, je ne mêle pas de cette histoire. Cette nef, c'est mon gagne-pain.

— Ton gagne-pain, c'est moi, fripouille ! Lance les filets ou j'ordonne qu'on te pende haut et court !

— Allez-vous faire voir ! Sur cette nef, c'est moi qui commande. Pas vous !

— Taisez-vous tous les deux, s'égosilla Geralt en colère. Elle nous dit quelque chose. C'est un dialecte difficile qui exige de la concentration !

— J'en ai assez ! hurla en chantant Sh'eenaz. J'ai faim. Alors, Cheveux d'albâtre, qu'il se décide maintenant ! Répète-lui seulement que je ne souffrirai plus la moquerie des autres en le fréquentant s'il continue de ressembler à une étoile de mer à quatre branches. Répète-lui que pour le genre de bagatelle qu'il me propose sur les rochers, j'ai des amies qui feront bien mieux l'affaire que moi ! Je considère pour ma part qu'il s'agit d'un jeu destiné aux alevins immatures. Moi, je suis une sirène normale et saine…

— Sh'eenaz…

— Ne me coupe pas la parole ! Je n'ai pas encore terminé ! Je suis saine, normale et mûre pour frayer. S'il me désire vraiment, il doit alors avoir une queue, une nageoire et tout ce que possède un triton normal. Sinon, je ne veux même pas le connaître !

Geralt traduisit rapidement en essayant de ne pas être vulgaire. Sans grand succès, car le duc rougit et jura horriblement.

— Salope sans vergogne ! hurla-t-il. Maquerelle frigide ! Trouve-toi donc un hareng !

— Qu'est-ce qu'il dit ? demanda Sh'eenaz en s'approchant à la nage.

— Il ne veut pas avoir de queue !

— Dis-lui… d'aller se faire sécher !

— Qu'est-ce qu'elle a dit ?

— Elle souhaite, expliqua le sorceleur, que tu te noies.

II

— Quel dommage, soupira Jaskier. J'aurais aimé vous accompagner sur la nef, mais qu'y puis-je ? J'ai un tel mal de mer !

Tu sais que je n'ai jamais parlé de ma vie à une sirène ? Dommage, bon sang.

— Je te connais, dit Geralt en attachant ses sangles. Tu finiras quand même par l'écrire, ta ballade.

— C'est sûr. J'ai déjà les premiers couplets. Dans ma ballade, la sirène se sacrifie pour le duc : elle transforme sa queue de poisson en de magnifiques petites jambes, mais paie son abnégation par la perte de sa voix. Le duc la trompe et la rejette. Elle meurt de chagrin et se transforme en écume de mer lorsque les rayons du soleil…

— Qui va croire en de telles inepties ?

— Peu importe, grommela Jaskier. Je n'écris pas les ballades pour qu'on y croie. Je les écris pour émouvoir. Pourquoi je te parle de tout cela ? Tu n'y connais rien. Dis-moi plutôt combien t'a payé Agloval ?

— Il ne m'a rien donné, arguant que je n'avais pas rempli ma part de mission, qu'il attendait tout autre chose de moi et qu'il récompensait les effets, pas les bonnes intentions.

Jaskier hocha la tête et enleva son chapeau en regardant le sorceleur. Il pinça ses lèvres de déception.

— Est-ce que cela signifie que nous n'avons toujours pas d'argent ?

— Il semblerait que oui.

Jaskier fit une grimace encore plus pathétique.

— C'est uniquement ma faute, gémit-il. Tout est ma faute. Geralt, tu m'en veux ?

Non, le sorceleur n'était pas en colère contre Jaskier. Loin de là.

Pourtant, il ne faisait aucun doute qu'ils étaient redevables à Jaskier de leurs mésaventures. C'est bien le barde qui avait insisté pour se rendre à la fête des Quatre-Érables. La participation à une fête, avait-il expliqué, assouvit un besoin humain profond et naturel. De temps en temps, affirmait le musicien, l'homme doit rencontrer ses congénères en un lieu où l'on peut rire et chanter, manger à volonté des brochettes et des ravioles, boire de la bière, écouter de la musique et effleurer en dansant les courbes de jeunes filles humides de sueur. Si chaque individu décidait d'assouvir ces besoins au petit bonheur la chance, argumentait-il, sans organisation concertée, un incommensurable désordre en naîtrait. C'est pourquoi l'on avait inventé les festivités et les fêtes. Et puisque l'on avait organisé des festivités et des fêtes, il convenait d'y participer.

Geralt ne s'était pas entêté à refuser, même si, sur la liste de ses besoins profonds et naturels, la participation à une fête occupait une place très lointaine. Il accepta d'accompagner Jaskier, comptant, au contact de cette assemblée, obtenir éventuellement des informations sur un travail quelconque : depuis longtemps, personne n'avait fait appel à lui et sa bourse commençait à s'aplatir dangereusement.

Le sorceleur ne reprochait pas non plus à Jaskier d'avoir provoqué les gardes. Geralt, en l'occurrence, n'était pas lui-même sans reproche : il aurait pu intervenir et arrêter les élans belliqueux du troubadour, ce qu'il ne fit pas, ne supportant pas lui-même les gardes de la forêt primitive que l'on surnommait les Forestiers. Cette formation de volontaires à la réputation sulfureuse avait pour mission de chasser les « inhumains ». Geralt bâillait en écoutant leurs vantardises au sujet d'elfes, sylvains ou mauvaises fées, transpercés de flèches, massacrés ou pendus aux arbres. Jaskier, au contraire, qui avait pris de l'assurance au contact du sorceleur, laissa libre cours à ses sentiments. Les Forestiers ne réagirent pas mal au début à son persiflage, à ses railleries et à ses suggestions déplacées provoquant des torrents de rires chez les paysans observant la scène. Néanmoins, lorsque Jaskier chanta un couplet des plus outrageants qu'il venait d'inventer pour la circonstance, se terminant par les mots *« Tu es bête comme un pied, deviens donc Forestier »*, la situation dégénéra en bataille rangée. Le cabanon servant de guinguette disparut en fumée. Une troupe du conseiller Budibog, surnommé le Dégarni, dont le domaine comprenait les Quatre-Érables, dut intervenir. L'on jugea que les Forestiers, Jaskier et Geralt partageaient la responsabilité des dommages et des délits, ajoutant à ces derniers la séduction d'une jeune muette rousse et mineure que l'on retrouva, après l'événement, dans les buissons derrière le terrain, le teint empourpré, bêtement souriante et la tunique déchirée jusqu'aux aisselles. Par chance, le Dégarni connaissait Jaskier. La peine fut commuée en une amende qui les priva néanmoins de tout leur agent. Ils durent également fuir à cheval le plus rapidement possible les Quatre-Érables pour se soustraire au désir de vengeance des Forestiers, expulsés du village. Dans les bois alentour, leurs troupes comptaient une quarantaine d'individus occupés à chasser. Geralt n'avait pas la moindre envie de devenir la cible des flèches des Forestiers, dont les pointes en forme de harpon provoquaient des blessures horribles.

Leur plan initial fut remplacé par un détour en règle des villages sis en lisière de forêt, où Geralt avait eu l'espoir de trouver quelque emploi. Ils prirent le chemin de la mer, en direction de Bremervoord. Malheureusement, Geralt ne trouva rien à faire, hormis son intervention lors de l'aventure amoureuse du duc Agloval avec la sirène Sh'eenaz, dont les chances de succès étaient *a priori* fort minces. L'alliance en or de Geralt et la broche ornée d'une alexandrite que Jaskier avait reçue de l'une de ses nombreuses fiancées avaient été vendues pour acheter de la nourriture. Malgré les difficultés du moment, le sorceleur n'éprouvait néanmoins aucun ressentiment à l'encontre de Jaskier.

— Non, Jaskier, dit-il. Je ne t'en veux pas.

Jaskier n'en crut pas un mot. Cela expliquait le silence du troubadour, qui se taisait rarement. Il tapota l'encolure de son cheval après avoir fouillé une nouvelle fois les sacoches. Geralt savait qu'il n'y trouverait rien qu'il puisse monnayer. L'odeur de nourriture que la brise apportait d'une ferme proche devenait insupportable.

— Maître ! cria soudain quelqu'un. Hé, maître !

— Oui, répondit Geralt en se retournant.

D'un char à deux roues attelé à deux onagres et garé sur le côté descendit un homme ventripotent et imposant, chaussé de souliers en feutre et vêtu d'une lourde pelisse en peau de loup.

— Heu... là..., dit le gros homme, gêné, en s'approchant. Je ne m'adressais pas à vous, seigneur, je voulais... seulement maître Jaskier...

— C'est moi, confia fièrement le poète en se redressant et en rajustant son chapeau orné d'une plume d'aigrette. De quoi s'agit-il, brave homme ?

— Avec tout mon respect, maître, répondit l'individu ventru, je me nomme Teleri Drouhard, marchand d'épices de son état, doyen de la ghilde locale. Y'a que mon fils Gaspard se fiance avec Dalia, la fille de Mestvin, capitaine de nef de son état.

— Ah, dit Jaskier en conservant un sérieux sans faille. Transmets toutes mes félicitations et tous mes vœux de bonheur au couple chanceux. En quoi puis-je vous aider ? S'agit-il du droit à la première nuit ? Cela, je ne le refuse jamais.

— Hein ? Non... pas cela... En fait, le banquet et la noce, ça sera ce soir. Y'a que mon épouse a souhaité vous inviter à Bremervoord, maître, et m'a forcé... c'est ça les femmes. Écoute, qu'elle m'a dit, Teleri, on va montrer à tout le monde qu'ici c'est pas l'ignorance qui gouverne, que nous, la culture et l'art, on connaît, qu'un banquet par chez nous, c'est spirituel, que c'est pas pour s'empiffrer et boire jusqu'à vomir. Moi je lui dis à cette femme stupide : y'a qu'on a déjà appelé un barde, ça suffit pas ? Elle, elle me répond qu'un barde, ça suffit pas, que, oh là là, maître Jaskier, ça c'est une célébrité que les voisins y vont en crever de jalousie. Maître ? Vous nous feriez l'honneur ? 25 talars bien trébuchants, symboliquement s'entend… pour soutenir l'art…

— Mes sens me trahiraient-ils ? demanda Jaskier en faisant durer sa phrase. Moi, je serais censé jouer les seconds rôles ? Je devrais devenir la doublure d'un quelconque autre musicien ? Moi ? Jamais je n'étais encore tombé aussi bas, vénéré seigneur, de me voir affecté à l'accompagnement d'un autre.

Drouhard devint cramoisi.

— Pardonnez-moi, maître, bégaya-t-il. C'est pas moi… mais ma femme… Vous feriez beaucoup d'honneur…

— Jaskier, souffla Geralt à mi-voix, cesse de prendre de grands airs. Ces quelques sous nous sont nécessaires.

— Ne me dis pas ce que je dois faire, s'entêta le poète. Moi, me donner de grands airs ? Moi ? Non mais regardez-le, lui qui refuse un jour sur deux des propositions intéressantes ! Tu ne tues pas les hirikkhis car il s'agit d'une espèce en voie de disparition ; les mécoptères non plus car ils ne sont pas nuisibles ; les noctambelles, n'en parlons pas, car ce sont de charmantes sorcières ; et les dragons, car c'est contraire à ton code déontologique. Moi aussi, tu peux l'imaginer, je suis quelqu'un qui se respecte ! Moi aussi, j'ai mon code personnel !

— Jaskier, je t'en prie, fais-le pour moi. Une once d'abnégation, garçon, je ne te demande rien de plus. Je te promets que je ne ferai pas la fine bouche la prochaine fois. Allez, Jaskier…

Le troubadour gratta le léger duvet clair de son menton en fixant le sol. Drouhard s'approcha en gueulant :

— Maître… Faites-nous cet honneur. C'est que ma femme ne me pardonnerait jamais de ne pas revenir avec vous. Enfin… je monte le prix jusqu'à 30.

— 35 ! surenchérit fermement Jaskier.

Geralt sourit en humant avec espoir les effluves de nourriture provenant de la ferme.

— D'accord, maître, d'accord, dit rapidement Teleri Drouhard, si rapidement qu'il était évident qu'il eût facilement suivi l'enchère jusqu'à 40. Et… ma maison, si telle est votre volonté… pour vous restaurer et vous reposer, maître, est la vôtre. Et vous, seigneur… à qui ai-je l'honneur ?

— Geralt de Riv.

— Vous aussi seigneur, je vous invite… à manger, à boire…

— Bien sûr, avec plaisir, intervint Jaskier. Montrez-nous le chemin, gentil seigneur Drouhard. Entre nous, l'autre barde, qui est-ce ?

— La noble demoiselle Essi Daven.

III

Geralt frotta encore une fois avec sa manche les clous d'argent de sa veste et la boucle de son ceinturon, peigna de la main ses cheveux retenus par un bandeau et cira ses chaussures en frottant les tiges de ses bottes l'une contre l'autre.

— Jaskier ?

— Oui ?

Le barde lissa la plume d'aigrette accrochée à son chapeau, rajusta et défroissa sa vareuse. Tous deux avaient consacré une demi-journée à laver leur linge pour le rendre présentable.

— Qu'y a-t-il, Geralt ?

— Essaie de te comporter de manière à ce que l'on nous chasse après la fête et pas avant.

— Belle plaisanterie, s'indigna Jaskier. Je te conseille de faire toi-même attention à tes manières. Nous entrons ?

— Entrons. Tu entends ? Quelqu'un chante. C'est une femme.

— Ce n'est que maintenant que tu le remarques ? C'est Essi Daven, dite Petit-Œil. Tu n'as jamais rencontré de femme troubadour ? Ah oui ! J'avais oublié que tu évitais les lieux où l'art fleurit. Petit-Œil est une poétesse et une chanteuse douée, mais non dénuée de certains défauts dont le sans-gêne, si je m'en fie à mes oreilles, n'est pas le moindre. Ce qu'elle chante actuellement n'est autre que ma propre ballade. Attends, elle va m'entendre, et si bien que son petit œil va en loucher.

— Jaskier, par pitié. Ils vont nous expulser.

— Ne te mêle pas de ça. Ce sont des questions professionnelles. Entrons.

— Jaskier ?

— Oui ?

— Pourquoi "Petit-Œil" ?

— Tu verras.

La noce avait lieu dans un immense entrepôt vidé de ses tonneaux de harengs et d'huile de poisson. L'odeur avait presque été étouffée grâce à des bouquets de gui et de bruyère accrochés et décorés de rubans. Ici et là pendaient, comme le voulait la coutume, des guirlandes de gousses d'ail censées effrayer les vampires. Les tables et les bancs flanqués contre les murs étaient recouverts d'un tissu blanc. Dans un coin, un grand feu et une broche avaient été installés. Il y avait du monde, mais point de tumulte. Plus de cinq cents personnes de différents états et professions, ainsi que le fiancé boutonneux et sa promise le mangeant du regard, écoutaient dans le recueillement et le silence la charmante ballade qu'une jeune fille, vêtue d'une modeste robe bleue et assise sur une estrade, chantait mélodieusement, accompagnée d'un luth appuyé contre le genou. La jeune fille ne pouvait pas avoir plus dix-huit ans. Elle était extrêmement fine. Ses cheveux, longs et volumineux, étaient de couleur or foncé. La jeune fille termina son chant lorsqu'ils entrèrent. Elle remercia le tonnerre d'applaudissements qu'on lui prodigua d'un hochement de la tête qui fit trembler sa coiffure.

— Soyez le bienvenu, maître, bienvenue. (Un Drouhard endimanché les assaillit et les tira au centre de l'entrepôt.) Soyez également le bienvenu, seigneur Gérard… Très honoré… Oui… Permettez… Vénérés dames et seigneurs ! Voici notre hôte d'honneur, qui nous fait l'honneur en nous honorant… Maître Jaskier, le fameux chanteur et faiseur de vers… et poète ! qui nous honore d'un très grand honneur… Honorons-le donc…

Les cris de joie et les applaudissements couvrirent le discours bégayant de Drouhard avant qu'il s'étouffe. Jaskier, fier comme Artaban, afficha une mine de circonstance puis s'inclina profondément avant de faire un signe de la main aux jeunes filles assises les unes à côté des autres, telles des poules sur leur perchoir, et surveillées, au deuxième rang, par une escouade de vieilles matrones. Les jeunes filles ne bronchaient pas, donnant l'impression qu'elles avaient été immobilisées sur leur banc avec de la colle de charpentier ou toute autre glu aussi efficace. Toutes sans exception tenaient leurs mains à plat sur leurs genoux et gardaient la bouche entrouverte.

— Ben donc ! lança Drouhard à l'assemblée, allons, buvons de la bière, compagnons ! Et mangeons ! Par ici, par ici ! À la fortune du…

La jeune fille vêtue d'une robe bleue se fraya un passage à travers la foule qui se ruait, telle une vague contre les récifs, sur les tables remplies de nourriture.

— Salut, Jaskier, dit-elle.

Surtout depuis qu'il voyageait avec Jaskier, Geralt considérait comme banale et réchauffée l'expression « des yeux comme des étoiles » que le troubadour usait à tort et à travers pour complimenter les jeunes filles. Appliquée à Essi Daven, l'expression prenait néanmoins tout son sens, même pour quelqu'un d'aussi peu ouvert à la poésie que l'était Geralt. Sur un mignon et sympathique petit visage que rien de particulier ne distinguait, brûlait et brillait en effet un œil bleu foncé, magnifique, énorme, hypnotique. Le second œil d'Essi Daven était la plupart du temps recouvert d'un bandeau doré lui tombant sur la joue, qu'elle faisait régulièrement glisser d'un mouvement de la tête ou en soufflant dessus : le second œil de Petit-Œil se dévoilait alors, révélant une similitude parfaite avec le premier.

— Salut, Petit-Œil, répondit Jaskier avec une grimace. Tu chantais une jolie ballade tout à l'heure. Tu as bien amélioré ton répertoire. J'ai toujours dit que lorsqu'on ne savait pas écrire soi-même des vers, il fallait emprunter ceux des autres. C'est une pratique courante chez toi ?

— Pas trop, répondit Essi Daven du tac au tac en souriant de ses petites dents blanches. Ça m'est arrivé une ou deux fois. J'aurais aimé plus, mais je n'ai pas pu : les paroles sont mal écrites et les mélodies, certes agréables et sans prétention dans leur simplicité – pour ne pas dire leur simplisme –, ne correspondent pas à ce qu'attendent mes auditeurs. Tu as écrit quelque chose de nouveau, Jaskier ? Cela n'est pas parvenu jusqu'à mes oreilles.

— Rien d'étonnant, répliqua en soupirant le barde. Je chante mes ballades en des lieux où l'on n'invite que les artistes les plus doués et les plus fameux : justement là où on ne te voit pas.

Essi devint légèrement cramoisie et souffla sur son bandeau.

— C'est un fait, dit-elle, je n'ai pas l'habitude de fréquenter les bordels. Leur atmosphère me déprime. Je suis triste que tu doives chanter dans de tels lieux. Enfin, c'est comme ça. Lorsqu'on n'a pas de talent, il est difficile de choisir son public.

Cette fois, c'est Jaskier qui rougit nettement. Petit-Œil sourit aussitôt de bonheur et se jeta à son cou en l'embrassant bruyamment sur la joue. Le sorceleur en fut surpris, mais pas trop. Une collègue de Jaskier ne pouvait guère se différencier de lui en matière d'imprévisibilité.

—Jaskier, espèce de vieux nigaud! dit Essi en continuant de le serrer dans ses bras. Je suis si contente de te revoir en bonne santé physique et mentale.

—Eh, Poupée. (Jaskier saisit la jeune fille à la taille et la souleva en la faisant tourner autour de lui jusqu'à ce que les volants de sa robe se missent à virevolter.) Tu as été magnifique, par les dieux. Je n'avais pas entendu de si belles méchancetés depuis longtemps. Tu te querelles encore mieux que tu ne chantes. En plus, tu es très belle!

—Combien de fois t'ai-je demandé (Essi souffla sur son bandeau puis jeta un regard à Geralt) de ne pas m'appeler "Poupée", Jaskier? Il est grand temps, par ailleurs, que tu me présentes ton compagnon dont je vois qu'il n'appartient pas à notre confrérie.

—Dieux, protégez-le, clama le troubadour en riant. Lui, Poupée, il n'a ni voix ni oreille et pour ce qui est des vers, il sait tout au plus faire rimer *picole* et *vérole*. C'est un représentant de la corporation des sorceleurs: Geralt de Riv. Approche-toi, Geralt, fais le baisemain à Petit-Œil.

Le sorceleur s'approcha sans savoir comment réagir. Le baisemain se pratiquait généralement sur l'anneau des duchesses devant lesquelles il convenait de s'agenouiller. À l'égard des femmes de moins haut rang, ce geste était considéré ici, dans le Sud, comme une marque d'érotisme et demeurait réservé uniquement aux couples déjà formés.

Petit-Œil dissipa néanmoins les doutes de Geralt en levant énergiquement et bien haut une main dont les doigts pointaient vers le bas. Le sorceleur la saisit maladroitement et l'embrassa. Les pommettes d'Essi, qui ne cessait de fixer un œil sur lui, s'empourprèrent.

—Geralt de Riv! dit-elle. Tu ne fréquentes pas n'importe qui, Jaskier.

—C'est un honneur pour moi, marmotta le sorceleur, conscient que son niveau de langage ne dépassait pas celui de Drouhard. Madame...

—Au diable tout cela, grogna Jaskier. Cesse de mettre Petit-Œil mal à l'aise avec tes titres et ton bégaiement. Elle se nomme Essi et lui se nomme Geralt. Les présentations sont faites. Passons aux choses sérieuses, Poupée.

— Si tu m'appelles encore une fois "Poupée", je te donne un coup dans l'oreille. Quelles sont ces choses sérieuses auxquelles nous devons passer ?

— Nous devons décider de l'ordre de notre répertoire. Je propose que nous nous relayions après avoir interprété quelques ballades. Cela aura plus d'effet. Bien sûr, chacun chante ses propres ballades.

— Peut-être.

— Combien te paie Drouhard ?

— Ce n'est pas ton affaire. Qui commence ?

— Toi.

— D'accord. Hé ! Regardez là-bas qui nous fait l'honneur de sa présence. C'est M. le duc Agloval. Il entre justement, regardez.

— Hé, hé ! le public gagne en qualité, dit joyeusement Jaskier. Bien qu'il n'y ait pas de quoi pavoiser non plus : Agloval est un avare. Geralt peut le confirmer. Le duc tient le paiement en horreur. Il loue les services des gens, en effet, mais pour ce qui est de régler ses comptes ensuite…

— J'en ai entendu parler. (Essi rejeta le bandeau de sa joue en regardant Geralt.) On en discutait sur le port et au débarcadère. Il s'agit de la fameuse Sh'eenaz, n'est-ce pas ?

Agloval répondit d'un court hochement de tête à la profonde révérence que lui fit la haie d'honneur installée à la porte et se dirigea directement vers Drouhard qu'il attira dans un coin, lui signifiant qu'il n'entendait recevoir ni attention ni honneurs au centre de la salle. Geralt les observait du coin de l'œil. La conversation se tenait à mi-voix, mais les deux interlocuteurs semblaient extrêmement excités. Drouhard ne cessait de s'essuyer le front de sa manche, de tourner la tête, de se gratter le cou. Il posait des questions auxquelles le duc, le visage fermé et morne, répondait par des haussements d'épaules.

— Le duc, dit Essi à voix basse en se pressant contre Geralt, semble préoccupé. S'agirait-il encore de cette affaire de cœur ? De ce malentendu matinal avec la fameuse petite sirène ? Qu'en penses-tu, sorceleur ?

— C'est possible. (Geralt, étonné et étrangement irrité par la question, n'accorda qu'un regard furtif à la poétesse.) Ma foi, chacun a ses problèmes. Tout le monde n'accepte pas qu'on les chante dans les foires.

Petit-Œil pâlit légèrement. Elle souffla sur son bandeau en le toisant d'un air de défi :

— En disant cela, tu voulais me blesser ou simplement me vexer ?

— Ni l'un ni l'autre. J'entendais seulement prévenir d'autres questions sur les problèmes d'Agloval et de sa sirène auxquelles je ne me sens pas habilité à répondre.

— Je comprends. (Le joli œil d'Essi Daven rétrécit légèrement.) Je ne t'imposerai plus de tels dilemmes. Je ne poserai pas les questions que je voulais poser et que je ne considérais, pour être sincère, que comme une introduction et une invitation à une aimable conversation. Il n'y aura donc aucune discussion entre nous. Tu n'auras pas à craindre qu'elle fasse l'objet d'un chant dans une foire. Tout le plaisir était pour moi.

Elle lui tourna le dos rapidement pour prendre la direction des tables où on lui fit respectueusement une place. Jaskier changea de pied d'appui en maugréant :

— On ne peut pas dire que tu aies été aimable avec elle, Geralt.

— Je le reconnais, c'est idiot, répondit le sorceleur. Je l'ai blessée sans raison. Je ferais peut-être mieux d'aller la voir pour lui présenter mes excuses…

— Arrête, répliqua le barde en ajoutant d'un air solennel : Il est difficile de corriger la première impression. Viens, allons plutôt nous verser de la bière.

Ils n'eurent pas le temps de boire leur bière, car Drouhard, se soustrayant à la conversation d'un groupe de bourgeois, les accosta :

— Seigneur Gérard, dit-il, permettez. Monsieur le duc veut s'entretenir avec vous.

— J'y vais.

Jaskier prit le sorceleur par la manche :

— Geralt, n'oublie pas.

— Quoi ?

— Tu as promis d'accepter sans grimacer toutes les missions que l'on te proposerait. J'ai ta parole. Comment l'avais-tu formulé ? Une once d'abnégation ?

— D'accord, Jaskier. Mais comment sais-tu qu'Agloval…

— J'ai du nez, Souviens-t'en, Geralt.

— Bien, Jaskier.

Il s'éloigna avec Drouhard dans un coin de la salle, loin des hôtes. Agloval était assis sur un tabouret bas. À côté de lui se tenait un homme basané aux vêtements colorés et portant une courte barbe noire. Geralt ne l'avait pas remarqué plus tôt.

— Nous nous rencontrons une nouvelle fois, sorceleur, commença le duc, et ce malgré mon serment de ce matin de ne jamais plus te revoir. Mais je n'ai pas d'autre sorceleur sous la main. Il faudra bien que tu fasses l'affaire. Fais la connaissance de Zelest, mon intendant et responsable de la pêche aux perles.

— Ce matin, dit à mi-voix l'individu basané, j'ai voulu étendre territoire de pêche. Une barque a dérivé plus loin vers ouest, derrière cap, en direction Dents du dragon.

— Les Dents du dragon, intervint Agloval, ce sont deux grands récifs volcaniques émergeant à la pointe du cap. Elles sont visibles depuis notre côte.

— Oui, confirma Zelest. En général, on ne navigue pas là-bas, car beaucoup tourbillons et rochers. Plongée dangereuse. Mais sur côte, il y a de moins en moins de perles. C'est pourquoi barque partie là-bas. Sept membres d'équipage : deux marins et cinq plongeurs dont femme. Quand soir, ils ne sont pas revenus, nous avons été inquiets, même si mer plate comme huile. J'ai envoyé deux esquifs rapides et retrouvé barque dérivante. Dans barque, personne : pas âme vivante. Disparus sans laisser trace. Pas possible de savoir ce qui s'est passé. Mais il y a eu bagarre. Massacre. Marques…

Le sorceleur papillota des yeux.

— Lesquelles ?

— Pont recouvert de sang.

Drouhard émit un sifflement en jetant des regards inquiets autour de lui. Zelest baissa la voix :

— Il s'est passé comme je dis, répéta-t-il en serrant les mâchoires. Barque couverte de sang. Boucherie. Quelque chose a massacré gens. On dit monstre marin. Oui, sans doute monstre marin.

— Pas des pirates ? demanda Geralt à mi-voix. Pas la concurrence perlière ? Vous excluez l'hypothèse d'un abordage ordinaire à l'arme blanche ?

— Nous l'excluons, répondit le duc. Il n'y a dans les environs ni pirates ni concurrence. Et les abordages à l'arme blanche ne se terminent pas par la disparition de tous les membres d'équipage sans exception. Non, Geralt, Zelest a raison. C'est le fait d'un monstre marin, rien d'autre. Écoute, plus personne n'ose sortir en mer, même dans les coins repérés et familiers. Les gens sont paralysés par la peur.

Le port est immobilisé. Même les nefs et les galères ne quittent plus l'embarcadère. Tu comprends, sorceleur ?

—Je comprends, dit Geralt en hochant la tête. Qui me montrera cet endroit ?

—Ah ! (Agloval posa sa main sur la table et pianota avec ses doigts.) Cela me plaît. Enfin une réaction de sorceleur. Venons-en aux faits sans ergoter. Tu vois bien, Drouhard : un bon sorceleur est un sorceleur affamé. Et quoi, Geralt ? Sans ton ami musicien, tu serais encore allé dormir ce soir sans collation ! Ce sont de bonnes informations pour toi, n'est-ce pas ?

Drouhard baissa la tête. Zelest regardait stupidement devant lui.

—Qui me montrera cet endroit ? répéta Geralt en fixant froidement Agloval.

—Zelest, dit le duc en cessant de sourire. Quand comptes-tu te mettre au travail ?

—Dès demain matin. Soyez sur l'embarcadère, seigneur Zelest.

—Bien, seigneur sorceleur.

—Formidable (Le duc se frotta les mains en souriant de nouveau d'un air moqueur :) Geralt, j'espère que l'aventure avec le monstre se terminera mieux que celle avec Sh'eenaz. J'y compte vraiment. Ah, encore une chose. Je vous interdis de discuter de cette affaire. Je ne souhaite pas générer de panique plus importante que celle que j'ai déjà sur le dos. C'est compris, Drouhard ? J'ordonnerai qu'on t'arrache la langue s'il s'avère que tu as desserré les dents.

—C'est compris, duc.

—Bien. (Agloval se leva.) Je m'en vais sans troubler votre amusement et sans nourrir la rumeur. Adieu, Drouhard, souhaite en mon nom tous mes vœux de bonheur aux fiancés.

—Merci, duc.

Essi Daven, assise sur un tabouret et entourée d'un dense cordon d'auditeurs, chantait une ballade mélodieuse et nostalgique traitant des malheurs d'une maîtresse trompée. Adossé à un poteau, Jaskier marmonnait quelque chose dans sa barbe en comptant sur ses doigts les temps et les syllabes.

—Alors, demanda-t-il, tu as trouvé du travail ?

—Oui.

Le sorceleur n'entra pas dans des détails dont le barde se fichait bien.

— Je te l'avais dit. J'ai du flair pour l'argent. Bien, très bien. Je gagne des sous et toi aussi. Nous allons faire des folies. Nous irons ensuite à Cidaris pour la fête des vendanges. Mais excuse-moi un moment : j'ai repéré quelque chose d'intéressant sur le banc.

Geralt suivit le regard du poète, mais hormis la dizaine de jeunes filles à la bouche entrouverte, il ne remarqua rien d'intéressant. Jaskier rajusta sa vareuse, fit glisser son chapeau sur son oreille droite et se dirigea, plein d'affectation, vers le banc. Évitant d'une manœuvre latérale les matrones attentives, il commença son rituel par un sourire charmeur.

Essi Daven termina sa ballade. Le public lui offrit des bravos, une petite bourse et un gros bouquet de chrysanthèmes, il est vrai un peu fanés.

Le sorceleur déambula dans la foule des hôtes en cherchant l'occasion de trouver une place à une table de denrées. Il voyait à regret disparaître rapidement les harengs marinés, les choux farcis, les têtes de morues bouillies, les côtelettes de mouton, les tranches de saucisson et de chaperon, les saumons fumés découpés au couteau et les jambons, le problème étant qu'aucune place ne se libérait.

Les jeunes filles et les matrones quelque peu excitées entourèrent Jaskier en lui demandant de chanter une chanson. Celui-ci répondit par un sourire hypocrite et un refus faussement modeste.

Ayant vaincu sa gêne, Geralt parvint enfin à s'installer à une table : un individu âgé, sentant fort le vinaigre, lui fit aimablement et vigoureusement une place en faisant presque tomber du banc tous ses voisins. Geralt n'attendit pas pour commencer à manger. Il vida en un clin d'œil le seul plat accessible. L'individu aux odeurs de vinaigre lui en fit glisser un autre. Pour le remercier, Geralt dut écouter patiemment une longue tirade sur la jeunesse et les temps actuels. L'individu assimilait la liberté des mœurs à la flatuosité. Geralt eut du mal à garder son sérieux.

Essi se tenait contre le mur, seule sous des branches de gui, en train d'accorder son luth. Le sorceleur vit un jeune homme vêtu d'un pourpoint de brocart cintré approcher d'elle et lui dire quelque chose avec un pâle sourire. Essi le regarda et lui répondit rapidement quelques mots en pinçant légèrement ses jolies lèvres. Le jeune homme se raidit et tourna sèchement les talons. Ses oreilles, rouges comme des rubis, scintillèrent encore longtemps dans la semi-obscurité de la salle.

—… horreur, honte et abjection, continuait l'individu sentant le vinaigre. Une énorme flatuosité, seigneur.

—C'est ma foi bien vrai, répondit sans conviction Geralt en essuyant son assiette avec du pain.

—Vénérés seigneurs et excellences, nous demandons humblement le silence, cria Drouhard au centre de la salle. Le célèbre maître Jaskier va chanter pour nous, malgré sa fatigue et une légère maladie du corps, la célèbre ballade de la reine Marienn et du corbeau noir ! Il l'interprète à la demande personnelle de demoiselle Veverka, fille de notre bien aimé meunier, à qui, je cite maître Jaskier, il ne peut rien refuser !

Demoiselle Veverka, l'une des moins jolies jeunes filles du banc, se métamorphosa en un clin d'œil. Un tumulte d'applaudissements recouvrit les flatuosités récurrentes de l'individu sentant le vinaigre. Jaskier attendit le silence complet avant d'entamer une introduction saisissante puis commença à chanter sans quitter demoiselle Veverka des yeux. La jeune fille embellissait de couplet en couplet. *Ce petit malpropre agit plus efficacement que les crèmes et essences magiques que vend Yennefer dans sa boutique de Vengerberg*, pensa Geralt.

Il remarqua Essi se faufiler derrière les auditeurs de Jaskier rassemblés en demi-cercle et disparaître prudemment sur la terrasse. Mû par une étrange impulsion, il quitta poliment la table et sorti derrière elle.

Penchée contre la balustrade, Essi se tenait sur les coudes, la tête prise entre ses petits bras. Son regard se perdait dans les rides de la mer que la lumière de la lune et les feux du port atténuaient. Le bois craqua sous les pieds de Geralt. Essi se redressa.

—Pardonne-moi, je ne voulais pas te déranger, dit-il avec raideur en guettant sur ses lèvres le même pincement que celui que la poétesse venait d'accorder au jeune homme en brocart.

—Tu ne me déranges pas, répondit-elle en souriant et en repoussant son bandeau. Je ne recherche pas ici la solitude, mais de l'air frais. La fumée et l'air vicié te gênent également ?

—Un peu, mais ce qui me gêne le plus, c'est la conscience que j'ai pu te blesser. Je suis venu te demander pardon, Essi, et obtenir une nouvelle chance de discuter agréablement avec toi.

—C'est à moi de te demander pardon, dit-elle en appuyant ses mains sur la balustrade. J'ai réagi avec trop d'impétuosité. Cela m'arrive sans cesse : j'ai du mal à me maîtriser. Excuse-moi et accorde-moi une nouvelle chance de discuter avec toi.

Il s'approcha et s'appuya juste à côté d'elle. Il sentit une chaleur émaner de sa personne, ainsi qu'une légère odeur de verveine. Geralt aimait cette odeur, même si celle-ci n'égalait pas celle du lilas et de la groseille à maquereau.

— À quoi te fait penser la mer, Geralt ? demanda-t-elle brusquement.

— À l'inquiétude, répondit-il spontanément.

— Intéressant. Tu sembles pourtant si tranquille et si maître de toi.

— Je n'ai pas dit que je ressentais de l'inquiétude. Tu me demandais quelle était mon association d'esprit.

— Les associations d'esprit sont le reflet de l'âme. J'en sais quelque chose : je suis poète.

— Et pour toi, qu'est-ce que la mer ? demanda-t-il rapidement, pour mettre fin aux divagations sur la prétendue inquiétude qu'il ressentait.

— Un mouvement perpétuel, répondit-elle après réflexion. Le changement. Et une énigme, un mystère, quelque chose que je ne peux saisir, que je pourrais décrire de mille manières dans mille poèmes sans jamais en atteindre le fond ou l'essence. Oui, c'est probablement cela.

— Ce que toi tu ressens, c'est également de l'inquiétude, dit-il en sentant que la verveine agissait sur lui de plus en plus fortement. Tu sembles pourtant si tranquille et si maîtresse de toi...

Elle se retourna, fit glisser son bandeau et planta ses beaux yeux en lui.

— Je ne suis ni tranquille ni maîtresse de moi-même.

Cela arriva brusquement, sans crier gare. Le geste qu'il effectua, et qui ne devait être que le bref attouchement de leurs épaules, se transforma en une prise ardente de sa taille de guêpe. Geralt rapprocha rapidement, mais sans violence, le corps de la jeune fille jusqu'au sien en un contact inattendu qui lui fit bouillonner le sang. Essi se figea soudain, se raidit et cambra les reins en saisissant les mains du sorceleur comme si elle voulait les arracher ou les faire glisser de sa taille. Mais elle les serra plus fortement en penchant sa tête et en murmurant les lèvres entrouvertes :

— À quoi bon... À quoi bon ?

Derrière le bandeau tombé sur sa joue apparut l'œil grand ouvert de Petit-Œil.

Le sorceleur approcha son visage. Ils s'embrassèrent sur la bouche. Durant cet instant, Essi ne relâcha pas les mains de Geralt posées sur sa taille ; elle continua de cambrer les reins pour éviter le contact de leurs corps. Ils tournèrent sur eux-mêmes dans cette position comme s'ils dansaient. Essi embrassa Geralt avec passion et savoir-faire. Longtemps.

Puis la jeune fille se libéra habilement et sans effort de la prise du sorceleur. Appuyée contre la balustrade, elle saisit de nouveau sa tête entre les mains. Geralt se sentit soudain affreusement idiot. Ce sentiment l'empêcha de s'approcher d'elle et d'embrasser ses épaules voûtées.

— Pourquoi ? demanda-t-elle froidement sans se retourner. Pourquoi as-tu fait ça ?

Elle le regarda du coin de l'œil. Le sorceleur comprit qu'il avait fait fausse route et qu'il se trouvait sur un mince tapis d'herbes et de mousses moelleuses prêt à céder à force de fausseté, de mensonge, de duperie et de faux courage.

— Pourquoi ? répéta-t-elle.

Geralt ne répondit pas.

— Tu cherches une femme pour la nuit ?

Il ne répondit pas. Essi se retourna et lui toucha l'épaule.

— Retournons dans la salle, dit-elle sans émotion apparente, mais cette liberté de ton ne trompa pas le sorceleur qui y perçut une grande tension. Ne fais pas cette tête : il ne s'est rien passé. Je ne recherche pas un homme pour la nuit. Ne t'en rends pas coupable, d'accord ?

— Essi…

— Rentrons, Geralt. Le public bisse Jaskier pour la troisième fois. C'est mon tour, maintenant. Je chanterai…

Essi rejeta son bandeau en soufflant dessus. Elle le regarda étrangement.

— Je chanterai pour toi.

IV

— Ah ah ! (Le sorceleur feignit l'étonnement.) Tu es quand même rentré ? Je pensais que tu ne reviendrais pas cette nuit.

Jaskier ferma le moraillon de la porte, accrocha son luth et son chapeau orné d'une plume d'aigrette à un clou, puis enleva sa vareuse qu'il épousseta et déposa sur des sacs gisant dans un coin de la petite chambre. Hormis ces sacs, un cuveau et une énorme paillasse bourrée de fanes de pois, la chambre ne contenait aucun meuble : même la bougie trempait à même le sol dans une mare de cire. Drouhard admirait Jaskier, mais visiblement pas au point de lui offrir une véritable chambre à coucher ou une alcôve.

— Pourquoi pensais-tu que je ne reviendrais pas pour la nuit ? demanda Jaskier en enlevant ses chaussures.

Le sorceleur se releva sur ses coudes en faisant crisser les fanes de pois.

— Je pensais que tu irais pousser la sérénade sous les fenêtres de demoiselle Veverka que tu as mangée du regard pendant toute la soirée comme un chien d'arrêt fixe sa femelle.

— Hé hé ! répondit le barde en riant. Ce que tu peux être stupide et primitif ! Tu n'as donc rien compris ? Veverka ? Mais je n'avais aucun penchant pour elle. Je voulais simplement rendre jalouse demoiselle Akeretta que je compte ferrer dès demain. Pousse-toi un peu.

Jaskier s'effondra sur la paillasse en tirant à lui le plaid épais qui recouvrait Geralt. Sentant monter en lui une étrange colère, le sorceleur tourna la tête vers la lucarne à travers laquelle, sans la présence de nombreuses toiles d'araignée, il aurait pu voir le ciel étoilé.

— Qu'est-ce qui t'irrite ? demanda le poète. Ça te dérange que je coure après les filles ? Depuis quand ? Serais-tu un druide ayant fait serment de pureté ? Ou peut-être...

— Cesse de parader. Je suis fatigué. Tu n'as pas remarqué que nous avons pour la première fois depuis deux semaines une paillasse et un toit au-dessus de la tête ? L'idée de ne pas être trempé demain matin au réveil ne te rend pas fou de joie ?

— Pour moi, développa Jaskier, une paillasse sans jeune fille n'est pas une paillasse. C'est un bonheur incomplet... et qu'est-ce qu'un bonheur incomplet ?

Geralt gémit sourdement. Attentif à sa propre voix, Jaskier continua son bavardage nocturne :

— Un bonheur incomplet, c'est... comme un baiser interrompu... Pourquoi grinces-tu des dents ? On peut le savoir ?

— Tu es terriblement ennuyeux, Jaskier : tu n'as aucun sujet de conversation hormis les paillasses, les filles, les petits culs, les seins, le bonheur incomplet et les baisers interrompus par les chiens que les parents des fiancées en goguette lancent sur toi. Visiblement, tu ne peux t'en empêcher. Seule la frivolité, pour ne pas dire la débauche, te permet de composer des ballades, d'écrire des poèmes et de chanter. C'est, note-le bien, la face cachée de ton talent.

Le sorceleur avait parlé avec émotion.

Jaskier n'eut aucun mal à lire ses sentiments :

— Ah ah ! reprit le barde sereinement. Il s'agit donc d'Essi Daven, surnommée Petit-Œil. Elle a laissé traîner son joli petit œil sur le sorceleur et y a semé le trouble. Lui s'est comporté comme un carabin en face de la fille du roi. Et au lieu de s'en prendre à lui-même, il lui reproche je ne sais quelle intention cachée.

— Tu dis n'importe quoi, Jaskier.

— Non, mon cher. Essi t'a fait grande impression. Ne le nie pas. Je n'y vois d'ailleurs rien d'inconvenant, mais fais attention : ne commets pas d'erreur. Elle n'est pas telle que tu l'imagines. Si son talent possède bien des faces cachées, ce ne sont pas celles que tu crois.

— Je vois, dit le sorceleur, que tu la connais très bien.

— Assez bien. Mais pas comme tu crois. Non.

— C'est assez étonnant de ta part, reconnais-le.

— Tu es vraiment stupide. (Le barde s'étira en posant ses mains sur sa nuque.) J'ai connu Poupée presque encore enfant. Elle est pour moi… comme une petite sœur. Je le répète : évite de commettre une erreur stupide avec elle. Tu lui ferais beaucoup de tort, car elle est sous ton charme, elle aussi. Avoue que tu as envie d'elle.

— Même si c'était le cas, je n'ai pas l'habitude de parler de ce genre de choses, au contraire de toi, répondit impassiblement Geralt. Je ne sais pas non plus composer des chants sur ce sujet. Je te remercie pour ce que tu m'as dit d'elle. Cela m'évitera effectivement de commettre une stupide erreur. Arrêtons avec ça. Je considère que le sujet est clos.

Jaskier resta un instant immobile et silencieux. Geralt connaissait néanmoins bien son compagnon :

— Je sais, finit par dire le poète. Je comprends tout.

— Tu ne comprends rien du tout, Jaskier.

— Sais-tu en quoi consiste ton problème ? Il te semble être autre que tu es. Tu affiches ton altérité, ce que tu considères comme étant ton anormalité. Tu l'imposes en ne comprenant pas que pour la plupart des gens normaux, tu es toi-même le plus normal des êtres vivant ici-bas. Quelle importance cela fait-il que tes réactions soient plus rapides, que tes pupilles deviennent verticales au soleil, que tu sois nyctalope comme un chat et que tu connaisses des sortilèges ? Quelle importance pour moi ? J'ai connu jadis un aubergiste capable de faire des pets pendant dix minutes sans discontinuer et de telle manière qu'il réussissait à interpréter la mélodie du psaume *Bienvenue, bienvenue étoile du matin*. Abstraction faite, quoi qu'on en dise, de son talent, c'était un aubergiste des plus normaux avec une femme, des enfants et une grand-mère paralytique.

— Quel est le rapport avec Essi Daven ? Tu peux m'expliquer ?

— Bien sûr. Tu as cru faussement que Petit-Œil s'intéressait à toi pour des raisons peu avouables, perverses même, qu'elle t'observait avec avidité comme on regarde une licorne, un veau à deux têtes ou une salamandre dans un bestiaire. Tu lui as témoigné de l'animosité à la première occasion sous la forme d'une réprimande peu aimable et injustifiée : tu lui as rendu un coup qu'elle ne t'avait pas donné. Je l'ai vu de mes yeux vu ! Je n'ai pas été témoin des événements qui ont suivi, mais j'ai remarqué votre sortie de la salle et ses pommettes myrtille lorsque vous êtes rentrés. Oui, Geralt. Je t'avertis d'une erreur que tu as commise. Tu as voulu te venger de l'intérêt malsain, selon toi, qu'elle te porte. Tu as alors décidé d'exploiter son penchant pour toi.

— Je le répète : tu dis n'importe quoi.

— Tu as essayé, continua le barde sans être désarçonné, de la coucher sur la paille pour lui montrer ce que c'est que de coucher avec un monstre, un mutant, un sorceleur. Heureusement, Essi s'est révélée plus intelligente que toi et a formidablement compati à ta bêtise dont elle comprenait la cause. Je déduis ce fait de ce que tu n'es pas revenu de la terrasse avec le visage boursouflé.

— Tu as fini ?

— J'ai fini.

— Eh bien, bonne nuit.

— Je sais pourquoi tu t'irrites et grinces des dents.

— Bien sûr, tu sais tout.

— Je sais qui t'a mutilé au point que tu n'es pas capable de comprendre une femme normale. Mais tu en pinces pour Yennefer : le diable sait ce que tu lui trouves.

— Laisse ça, Jaskier.

— Vraiment, tu ne préférerais pas une jeune fille normale comme Essi ? Mais que peuvent bien avoir les magiciennes que ne possède pas

Essi ? L'âge ? Petit-Œil n'est peut-être plus de première jeunesse, mais elle a au moins l'âge qu'elle paraît. Sais-tu ce que Yennefer m'a avoué un jour après quelques verres ? Ha ha… Elle m'a dit qu'elle l'avait fait pour la première fois avec un homme l'année de l'invention de la charrue à deux socs !

— Tu mens. Yennefer ne te supporte pas plus qu'une maladie pestilentielle. Elle ne t'aurait jamais avoué quoi que ce soit de tel.

— Tu as raison. J'ai menti. Je l'avoue.

— Tu n'es pas obligé : je te connais bien.

— Il te semble que tu me connais. N'oublie jamais combien la nature humaine peut être complexe.

— Jaskier, soupira le sorceleur en s'endormant déjà à moitié, tu n'es qu'un cynique, un dégoûtant, un coureur de filles de joie et un menteur. Rien dans tout cela, crois-moi, n'est véritablement complexe. Bonne nuit.

— Bonne nuit, Geralt.

V

— Tu te lèves tôt, Essi.

La poétesse sourit en retenant ses cheveux dispersés par le vent. Elle avança lentement sur la jetée en évitant les trous formés par les planches pourries.

— Je n'ai pas su résister à l'envie de voir le sorceleur au travail. Tu vas me considérer encore comme une sale fouineuse ? Eh bien, oui, je l'avoue : je suis bel et bien une petite curieuse. Comment va ton affaire ?

— Quelle affaire ?

— Oh, Geralt ! dit-elle. Tu sous-estimes ma curiosité et mon aptitude à recueillir et à interpréter les informations. Je sais déjà tout de l'accident des pêcheurs ; je connais les détails de ton contrat passé avec Agloval. Je sais aussi que tu recherches un barreur susceptible de t'emmener du côté des Dents du dragon. Tu en as trouvé un ?

Il la scruta pendant un moment avant de se décider à parler :

— Non. Je n'en ai pas trouvé un seul.

— Ils ont peur ?

— Oui.

— Comment comptes-tu donc effectuer une reconnaissance sans traverser la mer ? Si tu ne peux pas naviguer, comment veux-tu chatouiller les côtes du monstre responsable de la mort des pêcheurs ?

Geralt prit la main de la jeune fille et l'écarta de la jetée. Ils marchèrent sur la plage de galets, entre les barques échouées sur la grève, le long de deux rangées de filets suspendus à des pieux et à travers des rideaux de poissons séchés et découpés que le vent mouvait. Geralt se persuada avec étonnement que la compagnie de la jeune fille n'était ni déplaisante ni gênante. Il espérait aussi qu'une conversation sereine et positive pût effacer le souvenir du baiser sur la terrasse. La présence d'Essi sur la jetée signifiait en outre qu'elle ne lui en voulait pas. Il en était heureux.

— Chatouiller les côtes du monstre…, grogna-t-il en répétant les paroles de la jeune fille. Si je savais comment… Mes connaissances en matière de tératologie marine restent très limitées.

— Intéressant. D'après ce que je sais, il y a beaucoup plus de monstres dans les mers que sur les terres, et ce du point de vue du nombre d'individus et d'espèces. Il semblerait donc que cela soit un bon terrain de chasse pour un sorceleur.

— Ça ne l'est pas.

— Pourquoi ?

— L'expansion des humains sur la mer, répondit-il en se raclant la gorge et en tournant la tête, est trop récente. On a surtout eu besoin de sorceleurs sur les terres au moment de la première colonisation. Nous ne sommes pas adaptés au combat contre des créatures marines, même si les êtres les plus agressifs y pullulent, c'est un fait. Nos pouvoirs de sorceleurs ne suffisent pas contre les monstres marins. Ces créatures sont ou bien trop grandes ou trop bien protégées derrière leurs carapaces ou encore trop à l'aise dans leur élément. Ou bien les trois à la fois.

— Que penser du monstre qui a tué les pêcheurs ? N'as-tu pas des soupçons ?

— C'était peut-être un kraken.

— Non, un kraken aurait détruit la barque que l'on a retrouvée intacte et remplie de sang. (Petit-Œil pâlit en avalant sa salive.) Ne pense pas que je fasse l'intéressante. J'ai été élevée au bord de la mer… j'ai vu plus d'une créature.

— Un calamar géant aurait pu faire basculer ces gens hors du pont…

— Il n'y aurait pas eu de sang. Geralt, ce n'est ni un calamar, ni une orque, ni des tortues-dragons, car notre monstre n'a ni cassé ni renversé la barque. Il est d'abord monté sur le pont pour réaliser son carnage. Tu fais peut-être erreur en recherchant le coupable dans les mers.

Le sorceleur réfléchit.

— Je commence à t'admirer, Essi, dit-il. (La poétesse rougit.) Tu as raison. Ce pouvait être une attaque provenant du ciel : un ornithodracon, un griffon, une wyverne, un dermoptère ou un diploure géant. Peut-être même un…

— Excuse-moi, l'interrompit Essi. Regarde qui approche.

Agloval longeait seul le rivage. Son habit était détrempé. Sa colère sembla s'accentuer lorsqu'il les vit.

Essi fit une révérence discrète, tandis que Geralt inclina la tête en se frappant le torse du poing. Agloval cracha.

— Je suis resté sur les rochers pendant trois heures, presque depuis le lever du soleil, grogna-t-il. Elle ne s'est pas montrée. Trois heures à rester comme un crétin sur des rochers balayés par les vagues.

— Tu m'en vois… désolé, marmonna le sorceleur.

— Désolé ? explosa le duc. Désolé ? Mais tout est ta faute. C'est toi qui as fait rater l'affaire. C'est toi qui as tout gâché.

— Qu'est-ce que j'ai gâché ? Je n'ai fait office que de traducteur…

— Que le diable emporte ce métier ! l'interrompit-il nerveusement en se plaçant de profil. (Profil des plus royaux en ce qu'il eût mérité de figurer sur une monnaie bien battue.) J'aurais mieux fait de ne pas avoir recours à tes services. Cela peut sembler curieux, mais tant que nous n'avions pas de traducteur, nous nous comprenions mieux, Sh'eenaz et moi, si tu vois ce que je veux dire. Maintenant… tu sais ce qu'on dit en ville ? On murmure en douce que les pêcheurs sont morts parce que je me suis emporté contre la sirène. Ce serait sa vengeance.

— Absurde, commenta froidement le sorceleur.

— Comment saurais-je que c'est absurde ? s'emporta le duc. Est-ce que je sais, moi, ce que tu lui as dit ? Est-ce que je sais de quoi elle est capable ? Avec quels monstres elle peut s'entendre là-bas, dans les profondeurs ? Prouve-moi s'il te plaît que c'est absurde. Rapporte-moi la gueule du monstre qui a massacré les pêcheurs. Mets-toi au travail au lieu de flirter sur la plage…

— Au travail ? s'emporta Geralt. Mais comment ? Dois-je traverser la mer à cheval sur un tonneau ? Ton Zelest a menacé les marins des pires tortures et de la potence... Rien à faire : personne ne veut m'emmener. Zelest lui-même n'est pas des plus zélés. Comment...

—Qu'est-ce que cela me fait : comment ? hurla Agloval en lui coupant la parole. C'est ton affaire ! Les sorceleurs ne sont-ils pas faits pour que les gens normaux n'aient pas à se demander comment se débarrasser des monstres ? J'ai loué tes services et j'exige que tu m'obéisses. Sinon, va-t'en au diable avant que je te chasse à coups de bâton jusqu'aux limites de mon domaine !

—Tranquillisez-vous, monsieur le duc, dit Petit-Œil à voix basse malgré son énervement que trahissaient sa pâleur et le tremblement de ses mains. Et cessez de menacer Geralt, je vous prie. Jaskier et moi-même avons l'honneur de compter parmi nos amis le roi Éthain de Cidaris, l'un de nos admirateurs, un amateur enthousiaste de notre art. Le roi Éthain est un souverain éclairé qui ne considère pas seulement nos ballades du point de vue de la musique et de la rime, mais également en tant que chronique de l'humanité. Désirez-vous, monsieur le duc, paraître dans cette chronique ? Je peux vous y aider.

Agloval l'observa un instant d'un regard froid et indifférent.

—Les pêcheurs qui ont péri avaient femme et enfants, finit-il par dire d'une voix beaucoup plus mesurée et tranquille. Les autres reprendront la mer lorsque la faim leur tiraillera le ventre. Les pêcheurs de perles, d'éponges, d'huîtres et de homards, les marins pêcheurs, tous. Aujourd'hui, ils ont peur, mais la faim sera plus forte. Ils reprendront tôt ou tard la mer. Mais reviendront-ils sains et saufs ? Qu'en penses-tu, Geralt ? Et vous, demoiselle Daven ? Votre ballade sera à n'en point douter intéressante : oisif, sur la plage, le sorceleur observe les enfants en pleurs parmi les barques ensanglantées.

Essi pâlit de plus belle. Elle rejeta la tête en arrière, souffla sur son bandeau en se préparant à ruer dans les brancards, mais le sorceleur lui serra fortement la main avant qu'elle ouvre la bouche.

—Ça suffit, dit-il. Dans cette avalanche de mots, seul l'un d'entre eux a une importance véritable : tu as loué mes services, Agloval, et j'ai accepté cette mission. Je la réaliserai si elle est réalisable.

—J'y compte bien, répondit le duc dans un souffle. Au revoir. Mes hommages, demoiselle Daven.

Essi ne fit pas de révérence, seulement un signe de tête. Agloval partit, courbé sur les pierres, avec ses vêtements mouillés en direction du port. Geralt se rendit alors compte qu'il tenait toujours la poétesse par la main et qu'elle n'essayait pas de se libérer. Il lâcha prise. Retrouvant ses couleurs naturelles, Essi tourna son visage vers lui.

—Il en faut peu pour que tu acceptes de prendre des risques, dit-elle. Il suffit de quelques mots au sujet des femmes et des enfants. On parle pourtant toujours de l'insensibilité des sorceleurs, Geralt. Agloval se fiche pas mal des enfants, des femmes et des vieillards. Ce qui compte pour lui, c'est de reprendre la pêche aux perles, car chaque jour chômé est synonyme de perte pour lui. Il lui suffit de t'appâter avec des enfants affamés pour que tu acceptes de risquer ta vie…

—Essi, l'interrompit-il. Je suis sorceleur. Risquer ma vie, c'est mon métier. Les enfants n'ont rien à voir avec cela.

—Arrête de me leurrer.

—Pourquoi le ferais-je ?

—Si tu étais vraiment le froid professionnel que tu prétends, tu aurais essayé de marchander. Or, tu n'as même pas parlé argent. Mais assez parlé de ce sujet. On rentre ?

—Promenons-nous encore.

—Volontiers. Geralt ?

—Oui…

—Je t'ai dit que j'ai été élevée au bord de la mer. Je sais barrer un bateau…

—Tu peux tirer un trait dessus.

—Pourquoi ?

—Tire un trait dessus, répéta-t-il avec fermeté.

—Tu pourrais me le dire plus gentiment.

—Je pourrais, mais tu le prendrais pour… ah, seul le diable sait pour quoi… Moi, je ne suis qu'un sorceleur insensible, un professionnel froid. Je risque ma propre vie, pas celle des autres.

Essi serra les dents en donnant des coups de tête. Le vent marin la décoiffa une nouvelle fois. Son visage se recouvrit pendant un instant d'un écheveau de mèches dorées.

—Je ne voulais que t'aider.

—Je sais. Merci.

—Geralt ?

—Oui…

—Et s'il y a une part de vérité dans les rumeurs que rapportait Agloval ? Tu sais bien que les sirènes ne sont pas toujours amicales. Il y a eu des cas…

— Je ne peux pas le croire…

— Les sorcières des mers, continua Petit-Œil en se concentrant. Les néréides, les tritons, les nymphes des mers. Qui sait de quoi elles sont capables. Sh'eenaz avait un motif.

— Je n'y crois pas, coupa-t-il net.

— Tu n'y crois pas ou tu ne veux pas y croire ?

Geralt ne répondit pas.

— Et tu veux te faire passer pour un professionnel froid ? demanda-t-elle avec un sourire étrange. Pour quelqu'un dont la syntaxe se développe au fil de l'épée ? Si tu veux, je vais te dire qui tu es vraiment.

— Je sais qui je suis vraiment.

— Tu es un être sensible, dit-elle à voix basse, inquiet jusqu'aux tréfonds de son âme. Ton visage de marbre et ta voix glaciale ne me trompent pas. Ta sensibilité te conduit à redouter la situation où ton adversaire sur qui tu lèves l'épée aurait un avantage moral sur toi…

— Non, Essi, répondit-il lentement. Ne cherche pas en moi le sujet d'une ballade émouvante : celle d'un sorceleur intérieurement déchiré. J'aimerais peut-être moi-même qu'il en fût ainsi, mais ce n'est pas le cas. Mon code et mon éducation résolvent tous mes dilemmes moraux. En cela, je suis bien dressé.

— Ne parle pas ainsi ! s'emporta-t-elle. Je ne comprends pas pourquoi tu t'efforces de…

— Essi, l'interrompit-il de nouveau, je ne veux pas que tu t'imagines des choses sur mon compte. Je ne suis pas un chevalier errant.

— Tu n'es pas non plus un meurtrier froid et implacable.

— Non, répondit-il tranquillement. Je ne le suis pas, contrairement à ce que certains pensent. Ce ne sont pas ma sensibilité et les qualités de mon caractère qui me poussent à aller plus loin, mais la fierté, l'orgueil et l'arrogance d'un professionnel persuadé de sa valeur et à qui l'on a inculqué que le code et la froide routine sont supérieurs aux émotions et empêchent de commettre des erreurs, de se perdre dans les méandres manichéens du Bien et du Mal, de l'Ordre et du Chaos. Non, Essi, la sensibilité est définitivement de ton côté. C'est une caractéristique de ta profession, n'est-ce pas ? Tu t'es inquiétée à la pensée qu'une sirène en apparence sympathique, mais blessée dans son orgueil, puisse attaquer des pêcheurs de perles dans un acte de vengeance désespéré. D'emblée, tu recherches une justification, des circonstances atténuantes… Tu trembles à l'idée qu'un sorceleur payé par le duc assassine une belle sirène uniquement parce qu'elle a succombé à ses émotions. Le sorceleur est privé de telles contradictions, Essi, et d'émotions. S'il s'avérait que la sirène est coupable, un sorceleur ne la tuerait pas, car son code le lui interdit. Le code résout tous mes dilemmes.

Petit-Œil le regarda en soulevant brusquement la tête.

— Tous tes dilemmes ? demanda-t-elle dans un souffle.

Elle connaît l'existence de Yennefer, pensa-t-il. *Elle sait tout. Jaskier, satané bavard…*

Ils se regardèrent l'un l'autre.

Que dissimulent tes yeux bleu azur, Essi ? La curiosité ? La fascination de l'autre ? Quels sont les autres aspects de ton talent, Petit-Œil ?

— Excuse-moi, dit-elle. La question était stupide et naïve. Elle suggérait que je croie à ce que tu dis. Rentrons. Le vent me transperce jusqu'à la moelle des os. Regarde comme la mer se ride.

— Je vois. Tu sais, Essi, c'est intéressant…

— Qu'est-ce qui est intéressant ?

— Je donnerais ma tête à couper que les rochers sur lesquels Agloval rencontrait la sirène étaient plus prêts du rivage et plus étendus. On ne les voit plus.

— La marée monte, répondit aussitôt Essi. L'eau atteindra bientôt la falaise.

— Elle montera jusqu'à la falaise ?

— Oui. L'eau monte et descend ici sur plus de dix coudées, car le bras de mer et l'estuaire subissent l'influence d'échos de marée. C'est ainsi que les marins nomment ce phénomène.

Geralt regarda du côté du cap et des Dents du dragon attaqués par les vagues écumantes.

— Essi, demanda-t-il, quand commence la marée basse ?

— Pourquoi ?

— Parce que… Ça y est, je comprends. Oui, tu as raison. La mer se retire sur la ligne du plateau sous-marin.

— La ligne de quoi ?

— Une sorte de plateau formé par le fond de la mer émergeant comme une crête…

— Et les Dents du dragon…

— … sont situées exactement sur cette ligne de crête.

— Et seront accessibles à gué…

— De combien de temps disposerai-je ?

— Je l'ignore. (Le visage de Petit-Œil se rida.) Il faudrait demander aux gens d'ici, mais il ne me semble pas que cela soit la meilleure des idées. Regarde : il y a des rochers entre la terre et les Dents. Tout le rivage est découpé de baies et de fjords. À marée basse, il s'y forme des ravines et des cuvettes remplies d'eau. Je ne sais pas si…

Un bruit d'éclaboussement leur parvint du côté des rochers à peine encore visibles, puis un cri fort et modulé.

— Cheveux d'albâtre ! appela la sirène en flottant gracieusement sur la crête des vagues et en frappant élégamment l'eau de sa queue.

— Sh'eenaz, lui répondit Geralt en faisant un signe de la main.

La sirène nagea jusqu'aux rochers. Elle se tenait à la verticale dans l'écume des profondeurs de la mer, tirant des deux mains ses cheveux en arrière et présentant dans cette position tous les charmes de sa poitrine. Geralt jeta un œil sur Essi dont le visage s'empourpra légèrement. La jeune fille afficha une expression de regret et de gêne en vérifiant du regard ses propres charmes formant une saillie sous sa robe.

— Où est mon bien-aimé ? chanta Sh'eenaz en s'approchant plus près. Il devrait être là.

— Il est venu, a attendu pendant trois heures puis est reparti.

— Reparti ? s'étonna la sirène dans un trille aigu. Il ne m'a pas attendu ? Il n'a pas su résister à trois malheureuses petites heures d'attente ? C'est bien ce que je croyais : pas une once d'abnégation ! Quel monstre ! Et toi, que fais-tu ici, Cheveux d'albâtre ? Tu es venu te promener avec ton amoureuse ? Vous formez un joli couple. Dommage que vos jambes gâchent le spectacle.

— Ce n'est pas mon amoureuse. Nous nous connaissons à peine.

— Ah oui ? s'étonna Sh'eenaz. Dommage. Vous formez vraiment un joli couple. Qui est-elle ?

— Je m'appelle Essi Daven, je suis poétesse, chanta Petit-Œil en modulant un air mélodieux et expressif à côté duquel les inflexions de Geralt ressemblaient à un croassement. Je suis heureuse de faire ta connaissance, Sh'eenaz.

La jeune sirène fit tomber ses mains à plat sur l'eau en riant bruyamment.

— Que c'est beau ! cria-t-elle. Tu connais notre langue ! Vraiment, vous m'étonnez, vous, les humains. Peu de choses nous séparent, finalement.

Le sorceleur ne fut pas moins étonné que la sirène bien qu'il eût pu se douter que la jeune fille, plus éduquée que lui, connaissait le Vieux Parler, la langue des elfes que les sirènes, les sorcières de mer et les néréides utilisaient en la modulant. Il s'aperçut également que la complexité des mélodies si difficiles pour lui ne représentait pas pour Petit-Œil de difficulté majeure.

— Sh'eenaz, dit-il. Certaines choses nous séparent malgré tout, ne serait-ce que le sang qui coule ! Qui… Qui a tué les pêcheurs de perles près des deux rochers ? Dis-le-moi !

La sirène plongea en provoquant un remous avant de réapparaître à la surface. Son joli visage soudain crispé s'allongea en une horrible grimace :

— Ne tentez pas le destin ! cria-t-elle d'une voix perçante. N'essayez pas de vous approcher des Marches ! Pas vous ! N'entrez pas en conflit avec eux ! Pas vous !

— Quoi ? Pourquoi pas nous ?

— Pas vous ! répéta la sirène en jetant son dos contre les vagues.

Les éclaboussures montèrent haut. Ils virent encore sa queue, sa nageoire étroite largement écartée, frapper contre la surface des vagues. La sirène disparut dans les profondeurs.

Petit-Œil recoiffa ses cheveux éparpillés par le vent. Elle resta immobile en penchant la tête.

— Je ne savais pas, dit Geralt en se raclant la gorge, que tu connaissais si bien le Vieux Parler, Essi.

— Tu ne pouvais pas le savoir, répondit-elle avec de l'aigreur dans la voix. Tu… Tu me connais à peine, n'est-ce pas ?

VI

— Geralt…, dit Jaskier en inspectant les alentours et en reniflant comme un chien de chasse. Qu'est-ce que ça pue ici, tu ne trouves pas ?

— Non, pas vraiment…, répondit le sorceleur en reniflant. J'ai fréquenté des lieux plus puants encore. Ce n'est que l'odeur de la mer.

Le barde tourna la tête pour cracher entre les rochers. L'eau écumait et frémissait dans des trous de rochers en dévoilant des ravines sableuses délavées par les vagues.

— Regarde comme tout est parfaitement sec, Geralt. Mais où est passée toute cette eau ? Quel est le foutu mécanisme des marées ? Tu ne t'es jamais posé la question ?

— Non. J'avais d'autres soucis en tête.

Jaskier trembla légèrement :

— Je pense que le fond des profondeurs de ce foutu océan dissimule un énorme monstre, une infâme laideur squamée, un gros crapaud avec des cornes sur sa gueule immonde. De temps en temps, il avale de l'eau dans sa bedaine avec tout ce qui vit dedans : poissons, phoques, tortues, tout. Après avoir tout ingurgité, il rend l'eau : c'est la marée montante. Qu'est-ce que tu en penses ?

— Je pense que tu es complètement stupide. Yennefer m'a un jour expliqué que les marées ont un rapport avec la lune.

Jaskier ricana :

— Quelle absurdité ! Quel rapport ont la mer et la lune ? Seuls les chiens hurlent à la mort sous la lune. Elle s'est bien moquée de toi, Geralt, ta petite menteuse. D'après ce que je sais, ce n'était pas si rare que cela.

Le sorceleur ne commenta pas les paroles de Jaskier. Il observait la roche des ravines, luisante d'humidité après le retrait de la mer. L'eau continuait d'y exploser et d'y écumer, mais il lui semblait qu'ils pourraient passer.

— Eh bien, au travail, dit-il en se levant et en ajustant son épée portée en bandoulière. Nous ne pouvons pas plus attendre pour passer avant la marée haute. Jaskier, tu insistes toujours pour venir avec moi ?

— Oui. Les sujets de ballades ne sont pas des pommes de pins gisant sous les sapins de Noël. En plus, c'est l'anniversaire de Poupée demain.

— Je ne vois pas le rapport.

— Dommage. Nous, les gens normaux, nous avons l'habitude d'offrir des cadeaux à l'occasion des anniversaires. N'ayant pas les moyens de lui acheter quelque chose, je lui trouverai quelque chose au fond de la mer.

— Un hareng ? Une seiche ?

— Qu'est-ce que tu peux être bête. Je trouverai de l'ambre, un hippocampe ou peut-être un joli coquillage. C'est le symbole qui est important : une marque d'attention et de sympathie. J'aime bien Petit-Œil et je veux lui faire plaisir. Tu ne comprends pas ? C'est bien ce que je pensais. Allons-y. Toi devant, car un monstre peut surgir à tout instant.

— D'accord. (Le sorceleur descendit la paroi jusqu'à une pierre recouverte d'algues gluantes.) Je passe devant pour te protéger à tout hasard. Ce sera ma marque d'attention et de sympathie. Seulement n'oublie pas : si je me mets à crier, prends tes jambes à ton cou et ne viens pas te fourrer sous mon épée. Nous ne sommes pas venus chercher des hippocampes, mais nous mesurer à un monstre homicide.

Ils descendirent dans le fond de la ravine en barbotant par endroits dans l'eau des fissures et en pataugeant dans les cuvettes remplies de sable et de varech. Pour parfaire la situation, il se mit à pleuvoir : Geralt et Jaskier furent bientôt trempés de la tête aux pieds. Le troubadour ne cessait de s'arrêter et de fouiller le sable et les algues avec une baguette.

— Oh, regarde, Geralt, un poisson. Entièrement rouge, par le diable. Et ici, une petite anguille. Et ça ? Qu'est-ce que c'est ? On dirait un pou translucide. Et ça… Oh là là ! Geralt !

Le sorceleur se retourna brusquement en posant la main sur le pommeau de son épée.

C'était un crâne humain, blanc, poli par la pierre, imbriqué dans une fissure et rempli de sable. Jaskier trembla à la vue d'une annélide frétillant dans le globe oculaire et émit un cri désagréable. Le sorceleur se dirigea en haussant les épaules vers la plate-forme de pierre dévoilée par les vagues. Plus loin, les deux Dents du dragon étaient aussi imposantes que des montagnes. Il marcha prudemment. Le fond était jonché d'holothuries, de coquillages et de varech. Dans les flaques et les cuvettes ondoyaient de grandes méduses et ondulaient des échinodermes. De petits crabes colorés comme des colibris les fuyaient de biais en agitant leurs pattes.

Geralt aperçut de loin un cadavre, gisant entre les pierres. La cage thoracique du noyé, infectée de crabes à l'extérieur et à l'intérieur, bougeait bizarrement sous les algues. Le cadavre ne pouvait avoir plus d'une journée, mais les crabes l'avaient déjà tellement déchiqueté que tout examen visuel plus précis n'eût rien donné de probant. Le sorceleur, sans un mot, changea de direction pour contourner le cadavre. Jaskier ne remarqua rien.

— Ça pue la pourriture, dit-il en rejoignant Geralt. (Jaskier cracha en essorant son chapeau détrempé.) Et il pleut comme vache qui pisse. Il fait froid. Je vais m'enrhumer et perdre ma voix, bon sang…

— Cesse de te plaindre. Si tu veux rebrousser chemin, tu n'as qu'à suivre nos traces.

Derrière la base des Dents du dragon s'étendait un plateau calcaire terminé par une fosse ouvrant sur les vagues tranquilles de la mer : la frontière du reflux.

Jaskier inspecta les alentours.

— Ah, sorceleur ! Ton monstre a eu suffisamment de bon sens pour se retirer en pleine mer avec l'eau de la marée. Toi, tu pensais sans doute qu'il attendrait le ventre en l'air que tu l'étripes.

— Tais-toi.

Le sorceleur s'approcha du bord du plateau et s'agenouilla en se retenant prudemment aux coquillages effilés recouvrant le rocher. Il ne vit rien. L'eau était sombre et sa surface troublée et opacifiée par la bruine.

Jaskier pénétra dans les recoins de la roche en repoussant du pied les crabes les plus insistants ; il regardait et tâtait les parois ruisselantes d'eau recouvertes d'algues flasques et de colonies rugueuses de crustacés et de moules.

— Hé, Geralt !

— Quoi ?

— Regarde ces coquillages. Ce sont des moules perlières, n'est-ce pas ?

— Non.

— Tu t'y connais ?

— Non.

— Attends de t'y connaître avant de formuler un avis. Ce sont des moules perlières, j'en suis sûr. Je vais ramasser quelques perles. Notre expédition nous rapportera au moins quelques profits, pas seulement un rhume carabiné. C'est d'accord, Geralt ?

— Ramasse. Le monstre attaque les pêcheurs de perles. Ceux qui les ramassent tombent sous cette catégorie.

— Tu veux que je serve d'appât ?

— Ramasse, ramasse. Prends les plus grosses coquilles. Si elles ne contiennent pas de perles, nous pourrons toujours les faire cuire au court-bouillon.

— Et quoi encore ? Je ne prends que les perles… Que les coquilles aillent au diable… Par la peste et le vert galant ! Comment, bon sang, est-ce que ça s'ouvre ? Tu n'as pas de couteau, Geralt ?

— Tu n'as même pas pris de couteau avec toi ?

— Je suis un poète, pas un coupe-jarret. Oh, et puis tant pis, je les mets dans mon sac ; nous en retirerons les perles plus tard. Eh, toi ! Hors de mon chemin !

Le crabe éjecté par le coup de pied de Jaskier vola au-dessus de la tête de Geralt et alla plonger dans une vague.

Intrigué par la masse noire de l'eau, le sorceleur suivit lentement le bord du plateau. Il entendait Jaskier marteler la pierre pour en décrocher les moules.

— Jaskier ! Viens, regarde !

Brisé, le plateau se terminait brusquement à angle droit en tombant dans la mer. Sous la surface de l'eau, on voyait distinctement de gros blocs de marbre anguleux recouverts d'algues, de mollusques et d'actinies ondoyant dans l'élément aquatique comme des fleurs au vent.

— Qu'est-ce que c'est ? On dirait un escalier.

— C'est un escalier, murmura Jaskier impressionné. Oui. C'est un escalier qui mène jusqu'à une ville sous-marine… Jusqu'à la légendaire Ys que les vagues ont submergée. As-tu entendu la légende de la ville des abysses : Ys-sous-les-Eaux ? Je vais écrire une si belle ballade que mes rivaux en deviendront verts de jalousie. Je dois voir tout cela de près… Regarde, il y a là-bas une sorte de mosaïque… Quelque chose y est gravé ou forgé. Des écritures ? Pousse-toi.

— Jaskier ! Gare aux profondeurs ! Tu vas glisser…

— Mais non ! De toute façon, je suis déjà mouillé. Regarde, c'est peu profond… Sur la première marche, l'eau arrive à peine à la taille. Et puis c'est aussi large qu'une salle de bal. Oh, bon sang !

Geralt sauta instantanément dans l'eau pour retenir Jaskier par le cou.

— J'ai trébuché sur cette merde, expliqua Jaskier à bout de souffle en tenant à deux mains une moule longiligne et plate à la coquille bleu cobalt et recouverte de germes algueux. C'en est rempli sur cet escalier. Sa couleur est belle, tu ne trouves pas ? Tiens, je la mets dans ton sac : le mien est déjà plein.

— Sors de là immédiatement ! rugit furieusement le sorceleur. Remonte sur le plateau, Jaskier. Ce n'est pas un jeu.

— Silence. Tu as entendu ? Qu'est-ce que c'était ?

Geralt avait entendu. Le son provenait d'en bas, du fond de l'eau. Ç'avait été un bruit sourd, profond, mais furtif, court, à peine perceptible, comme le son d'une cloche.

— Une cloche, par la barbe…, murmura Jaskier en se hissant sur le plateau. J'avais raison, Geralt, c'est la cloche d'Ys noyée sous les eaux, la cloche de la cité des spectres dont le son est assourdi par l'élément aquatique. Les réprouvés nous rappellent…

— Tu vas la fermer, dis ?

Le son se répéta plus proche.

— … nous rappellent, continua le barde en essorant les pans de sa vareuse, leur terrible destin. Cette cloche sonne comme un avertissement…

Le sorceleur cessa de prêter attention à la voix de Jaskier pour privilégier son sixième sens. Il sentit quelque chose ou plutôt la présence de quelque chose.

— C'est un avertissement… (Jaskier tira légèrement la langue, signe de concentration artistique.) Un avertissement pour que… hum… nous n'oublions pas… hum… hum… Ça y est, je l'ai !

Le cœur de la cloche reste sourd, c'est le chant de la mort qu'on entend
Ô mort, plus facile à subir qu'à oublier…

L'eau explosa à côté du sorceleur. Jaskier poussa un hurlement. Surgi de l'écume, un monstre aux yeux globuleux était sur le point de frapper Geralt d'un instrument tranchant et denté, semblable à une faux. Geralt avait saisi son épée au moment même où l'eau avait commencé à enfler. D'un mouvement de rotation, il entailla le collet flasque et squamé du monstre. Le sorceleur n'eut que le temps de se retourner pour voir une autre créature sortir des remous de l'eau sous un casque curieux et dans quelque chose rappelant une cuirasse de cuivre couverte de vert-de-gris. D'un large mouvement d'épée, Geralt repoussa la pointe d'une courte pique dirigée contre lui et, profitant de son élan, frappa la gueule dentée de l'ichtyosaure puis bondit en arrière vers le bord du plateau en l'éclaboussant.

— Prends la fuite, Jaskier !

— Donne-moi la main !

— Prends la fuite, bon sang !

La créature suivante apparut dans les vagues en faisant siffler un sabre ensanglanté que tenait une patte verte et rugueuse. Les muscles dorsaux du sorceleur donnèrent une impulsion qui l'éloigna du bord du plateau hérissé de coquillages et lui permit de se mettre en position. La créature aux yeux de poisson resta cependant immobile. De même taille que Geralt, l'eau lui arrivait jusqu'à la taille, mais une crête imposante hérissée sur la tête et des ouïes grandes ouvertes donnaient l'impression qu'elle était plus grande. La grimace se dessinant sur sa large gueule dentée faisait penser à s'y méprendre à un sourire cruel.

Sans prêter attention aux deux cadavres flottant dans l'eau rougie, la créature brandit son sabre en tenant des deux mains sa poignée dépourvue de garde. Hérissant de plus belle sa crête et ses ouïes, elle fit habilement tournoyer sa lame dans l'air. Geralt entendit le sifflement et le vrombissement léger de l'arme.

La créature avança d'un pas en formant une vague qui alla s'écraser contre le sorceleur. Geralt fit siffler et vrombir son épée en guise de réponse et avança, à son tour, d'un pas signifiant qu'il relevait le défi.

Les longs doigts habiles de Yeux-de-poisson changèrent de position sur la poignée du sabre. La créature baissa ses épaules protégées de cuivre et d'écailles et s'immergea jusqu'à la poitrine en dissimulant son arme sous l'eau. Le sorceleur saisit son épée des deux mains – celle de droite placée sous la garde et celle de gauche près du pommeau – et la souleva légèrement vers le côté, au-dessus de son épaule droite. Il fixa les yeux du monstre, mais ses yeux de poisson opalisés n'offraient que des iris en forme de goutte, polis et froids comme du métal, n'exprimant et ne trahissant rien. Pas même l'intention d'une attaque.

Du fond des profondeurs, en bas de l'escalier, se faisait entendre de plus en plus distinctement et de plus en plus proche le son des cloches abyssales.

Yeux-de-poisson se rua en avant en brandissant son sabre hors de l'eau. Il attaqua d'un coup latéral et bas, plus rapide que la pensée. Geralt eut de la chance : il avait prévu que le coup viendrait de la droite. Il le para d'un mouvement dirigé vers le bas effectué en vrillant le corps et tourna l'épée de manière à ce que le plat de la lame bloque celle du sabre de son adversaire. À ce moment-là, tout dépendait de la rapidité dont chacun allait faire preuve pour passer d'une prise statique à plat à une prise offensive par un changement de position des doigts sur la poignée de l'arme. Chacun des combattants, prêt à porter le coup décisif, avait pris appui sur le bon pied. Geralt savait qu'ils étaient aussi rapides l'un que l'autre.

Mais Yeux-de-poisson avait des doigts plus longs.

Le sorceleur porta un coup latéral au-dessus de la hanche et, exécutant un demi-tour brusque pour parer la lame de son adversaire, évita sans difficulté le coup imprécis et désordonné que le monstre porta en désespoir de cause. Sans émettre un son, il ouvrit sa gueule de poisson avant de disparaître sous l'eau où se mit à flotter en suspension une nuée rouge brun.

— Donne-moi la main, vite ! hurla Jaskier. Il en arrive beaucoup d'autres à la nage ! Je les vois !

Saisissant la main droite du barde, le sorceleur sortit de l'eau et grimpa sur le plateau de pierre. Derrière lui, une grosse vague fit son apparition.

Le premier signe de la marée.

Ils prirent rapidement la fuite devant l'eau qui montait. Geralt se retourna et vit de nombreuses autres créatures sous-marines surgir de la mer et se lancer à leur poursuite en bondissant agilement sur leurs jambes musclées. Il accéléra sans un mot son allure.

Courant difficilement dans une eau lui arrivant jusqu'aux genoux, Jaskier haletait. Soudain, il trébucha et chuta. Rétabli sur ses mains tremblantes, le troubadour pataugea dans le varech. L'ayant saisi par la ceinture, le sorceleur l'extirpa de l'eau écumante.

— Cours ! cria-t-il. Je les arrête !

— Geralt !

— Cours, Jaskier ! L'eau va remplir complètement la faille et nous ne pourrons plus en sortir ! Prends tes jambes à ton cou !

Jaskier gémit avant de reprendre sa course. Le sorceleur le suivit en espérant que les monstres abandonnent la poursuite. Seul contre tous, il n'avait aucune chance.

Les créatures le rattrapèrent à l'entrée de la faille, car l'eau de plus en plus profonde favorisait la nage tandis que le sorceleur, s'accrochant aux roches glissantes, avançait de plus en plus difficilement dans le bouillon écumant de l'eau. La faille était cependant trop étroite pour qu'ils puissent le cerner de toutes parts. Geralt s'arrêta donc dans la cuvette où Jaskier avait trouvé le crâne.

Il s'arrêta et se retourna en tâchant de recouvrer son calme.

La pointe de l'épée toucha le premier à l'emplacement de la tempe et éventra le deuxième qui brandissait une sorte de hachette. Le troisième prit la fuite.

Le sorceleur voulut alors se précipiter vers le haut de la ravine, mais le tourbillon d'une vague explosant d'écume envahit la cheminée avec fracas, l'arrachant aux rochers et l'emportant vers le bas dans son ressac. Heurtant l'une de ces créatures ichthyoïdes, Geralt s'en dégagea d'un coup de pied. Quelque chose le saisit par les jambes et le tira vers le fond. Ses épaules frappèrent contre la roche ; le sorceleur ouvrit les yeux juste à temps pour voir la forme sombre de ses poursuivants et deux rapides éclairs. Il para le premier avec son épée et se protégea instinctivement du second avec la main gauche. Geralt ressentit un choc et une douleur puis l'irritation agressive du sel. Il se dégagea du fond avec les pieds. Nageant vers la surface, il dessina le Signe avec les doigts. L'explosion, assourdie, lui perça les tympans. *Si je m'en sors vivant*, pensa-t-il en frappant l'eau de ses mains et de ses pieds, *si j'arrive à me sortir de là, j'irai voir Yen à Vengerberg, j'essaierai une nouvelle fois… Si je m'en sors vivant…*

Il lui sembla entendre sonner une trompette ou un oliphant.

La vague qui explosa de nouveau dans la cheminée le souleva et le jeta à plat ventre sur un grand rocher. Geralt entendait désormais distinctement le son d'un oliphant et les hurlements de Jaskier lui parvenant de tous les coins à la fois. Expulsant l'eau salée de son nez, il regarda autour de lui en dégageant les mèches mouillées de son visage.

Le sorceleur se retrouvait au point de départ de leur excursion. À plat ventre sur les galets. Tout autour, le ressac produisait de l'écume blanche.

Derrière lui, dans la ravine devenue entre-temps une baie étendue, un dauphin gris dansait sur les vagues. La jeune sirène se tenait sur son dos, les cheveux céladon au vent. Ses seins étaient magnifiques.

— Cheveux d'albâtre ! chanta-t-elle en faisant un signe de la main dans laquelle elle tenait une longue coquille conique enroulée en spirale. Tu vis ?

— Je vis, répondit le sorceleur, étonné.

L'écume autour de lui devenait rose. Le sel cuisait intensément son épaule gauche rigidifiée. Les manches de sa veste avaient été nettement sectionnées. Du sang en coulait. *Je m'en suis sorti*, pensa-t-il. *J'ai encore réussi. Mais non, jamais je n'irai la retrouver.*

Il vit Jaskier s'approcher de lui en courant sur les galets détrempés.

— Je les ai arrêtés, chanta la sirène avant de souffler une nouvelle fois dans sa coquille. Mais pas pour longtemps ! Prends la fuite et ne reviens plus, Cheveux d'albâtre ! La mer… n'est pas pour vous !

— Je sais, répondit-il en criant. Je sais. Merci, Sh'eenaz !

VII

— Jaskier, demanda Petit-Œil, tout en déchirant avec les dents le bout du bandage dont elle serra le nœud sur le poignet du sorceleur. Peux-tu m'expliquer d'où viennent toutes ces coquilles entassées sous l'escalier ? L'épouse de Drouhard est justement en train de faire le ménage sans savoir au juste ce qu'elle doit en penser.

— Des coquilles ? s'étonna Jaskier. Quelles coquilles ? Je n'en ai aucune idée. Des canards les ont peut-être laissé tomber en survolant la maison ?

Geralt dissimula son sourire dans l'ombre. Il se souvenait des jurons de Jaskier ayant consacré tout l'après-midi à ouvrir les coquillages et à fouiller la viande gluante. Il s'était blessé au doigt et avait déchiré sa chemise sans trouver une seule perle. Rien d'étonnant à cela, car il ne s'agissait nullement de moules perlières. L'idée de cuire une soupe fut immédiatement rejetée après l'ouverture de la première moule, l'apparence du mollusque étant si répugnante et son odeur si forte qu'ils en avaient eu les larmes aux yeux.

Petit-Œil finit de bander Geralt et s'assit sur le cuveau retourné. Il remercia la jeune fille en observant sa main habilement pansée. La blessure profonde et assez longue atteignait le coude ; chaque mouvement faisait souffrir le sorceleur. La blessure avait déjà été provisoirement pansée au bord de la mer, mais avant qu'ils soient de retour à la maison, elle avait recommencé à saigner. Juste avant l'arrivée de la jeune fille, Geralt avait appliqué sur son avant-bras mis en pièces un élixir favorisant la coagulation du sang et un analgésique. Essi les retrouva au moment où il essayait, avec Jaskier, de coudre la blessure avec du fil de pêche. Essi jura contre eux puis s'occupa du pansement. Pendant ce temps, Jaskier lui rapporta le récit du combat en répétant à plusieurs reprises qu'il se réservait les droits exclusifs des événements pour sa ballade. Essi, bien sûr, inonda le sorceleur de questions auxquelles il ne sut pas répondre. Elle réagit fort mal à ce qu'elle considéra comme la volonté de lui dissimuler quelque chose. Elle prit un air maussade et cessa de poser des questions.

—Agloval sait déjà tout, dit-elle. On vous a vu rentrer, et la femme de Drouhard est ensuite allée raconter à tout le monde qu'elle avait vu du sang sur les marches. La population s'est précipitée vers les rochers avec l'espoir de voir des cadavres rejetés par les vagues. Ils continuent de chercher, mais je crois savoir qu'ils n'ont rien trouvé.

—Et ils ne trouveront rien, dit le sorceleur. J'irai rendre visite demain à Agloval. Demande-lui, si tu peux, d'interdire aux gens de s'approcher jusqu'à nouvel ordre des Dents du dragon. Seulement, prends bien garde de ne pas dire un mot de cet escalier et des fantaisies de Jaskier au sujet de la ville d'Ys. Les chercheurs de trésors accourraient en foule et nous aurions de nombreux autres cadavres sur les bras…

—Je ne suis pas une indiscrète. (Essi fit la moue en repoussant violemment le bandeau de son front.) Si je te demande quelque chose, ce n'est pas pour courir jusqu'au puits et divulguer l'information à toutes les lavandières alentour.

—Excuse-moi.

—Je dois sortir, les informa Jaskier. J'ai rendez-vous avec Akeretta. Geralt, je prends ta vareuse, car la mienne est encore sale et mouillée.

—Tout est mouillé ici, remarqua railleusement Petit-Œil en donnant un coup de bottine vengeur dans le tas de vêtements gisant au sol. Comment pouvez-vous ? Il faut étendre le linge, le faire convenablement sécher… Vous êtes terribles.

—Ça séchera bien tout seul.

Jaskier extirpa la veste mouillée du sorceleur et en admira les clous d'argent rivés sur les manches.

—Cesse de dire des âneries ! Et ça, qu'est-ce que c'est ? Oh non ! Ce sac est encore rempli de boue et d'algues ! Et ça… qu'est-ce que c'est ? Berk !

Geralt et Jaskier observèrent en silence la coquille bleu cobalt qu'Essi tenait à deux mains. Ils avaient oublié son existence. La moule à peine ouverte puait atrocement.

—C'est un cadeau, dit le troubadour en reculant jusqu'à la porte. Demain, c'est ton anniversaire, n'est-ce pas, Poupée ? Eh bien, c'est ton cadeau.

— Ça ?

— Elle est belle, hein ? (Jaskier la renifla avant d'ajouter rapidement :) De la part de Geralt. C'est lui qui l'a choisie. Oh… il se fait tard. Adieu…

Petit-Œil resta silencieuse un moment après que Jaskier fut sorti. Le sorceleur observait la moule puante en rougissant de honte à cause de l'attitude du troubadour et de la sienne.

— Tu t'es souvenu de mon anniversaire ? demanda Essi en formulant lentement chaque mot et en tenant le coquillage le plus loin possible. C'est vrai ?

— Donne-moi ça, répondit-il brutalement. (Geralt se leva de sa paillasse en protégeant sa main bandée.) Je te demande pardon pour cet idiot…

— Mais non, protesta-t-elle en saisissant le petit couteau qu'elle tenait accroché à sa ceinture. C'est un très beau coquillage que je veux garder comme souvenir. Il suffit de le nettoyer et puis de se débarrasser… de ce qu'il contient. Je le jette par la fenêtre pour les chats.

Quelque chose percuta le sol en rebondissant. Geralt élargit ses pupilles et aperçut la chose bien avant Essi.

C'était une perle. Une perle parfaitement opalisée et polie de couleur bleu azur aussi grosse qu'un pois gonflé.

— Par les dieux… (Petit-Œil la vit à son tour.) Geralt… une perle !

— Une perle, répéta-t-il en riant. Tu auras quand même reçu un cadeau, Essi. J'en suis heureux.

— Geralt, je ne peux pas l'accepter. Cette perle vaut au moins…

— Elle est à toi, l'interrompit-il. Même s'il fait l'idiot, Jaskier a réellement pensé à ton anniversaire. Il ne cessait de répéter haut et fort qu'il voulait te faire plaisir. Eh bien, le destin aura entendu son souhait.

— Et toi, Geralt ?

— Moi ?

— Est-ce que toi aussi tu voulais me faire plaisir ? Cette perle est si belle… Elle doit avoir beaucoup de valeur… Tu ne regrettes pas ?

— Je suis heureux qu'elle te plaise. Et si je regrette quelque chose… c'est qu'il n'y en ait qu'une. Et…

— Oui ?

— … et que je ne te connaisse pas depuis aussi longtemps que Jaskier. J'ignorais la date de ton anniversaire. J'aimerais pouvoir te donner des cadeaux et te faire plaisir… et te nommer Poupée.

Elle se jeta violemment à son cou. Geralt avait anticipé son mouvement en reculant devant ses lèvres et en l'embrassant froidement sur la joue. Il la serra dans ses bras délicatement mais avec une certaine réserve. Il sentit le corps de la jeune fille se raidir et se retirer lentement, mais pas plus loin que la longueur de ses bras qu'elle tenait toujours appuyés sur ses épaules. Il savait ce qu'elle attendait, mais il ne répondit pas à son attente : il ne l'attira pas vers lui.

Essi le relâcha puis se retourna du côté de la lucarne sale entrouverte.

— Bien sûr, dit-elle brusquement. Tu me connais à peine. J'avais oublié…

— Essi, répondit-il après un moment de silence. Je…

— Moi aussi, je te connais à peine, explosa-t-elle en l'interrompant. Et alors ? Je t'aime. Je n'y peux rien. Rien.

— Essi !

— Oui, je t'aime, Geralt. Peu m'importe ce que tu en penses. Je t'aime depuis le moment où je t'ai vu dans la salle de noce.

La poétesse baissa la tête en gardant le silence.

Elle se tenait droite devant lui ; Geralt regrettait qu'elle ne fût pas la créature aux yeux de poisson dissimulant son sabre sous l'eau : avec lui, au moins, il avait eu une chance de s'en sortir.

— Tu ne dis rien, dit-elle. Rien, pas un mot.

Je suis fatigué, pensa-t-il, *et terriblement affaibli. Je dois m'asseoir ; mon regard se voile ; j'ai perdu un peu de sang ; et je n'ai rien mangé… Je dois m'asseoir. Satanée chambre à coucher… Puisse-t-elle disparaître dans un incendie provoqué par la foudre d'un orage. Pas de meubles ; s'il y avait au moins deux stupides chaises et une table permettant de partager et de discuter facilement et en toute sécurité, de se prendre la main. Je suis condamné à m'asseoir sur une paillasse et à lui demander de faire de même. Rien de plus dangereux qu'une paillasse bourrée de fanes de pois dans laquelle on s'enfonce et qui gêne les mouvements d'esquive…*

— Assieds-toi près de moi, Essi.

La jeune fille le rejoignit sur la paillasse en hésitant et en temporisant, loin de lui. Trop loin.

— Lorsque j'ai appris, murmura-t-elle en rompant le silence, que Jaskier t'avait raccompagné en sang, je suis sortie de la maison comme une folle ; sous le choc, j'ai couru à l'aveuglette. Et alors… tu sais à quoi j'ai pensé ? Que c'était de la magie ; que tu m'avais lancé secrètement un sort ; que tu m'avais charmée par des moyens déloyaux : ton Signe, ton médaillon frappé d'une gueule de loup, ton mauvais œil. C'est ce que j'ai pensé, mais je n'ai pas arrêté ma course, parce que j'ai compris alors que j'acceptais… de m'abandonner à l'emprise de ton pouvoir. Mais la réalité s'est avérée pire encore. Tu ne m'as lancé aucun sort, Geralt ; tu n'as usé d'aucun sortilège pour me séduire. Pourquoi ? Pourquoi ne m'as-tu pas ensorcelée ?

Le sorceleur garda le silence.

— Si tout n'était que magie, continua-t-elle, la situation serait simple et facile à résoudre. Je me soumettrais, heureuse, à ta puissance. Mais là… je dois… Je ne sais pas ce qui se passe en moi…

Par le diable, pensa-t-il, *si, lorsqu'elle est avec moi, Yennefer ressent exactement ce que je suis en train de ressentir, je compatis à son sort. Jamais plus je ne m'étonnerai de ses réactions ; jamais plus je ne la haïrai… Jamais.*

Yennefer attendait de moi – tout comme moi maintenant – que l'impossible se réalise : quelque chose de plus irréalisable encore que la liaison entre Agloval et Sh'eenaz. Yennefer avait la conviction profonde qu'une once d'abnégation ne pouvait suffire ; et que notre situation exigeait un sacrifice entier… et encore, sans aucune garantie que cela soit suffisant. Non, je ne reprocherai plus jamais à Yennefer qu'elle n'ait pu ni voulu me donner plus qu'une once d'attention. Je sais maintenant que cette once valait son pesant d'or.

— Geralt, gémit Petit-Œil en posant sa tête sur son épaule. J'ai tellement honte de mon impuissance : une sorte de fièvre surnaturelle, l'impossibilité de respirer pleinement…

Geralt continua de se taire.

— J'ai toujours pensé qu'il s'agissait d'un état d'âme sublime et merveilleux ; digne même, s'il est déçu. J'ai composé tant de ballades sur ce sujet. Mais le sentiment amoureux n'est que végétatif, Geralt, horriblement et banalement végétatif. C'est l'état de quelqu'un qui succombe à la maladie, qui ingurgite un poison. Car, semblablement à celui qui s'empoisonne, l'amoureux est prêt à tout pour obtenir l'antidote. À tout. Même à l'humiliation.

—Essi, je t'en prie.

—Je me sens humiliée par l'objet de ma confession qui me condamne indignement à souffrir en silence. J'ai honte de t'avoir mis dans l'embarras, mais je ne pouvais faire autrement. Impuissante devant le sort qui m'afflige, je suis comme les malades : totalement soumise à une grâce extérieure. Les maladies m'ont toujours horrifiée ; elles entraînent faiblesse, désorientation et solitude. La maladie est ce que l'on peut rencontrer de pire.

Geralt n'ouvrit pas la bouche.

—Je devrais, gémit-elle de nouveau, t'être reconnaissante que tu n'essaies pas de profiter de la situation. Mais ce n'est nullement le cas. De cela aussi j'ai honte. Je hais ton silence et tes prunelles dilatées par l'effroi. Je te hais… pour ton silence, ta sincérité, ta… Elle aussi, je la hais, ta magicienne ; je lui réglerais volontiers son compte avec ce couteau… Je la hais. Ordonne-moi de sortir, Geralt, car je ne peux m'y résoudre par moi-même, et pourtant c'est ce que je veux : sortir, aller en ville, me rendre à l'auberge. Je veux me venger de toi pour la honte que je ressens, mon humiliation… Je prendrai le premier venu…

Bon sang, pensa-t-il en entendant sa voix s'affaisser comme une boule de chiffons dégringolant un escalier. *Elle va se mettre à pleurer, c'est sûr. Que faire, par la peste, que faire ?*

Les épaules courbées d'Essi tremblaient comme une feuille. La jeune fille détourna la tête pour pleurer sans un sanglot d'une manière étrangement silencieuse et paisible.

Je ne ressens rien du tout, se dit-il avec terreur. *Pas la moindre émotion. Si je la serre maintenant dans mes bras, ce sera un geste prémédité, calculé, sans spontanéité. Je vais la serrer dans mes bras, non parce que je le désire, mais parce que je sens qu'il le faut. Je ne ressens aucune émotion.*

Lorsqu'il lui enveloppa les épaules, elle cessa de pleurer et sécha ses larmes en agitant fortement la tête. Elle se retourna de manière à ce qu'il ne pût voir son visage puis elle plaqua fortement sa tête contre le torse de Geralt.

Une once d'abnégation, pensa-t-il, *ne serait-ce qu'une once… Cela la calmera : une embrassade, un baiser, un câlin… Elle ne veut rien de plus… Et même si cela ne suffit pas, quelle différence ? Une once d'abnégation et d'attention : elle est belle et digne d'un tel geste… Si elle en veut plus… Cela la calmera. Faire l'amour délicatement, paisiblement, en silence. Mais moi… Moi, cela m'est égal, car Essi fleure bon la verveine, pas le lilas et la groseille à maquereau ; elle n'offre pas de peau électrique et froide ; les cheveux d'Essi ne sont pas une tornade noire de boucles brillantes ; les yeux d'Essi sont beaux, doux, chauds et bleus, mais aucun violet profond, froid et sans passion ne s'en émane. Essi s'endormira après, tournera la tête et ouvrira légèrement les lèvres ; Essi ne sourira pas de triomphe. Car Essi…*

Essi n'est pas Yennefer.

C'est pourquoi je ne peux pas lui accorder ne serait-ce que cette once d'abnégation.

— Je t'en prie, Essi, ne pleure pas.

— Oui… (Elle s'éloigna de lui très lentement.) Oui… je comprends. On ne peut rien y changer.

Ils restèrent silencieux, assis l'un à côté de l'autre sur la paillasse bourrée de fanes de pois. Le soir approchait.

— Geralt, dit-elle soudain d'une voix qui tremblait. Peut-être… comme pour cette moule, cet étrange cadeau… pourrions-nous trouver une perle dans notre relation ? Plus tard ? Après un certain temps ?

— Je vois cette perle, finit-il par dire avec effort, sertie dans de l'argent, une fleur d'argent aux pétales finement ciselés. Je la vois pendue à ton cou au bout d'une chaîne, portée comme je porte ce médaillon. Ce sera ton talisman, Essi. Un talisman qui te protégera de toute forme de mal.

— Mon talisman, répéta-t-elle en laissant retomber sa tête. Une perle sertie d'argent dont je ne me séparerai jamais. Mon bijou, mon ersatz. Un tel talisman peut-il porter chance ?

— Oui, Essi. Sois-en sûre.

— Je peux rester encore assise à tes côtés ?

— Tu peux.

Le coucher du soleil approchait. L'obscurité tombait peu à peu. Ils restèrent ainsi, installés l'un à côté de l'autre sur une paillasse remplie de fane de pois, dans une pièce de grenier, dépourvue de meubles, avec pour tout mobilier une bougie éteinte plantée dans une flaque de cire froide.

Ils attendirent ainsi en silence très longtemps. Puis Jaskier rentra. Ils entendirent ses pas, des sons de son luth et son chantonnement. Dans la pièce, Jaskier remarqua leur présence sans dire un mot. Essi ne dit rien non plus. Elle se leva et sortit sans les regarder.

Jaskier ne fit aucun commentaire, mais le sorceleur vit dans son regard les mots qu'il ne prononça pas.

VIII

— Une race intelligente…, répéta Agloval perdu dans ses pensées, le coude reposé sur l'accoudoir de la chaise et le menton sur ses poings. Une civilisation sous-marine. Des créatures ichtyoïdes vivant au fond des mers. Un escalier menant jusqu'aux profondeurs. Geralt, tu me prends vraiment pour le plus naïf des ducs ?

Petit-Œil, debout à côté de Jaskier, renifla de colère. Jaskier agita la tête d'énervement. Geralt resta de marbre.

— Il m'est bien égal que tu me croies ou non. Mon devoir consiste à te prévenir. Les barques naviguant dans les environs ou les gens s'approchant des Dents du dragon par marée basse courent un risque mortel. Tu veux vérifier mes dires ; tu veux prendre ce risque : c'est ton affaire. Je ne fais que te prévenir.

— Ah ! intervint brusquement l'intendant Zelest assis derrière Agloval dans une alcôve de fenêtre. Si eux sont monstres comme elfes ou gobelins, alors pas dangereux. Moi peur que monstre soit pire : ensorcelé. D'après ce que dit sorceleur, c'est comme fantômes des profondeurs ou autres aiguayeurs. On peut venir à bout de fantômes. Jusqu'à mes oreilles sont parvenues nouvelles qu'un magicien a tué fantômes en un clin d'œil dans lac Mokva. Il a jeté dans eaux baril de philtre magique : fantômes foutus. Plus de traces.

— C'est la vérité, intervint Drouhard resté jusqu'alors silencieux. Il n'en est resté aucune trace… Mais les brèmes, brochets, écrevisses et mulettes ont subi le même sort ; tout comme les élodées au fond ; même les aulnaies du bord ont été asséchées.

— Merveilleux, commenta d'un air railleur Agloval. Merci pour cette brillante idée, Zelest. Tu en as d'autres ?

— C'est vrai… c'est vrai…, continua l'intendant en devenant fortement cramoisi. Magicien a exagéré un brin, lui allé un tantinet trop loin. Mais moi sans magicien je réussirai, duc. Sorceleur dit que combattre et abattre monstres, c'est possible. Alors ce sera guerre, seigneur. Comme jadis. Rien de neuf pour nous ! Hommes-marmottes vivaient dans montagnes. Où eux être maintenant ? Dans forêt on trouve encore elfes sauvages et mauvaises fées, mais eux aussi bientôt foutus. Il faut défendre notre terre comme ancêtres faisaient…

— Et seulement mes petits-enfants verront de nouveau la couleur des perles ? intervint le duc en grimaçant. Nous n'avons pas le temps, Zelest.

— Ce sera facile. Je dis : pour chaque barque avec pêcheurs, deux barques avec archers. Monstres deviendront raisonnables, apprendront peur. Pas vrai, seigneur sorceleur ?

Geralt le dévisagea froidement sans lui répondre.

Agloval exposa son profil le plus noble en tournant la tête et en se mordant les lèvres, puis posa son regard sur le sorceleur en clignant des yeux et en plissant le front.

— Tu n'as pas rempli ta mission, Geralt..., dit-il. Tu as une nouvelle fois gâché l'occasion de bien faire. Il est vrai que tu as fait preuve d'une certaine bonne volonté, je ne le nie pas. Mais je ne te paie pas pour la bonne volonté ; c'est le résultat que je paie. C'est l'efficacité qui m'intéresse, sorceleur, et ton efficacité, en l'occurrence, pardonne mon vocabulaire, est lamentable.

— Bien dit, cher duc ! lança Jaskier, railleur. Dommage simplement que vous n'ayez pas été avec nous aux Dents du dragon. Nous vous aurions alors donné, le sorceleur et moi-même, l'occasion de rencontrer l'une de ces créatures surgies de la mer une épée à la main. Vous comprendriez alors en quoi consiste la situation et cesseriez de tergiverser avec le paiement de votre dû...

— Comme un marchand de poisson, ajouta Petit-Œil.

— Je n'ai pas l'habitude de tergiverser, de marchander ou de discuter, répliqua tranquillement Agloval. J'ai dit que je ne te donnerai pas un sou, Geralt. Notre contrat disait en substance : éloigner le danger, éliminer la menace, rendre la pêche aux perles sûre. Et toi, que fais-tu ? Tu viens comme une fleur me raconter une histoire de race intelligente vivant au fond des mers. Tu me conseilles de me tenir le plus loin possible de l'endroit qui m'assure des ressources. Qu'as-tu fait réellement ? Tu en aurais tué... au fait, combien ?

— Leur nombre n'a aucune importance, répondit Geralt en pâlissant légèrement. Tout au moins pour toi, Agloval.

— Justement, il faut ajouter qu'il n'y a même pas de preuve. Si au moins tu m'avais ramené la main droite d'un de ces poissons-grenouilles, peut-être t'aurais-je accordé la récompense ordinaire que perçoit mon garde forestier lorsqu'il me rapporte quelques paires d'oreilles de loups.

— Eh bien, dit froidement le sorceleur, il ne me reste rien d'autre qu'à vous faire mes adieux.

— Tu te trompes, répondit le duc. Je te propose un travail à temps plein contre un salaire honnête : devenir capitaine de ma garde cuirassée qui protégera désormais les pêcheurs. Ce n'est pas une mission à vie ; tu pourras quitter ton service lorsque cette race intelligente comprendra qu'il vaut mieux éviter mes gens. Qu'en penses-tu ?

— Merci, mais je ne suis pas intéressé, répondit le sorceleur avec une grimace. Un tel travail ne me convient pas. J'estime que mener une guerre contre une autre race relève de l'idiotie. Il s'agit peut-être d'une activité idéale pour un duc blasé et désœuvré, mais pas pour moi.

— Oh, mais c'est que l'on fait le fier ! lança Agloval en riant. Cela confère presque au sublime ! Tu rejettes ma proposition de travail d'une manière digne de bien des rois. Tu renonces, avec les airs d'un riche sortant d'un repas copieux, à une bien belle somme d'argent. Geralt, as-tu mangé quelque chose aujourd'hui ? Non ? Et demain ? Et après-demain ? Tes chances s'amenuisent, sorceleur. Il est difficile en temps normal de gagner sa vie, *a fortiori* avec le bras en écharpe...

— Comment oses-tu ? hurla Petit-Œil. Comment oses-tu lui parler sur ce ton, Agloval ? Le bras qu'il porte en écharpe a été blessé pendant une mission que tu as toi-même ordonnée ! Comment peux-tu te comporter de manière aussi mesquine ?

— Arrête, l'interrompit Geralt. Arrête, Essi. Cela n'a aucun sens.

— Faux, répliqua-t-elle avec colère. Cela a du sens. Quelqu'un doit enfin dire la vérité à ce duc qui ne doit son titre qu'au fait que personne ne voulait, à part lui, régner sur ce petit rocher au bord de la mer, et qui se croit permis d'humilier les autres.

Agloval serra les dents en rougissant, mais garda le silence.

— Oui, Agloval, continua Essi, tu prends du plaisir à rabaisser tes semblables ; tu aimes à mépriser quelqu'un comme le sorceleur qui s'est dit prêt à perdre la vie pour ton argent. Mais tu dois savoir que le sorceleur se moque bien de ton mépris et de tes insultes ; que celles-ci ne l'impressionnent pas du tout ; qu'il ne les prend même pas en considération. Le sorceleur ne ressent même pas ce que tes serviteurs et sujets, Zelest et Drouhard, doivent ressentir : la honte profonde qui les ronge. Le sorceleur ne ressent pas ce que nous, Jaskier et moi-même, ressentons à ta vue : le dégoût. Sais-tu, Agloval, pourquoi il en est ainsi ? Je vais te le dire : parce que le sorceleur sait qu'il est meilleur que toi, qu'il te vaut mille fois. C'est cela qui lui donne cette force.

Essi s'interrompit. Elle baissa la tête suffisamment rapidement pour que Geralt n'eût pas le temps de remarquer la larme perlant au coin de son si bel œil. La jeune fille toucha de la main la fleur aux pétales d'argent pendant à son cou et au centre de laquelle avait été sertie la perle azur. Les pétales de la fleur mystérieusement tressés avaient été ciselés par un maître joaillier digne de ce nom. Le sorceleur avait été content de la qualité du travail de Drouhard, qui avait tout payé sans exiger de remboursement.

— C'est pourquoi, monsieur le duc, reprit Petit-Œil en relevant la tête, ne te ridiculise pas en proposant au sorceleur un poste de mercenaire dans l'armée que tu souhaites lever contre l'océan. Ne te ridiculise pas en présentant une proposition qui ne peut provoquer que le rire. Tu n'as pas encore saisi ? Tu peux te payer les services d'un sorceleur pour une mission ponctuelle, pour protéger les gens d'un mal ou d'une menace ; mais tu ne peux acheter un sorceleur et l'utiliser pour la réalisation de tes propres fins. Car un sorceleur, même blessé et affamé, te sera toujours supérieur. C'est pourquoi il se moque bien de ta misérable offre. Tu as compris ?

— Non, demoiselle Daven, répondit froidement Agloval. Je n'ai pas compris. Bien au contraire même, je comprends même de moins en moins. La première chose que je ne comprends pas, c'est pourquoi je n'ai pas encore ordonné qu'on vous pende haut et court tous les trois, après bien sûr qu'on vous eut bastonnés et marqués au fer rouge. Vous, demoiselle Daven, vous essayez de nous faire croire que vous savez tout, mais dites-moi donc alors pourquoi je vous épargne ?

— Mais oui, tout de suite, répondit du tac au tac la poétesse. C'est parce qu'au fond de toi, Agloval, dans ton cœur, subsiste une étincelle de dignité, un reste d'honneur que ton orgueil de nouveau riche et de mécréant n'a pas encore étouffé. Au fond de toi, Agloval : au plus profond de ton cœur capable encore d'aimer une sirène.

Agloval, blanc comme un linge, essuya ses mains moites sur les accoudoirs de son siège. *Bravo,* pensa le sorceleur, *bravo, Essi. Tu es superbe.* Mais il se sentait aussi las, terriblement las.

— Sortez, ordonna Agloval sourdement. Allez votre chemin. Partez où vous voudrez. Laissez-moi tranquille.

— Adieu, duc, dit Essi. Avant de partir, accepte encore ce conseil, un conseil que le sorceleur devrait te confier, mais dont je ne veux pas qu'il s'abaisse en te le donnant. Je le ferai donc à sa place.

— Je t'écoute.

— L'océan est grand, Agloval. Personne ne sait encore ce que l'horizon dissimule, si tant est qu'il dissimule quelque chose. L'océan est plus grand que la plus grande des forêts primitives au fond de laquelle vous avez chassé les elfes. Il est plus difficile d'accès que n'importe quelle montagne ou vallée où vous avez massacré les hommes-marmottes. Au fond de l'océan vit une race armée de cuirasses, connaissant les secrets du façonnage des métaux. Fais attention, Agloval. Si des archers commencent à accompagner les pêcheurs, une guerre commencera contre un ennemi que tu ne connais pas. Ce que tu comptes réaliser peut devenir un nid de frelons. Je te conseille donc de leur laisser la mer, car la mer n'est pas pour vous. Vous ne savez et vous ne saurez jamais où mènent les Marches qui descendent dans les profondeurs des Dents du dragon.

— Vous êtes dans l'erreur, demoiselle Essi, dit tranquillement Agloval. Nous saurons où mène cet escalier. Mieux encore : nous les emprunterons, ces Marches. Nous découvrirons ce qui se trouve de l'autre côté de l'océan, s'il s'y trouve quoi que ce soit. Et nous retirerons de cet océan tout ce que nous serons en mesure d'en retirer. Si nous n'en sommes pas capables, nos petits-enfants ou les petits-enfants de nos petits-enfants s'en chargeront. Ce n'est qu'une question de temps. Voilà ce que nous entreprendrons, l'océan dût-il se remplir de sang. Tu le sais bien, Essi, sage Essi, toi qui écris dans tes ballades la chronique de l'humanité. La vie n'est pas une ballade, pauvrette, petite poétesse à l'œil si charmant perdue dans le flot de la beauté de ses mots. La vie est un combat que les sorceleurs, justement si supérieurs à nous, nous ont appris. Ce sont eux qui ont ouvert la voie, qui l'ont creusée et l'ont jonchée des cadavres de ceux qui se sont mis en travers de la route des humains. Ce sont eux qui, avant nous, ont défendu ce monde. Nous, Essi, nous ne faisons que continuer ce combat. C'est nous, et non tes ballades, qui créerons la chronique de l'humanité. Nous n'avons aujourd'hui plus besoin des sorceleurs, car plus rien ne peut désormais nous arrêter. Rien.

Essi pâlit et souffla sur son bandeau en hochant violemment la tête.

—Vraiment rien, Agloval ?

—Rien, Essi.

La poétesse sourit.

Un tumulte parvint soudain des antichambres : des bruits de pas et des cris. Des pages et des gardes firent irruption dans la salle. Ils s'agenouillèrent ou s'inclinèrent en formant une haie.

Sh'eenaz apparut sur le seuil, vêtue d'une robe bleu de mer ornée de volants blancs comme l'écume. Un décolleté vertigineux dévoilait les charmes de la sirène légèrement dissimulés et décorés par un collier de néphrite et de lapis-lazuli digne d'admiration. Ses cheveux céladon frisés avec art étaient retenus par un diadème de coraux et de perles magnifiques.

—Sh'eenaz..., balbutia Agloval en tombant à genoux. Ma... Sh'eenaz...

La sirène s'approcha lentement d'un pas léger et gracieux, aussi fluide qu'une vague. Elle s'arrêta devant le duc en souriant de toutes ses petites dents blanches, puis, saisissant sa robe de ses petites mains, la souleva suffisamment haut pour que chacun pût vérifier par lui-même la qualité du travail effectué par la magicienne des mers. Geralt avala sa salive. La magicienne savait sans aucun doute ce qu'étaient de jolies jambes et comment les façonner.

—Ah ! s'écria Jaskier. Ma ballade... c'est exactement ce que j'écris dans ma ballade... Pour lui, elle a troqué sa queue pour des jambes, mais elle perd aussi la voix !

—Je n'ai rien perdu du tout, déclara Sh'eenaz en chantant ces mots dans la *lingua franca*. Pour l'instant. Je me sens comme neuve après cette opération.

—Tu parles notre langue ?

—Et alors, c'est interdit ? Comment vas-tu, Cheveux d'albâtre ? Oh, je vois que ta bien-aimée est là aussi... Essi Daven, si je me souviens bien. Tu la connais un peu mieux ou toujours seulement à peine ?

—Sh'eenaz..., balbutia Agloval de manière lancinante en s'approchant d'elle à genoux. Mon amour ! Ma chérie... mon unique... Enfin, tu t'es décidée... Enfin, Sh'eenaz !

D'un geste distingué, la sirène lui offrit sa main à baiser.

—Eh oui, car moi aussi je t'aime, idiot. Qu'est-ce qu'un amour incapable d'une once d'abnégation ?

IX

Leur départ de Bremervoord eut lieu par un frais petit matin brumeux voilant l'intensité du disque solaire apparu à l'horizon. Ils avaient décidé de partir tous les trois, sans toutefois en discuter vraiment et sans faire de projet commun, désirant simplement rester encore quelque temps ensemble.

Ils quittèrent le cap rocheux, dirent adieu aux falaises découpées à la serpe et dessinées à la verticale des plages, aux curieuses formations calcaires léchées par les vagues et les vents. En entrant dans la verte vallée fleurie de Dol Adalatte, l'odeur de la mer, le tumulte du ressac et les hurlements sauvages des mouettes subsistaient encore dans leurs narines et leurs oreilles.

Le bavard Jaskier ne cessait de passer du coq à l'âne : le pays de Bars et sa coutume idiote forçant les jeunes filles à rester vierges jusqu'au mariage ; les oiseaux de fer de l'île d'Inis Porhoet ; l'eau vivante et l'eau morte ; le goût et les propriétés stupéfiantes du vin de saphir appelé cill ; les quadruplés royaux d'Ebbing, de sales teignes querelleuses nommées Putzi, Gritzi, Mitzi et Juan Pablo Vassermiller. Il parla également en les critiquant des nouvelles tendances musicales et poétiques lancées par ses concurrents, piètres manifestations, selon lui, d'un art vivant n'en portant que le nom.

Geralt gardait le silence. Essi, elle aussi, se taisait ou ne répondait qu'à demi-mot. Le sorceleur sentait et évitait le regard qu'elle posait sur lui.

Ils traversèrent la rivière Adalatte sur un bac dont ils durent eux-mêmes tirer la corde, car le passeur, blanc comme un linge et se trouvant dans un état d'ébriété proche de l'épilepsie, ne pouvait lâcher le poteau d'amarrage qu'il tenait à deux mains et répondait systématiquement à toutes les questions qu'on lui posait par un « beuh » inexpressif.

La contrée située de l'autre côté de l'Adalatte plut au sorceleur. Les villages sis le long de la rivière étaient pour la plupart ceints de palissades, laissant présager qu'il y aurait du travail pour lui.

En début d'après-midi, profitant d'une pause – ils donnaient à boire aux chevaux et Jaskier s'était éloigné –, Essi s'approcha de Geralt sans prévenir.

— Geralt, dit-elle à mi-voix. Je… n'en peux plus. C'est au-dessus de mes forces.

Le sorceleur essaya d'éviter son regard, mais elle ne lui permit pas de se dérober. Essi joua avec la perle azur sertie dans la fleur d'argent qu'elle tenait suspendue à son cou. Geralt regretta une nouvelle fois qu'elle ne fût pas la créature aux yeux de poisson dissimulant son sabre sous l'eau.

— Geralt… Nous devons résoudre ce problème, n'est-ce pas ?

Elle attendit sa réponse : un mot, un seul, une once de réaction. Mais le sorceleur savait qu'il n'avait rien qu'il pût lui consacrer et ne voulait pas lui mentir. En fait, il n'osait lui avouer la vérité de peur de lui faire mal.

Jaskier, l'inébranlable Jaskier et son tact habituel, sauva finalement la situation en apparaissant soudain :

— Ça, c'est sûr ! hurla-t-il en plongeant dans l'eau un bâton qui éparpilla les joncs et d'énormes orties de rivière. Vous devez vraiment décider quelque chose, il est grand temps ! Je n'ai pas envie de regarder plus longtemps le spectacle qui se joue entre vous ! Qu'attends-tu donc de lui, Poupée ? Quelque chose d'impossible ? Et toi, Geralt, sur quoi comptes-tu ? Que Petit-Œil lise dans tes pensées, comme… oui, comme l'autre ? Et qu'elle se contente de cette situation confortable pour toi dans laquelle, sans devoir dévoiler tes émotions, tu n'es tenu à aucune explication et à aucun refus ? Combien de temps vous faudra-t-il pour vous entendre ? Quand projetez-vous de vous comprendre ? Dans combien d'années ? Sous forme de souvenirs ? Demain, nous nous séparons, par le diable ! Oh, j'en ai assez de vous deux. Écoutez : moi, je me coupe une branche de noisetier pour aller à la pêche, et vous, pendant ce temps, vous aurez du temps pour tout vous dire. Dites-vous tout ! Essayez de vous comprendre mutuellement. Ce n'est pas aussi difficile que vous le croyez. Après, par tous les dieux, faites-le. Fais-le avec lui, Poupée. Fais-le avec elle, Geralt et sois bon pour elle. Et alors, par la peste, ou bien ça vous passera ou bien…

Jaskier tourna violemment les talons en brisant un jonc et en jurant. Il avait l'intention de pêcher jusqu'à la tombée de la nuit avec une branche de noisetier montée d'un crin de cheval.

Lorsqu'il disparut, Geralt et Essi restèrent immobiles pendant un long moment, appuyés contre le tronc d'un saule penché au-dessus du courant. Ils restèrent silencieux en se tenant par la main. Puis le sorceleur se mit à parler longtemps et à mi-voix ; Petit-Œil l'écouta les larmes aux yeux.

Puis ils le firent.

Et tout rentra dans l'ordre.

X

Le lendemain, ils organisèrent une sorte de souper d'adieu. Essi et Geralt avaient acheté dans un village un agneau déjà préparé. Pendant le marchandage, Jaskier avait volé en douce de l'ail, des oignons et des carottes dans le potager situé derrière la maison. Ils dérobèrent encore en partant une marmite légèrement percée déposée derrière la haie du maréchal-ferrant. Le sorceleur dut en colmater les trous en usant du Signe d'Igni.

Le dîner d'adieu eut lieu dans une clairière au fond de la forêt. Le feu crépitait gaiement. Geralt faisait revenir avec soin l'animal préparé en touillant le contenu de la marmite fumante avec la crête d'un pin élaguée. Jaskier épluchait les oignons et les carottes. Petit-Œil, qui n'avait aucune notion de cuisine, se contenta de leur rendre le temps agréable en chantant sur son luth des couplets grivois.

Ce fut un souper de fête. Au petit matin, il était convenu que chacun irait son chemin à la recherche de ce qu'il possédait déjà. Mais inconscients de ce fait, ignorant jusqu'où la route les mènerait, ils avaient décidé de se séparer.

Après avoir mangé à satiété et bu de tout leur saoul la bière que Drouhard leur avait offerte, ils bavardèrent et rirent ensemble. Jaskier et Essi rivalisèrent de chansons. Geralt, couché sur des branchages d'épicéa, les mains posées sous la nuque, pensait qu'il n'avait encore jamais entendu de si belles voix et de si belles ballades. Il pensa à Yennefer. Il pensa également à Essi. Il eut le pressentiment que…

En fin de soirée, Petit-Œil chanta avec Jaskier le célèbre duo de Cynthia et Vertven, un merveilleux chant d'amour commençant par les mots : *« Ce ne sont pas mes premières larmes… »* Geralt eut l'impression que même les arbres se penchaient pour écouter les troubadours.

Puis Petit-Œil, qui sentait la verveine, se coucha à côté de lui, se serra contre ses épaules, plaqua sa tête sur son torse, puis soupira peut-être deux fois avant de s'endormir sereinement. Le sorceleur ne trouva le sommeil que bien plus tard.

Jaskier, absorbé par les lueurs du feu s'éteignant peu à peu, resta encore assis en jouant quelques accords discrets sur son luth.

Il commença par quelques mesures qu'il transforma en une mélodie tranquille. Les mots naissaient avec la musique, capturés par elle comme des insectes par l'ambre translucide.

La ballade racontait les aventures d'un certain sorceleur et d'une certaine poétesse : les circonstances de leur rencontre au bord de la mer, dans le tumulte des mouettes ; leur coup de foudre mutuel ; la sincérité de leur amour ; leur indifférence pour la mort incapable de détruire cet amour et de les séparer.

Jaskier savait que peu de gens croiraient en l'histoire de cette ballade, mais il n'en avait cure : on écrit une ballade pour l'émotion qu'elle transmet.

Jaskier aurait pu changer, quelques années plus tard, le contenu de cette ballade pour rétablir la vérité. Il n'en fit rien. L'histoire véritable n'eût en effet ému personne. Qui voudrait en effet entendre que le sorceleur et la poétesse se séparèrent et ne se revirent jamais ? Que quatre ans plus tard, Petit-Œil mourut de la variole à Wyzima pendant une épidémie ? Que Jaskier transporta à bout de bras son cadavre entre les bûchers ardents pour l'enterrer loin de la ville, seule et tranquille, dans la forêt, et avec elle, conformément à son souhait, deux objets : son luth et sa perle azur dont elle ne s'était jamais séparée.

Non, Jaskier en resta à la première version de sa ballade, mais il ne la chanta plus. Jamais et pour personne.

Au petit matin, un loup-garou affamé et furieux profita de la pénombre de la nuit non encore dissipée pour faire irruption dans le campement ; mais, reconnaissant la voix de Jaskier, il écouta un instant la mélodie avant de disparaître dans la forêt.

L'Épée de la providence

I

Il découvrit le premier cadavre vers midi.

La vue des morts ébranlait rarement le sorceleur. Son regard passait le plus souvent dessus avec une parfaite indifférence. Mais pas cette fois.

Le garçon devait avoir quinze ans. Il reposait sur le dos, les jambes largement écartées ; quelque chose, sur ses lèvres, s'était figé, comme une grimace de terreur. Geralt savait néanmoins que l'enfant avait succombé sur le coup, qu'il n'avait pas souffert, qu'il n'avait probablement même pas vu la mort arriver. La flèche avait transpercé l'œil et pénétré profondément dans le crâne jusqu'à l'occiput. L'empenne constituée de plumes de poule faisane tigrées peintes en jaune dépassait au-dessus des herbes.

Geralt regarda autour de lui rapidement. Il découvrit sans mal ce qu'il cherchait : une seconde flèche, identique, fichée dans le tronc d'un pin, environ six pas en arrière. Il comprit ce qui s'était passé. L'enfant n'avait pas saisi l'avertissement : effrayé par le sifflement et l'impact de la flèche, il s'était mis à courir dans la mauvaise direction. Du côté où la flèche lui intimait de ne plus avancer et de faire demi-tour. Le sifflement fulgurant et vénéneux de la plume, le bref impact de la pointe se fichant dans le bois. « Humain ! Pas un pas de plus ! » Voilà ce que déclaraient ce sifflement et cet impact. « Humain ! Retire-toi ! Va-t'en au plus vite de Brokilone. Tu as conquis le monde entier, humain, partout tu as laissé ta trace, partout tu colportes ce que tu nommes modernité, ère du changement, ce que tu nommes progrès. Mais nous ne voulons ni de toi ni de ton progrès. Nous ne désirons aucun de tes changements. Nous ne voulons rien de ce que tu apportes. » Sifflement, impact. « Hors de Brokilone ! »

Humain, retire-toi de Brokilone, pensa le sorceleur. *Que tu aies quinze ans, traversant la forêt, pourchassé par la peur, sans retrouver ton chemin. Que tu en aies soixante-dix, forcé de ramasser du bois mort, car ton inutilité te vaudra d'être chassé de la chaumière et d'être privé de nourriture. Que tu en aies six, attiré là par les fleurs qui bleuissent dans la clairière inondée de soleil. Hors de Brokilone ! Sifflement, impact.*

Autrefois, pensa-t-il, *avant de tirer pour tuer, elles prévenaient deux fois. Trois fois même.*

Autrefois, pensa-t-il, en reprenant son chemin. *Autrefois.*

Le progrès…

La forêt ne semblait pas mériter une aura aussi sinistre. Elle était, de fait, terriblement sauvage et impénétrable, mais rien de plus ordinaire pour les profondeurs d'une forêt où chaque percée de lumière, chaque tache de soleil que les branches et les feuilles des grands arbres laissaient filtrer, était instantanément exploitée par des dizaines de jeunes bouleaux, aulnes et charmes, par les ronces, les genévriers et les fougères recouvrant de leurs pousses une lande de bois cassant, de branches desséchées et de troncs pourris, vestige des arbres les plus anciens au terme de leur bataille et de leur vie. Ce n'était pourtant pas le lourd silence de mauvais augure associé d'ordinaire à ces lieux qui dominait. Au contraire, Brokilone vivait. Les insectes bourdonnaient, des lézards bruissaient sous les pas, des scarabées arc-en-ciel filaient à toutes pattes, des milliers d'araignées grouillaient sur des toiles que les gouttes faisaient scintiller, des piverts s'acharnaient par séries sur les troncs, les geais jasaient.

Brokilone vivait.

Mais le sorceleur ne s'en laissait pas pour autant conter. Il savait où il était et il n'oubliait pas le garçon à l'œil transpercé. Parmi les mousses et les aiguilles, il voyait parfois des os blanchis parcourus par les fourmis carnivores.

Il continua son chemin – prudemment, mais rapidement. Les traces étaient fraîches. Il pensait pouvoir rattraper, arrêter et faire revenir les gens qu'il talonnait. Il pensait encore, malgré tout, qu'il n'était pas trop tard.

À tort.

Il n'aurait pas remarqué le deuxième cadavre sans le reflet du soleil sur la lame du glaive que le mort serrait dans sa main. C'était un homme adulte. La simplicité de son habit gris foncé révélait une origine modeste. À l'exception des taches de sang auréolant les deux flèches plantées dans son torse, sa tenue était propre et neuve : il ne s'agissait donc pas d'un simple valet.

Geralt observa autour de lui et aperçut le troisième cadavre vêtu d'une veste de cuir et d'un sayon vert. La terre, autour du mort, était entièrement foulée, la mousse et les aiguilles arrachées jusqu'au sable. Cela ne faisait aucun doute : cet homme avait souffert longtemps.

Il entendit un gémissement.

Vite, il écarta les genévriers et remarqua le profond trou de souche que ceux-ci dissimulaient. Dans l'excavation, un homme de forte constitution était allongé sur les racines déterrées d'un pin. Ses cheveux étaient noirs, comme sa barbe, contrastant avec la pâleur effrayante, cadavérique même, de son visage. Son pourpoint clair en peau de cerf était rouge de sang.

Le sorceleur sauta dans le trou. Le blessé ouvrit les yeux.

— Geralt…, gémit-il. Ô dieux… Je dois rêver…

— Freixenet ? s'étonna le sorceleur. Toi ici ?

— Je… ah…

— Ne bouge pas. (Geralt s'agenouilla à ses côtés.) Où es-tu blessé ? Je ne vois pas de flèche…

— Elle m'a transpercé de part en part. J'ai brisé la pointe, puis je l'ai retirée… Écoute, Geralt…

— Tais-toi, Freixenet, car tu vas perdre tout ton sang. Tu as un poumon percé. Je dois te sortir de là, sacrebleu ! Que diable faisiez-vous à Brokilone ? C'est le territoire des dryades, leur sanctuaire ; personne n'en sort vivant. Tu ne le sais pas ?

— Plus tard…, gémit Freixenet. (Il cracha du sang.) Plus tard, je t'expliquerai… Maintenant, sors-moi de là… Ah ! sacredieu ! Doucement… ah…

— Je n'y arriverai pas. (Geralt se releva, regarda autour de lui.) Tu es trop lourd…

— Laisse-moi, marmonna le blessé. Laisse-moi, tant pis… Mais sauve-la… Par tous les dieux, sauve-la…

— Qui ?

— La princesse… ah… Retrouve-la, Geralt…

— Tiens-toi tranquille par tous les diables ! Je vais trouver quelque chose pour t'extirper de là.

Freixenet toussa fortement et cracha de nouveau ; un dense filet de sang pendait à sa barbe. Le sorceleur jura. Il sauta hors du trou et examina les alentours. Ayant besoin de deux jeunes arbres, il se dirigea vers l'extrémité de la clairière où il avait remarqué une aulnaie.

Sifflement, impact.

Geralt se figea. La flèche décochée dans le tronc à hauteur de sa tête portait une empenne en plume d'épervier. Il regarda dans la direction indiquée par le fût en frêne ; il savait d'où l'on avait tiré. À quelque cinquante pas se trouvait un autre trou, un arbre dessouché dressant vers le ciel l'enchevêtrement de ses racines et retenant encore une énorme masse de terre sableuse. Plus loin, il y avait un prunellier massif et l'obscurité striée par les bandes claires des troncs des bouleaux. Il ne voyait personne. Il savait qu'il ne verrait rien.

Il leva les deux mains en l'air, très doucement.

— *Ceádmil ! Vá an Eithné meáth e Duén Canell ! Esseá Gwynbleidd !*

Il entendit le bruissement assourdi d'une corde qui se détend, puis aperçut une flèche tirée délibérément pour qu'il pût, cette fois, la repérer : droit dans le ciel. Il la regarda s'élever, arrêter sa course puis retomber obliquement. Geralt s'immobilisa. La flèche se planta dans la mousse pratiquement à la verticale à deux pas de lui. Presque instantanément, une seconde flèche rejoignit la première selon un angle identique. Il redoutait de ne pas voir surgir la prochaine.

— *Meáth Eithné !* répéta-t-il. *Esseá Gwynbleidd !*

— *Gláeddyv vort !*

Une voix semblable à un souffle de vent avait répondu. Une voix, pas une flèche. Il vivait. Doucement, le sorceleur desserra la boucle de son ceinturon, tira son épée en la tenant loin de son corps puis la jeta au sol. La seconde dryade sortit sans bruit de derrière le tronc d'un sapin environné de genévriers, à moins de dix pas de lui. Bien qu'elle fût de petite taille et svelte, le tronc semblait plus fin encore. Geralt ne comprenait pas comment il avait pu ne pas la remarquer en arrivant. Son habit – un arlequin de tissus mêlant de nombreuses nuances de vert et de brun, des feuilles et des morceaux d'écorce, mais ne gâtant pourtant en rien la grâce de son corps – l'avait efficacement camouflée. Ses cheveux, attachés sur le front par un foulard noir, étaient de couleur olive, et des rayures peintes avec du brou de noix striaient son visage.

À n'en point douter, la dryade bandait son arc et le visait.

—*Eithné!* cria-t-il.

—*Thdess aep!*

Il se tut, docile, sans bouger, les mains éloignées du corps. La dryade ne baissait pas son arme.

—*Dunca!* cria-t-elle. *Braenn! Caemm vort!*

Celle qui venait de tirer surgit du prunellier, franchit le tronc dessouché en sautant habilement par-dessus le trou. Malgré l'amas de branches séchées, il n'en entendit pas une seule craquer sous ses pas. Il perçut derrière lui un léger bruissement, comme le frémissement d'une feuille promenée par le vent. Il savait que la troisième dryade se tenait dans son dos.

Celle-ci ramassa l'épée de Geralt en se déplaçant comme l'éclair. Elle avait des cheveux de couleur miel, serrés par un bandeau de jonc. Un carquois rempli de flèches oscillait dans son dos.

Celle qui se trouvait le plus loin, près du trou, se rapprocha rapidement. Son habit ne se différenciait pas de celui de ses compagnes. Elle portait sur des cheveux mats de couleur brique une couronne de trèfles et de bruyère tressée. Son arc demeurait au repos, mais une flèche était encochée.

—*T'en thesse in meáth aep Eithné llev?* demanda-t-elle en s'approchant très près.

Sa voix était extraordinairement mélodique; ses yeux énormes et noirs.

—*Ess' Gwynbleidd?*

—*Aé... aesseá...*, balbutia-t-il. (Mais les mots du dialecte brokilonien si chantants dans la bouche des dryades ne pouvaient sortir de sa bouche et lui meurtrissaient les lèvres.) L'une d'entre vous parle-t-elle la *lingua franca*? Je ne connais pas bien...

—*An' váill. Vort llinge*, coupa-t-elle.

— Je suis Gwynbleidd, Loup-Blanc. Mme Eithné me connaît. J'ai une mission auprès d'elle. J'ai déjà résidé à Brokilone. À Duén Canell.

— *Gwynbleidd.*

Cheveux de brique cilla des yeux.

— *Vatt'ghern ?*

— Oui, confirma-t-il. Le sorceleur.

Cheveux d'olive retint sa colère et baissa son arc. Cheveux de brique observait Geralt avec de grands yeux ; son visage rayé de vert demeurait complètement immobile, mort, comme celui d'une statue. Cette immobilité ne permettait pas de porter un jugement sur la beauté de ses traits ; la pensée butait sur son indifférence, son insensibilité, voire sa cruauté. Geralt se reprocha intérieurement ce jugement qui prêtait faussement de l'humanité à cette dryade. Il aurait dû savoir qu'elle était tout simplement plus âgée que les deux autres. Malgré les apparences, elle était effectivement beaucoup, beaucoup plus vieille.

Le silence restait suspendu à leur indécision. Geralt entendit Freixenet gémir, geindre, tousser. Cheveux de brique devait, elle aussi, l'avoir entendu, mais son visage demeurait impassible. Le sorceleur mit ses mains sur les hanches.

— Là-bas, dans le trou, dit-il tranquillement, il y a un blessé. Sans aide, il va mourir.

— *Tháess aep !*

Cheveux d'olive banda son arc, dirigeant la pointe de la flèche directement sur le visage de Geralt.

— Vous voulez le laisser crever ? continua-t-il sans hausser la voix. Qu'il s'étouffe doucement avec son sang, tout simplement ? Il vaudrait mieux l'achever dans ce cas.

— Ferme-la ! aboya la dryade, usant de la *lingua franca.*

Elle baissa pourtant son arme et relâcha la tension de la corde. Elle se tourna vers la deuxième avec un air interrogateur. Cheveux de brique hocha la tête en indiquant le trou de souche. Cheveux d'olive y courut, rapidement, sans un bruit.

— Je veux voir Mme Eithné, répéta Geralt. Je suis en mission…

Désignant Cheveux de miel, la plus âgée dit :

— Elle te conduira jusqu'à Duén Canell. Va.

— Frei… et le blessé ?

La dryade le regarda en papillotant des yeux. Elle continuait de s'amuser avec sa flèche encochée.

— Ne t'en soucie point, lui répondit-elle. Va. Elle te conduira.

— Mais...

— *Va'en vort!* coupa-t-elle en serrant les lèvres.

Geralt haussa les épaules et se tourna vers Cheveux de miel. Il lui semblait qu'elle était la plus jeune des trois, mais il pouvait se tromper. Il remarqua le bleu de ses yeux.

— Partons.

— Soit, répondit Cheveux de miel. (Après un moment d'hésitation, elle lui rendit son épée.) Partons.

— Comment t'appelles-tu ? demanda-t-il.

— Ferme-la.

Elle lui fit très rapidement traverser le cœur de la forêt sans lui accorder un regard. Geralt dut faire un effort pour la suivre. La dryade agissait délibérément – Geralt le savait – pour que l'homme qu'elle guidait s'écroule enfin dans les broussailles en se lamentant, qu'il s'effondre, épuisé, incapable de poursuivre. Trop jeune pour savoir qu'il était sorceleur, elle ignorait qu'elle n'avait pas affaire à un humain.

La jeune fille – Geralt avait compris qu'elle n'était pas une dryade de sang – s'arrêta soudain et se retourna. Il voyait ses seins ondoyer fortement sous son surtout moucheté ; elle s'efforçait avec peine de ne pas respirer par la bouche.

— On ralentit ? proposa-t-il avec un sourire.

— *Yeá.* (Elle le dévisagea de mauvaise grâce.) *Aeén esseáth Sidh ?*

— Non, je ne suis pas un elfe. Comment t'appelles-tu ?

— Braenn, répondit-elle en reprenant la marche d'un pas moins soutenu, sans intention de le semer.

Ils marchaient désormais ensemble, l'un à côté de l'autre. Geralt sentait l'odeur de sa transpiration : la transpiration ordinaire d'une jeune fille ordinaire. La sueur des dryades rappelait l'odeur des feuilles de saule que l'on froisse.

— Et comment te nommais-tu avant ?

Elle le fixa dans les yeux. Ses lèvres se contractèrent soudain. Il pensa qu'elle allait se fâcher ou qu'elle lui ordonnerait de se taire. Elle n'en fit rien.

— Je ne me souviens point, répondit-elle en hésitant.

Il pensa qu'elle mentait.

Elle ne paraissait pas avoir plus de seize ans et ne pouvait pas résider à Brokilone depuis plus de six ou sept ans : si elle avait été accueillie plus tôt, encore petit enfant ou nouveau-né, il n'aurait pas pu reconnaître en elle un être humain. Des yeux bleus et des cheveux clairs, cela était aussi possible chez les dryades. Les enfants dryades, conçus lors de contacts célébrés avec les elfes ou les êtres humains, héritaient uniquement des qualités organiques des mères et ne pouvaient naître que filles. Il était excessivement rare, et en général uniquement dans les générations tardives, qu'un enfant naisse avec les yeux ou les cheveux d'un ancêtre mâle anonyme. Geralt était néanmoins sûr que Braenn ne possédait aucune goutte de sang dryade. Cela n'avait d'ailleurs pas grande importance. De naissance ou non, elle en était maintenant bel et bien une.

— Et toi ? (Elle l'observait avec méfiance.) Comment te nommes-tu ?

— Gwynbleidd.

Elle hocha la tête.

— Allons… Gwynbleidd.

Ils avançaient plus lentement que précédemment, mais toujours avec une certaine vélocité. Braenn, c'était évident, connaissait bien Brokilone. S'il avait été seul, le sorceleur n'aurait pas pu maintenir un tel rythme et le bon cap. Braenn atteignit rapidement la lisière de la forêt ; elle emprunta des sentiers sinueux, camouflés, traversa les ravines en courant avec agilité sur les troncs abattus comme sur des ponts, pataugea vaillamment dans les étendues lustrées de marais verdis par les lentilles d'eau que le sorceleur n'eût jamais osé traverser seul, perdant ainsi plusieurs heures, voire plusieurs jours, pour les contourner.

La présence de Braenn ne protégeait pas uniquement Geralt de la nature sauvage. Il y avait des lieux où la dryade ralentissait le pas, avançait très prudemment, tâtait le terrain, prenait le sorceleur par la main. Il comprenait pourquoi : les pièges de Brokilone étaient légendaires. On parlait d'empalement dans des fosses, de dispositifs de flèches, d'arbres s'écroulant, du terrible « hérisson » : une boule hérissée d'épines accrochée au bout d'une corde et chutant à l'improviste en nettoyant tout sur son passage. Il y avait aussi des lieux où Braenn s'arrêtait et sifflait mélodiquement. Des sifflements provenant des broussailles lui répondaient alors. Il y avait aussi des lieux où elle s'immobilisait, la main posée sur une flèche de son carquois, imposant le silence à Geralt et attendant, tendue, que la cause du bruit s'éloigne des fourrés.

Ils durent bivouaquer malgré l'efficacité de leur marche. Braenn choisit infailliblement une hauteur où les bouffées d'air chaud réduisaient les variations de température. Ils dormirent sur des fougères desséchées, tout près l'un de l'autre : une coutume dryade. Au milieu de la nuit, Braenn se blottit très fort contre lui. Rien de plus. Il la serra dans ses bras. Rien de plus. Elle était dryade. Il ne s'agissait que de se réchauffer.

Ils reprirent leur chemin à l'aube, presque encore dans l'obscurité.

II

Ils traversèrent un terrain semé de coteaux moins boisés, suivant le méandre de vallons brumeux et laissant derrière eux de grandes clairières herbeuses et des bois dévastés.

Braenn s'arrêta une nouvelle fois. Elle inspecta les alentours. Son attitude pouvait indiquer qu'elle avait perdu son chemin, mais Geralt savait que cela était impossible. Profitant de cet arrêt, il s'assit sur un tronc abattu.

Il entendit alors un cri. Court. Strident. Désespéré.

Braenn mit immédiatement genou à terre en retirant deux flèches de son carquois. Elle en saisit une entre les dents, encocha la seconde et banda son arc en visant au jugé à travers les buissons.

— Ne tire pas ! cria Geralt.

Il sauta par-dessus le tronc et traversa le massif de végétation.

Dans une modeste clairière, au pied d'un escarpement rocheux, un petit être vêtu d'une vareuse grise était acculé contre un charme. À cinq pas de lui, quelque chose s'approchait lentement en remuant les herbes. Ce quelque chose brun foncé mesurait dans les deux toises. Tout d'abord, Geralt pensa qu'il s'agissait d'un serpent, mais il remarqua des pattes jaunes, mobiles, crochues et les segments plats d'un long thorax. Il comprit que ce n'était pas un serpent. Que c'était bien pire.

Pressé contre l'arbre, le petit être ne cessait de pousser de petits cris plaintifs. Les longues antennes frémissantes du myriapode géant, captant odeurs et chaleur, dépassaient au-dessus des herbes.

—Ne bouge pas! hurla le sorceleur en tapant du pied pour détourner l'attention du scolopendromorphe.

Mais le myriapode ne réagit pas: ses antennes venaient de repérer le parfum de sa prochaine victime. Le monstre se mit en branle, s'enroula en S et s'élança. Ses pattes d'un jaune éclatant scintillaient à travers les herbes avec la régularité des rames d'une galère.

—Yghern! cria Braenn.

En deux bonds, Geralt atteignit la clairière. Il retira en courant l'épée de son fourreau dorsal. D'un coup de hanche et profitant de son élan, il projeta sur le côté le petit être pétrifié dans un buisson de ronces. Le scolopendromorphe commença à frémir dans l'herbe; il piétina puis se jeta sur le sorceleur en soulevant ses segments antérieurs et en faisant claquer ses crochets suintant de venin. Geralt fit un pas de danse, sauta par-dessus la carcasse plate du monstre et, se retournant, essaya de frapper de son épée un interstice vulnérable de la carapace thoracique. Le monstre fut néanmoins trop rapide; l'épée ripa sur l'enveloppe chitineuse sans l'entamer, comme si un épais tapis de mousse avait amorti le coup. Geralt essaya de se sauver, mais sans vivacité. Le scolopendromorphe enroula avec une force colossale son abdomen autour des jambes du sorceleur qui perdit l'équilibre. Celui-ci voulut s'en libérer pour s'en extraire. Sans succès.

Le myriapode s'incurva et se retourna pour le saisir avec ses forcipules. Ce faisant, il érafla violemment l'arbre en se lovant autour de lui. À ce moment-là, une flèche siffla au-dessus de la tête de Geralt; elle traversa bruyamment la carapace de l'animal, clouant celui-ci au tronc de l'arbre. Le myriapode s'entortilla, brisa la flèche et se dégagea; mais déjà deux autres projectiles le frappaient. Le sorceleur put rejeter avec ses pieds l'abdomen ondoyant et roula sur le côté.

Un genou à terre, Braenn tirait flèche sur flèche avec une vitesse inouïe, sans jamais rater le scolopendromorphe. Celui-ci brisait les empennes; mais chaque flèche supplémentaire le clouait à l'arbre. L'animal à gueule plate, luisante et roux foncé, faisait claquer sa mâchoire; il refermait ses crochets là où les pointes des flèches le transperçaient, pensant stupidement pouvoir ainsi frapper l'ennemi qui le blessait.

Geralt sauta de côté et mit un terme au combat d'un seul coup d'épée assené à toute volée. L'arbre fit office de billot.

Braenn s'approcha lentement, l'arc toujours bandé ; elle donna un coup de pied dans le thorax de l'animal qui continuait de se tortiller dans l'herbe et de remuer les pattes ; elle lui cracha dessus.

— Merci, dit le sorceleur en écrasant la tête coupée du myriapode avec son talon.

— Plaist-il ?

— Tu m'as sauvé la vie.

La dryade le regarda. Il n'y avait dans ce regard ni compréhension ni émotion.

— Yghern, répondit-elle en tapotant du pied la carcasse encore frémissante. Il m'a brisé quelques sagettes.

— Tu m'as sauvé la vie et celle de cette petite dryade, répéta Geralt. Mais diable, où est-elle passée ?

Braenn écarta avec soin les buissons de ronces en enfonçant profondément son bras à travers les pousses épineuses.

— C'est ce que je pensois, s'exclama-t-elle en extirpant des broussailles le petit être dans sa vareuse grise. Regarde toi-mesme, Gwynbleidd.

Il ne s'agissait pas d'une dryade. Ce n'était pas non plus un elfe, une sylphide, un lutin ou un hobbit. C'était la plus humaine des petites filles. À l'intérieur même du territoire de Brokilone : le lieu le moins propice au séjour d'un tel être…

Elle portait des cheveux clairs, gris souris, et de grands yeux impétueusement verts. Elle ne pouvait pas avoir plus de dix ans.

— Qui es-tu ? demanda-t-il. D'où viens-tu ?

Elle ne répondit pas. *Où l'ai-je déjà vue ?* pensa-t-il. *Je l'ai déjà vue quelque part. Elle ou quelqu'un qui lui ressemble beaucoup.*

— N'aie pas peur, lui dit-il d'un air embarrassé.

— Je n'ai pas peur, marmonna-t-elle entre ses dents.

Elle était visiblement enrhumée.

— Éclipsons-nous, intervint Braenn en inspectant les alentours. Quand un yghern paraît, un second apparaît souvent simultanément. Je n'ay plus beaucoup de sagettes.

La petite fille posa son regard sur la dryade, ouvrit les lèvres et se frotta la bouche avec le plat de sa main pour en enlever la poussière.

—Mais par le diable, qui es-tu donc? répéta Geralt en se penchant sur elle. Que fais-tu dans… dans cette forêt ? Comment es-tu arrivée jusqu'ici ?

La petite fille baissa la tête en reniflant.

—Tu es sourde? Qui es-tu? Je te le demande. Comment t'appelles-tu ?

—Ciri, avoua-t-elle en reniflant.

Geralt se retourna. Braenn, qui vérifiait son arc, croisa furtivement son regard.

—Écoute, Braenn…

—Plaist-il ?

—Est-il possible… Est-il possible qu'elle… qu'elle vous ait échappé… qu'elle se soit enfuie de Duén Canell ?

—Plaist-il ?

—Ne joue pas à l'imbécile avec moi, s'énerva-t-il. Je sais que vous enlevez de jeunes humaines. Es-tu toi-même arrivée à Brokilone en tombant du ciel ? Je te demande : est-il possible que…

—Non, coupa la dryade. Je ne l'ay jamais vue auparavant.

Geralt observait la petite fille. Ses cheveux gris cendre décoiffés, parsemés d'aiguilles de pin et de feuilles, sentaient néanmoins la propreté : nulle odeur de fumée, d'étable ou de graisse. Ses mains, sales assurément, étaient menues et délicates, sans cicatrice ni marque. L'habit d'enfant qu'elle portait, une vareuse grise à capuchon rouge, ne trahissait nulle origine, mais ses chaussures montantes avaient été confectionnées en cuir de veau. Il ne s'agissait décidément pas d'une enfant de la campagne. *Freixenet!* se rappela soudain le sorceleur. *C'est elle que recherchait Freixenet! C'est pour elle qu'il était entré dans Brokilone.*

—D'où viens-tu, petite morveuse ? Je te le demande.

—Comment oses-tu t'adresser à moi de la sorte ?

La petite releva insolemment la tête et frappa du pied contre le sol, mais la mousse moelleuse amortit son geste.

—Ah! s'exclama le sorceleur en souriant. Nous y sommes, princesse. Pour ce qui est en tout cas de la parole, car l'aspect extérieur reste misérable. Tu viens de Verden, n'est-ce pas ? Tu sais qu'on te recherche ? Ne t'inquiète pas, je te ramènerai à la maison. Écoute, Braenn…

À peine eut-il tourné son regard que la petite fille tourna les talons et se mit à courir.

— *Bloede Turd!* hurla la dryade en empoignant son carquois. *Caemm 'ere!*

La petite courait à l'aveuglette, en piétinant le sol et en trébuchant sur les branches sèches.

— Arrête-toi ! lui cria Geralt. Où vas-tu, petite peste ?

Braenn banda instantanément son arc. La flèche siffla avec violence en suivant le trajet d'une parabole plate ; la pointe se ficha bruyamment dans un arbre en frôlant les cheveux de la petite fille qui se tassa et tomba au sol.

— Espèce d'idiote ! grogna méchamment le sorceleur en s'approchant de la dryade. (Braenn extirpa avec agilité une nouvelle flèche de son carquois.) Tu aurais pu la tuer !

— Ici c'est Brokilone, répondit-elle avec arrogance.

— Et elle, c'est une enfant !

— Et doncques ?

Il remarqua sans laisser échapper un mot que l'empenne de la flèche avait été réalisée avec des plumes de poule faisane tigrées peintes en jaune. Il lui tourna le dos et s'enfonça rapidement dans le bois.

Recroquevillée au pied d'un arbre, la petite fille avait relevé la tête et observait la flèche plantée dans le tronc. Elle entendit les pas de Geralt, se releva, mais le sorceleur la rejoignit d'un bond rapide en la saisissant par le capuchon. Elle tourna la tête vers lui, puis regarda fixement la main du sorceleur qui la retenait. Geralt lâcha prise.

— Pourquoi t'es-tu sauvée ?

— Ce n'est pas ton affaire, rétorqua-t-elle en reniflant. Laisse-moi tranquille, toi, toi...

— Sale mioche, grogna-t-il, énervé. Ici, c'est Brokilone. Le myriapode ne t'a pas suffi ? Tu ne survivrais pas jusqu'au matin dans cette forêt. Tu ne l'as pas encore compris ?

— Ne me touche pas ! se défendit-elle. Espèce de laquais ! Je suis princesse, tiens-le-toi pour dit !

— Tu n'es qu'une stupide petite morveuse.

— Je suis une princesse !

— Les princesses ne déambulent pas toutes seules dans les forêts. Les princesses ne reniflent pas.

— J'ordonnerai qu'on te coupe la tête ! La sienne aussi.

La petite fille se frotta le nez en jetant un regard hostile à la dryade qui s'approchait. Braenn pouffa de rire.

— Bien, cessons ces cris, coupa court le sorceleur. Pourquoi t'es-tu sauvée, princesse ? Où voulais-tu te rendre ? De quoi avais-tu peur ?

La petite fille garda le silence en reniflant.

— C'est comme tu le souhaites. (Il murmura à la dryade :) Nous, nous y allons. Si tu veux rester seule dans la forêt, c'est ton choix. Mais la prochaine fois qu'un yghern t'attaquera, ce ne sera pas la peine de hurler, car cela ne sied certainement pas aux princesses. Les princesses savent mourir sans se plaindre, après s'être convenablement mouchées. Adieu, Votre Altesse royale.

— Att... Attends...

— Oui ?

— Je viens avec vous.

— C'est pour nous un honneur. N'est-ce pas, Braenn ?

— Mais tu ne me remmèneras pas chez Kistrin ! Promis ?

— Qui est..., commença-t-il. Ah, diable ! Kistrin. Le prince Kistrin ? Le fils du roi Ervyll de Verden ?

La petite fille sortit un petit mouchoir et se moucha en détournant la tête.

— Fini de jouer, déclara Braenn avec morosité. Il faut reprendre le chemin.

— Minute, minute. (Le sorceleur se releva et regarda la dryade de toute sa hauteur.) Nos plans sont légèrement changés, ma douce archère.

Braenn fronça les sourcils.

— Plaist-il ?

— Mme Eithné attendra. Je dois raccompagner cette petite chez elle. À Verden.

— En nul autre endroit tu n'iras. Elle non plus.

Le sorceleur sourit horriblement.

— Attention à toi, Braenn, avertit-il. Je ne suis pas le gamin d'hier dont tu as transpercé l'œil d'une flèche en embuscade. Je sais me défendre.

— *Bloede arss !* grogna-t-elle en levant son arc. Tu vas à Duén Canell. Elle aussi. Pas à Verden !

— Non, non, pas à Verden ! (La petite fille aux cheveux de cendre se rua contre la dryade et s'accrocha à sa cuisse élancée.) Je reste avec toi ! Qu'il aille, s'il le veut, tout seul à Verden chez cet idiot de Kistrin !

Braenn ne porta même pas son regard sur elle : elle préféra ne pas quitter Geralt des yeux. Elle laissa néanmoins retomber son arc.

— *Ess turd!* lui cracha-t-elle aux pieds. Soit, va où tes yeux te guideront ! Je suis curieuse de voir si tu réussis. Tu trépasseras avant de sortir de Brokilone.

Elle a raison, pensa Geralt. *Je n'ai aucune chance de m'en sortir. Sans elle, je ne peux ni sortir de Brokilone ni me rendre à Duén Canell. Tant pis, nous verrons bien. Il me sera peut-être possible de convaincre Eithné...*

— Soit, Braenn, conclut-il avec conciliation. (Il sourit :) Ne te fâche pas, ma douce. Oui, qu'il en soit comme tu le souhaites. Nous nous rendons tous à Duén Canell rendre visite à Mme Eithné.

La dryade marmonna quelque chose entre ses dents en retirant la flèche de la corde de son arc.

— Partons, dit-elle. (Elle rajusta le foulard dans ses cheveux.) Nos avonz perdu trop de temps.

— Oh ! gémit la petite fille après un pas.

— Que se passe-t-il ?

— Il m'est arrivé quelque chose... à la jambe.

— Attends, Braenn ! Viens, petite gamine, que je te prenne sur mes épaules.

De son corps tout chaud émanait une odeur de moineau trempé.

— Comment t'appelles-tu, princesse ? J'ai oublié.

— Ciri.

— Où se trouvent tes terres, si je peux me permettre de te le demander ?

— Je ne le dirai pas, répliqua-t-elle. Je ne le dirai pas, c'est tout.

— Je ne vais pas en mourir. Arrête de te tortiller et ne me renifle pas au-dessus de l'oreille. Comment expliquer ta présence à Brokilone ? Tu t'es perdue ? Tu t'es trompé de chemin ?

— Justement, je ne me perds jamais.

— Arrête de gigoter. Tu as fui Kistrin ? Le château de Nastrog ? Avant ou après le mariage ?

— Comment le sais-tu ? demanda-t-elle en reniflant d'un air préoccupé.

— Je suis incroyablement intelligent. Pourquoi avoir fui précisément à Brokilone ? Il n'y avait pas de direction moins dangereuse ?

— C'est mon stupide cheval.

— Tu mens, princesse. Avec ton gabarit, tu ne pourrais que chevaucher un chat. Et encore, il faudrait qu'il soit bien doux.

— C'est Marck qui conduisait. L'écuyer du chevalier Voymir. Dans la forêt, le cheval a trébuché et s'est cassé une jambe. Puis nous nous sommes perdus.

— Tu disais que cela ne t'arrivait jamais.

— C'est lui qui s'est perdu, pas moi. Il y avait du brouillard. Nous nous sommes perdus.

Vous vous êtes perdus, pensa Geralt. *Pauvre petit écuyer du chevalier Voymir : il avait eu la malchance de rencontrer Braenn et ses compagnes. Le gamin – qui ne savait vraisemblablement pas ce qu'était une femme – s'était mis en tête d'aider une petite fille aux yeux verts après avoir entendu des récits de chevalier sur les vierges qu'on forçait à se marier. Il l'avait donc aidée dans sa fuite pour tomber sous la flèche d'une dryade bariolée qui ne sait vraisemblablement pas elle-même ce qu'est un homme, mais sait déjà tuer.*

— Je te l'ai demandé : tu as fui avant ou après le mariage ?

— Je me suis enfuie, voilà tout. Qu'est-ce que cela peut te faire ? se renfrogna-t-elle. Grand-mère m'avait dit que je devais me rendre au château pour faire la connaissance de ce Kistrin. Seulement pour faire sa connaissance. Puis, son père, le gros roi…

— Ervyll.

— Pour lui, tout de suite, seul le mariage comptait. Mais moi, je n'en veux pas de ce Kistrin. Grand-mère m'avait dit…

— Il te déplaît tant que ça, le prince Kistrin ?

— Je n'en veux pas, déclara Ciri avec hauteur et en reniflant bruyamment. Il est gros, stupide et laid. Il sent mauvais de la bouche. Avant mon départ, j'avais vu un de ses portraits où il n'était pas si gros. Je ne veux pas d'un mari tel que lui. Je ne veux pas me marier.

— Ciri, répondit le sorceleur en hésitant. Kistrin est encore un enfant, tout comme toi. Dans quelques années, il peut devenir un jeune homme tout à fait séduisant.

— Qu'ils m'envoient alors un autre portrait dans quelques années ! renâcla-t-elle. Et à lui aussi. Il m'a dit que j'étais beaucoup plus jolie sur le portrait qu'il avait reçu. Il m'a avoué qu'il aimait Alvina, une dame de la cour dont il veut devenir le chevalier. Tu vois ? Il ne veut pas de moi et moi, je ne veux pas de lui. À quoi bon ce mariage ?

— Ciri, murmura le sorceleur, il est prince, et toi princesse. Les princes et les princesses sont faits pour s'unir. Ainsi le veut la coutume, c'est comme ça.

— Tu parles comme tous les autres. Tu penses qu'on peut me mentir parce que je suis encore petite.

— Je ne te mens pas.

— Tu mens.

Geralt se tut. Devant eux, Braenn, étonnée par ce silence, se retourna avant de reprendre sa marche en haussant les épaules.

— Où allons-nous ? demanda tristement Ciri. Je veux le savoir !

Geralt se tut.

— Réponds lorsqu'on te pose une question ! menaça-t-elle en soulignant son ordre d'un reniflement bruyant. Est-ce que tu sais… qui est sur toi ?

Il ne réagit pas.

— Je vais te mordre l'oreille !

Le sorceleur en eut assez. Il fit descendre la petite fille de ses épaules et la déposa au sol.

— Écoute, gamine, dit-il sévèrement en saisissant la boucle de son ceinturon. Je vais te déculotter sur mes genoux pour te donner une belle volée. Personne ne m'en empêchera : ici, ce n'est pas la cour royale et je ne suis ni ton courtisan ni ton domestique. Tu vas regretter de ne pas être restée à Nastrog. Tu vas tout de suite comprendre qu'il vaut mieux être une princesse mariée qu'une morveuse perdue dans la forêt. Les princesses mariées ont le droit d'être insupportables, c'est un fait. Les princesses mariées ne sont même jamais fessées, sauf peut-être personnellement par le prince, leur mari.

Ciri se renfrogna en sanglotant et en reniflant plusieurs fois. Braenn, appuyée contre un arbre, la regarda sans ciller.

— Alors ? demanda le sorceleur en enroulant son ceinturon autour du poignet. Allons-nous nous conduire convenablement et gentiment ? Ou vais-je devoir tanner le cuir de votre Altesse ? Alors ?

La petite fille renifla encore puis hocha rapidement la tête.

— Tu seras sage, princesse ?

— Oui, grogna-t-elle.

— C'est bientost l'heure de la brune, dit la dryade. Continuons notre chemin, Gwynbleidd.

La forêt se fit plus clairsemée. Ils traversèrent de jeunes bois sableux, des landes à bruyère, des prairies embrumées où paissaient des hardes de cerfs. La température baissait.

— Vénérable seigneur, dit Ciri, interrompant un très long silence.

— Je m'appelle Geralt. De quoi s'agit-il ?

— J'ai affreusement faim.

— Nous allons tout de suite nous arrêter. C'est bientôt la tombée de la nuit.

— Je n'en peux plus, continua-t-elle en sanglotant. Je n'ai rien mangé depuis…

— Ne pleure pas. (Il fouilla dans sa besace et en sortit un morceau de lard, une petite tranche de fromage et deux pommes.) Prends.

— Qu'est-ce que ce jaune ?

— Du lard.

— Ça, je n'en veux pas, grogna-t-elle.

— Ça tombe très bien, répondit-il tout en avalant le bout de graisse animale. Mange le fromage. Et une pomme. Une seule.

— Pourquoi une seule ?

— Ne gigote pas. Mange les deux.

— Geralt ?

— Hum ?

— Merci.

— Il n'y a pas de quoi. Mange de bon cœur.

— Non… pas pour cela. Pour cela aussi, mais… Tu m'as sauvé la vie devant ce mille-pattes… Brr… Il s'en est fallu de peu que je meure de peur…

— Il s'en est fallu de peu que tu meures tout court, confirma-t-il sérieusement. *Il s'en est fallu de peu que tu meures d'une manière horrible et particulièrement douloureuse*, pensa-t-il. Tu peux remercier Braenn.

— Qui est-elle ?

— Une dryade.

— Une mauvaise fée des forêts ?

— Oui.

— C'est elle qui nous a… Elles enlèvent les enfants ! Elle nous a enlevés ? Tu n'es pourtant pas petit. Pourquoi parle-t-elle si bizarrement ?

— Elle parle comme elle parle, ce n'est pas important. L'important, c'est comment elle tire à l'arc. N'oublie pas de la remercier lorsque nous nous arrêterons.

— Je n'oublierai pas, répondit-elle en reniflant.

— Ne te tortille pas, princesse, future épouse du prince de Verden.

— Je ne serai jamais l'épouse d'aucun prince, bougonna-t-elle.

— Bien, bien, tu n'épouseras personne. Tu deviendras hamster pour te réfugier dans un terrier.

— Ce n'est pas vrai ! Tu n'en sais rien du tout !

— Ne me hurle pas dans les oreilles. N'oublie pas mon ceinturon.

— Je ne serai l'épouse d'aucun prince. Je serai...

— Oui ? Quoi ?

— C'est un secret.

— Ah ! Un secret. Formidable. (Il leva la tête.) Que se passe-t-il, Braenn ?

La dryade s'était arrêtée.

Elle haussa les épaules en regardant le ciel.

— Je suis rompue, répondit-elle doucement. Tout comme toi à cause que tu la portais. Ici nos faisonz relâche : c'est vespre.

III

— Ciri ?

— Hum ?

La petite fille renifla en remuant les branches sur lesquelles elle reposait.

— Tu n'as pas froid ?

— Non, soupira-t-elle. Aujourd'hui, il fait bon. Hier... Hier, j'étais affreusement gelée... Oh, par les dieux !

— Estrange, dit Braenn en dénouant les sangles de ses longues bottes souples. Si maigrichonne, elle a parcouru une vaste estendue malgré les sentinelles, les marécages et les halliers. Solide, saine, courageuse. Elle nos sera utile, en vérité... moult utile.

Geralt jeta un œil rapide sur la dryade et son regard brillant dans la pénombre. Braenn s'appuya dos à l'arbre et défit son bandeau en libérant sa chevelure d'un mouvement brusque de la tête.

— Elle s'est introduite dans Brokilone, murmura-t-elle, anticipant tout commentaire. Elle est nostre, Gwynbleidd. Nous nous rendons à Duén Canell.

—Mme Eithné décidera, répondit-il âprement.

Mais il savait que Braenn avait raison.

Dommage, pensa-t-il en regardant la petite fille se tortiller sur sa couche verte. *Une gamine si résolue. Où l'ai-je déjà aperçue ? Peu importe. C'est pourtant dommage. Le monde est si grand et si beau. Jusqu'à la fin de ses jours, son monde se limitera à Brokilone. Cette fin peut être même proche : jusqu'au jour où elle s'affaissera parmi les fougères, dans un cri et le sifflement d'une flèche, en combattant dans cette guerre absurde pour la maîtrise de la forêt du côté de ceux qui doivent perdre. Qui le doivent… oui, tôt ou tard.*

—Ciri ?

—Oui ?

—Où habitent tes parents ?

—Je n'ai pas de parents, dit-elle en reniflant. Ils se sont noyés dans la mer lorsque j'étais petite.

Oui, pensa-t-il, *cela expliquerait pas mal de choses. Une enfant de princes décédés. Qui sait même, peut-être la troisième fille d'une famille comptant déjà quatre garçons. Porteuse d'un titre de noblesse moins important dans les faits que celui de chambellan ou d'écuyer. Un petit quelque chose aux cheveux de cendre et aux yeux verts qui déambule à la cour et dont il faut se débarrasser au plus vite en lui trouvant un mari. Au plus vite avant qu'elle devienne une petite femme, la menace d'un scandale, d'une mésalliance ou d'un inceste que la promiscuité d'une chambre commune au château ne peut que favoriser…*

La fuite de la petite fille n'étonnait pas le sorceleur. Il avait déjà rencontré nombre de jeunes princesses, même de sang royal, accueillies dans des troupes de théâtre ambulantes et heureuses d'avoir su échapper à un roi décrépit mais toujours avide de descendance. Il avait croisé des fils de roi préférant la vie incertaine des mercenaires plutôt qu'un mariage avec une infante boiteuse ou vérolée choisie par leur père pour un héritage aussi douteux que misérable, mais garantissant une alliance et la pérennité de la dynastie.

Il s'étendit aux côtés de la petite fille et la recouvrit de son manteau.

—Dors, murmura-t-il. Dors, petite orpheline.

—Ah, oui ? grommela-t-elle. Je suis une princesse, et non une orpheline. J'ai une grand-mère. Elle est reine, qu'est-ce que tu crois ? Lorsque je lui dirai que tu as voulu me frapper avec une ceinture, ma grand-mère ordonnera qu'on te tranche la tête, tu verras.

— Mais c'est monstrueux, Ciri ! Aie pitié.

— Tu verras !

— Tu es pourtant une gentille petite fille. Couper la tête, cela fait affreusement mal. Tu ne diras rien, n'est-ce pas ?

— Je dirai tout.

— Ciri…

— Je dirai tout, tout, tout. Tu as peur, hein ?

— Oui, beaucoup. Tu sais, Ciri, que lorsqu'on coupe la tête à quelqu'un, il peut en mourir ?

— Tu te moques de moi ?

— Comment oserais-je ?

— Tu verras ta mine, alors ! Ma grand-mère ne plaisante pas. Lorsqu'elle claque du pied, les plus grands guerriers et chevaliers s'agenouillent devant elle. Je l'ai vu moi-même. Et si l'un d'entre eux désobéit, couic, il a la tête tranchée.

— C'est affreux, Ciri.

— Comment ?

— C'est ta tête qu'ils vont sûrement trancher.

— Ma tête ?

— Bien sûr. C'est bien ta grand-mère, la reine, qui a arrangé ton mariage avec Kistrin et t'a envoyée à Verden, au château de Nastrog. Tu as désobéi. Lorsque tu reviendras… couic ! Plus de tête.

La petite fille resta silencieuse. Elle avait même arrêté de gigoter. Il l'entendit claquer sa langue tout en mordant sa lèvre inférieure. Elle renifla :

— C'est faux ! Grand-mère ne permettrait pas qu'on me coupe la tête, car… c'est ma grand-mère, n'est-ce pas ? Tout au plus, je recevrais…

— Ah, oui ? s'esclaffa Geralt. Ta grand-mère ne plaisante pas, c'est ça ? Tu as déjà reçu des raclées ?

Ciri arrêta sur lui un regard empli de colère.

— Tu sais quoi ? dit-il. Nous dirons à ta grand-mère que je t'ai déjà battue. On ne peut pas châtier deux fois quelqu'un pour la même faute. Qu'en penses-tu ?

— Que tu es stupide. (Ciri se releva sur les coudes en faisant bruisser les branches.) Lorsque grand-mère apprendra que tu m'as battue, ils te couperont la tête aussi facilement que ça !

— Tu tiens donc quand même un peu à ma tête ?

La petite fille ne répondit pas. Elle renifla encore une fois.

— Geralt…

— Qu'y a-t-il, Ciri ?

— Grand-mère sait que je suis obligée de revenir. Je ne peux pas devenir princesse ou même l'épouse de cet imbécile de Kistrin. Je dois revenir, c'est tout.

Tu le dois, pensa-t-il. *Malheureusement, cela ne dépend ni de toi ni de ta grand-mère. Cela dépend de l'humeur de la vieille Eithné et de ma capacité à la convaincre.*

— Grand-mère le sait, poursuivit Ciri. Parce que moi… Geralt, jure-moi que tu ne le répéteras à personne. C'est un affreux secret. Terrible, je te dis. Jure-le.

— Je le jure.

— Je vais te le dire. Ma maman était une magicienne, tu sais. Et mon papa était ensorcelé. C'est ce que m'a raconté l'une de mes nounous, et lorsque grand-mère l'a appris, ç'a été une scène terrible. Parce que je suis prédestinée, tu sais ?

— À quoi ?

— Je ne sais pas, répondit-elle préoccupée. Mais je suis prédestinée. C'est ce que ma nounou m'a répété. Et grand-mère a dit qu'elle ne le permettrait pas, que tout ce chata… ce *chatané* château tomberait plutôt en ruine. Tu comprends ? Et ma nounou a affirmé que rien ne pouvait contrecarrer la prédestination. Ah ! Et puis ma nounou s'est mise à pleurer et grand-mère à hurler. Tu vois ? Je suis prédestinée. Jamais je ne serai l'épouse de cet idiot de Kistrin. Geralt ?

— Dors, dit Geralt en bâillant à s'en décrocher la mâchoire. Dors, Ciri.

— Tu ne veux pas me raconter une histoire ?

— Quoi ?

— Raconte-moi une histoire, ronchonna-t-elle. Je vais dormir sans entendre une histoire ? Ce n'est pas possible.

— Je n'en connais pas, sacrebleu, je ne connais aucune histoire. Dors.

— Ne mens pas. Tu en connais. Lorsque tu étais petit, personne ne te racontait des histoires ? De quoi ris-tu ?

— De rien. Je me souvenais simplement de quelque chose.

— Ah ! Tu vois ! Allez, raconte.

— Quoi ?

— Un conte pour enfants.

Il sourit de nouveau et plaça ses mains sur sa nuque en regardant les étoiles qui scintillaient derrière les branches, juste au-dessus de leur tête.

— Il était une fois… un chat, commença-t-il. Un chat ordinaire, avec des rayures, qui chassait les souris. Un jour, ce chat partit tout seul pour une lointaine promenade dans une forêt sombre, terrible. Il marcha, marcha, marcha…

— Ne crois pas que je vais m'endormir avant qu'il l'atteigne, murmura-t-elle en se serrant contre lui.

— Silence, petite peste. C'est ça…

» Il marche, marche et rencontre un renard. Un renard roux.

Braenn soupira en se couchant de l'autre côté du sorceleur. Elle le serra elle aussi, délicatement.

— Et alors ? (Ciri renifla.) Raconte la suite.

— Le renard observe le chat. Il lui demande : "Qui es-tu, toi ?" Le chat lui répond : "Je suis un chat." Le renard rétorque : "Ah ! Et tu n'as pas peur, toi un chat, de te promener ainsi tout seul dans la forêt ? Et si le roi décide de partir à la chasse ? Que feras-tu avec les chiens et les rabatteurs sur leurs chevaux ? Je te le dis, chat, la chasse est une chose terrible pour les êtres comme toi et moi. Tu as une fourrure, j'en ai une aussi. Les chasseurs sont sans pitié pour nous, car ils ont des fiancées et des maîtresses dont les mains et les cous grelottent : ils nous transforment en cols et en manchons pour ces catins."

— C'est quoi, les manchons ? demanda Ciri.

— Ne me coupe pas la parole.

» Le renard poursuit alors : "Moi, cher chat, je sais leur échapper. J'ai pour cela mille deux cent quatre-vingt-six moyens : je suis rusé. Et toi, cher chat, de combien de ruses disposes-tu pour contrer les chasseurs ?"

— Oh ! quelle jolie histoire, s'enthousiasma Ciri en se serrant encore plus fort contre le sorceleur. Raconte… Qu'est-ce qu'a répondu le chat ?

— Oui, murmura de l'autre côté Braenn. Qu'est-ce qu'il a respondu ?

Le sorceleur tourna la tête. Les yeux de la dryade scintillaient. Sa langue pointait de sa bouche entrouverte. *C'est évident*, pensa-t-il, *les jeunes dryades sont friandes d'histoires. Tout comme les jeunes sorceleurs : on leur raconte rarement des histoires en se couchant. Les jeunes dryades s'endorment dans le bruissement des arbres ; les jeunes sorceleurs dans les douleurs musculaires. Nos yeux scintillaient, comme ceux de Braenn, lorsque nous écoutions les histoires de Vesemir, là-bas à Kaer Morhen. C'était il y a longtemps… si longtemps…*

—Et alors ? s'impatienta Ciri. C'est quoi la suite ?

—Le chat lui répond : "Moi, cher renard, je ne dispose pas de plusieurs moyens, mais d'un seul : Hop ! Je grimpe dans un arbre. Cela devrait suffire, je pense ?" Le renard sourit : "Eh bien ! cher chat, tu n'es qu'un sot. Soulève donc ta queue rayée et disparais d'ici, car tu périras si les chasseurs te traquent."

» Soudain, sans crier gare, sans transition ni retard, des chasseurs surgissent des fourrés : sus au chat et au renard !

—Oh là là ! geignit Ciri.

La dryade remua violemment.

—Silence !

» Ils se jettent alors sur eux en hurlant : "En avant ! Écorchons-leur la peau ! Sus aux manchons, aux manchons !" Ils lâchent les chiens sur le chat et le renard. Et le chat, hop ! grimpe dans un arbre comme le font les chats. Jusqu'à la cime. Et les chiens, attrape qui peut !, se saisissent du renard. Avant même que le rouquin puisse user de l'un de ses tours si rusés, il est transformé en col pour dame. Le chat miaule du haut de l'arbre et nargue les chasseurs. Eux ne peuvent rien lui faire, car l'arbre est trop haut. Ils attendent en bas en jurant contre tous les dieux de la terre, mais repartent bredouilles. Le chat est ensuite descendu de l'arbre et s'en est allé tranquillement chez lui.

—Et alors ?

—Rien. L'histoire est terminée.

—Et la morale ? Les histoires ont toujours une morale, n'est-ce pas ?

—Quoi ? demanda Braenn en se serrant plus fort contre Geralt. C'est quoi une morale ?

—Les bonnes histoires possèdent toujours une morale, les mauvaises non, affirma Ciri en reniflant, sûre d'elle-même.

—Celle-là était bonne, rétorqua la dryade. Chacun a reçu ce qu'il méritait. Il fallait se hisser en haut de l'arbre avec l'yghern, petite chestive, comme ce félin si fier. Sans tergiverser : en haut de l'arbre, d'un coup, et attendre avec sagesse. Survivre. Sans se résigner.

Geralt rit sous cape.

— Il n'y avait pas d'arbre dans le parc du château de Nastrog, Ciri ? Au lieu de te rendre à Brokilone, tu aurais pu grimper à sa cime et attendre que Kistrin se lasse des épousailles.

— Tu te moques de moi ?

— Oui.

— Tu sais, je ne peux pas te souffrir.

— C'est affreux, Ciri, tu m'as touché en plein cœur.

— Je sais, acquiesça-t-elle en reniflant, puis elle se serra fortement contre lui.

— Dors bien, Ciri, murmura-t-il en humant son agréable odeur de moineau. Dors bien. Bonne nuit, Braenn.

— Deárme, Gwynbleidd.

Un milliard de branches et des centaines de milliards de feuilles bruissaient au-dessus de leurs têtes.

IV

Le jour suivant, ils atteignirent les Arbres. Braenn mit genou à terre et se prosterna. Geralt sentit qu'il devait faire de même. Ciri soupira d'admiration.

Les Arbres, principalement des chênes, des ifs et des noyers blancs, offraient des circonférences d'une dizaine de toises. Il n'était guère possible d'évaluer la hauteur de leurs cimes. Le lieu où leurs puissantes racines sinueuses se transformait en un tronc régulier était situé très haut au-dessus de leurs têtes. Ils auraient pu avancer plus vite : les colosses laissaient beaucoup d'espace, et aucune végétation, dans leur ombre, ne pouvait survivre. Seul subsistait un lit de feuilles putréfiées.

Ils auraient pu avancer plus vite, mais ils marchaient lentement. En silence. En inclinant la tête. Ils étaient, parmi les Arbres, minuscules, insignifiants, futiles. Négligeables. Même Ciri conservait le silence. Elle ne dit mot pendant près d'une demi-heure.

Ils quittèrent le périmètre des Arbres après une heure de marche pour de nouveau s'enfoncer dans des ravines et d'humides forêts de hêtres.

Ciri était de plus en plus enrhumée. Geralt, qui n'avait pas de mouchoirs, et qui en avait assez de l'entendre sans cesse renifler, lui apprit à se moucher dans ses doigts. Cela plut énormément à la petite fille. À son sourire et ses yeux scintillants, le sorceleur savait qu'elle se réjouissait à l'idée de pouvoir montrer ce tour à la cour pendant un banquet ou à l'audience d'un ambassadeur d'outre-mer.

Braenn s'arrêta soudain et se retourna.

— Gwynbleidd, dit-elle en déroulant son bandeau vert entortillé autour de son coude, viens. Je dois te couvrir les yeux. Il le faut.

— Je sais.

— Je te guiderai. Donne-moi la main.

— Non, protesta Ciri, c'est moi qui le guiderai. D'accord, Braenn ?

— Bien, petite chestive.

— Geralt ?

— Oui ?

— Que signifie Gwyn… bleidd ?

— Loup-Blanc. C'est ainsi que les dryades me nomment.

— Attention, une racine. Prends garde de ne pas trébucher. Elles te nomment ainsi parce que tu as les cheveux blancs ?

— Oui… Oh ! Sacrebleu !

— Je t'avais pourtant dit qu'il y avait une racine.

Ils continuèrent de marcher. Lentement. Les feuilles au sol étaient glissantes. Geralt eut une sensation de chaleur sur le visage. La lueur du soleil transperçait le bandeau qui lui recouvrait les yeux.

Il entendit la voix de Ciri :

— Oh ! Geralt Que c'est beau ici… Dommage que tu ne puisses pas voir tout cela. Il y a tant de fleurs. Et d'oiseaux. Tu les entends chanter ? Oh ! Il y en a tant ! Des quantités. Et puis des écureuils. Attention, nous allons franchir un ruisseau sur un passage de pierres. Ne tombe pas dans l'eau. Que de poissons ! Il y en a plein. Ils nagent dans l'eau, tu sais ! Il y a tant d'animaux. Nulle part ailleurs il n'y en a autant…

— Nulle part, grommela-t-il, nulle part. Nous sommes arrivés à Brokilone.

— Quoi ?

— Brokilone. Le terme de notre voyage.

— Je ne comprends pas…

— Personne ne comprend. Personne ne veut comprendre.

V

— Enlève ton bandeau, Gwynbleidd. Nous sommes arrivés.

Un épais tapis de brume engloutissait Braenn jusqu'aux genoux.

— Duén Canell, le lieu du Chêne. Le cœur de Brokilone.

Geralt était déjà venu autrefois. À deux reprises. Mais il n'en avait fait part à personne. Personne ne l'aurait cru.

C'était une doline entièrement couverte par les cimes d'immenses arbres verts, baignée de brumes et de vapeurs émanant de la terre, des rochers, des sources chaudes. Une doline…

Le médaillon qu'il portait autour du cou vibra délicatement.

Un doline inondée de magie. Duén Canell. Le cœur de Brokilone. Braenn releva la tête puis remit son carquois en bandoulière.

— Allons, donne-moi ta main, petite chestive.

Au début, la doline semblait morte et abandonnée. Mais pas pour longtemps. Un sifflement fort et modulé se fit entendre. Une dryade svelte aux cheveux foncés descendit habilement des marches de polypore à peine visibles, qui enlaçaient en spirale le tronc d'un arbre à proximité. Elle était vêtue comme toutes les autres d'un costume de camouflage.

— *Ceád, Braenn.*

— *Ceád, Sirssa. Va'n vort meáth Eithné á?*

— *Neén, aefder,* répondit Cheveux foncés en toisant le sorceleur d'un regard langoureux. *Ess' ae'n Sidh?*

Particulièrement séduisante, même par rapport aux standards humains, elle rit en montrant des dents blanches et scintillantes. Geralt, conscient que la dryade l'observait de pied en cap, perdit contenance et se sentit idiot.

— *Néen.* (Braenn tourna la tête :) *Ess' vatt'ghern, Gwynbleidd, á váen meáth Eithné va, a'ss.*

— *Gwynbleidd?* (La jolie dryade pinça les lèvres :) *Bloede caèrm! Aen'ne caen n'wedd vort! T'ess foile!*

Braenn ricana.

— Que se passe-t-il ? demanda le sorceleur, agacé.

— Rien, ricana de nouveau Braenn. Rien. Allons.

— Oh ! Regarde ! s'émerveilla Ciri. Regarde, Geralt, toutes ces maisonnettes, comme elles sont drôles !

Duén Canell commençait véritablement au fond de la doline. Les « drôles de maisonnettes », qui rappelaient par leur forme de grandes boules de gui, étaient accrochées aux troncs et aux branches des arbres à des hauteurs variées, juste au-dessus du sol ou plus haut, et même au niveau des cimes. Geralt aperçut également quelques constructions plus grandes à même la terre : des cabanes de branches entremêlées et couvertes de feuilles. Il devinait la présence de vies derrière les ouvertures de ces gîtes, mais les dryades demeuraient invisibles. Elles devaient être beaucoup moins nombreuses que lors de sa visite précédente.

— Geralt, murmura Ciri. Ces maisons poussent ! Elles ont des feuilles.

— Elles sont faites d'arbres vivants, expliqua le sorceleur. C'est ainsi que vivent les dryades, c'est ainsi qu'elles construisent leurs demeures. Jamais une dryade ne blesserait un arbre en le coupant ou en le sciant. Elles savent néanmoins faire pousser les branches de manière à former des abris.

— Comme c'est mignon. J'aimerais tant avoir une maison comme celle-là dans notre parc.

Braenn s'arrêta devant l'une des plus grandes constructions.

— Entre, Gwynbleidd, c'est ici que tu attends Mme Eithné. *Vá fáill*, petite chestive.

— Quoi ?

— C'est un adieu, Ciri. Elle te disait au revoir.

— Ah ! Au revoir, Braenn.

Ils entrèrent. L'intérieur de la « maison » scintillait tel un kaléidoscope de taches ensoleillées que la charpente filtrait et tamisait.

— Geralt !

— Freixenet !

— Mais tu vis ! Par tous les diables !

Le sourire du blessé étincelait. Freixenet se souleva sur son lit de sapin. Il vit Ciri collée à la cuisse du sorceleur. Ses yeux sortirent de leurs orbites ; il devint cramoisi.

— Tu es donc là, petite peste ! Il s'en est fallu d'un cheveu que je perde la vie à cause de toi ! Ah ! Tu as de la chance que je ne puisse pas me lever, car je t'aurais déjà solidement corrigée.

Ciri fit la moue.

— C'est le deuxième qui veut me battre, répliqua-t-elle en plissant comiquement le nez. Je suis une jeune fille... Les jeunes filles, on ne les bat pas ! Ce n'est pas permis.

—Je te montrerai ce qu'il est permis de faire, répondit Freixenet en toussotant, sale petite gale ! Ervyll en a perdu la tête… Terrifié, il envoie des messages à qui mieux mieux, affirmant que ta grand-mère a lancé son armée sur lui. Qui pourrait croire que tu as fui toi-même ? Tout le monde sait qui est Ervyll et ce qu'il aime. Tout le monde pense qu'il t'a… fait quelque chose en état d'ébriété et qu'il a ordonné ensuite de te noyer dans un étang ! Nous sommes à deux doigts d'une guerre contre Nilfgaard. Le traité et l'alliance avec ta grand-mère ont été jetés à tous les diables ! Tu vois l'ampleur de ton méfait ?

—Ne t'énerve pas ainsi, dit le sorceleur, tu pourrais provoquer une hémorragie. Comment as-tu fait pour arriver si vite ?

—Si je le savais. Je suis resté inconscient pendant la majeure partie du temps. Elles m'ont enfoncé quelque chose de dégoûtant dans la gorge. Avec violence, en me pinçant le nez… Quel affront, filles de chienne…

—Tu as survécu grâce à ce qu'elles t'ont enfoncé dans la gorge. Elles t'ont porté jusqu'ici ?

—Elles m'ont mis sur un traîneau. Je leur demandais des nouvelles de toi, mais elles restaient silencieuses. J'étais certain que tu avais succombé à une flèche. Tu avais disparu si rapidement… et te voilà sain et sauf, et même sans entraves ; de plus, chapeau, tu retrouves la princesse Cirilla. Que le diable m'emporte, Geralt, tu sauras toujours te tirer d'affaire, comme un chat qui retombe sur ses pattes.

Le sorceleur sourit sans répondre. Freixenet détourna la tête pour tousser violemment et cracher une humeur rosée.

—Soit, ajouta-t-il, et le fait qu'elles ne m'aient pas achevé, je te le dois aussi. Elles te connaissent, ces satanées dianes chasseresses. C'est la seconde fois que tu me sauves d'un danger.

—N'en parlons plus, baron.

Freixenet essaya de s'asseoir en gémissant de douleur, mais il dut renoncer.

—Aux latrines ma baronnie, ronchonna-t-il, j'étais baron à Hamm. Je suis actuellement quelque chose dans le genre de voïvode pour Ervyll à Verden. Ou plutôt je l'étais, car même si je sors vivant de cette forêt, ma seule place à Verden sera sur l'échafaud. Cirilla, cette petite hermine, a échappé à la surveillance de mes gardes. Tu penses que je me serais aventuré avec deux compagnons pour le plaisir dans Brokilone ? Non, Geralt, moi aussi j'ai fui. Je ne pouvais compter sur la clémence d'Ervyll qu'à la condition que je la ramène. Et puis nous sommes tombés sur ces maudites créatures… Sans toi, je pourrirais encore dans ce trou de souche. Tu m'as sauvé une nouvelle fois. C'est la providence. C'est clair comme de l'eau de roche.

— Tu exagères.

Freixenet tourna la tête.

— C'est la providence, répéta-t-il. Il devait être écrit là-haut que nous nous rencontrerions encore, sorceleur. Et qu'une nouvelle fois, tu me sauverais la peau. Je me souviens qu'on en parlait à Hamm après que tu m'eus libéré du charme de cet oiseau.

— C'est le hasard, rétorqua froidement Geralt, le hasard, Freixenet.

— Quel hasard ? Bon sang, sans toi, je serais encore aujourd'hui un cormoran.

— Tu étais un cormoran, cria Ciri, toute excitée, un véritable cormoran, un oiseau ?

— Oui, répondit le baron en serrant les dents. Une… une… catin… une chienne… par vengeance.

— Tu ne lui avais certainement pas donné de fourrure, affirma Ciri en plissant le nez, ni de manchon.

— Il y avait une autre raison, continua Freixenet en rougissant légèrement, mais qu'est-ce que cela peut te faire, sale môme ? (Ciri, visiblement vexée, tourna la tête ; Freixenet se mit à tousser.) Oui… moi… Tu m'as délivré d'un sort à Hamm. Sans toi, Geralt, je serais resté toute ma vie un cormoran. Je volerais au-dessus du lac et déposerais ma fiente sur les branches des arbres dans l'illusion qu'une chemise tissée par ma sœurette avec du liber d'orties, dans un entêtement digne d'une cause meilleure, me libérerait de ce sortilège. Bon sang, lorsque me revient à l'esprit sa chemise, j'ai envie de frapper quelqu'un. Quelle idiote…

— Ne parle pas ainsi, dit le sorceleur en riant. Son intention était pure. Elle avait été trompée, voilà tout. De nombreux mythes insensés accompagnent la question du désensorcellement. Tu as eu de la chance, Freixenet. Elle aurait pu ordonner qu'on te plonge dans du lait bouillant. C'est déjà arrivé. Vêtir quelqu'un d'une chemise d'orties ne menace pas sa santé, même si cela ne l'aide guère.

— Hum, oui peut-être. Peut-être ai-je trop exigé d'elle. Élise a toujours été une sotte, depuis qu'elle est toute petite : sotte et jolie, le matériau idéal pour devenir l'épouse d'un roi.

— C'est quoi un joli matériau ? demanda Ciri. Et pour quelle raison devenir une épouse ?

— Ne te mêle pas de ça, môme, je t'ai dit. Oui, Geralt, j'ai eu de la chance que tu apparaisses à Hamm et que le gentil beau-frère du roi soit enclin à dépenser les quelques ducats qui t'ont permis de me désensorceler.

— Tu sais, Freixenet, répondit le sorceleur en riant de plus en plus, que l'événement a été colporté très loin aux alentours ?

— La véritable version ?

— Pas tout à fait. D'abord on t'y a affublé de dix frères.

— Oh non ! (Le baron se souleva sur les coudes en toussant.) En comptant Élise, nous étions donc douze ? Quelle sombre idiotie ! Ma mère n'était certainement pas un lapin !

— Ce n'est pas tout. On a considéré qu'un cormoran n'était pas suffisamment romantique.

— En effet, il ne l'est pas ! Il n'y a rien en lui de romantique. (Le baron fit une grimace en massant son torse bandé de tiges et de morceaux d'écorces de bouleau.) En quoi donc ce récit me transformait-il ?

— En cygne. Plus précisément en cygnes au pluriel, car vous étiez onze, tu te souviens ?

— Et en quoi, je te prie, le cygne est-il plus romantique que le cormoran ?

— Je ne sais pas.

— Moi non plus. Mais je fais le pari que dans ce récit, Élise me délivre de ce sort grâce à une satanée chemise d'orties.

— Dans le mille. À propos, comment va Élise ?

— La pauvrette est phtisique. Elle n'en a plus pour longtemps.

— C'est triste.

— Oui, confirma Freixenet sans émotion et en détournant le regard.

— Pour en revenir à ton ensorcellement... (Geralt s'adossa à la paroi de branches souples tressées.) As-tu encore des symptômes ? Des plumes te poussent-elles sur le corps ?

— Grâce aux dieux, non, soupira le baron. Tout va bien. La seule caractéristique qui me soit restée de ce temps-là, c'est le goût pour les poissons. Rien ne vaut une bonne bâfre de poissons. Parfois, je rends visite aux pêcheurs dès le matin sur le havre, et avant qu'ils n'attrapent une pièce plus noble, je me contente avec délectation d'une première puis d'une deuxième poignée d'ablettes encore grouillantes du vivier, de quelques petites loches franches, d'une vandoise ou d'un chevesne… C'est d'ailleurs plus une volupté qu'une véritable bâfre.

— C'était un cormoran, dit lentement Ciri en regardant Geralt. C'est toi qui l'as désensorcelé. Tu sais jeter des sorts ?

— Cela semble évident, rétorqua Freixenet. Tous les sorceleurs le savent.

— Sorce… Sorceleur ?

— Tu ne savais pas qu'il est sorceleur ? Le fameux Geralt de Riv ! En effet, comment une môme comme toi saurait ce qu'est un sorceleur ? À notre époque, ce n'est plus comme avant. Il y a peu de sorceleurs aujourd'hui. Tu n'en rencontres presque plus. Tu en as déjà vu un ?

Ciri secoua lentement la tête sans cesser d'observer Geralt.

— Un sorceleur, môme, c'est… (Freixenet s'interrompit et devint tout pâle en voyant Braenn faire irruption dans la hutte.) Non, je ne veux pas ! Je ne veux pas qu'on me bourre la gueule de quoi que ce soit, pas question ! Geralt, dis-lui…

— Calme-toi.

Braenn n'accorda à Freixenet qu'un regard furtif. Elle alla directement vers Ciri qui se tenait accroupie à côté du sorceleur.

— Viens, dit-elle. Viens, petite chestive.

— Où allons-nous ? demanda Ciri en grimaçant. Je n'irai pas. Je veux rester avec Geralt.

— Vas-y, lui dit Geralt en forçant son sourire. Tu vas t'amuser avec Braenn et les jeunes dryades. Elles vont te montrer Duén Canell…

— Elle ne m'a pas bandé les yeux, articula très lentement Ciri. Sur le chemin, elle ne m'a pas bandé les yeux. À toi, oui. Pour que tu ne puisses pas revenir. Cela signifie que…

Geralt fixa Braenn. La dryade haussa les épaules puis pris la petite fille dans ses bras en la serrant contre son corps.

— Cela signifie… (La voix de Ciri se brisa :) Cela signifie que plus jamais je ne sortirai d'ici. N'est-ce pas ?

— Personne n'échappe à son destin.

Ils tournèrent tous la tête en direction de cette voix : pleine, basse, dure et décidée. Une voix qui exigeait qu'on l'écoutât et qui ne tolérait aucune objection. Braenn salua. Geralt mit genou à terre.

— Madame Eithné…

La souveraine de Brokilone portait une robe vert clair, légère et traînante. Elle était, comme la plupart des dryades, mince et de petite taille, mais son port de tête demeurait fier. Son visage sérieux et dur, ses lèvres décidées, donnaient l'impression qu'elle était plus grande et plus puissante. La couleur de ses cheveux et de ses yeux rappelait celle de l'argent fondu.

Elle était entrée dans la hutte escortée de deux plus jeunes dryades armées d'arcs. Elle fit silencieusement signe à Braenn qui s'empressa de prendre Ciri par la main et l'emmena du côté de la sortie en courbant la tête. Ciri, pâle, interdite, la suivit d'une démarche raide et inélégante. Lorsqu'elle passa à côté d'Eithné, la dryade aux cheveux d'argent la saisit par le menton et observa longtemps la petite fille dans les yeux. Geralt vit que Ciri tremblait.

— Va, dit enfin Eithné. Va, mon enfant. N'aie peur de rien. Plus rien n'est en mesure de changer ton destin. Tu es à Brokilone.

Ciri trotta sagement derrière Braenn. Elle se retourna sur le seuil de la hutte. Le sorceleur remarqua que ses lèvres tremblaient et que ses yeux noyés de larmes brillaient comme du verre. Il resta néanmoins silencieux dans sa position agenouillée, inclinant toujours la tête avec respect.

— Relève-toi, Gwynbleidd, sois le bienvenu.

— Je te salue, Eithné, souveraine de Brokilone.

— J'ai de nouveau le plaisir de t'accueillir dans ma forêt. Bien que tu viennes sans mon accord et sans même que je le sache. Entrer ainsi dans Brokilone est chose risquée, Loup-Blanc. Même pour toi.

— Je suis en mission.

— Ah ! sourit légèrement la dryade. Cela explique ta témérité, pour ne pas user d'un terme plus approprié. Geralt, l'immunité des délégués n'a de vigueur que parmi les humains. Pour ma part, je ne l'accepte pas. Je ne reconnais d'ailleurs rien qui soit humain. Ici, c'est Brokilone.

— Eithné…

— Silence, jeta-t-elle sans lever la voix. J'ai donné l'ordre de t'épargner. Tu sortiras vivant de Brokilone. Pas en vertu de ton statut de messager, mais pour d'autres raisons.

— Tu ne veux donc pas savoir de qui je suis le délégué ? D'où je viens et au nom de qui ?

— Pour être sincère, non. Ici, nous sommes à Brokilone. Tu viens de l'extérieur, d'un monde qui ne m'intéresse en rien. Pourquoi devrais-je perdre du temps à entendre les délégués ? Que m'importent des propositions ou des ultimatums énoncés par quelqu'un dont je sais qu'il pense et ressent autrement que moi ? Que m'importe ce que pense le roi Venzlav ?

Geralt détourna la tête sous l'effet de l'étonnement.

— Comment sais-tu que c'est Venzlav qui m'envoie ?

— C'est pourtant évident, répondit la dryade en souriant. Ekkehard est trop sot. Ervyll et Viraxas me haïssent trop. Je ne vois point d'autres domaines avoisinants.

— Tu sais beaucoup de choses sur ce qui se passe en dehors de Brokilone, Eithné.

— Je sais beaucoup de choses, Loup-Blanc. C'est le privilège de mon âge. Maintenant, si tu le permets, j'aimerais régler une affaire. Cet homme à l'allure d'ours (la dryade cessa de sourire en observant Freixenet) est ton ami ?

— Nous nous connaissons. Je l'ai délivré autrefois d'un sort.

— Le problème est que je ne sais pas quoi faire de lui. Je ne peux tout de même pas ordonner son exécution après avoir permis qu'on le soigne, même s'il représente une menace. Il n'a pas l'air d'un fanatique, plutôt d'un chasseur de scalps. Je sais qu'Ervyll paie pour chaque scalp de dryade. Je ne me souviens plus combien. Le prix augmente du reste avec l'inflation.

— Tu te trompes. Ce n'est pas un chasseur de scalps.

— Pourquoi s'est-il donc introduit dans Brokilone ?

— Pour chercher la petite fille dont il avait la responsabilité. Il a risqué sa vie pour la retrouver.

— C'est absurde, réagit-elle froidement. C'est plus que prendre un risque. Il allait à une mort certaine. Il ne doit la vie qu'à sa santé de cheval et à sa résistance. Pour ce qui concerne cette enfant, elle aussi doit la vie à la chance. Mes filles n'ont pas tiré, croyant avoir affaire à un lutin ou à un farfadet.

Elle arrêta une nouvelle fois son regard sur Freixenet. Geralt remarqua que ses lèvres perdaient de leur désagréable dureté.

— Soit. Célébrons cette journée.

Eithné s'approcha du lit de branches. Les deux dryades qui l'accompagnaient également. Freixenet pâlit et se recroquevilla dans l'espoir de disparaître.

Elle l'observa un instant en clignant légèrement des yeux.

— Tu as des enfants ? demanda-t-elle enfin. C'est à toi que je parle, lourdaud.

— Plaît-il ?

— Je m'exprime pourtant clairement.

— Je ne suis pas… (Freixenet se racla la gorge en toussant.) Je ne suis pas marié.

— Ta vie familiale m'importe peu. Je veux savoir si tes reins grassouillets sont capables d'allumer des feux. Par le Grand Arbre ! As-tu déjà engrossé une femme ?

— Eh bien ! Oui…, oui, madame, mais…

Eithné fit négligemment un geste de la main puis se tourna vers Geralt.

— Il demeurera à Brokilone, affirma-t-elle, jusqu'à complète guérison et puis encore quelque temps. Ensuite… qu'il aille où bon lui plaise.

— Je te remercie, Eithné. (Le sorceleur s'inclina.) Et la petite fille… Quelle est ta décision ?

— Pourquoi me le demandes-tu ? (Les yeux argentés de la dryade le fixaient froidement.) Tu le sais bien.

— Ce n'est pas une enfant ordinaire, elle ne vient pas d'un village. C'est une princesse.

— Cela ne m'impressionne pas. Cela ne fait pas de différence.

— Écoute…

— Pas un mot de plus, Gwynbleidd.

Geralt se tut en pinçant les lèvres.

— Qu'en est-il de ma mission ?

— Je t'écoute, murmura la dryade. Non pas par curiosité. Je le fais personnellement pour toi : tu pourras témoigner auprès de Venzlav que sa requête a été présentée et percevoir l'argent qu'il t'a certainement promis contre ton ambassade dans mon royaume. Mais pas maintenant. Je suis occupée. Rends-moi visite ce soir dans mon Arbre.

Freixenet se releva sur ses coudes après que la dryade fut sortie. Il gémit, toussa, se cracha dans la main.

— Qu'est-ce que cela signifie, Geralt ? Pourquoi suis-je censé rester ? Que voulait-elle dire avec ces enfants ? Dans quelle histoire m'as-tu embarqué, hein ?

— Tu sauves ta tête, Freixenet, répondit le sorceleur d'une voix lasse. Tu feras partie des privilégiés qui sont sortis de Brokilone vivants. Dernièrement, en tout cas. Et puis, tu vas devenir le père d'une petite dryade, peut-être de plusieurs.

— Comment ? Je dois devenir... un étalon reproducteur ?

— Tu peux appeler ça comme bon te semble. Ton choix est limité.

— Je comprends, grogna le baron en souriant vulgairement. J'ai vu des prisonniers de guerre travailler dans des mines ou creuser des canaux. De ces deux maux, je préfère... J'espère simplement avoir suffisamment de forces. Il y en a un certain nombre ici...

— Arrête de sourire bêtement en prenant tes rêves pour une réalité, se renfrogna Geralt. Ici, nul hommage, nulle musique, pas de vin, pas d'éventails et encore moins de hordes de dryades amoureuses. Tu en rencontreras une, peut-être deux. Il n'y aura pas de sentiment. Elles traiteront l'affaire et toi-même *a fortiori* très pragmatiquement.

— Elles ne ressentent pas de plaisir ? Au moins, j'espère que cela ne leur fait pas mal.

— Arrête de faire l'enfant. Sous cet aspect, elles ne se différencient pas des femmes ordinaires. Au moins physiquement.

— Que veux-tu dire ?

— Il dépendra de toi que la dryade prenne du plaisir ou non. Cela ne change rien au fait que seul l'effet lui importera. Ta personne en l'occurrence est secondaire. N'attends aucune reconnaissance. Ah ! Et puis, ne prends jamais l'initiative, sous aucun prétexte.

— L'initiative ?

— Si tu la rencontres au petit matin, poursuivit patiemment le sorceleur, incline-toi, et par tous les diables, évite les sourires en coin et les clins d'œil. Il s'agit pour les dryades d'un sujet mortellement sérieux. Si c'est elle qui sourit ou s'approche de toi, tu peux alors entamer la conversation. Le mieux est de parler des arbres. Si tu ne t'y connais pas, il te reste le temps qu'il fait. Si par contre elle feint de ne pas te voir, garde tes distances. Et garde tes distances vis-à-vis des autres dryades. Et tes mains dans tes poches. Une dryade non préparée à ce commerce ne comprend pas ce dont il s'agit. Tu risques un coup de couteau en voulant la toucher : elle ne comprendrait pas l'intention.

— Tu as déjà goûté aux joies des noces dryades ? plaisanta Freixenet. Cela t'est arrivé ?

Le sorceleur ne répondit pas. Il avait devant les yeux la belle et svelte dryade ainsi que son sourire insolent. *Vatt'ghern, bloede caérme. Un sorceleur : piètre destin. Qu'est-ce que tu nous as rapporté, Braenn ? Que peut-il nous donner ? Il n'y a rien à tirer d'un sorceleur…*

— Geralt ?

— Quoi ?

— Que va-t-il se passer avec la princesse Cirilla ?

— Tu peux tirer un trait dessus. Elle deviendra bientôt une dryade. Dans deux ou trois ans, elle transpercera d'une flèche l'œil de son propre frère s'il tente de s'introduire dans Brokilone.

— Sacrebleu, hurla Freixenet en convulsant ses traits. Ervyll sera furieux. Geralt ? Il ne serait pas possible de…

— Non, l'interrompit le sorceleur. N'essaie même pas. Tu ne sortirais pas vivant de Duén Canell.

— Cela signifie que la petite est perdue.

— Pour vous, oui.

VI

L'Arbre d'Eithné était, cela va sans dire, un chêne, ou plutôt trois chênes soudés les uns aux autres pendant leur croissance, encore verts et ne trahissant aucun symptôme de dessèchement malgré les trois cents ans au moins que Geralt leur attribuait. Les troncs étaient vides. La cavité ainsi formée avait les dimensions d'une grande pièce dotée d'un haut plafond se rétrécissant en cône. L'intérieur, éclairé d'une faible lanterne, avait été transformé en un logis confortable dont la modestie l'emportait sur la rusticité.

Eithné attendait, agenouillée sur une sorte de tapis tissé. Ciri, lavée et guérie de son rhume, demeurait assise en tailleur devant elle, droite comme un i et immobile, ses yeux en amande grands ouverts. Le sorceleur vit un beau visage où nulle trace de saleté ni grimace de méchanceté n'apparaissaient désormais.

La dryade coiffait lentement et avec soin la longue chevelure de la petite fille.

— Entre, Gwynbleidd, assieds-toi.

Il s'assit cérémonieusement en posant d'abord un genou à terre.

— Es-tu reposé ? demanda-t-elle sans accorder de regard au sorceleur et en continuant de coiffer Ciri. Quand penses-tu prendre le chemin du retour ? Que dis-tu de demain matin ?

— Comme tu l'entends, souveraine de Brokilone, répondit-il froidement. Un seul mot de toi suffit pour te débarrasser de ma présence indiscrète à Duén Canell.

— Geralt… (Eithné tourna lentement la tête.) Comprends-moi bien. Je te connais et te respecte. Je sais que tu n'as jamais nui à une dryade, une naïade, une sylphide ou une nymphe, bien au contraire : il t'est souvent arrivé de prendre leur défense, de leur sauver la vie. Mais cela ne change rien à l'affaire. Beaucoup trop de choses nous séparent. Nos mondes sont différents. Je ne veux ni ne peux faire d'exception. Pour personne. Je ne te demande pas si tu comprends ce fait, car je sais que c'est le cas. Je te demande si tu l'acceptes.

— Qu'est-ce que cela change ?

— Rien. Mais je veux savoir.

— Je l'accepte, confirma-t-il. Que va devenir la petite ? Elle non plus n'appartient pas à ce monde.

Ciri posa sur lui un regard farouche puis jeta un œil vers le haut, vers la dryade. Eithné sourit.

— Plus pour longtemps, répliqua-t-elle.

— Eithné, s'il te plaît, réfléchis encore.

— À quoi ?

— Rends-la-moi. Laisse-la repartir avec moi dans le monde qui est le sien.

— Non, Loup-Blanc. (La dryade enfonça de nouveau profondément le peigne dans la chevelure cendrée de Ciri.) Je ne te la rends pas. Tu devrais le comprendre plus que les autres.

— Moi ?

— Oui, toi. Brokilone n'est pas fermé aux nouvelles du monde. Certaines d'entre elles concernent un certain sorceleur qui, pour paiement de ses services, extorque parfois de bien curieux serments : « Donne-moi ce que ta maison recèle sans que tu le saches », « Donne-moi ce que tu possèdes sans le savoir ». Cela ne t'est pas familier ? Par ce biais, vous essayez depuis un certain temps de changer le cours de la destinée. En cherchant de jeunes garçons que le destin vous offre pour vous succéder, vous essayez de conjurer la disparition et l'oubli. Vous luttez contre le néant. Pourquoi prends-tu par conséquent cet air étonné ? Je ne me soucie moi aussi que du destin des dryades. N'est-ce pas justice ? Pour chaque dryade assassinée par les humains, je prends une jeune fille.

— En la retenant, tu attises l'animosité et le désir de vengeance. Tu favorises la haine.

— La haine humaine... Rien de nouveau sous le soleil. Non, Geralt. Je ne la rendrai pas. D'autant qu'elle est saine. C'est assez rare aujourd'hui.

— Assez rare ?

La dryade pointa ses grands yeux d'argent sur lui :

— Ils m'abandonnent des jeunes filles malades : diphtérie, scarlatine, croup, et même variole ces derniers temps. Ils pensent que nous n'avons pas d'immunité et qu'une épidémie nous détruira ou, tout au moins, décimera nos rangs. Déçois-les, Geralt. Nous disposons de quelque chose de plus que l'immunité. Brokilone prend soin de ses enfants.

Eithné se tut. Elle se pencha et s'aida de sa seconde main pour délicatement démêler une mèche récalcitrante.

— Puis-je dévoiler le contenu du message que t'envoie le roi Venzlav ?

— N'est-ce pas une perte de temps ? demanda la dryade en relevant la tête. Pourquoi te fatiguer ? Je sais parfaitement ce que le roi Venzlav entend me proposer. Point n'est besoin de dons d'extralucide pour le savoir. Il veut que je lui livre une partie du territoire de Brokilone allant, disons, jusqu'à la rivière Vda dont il considère ou aimerait pouvoir considérer qu'elle constitue une frontière naturelle entre Brugge et Verden. En échange, je suppose qu'il m'offre une enclave : un petit coin sauvage de forêt. Je suppose aussi que sa parole et ses prérogatives royales garantissent que ce petit coin sauvage, ce modeste lopin de forêt primitive, nous appartiendra pour les siècles des siècles, et que personne n'osera s'en prendre aux dryades, que celles-ci pourront y vivre en paix. Quoi, Geralt ? Venzlav voudrait mettre un terme à une guerre de Brokilone qui dure depuis deux siècles ? Et pour ce faire, les dryades devraient offrir ce pour quoi elles périssent depuis deux cents ans ? Offrir Brokilone ? Tout simplement ?

Geralt garda le silence. Il n'avait rien à ajouter. La dryade se mit à rire.

— La proposition du roi ressemble-t-elle à cela, Gwynbleidd ? Ou peut-être est-elle moins hypocrite : « Descends de ta suffisance, vieil épouvantail des bois, bête sauvage, reliquat du passé, et écoute ce que nous, roi Venzlav, désirons : du cèdre, du chêne et du noyer blanc, et puis de l'acajou, du bouleau doré, de l'if pour les arcs et des pins pour les mâts. Brokilone s'étend à nos côtés, mais nous importons notre bois de derrière les montagnes. Nous voulons le fer et le cuivre que vos sous-sols dissimulent. Nous voulons l'or des veines de Craag An. Nous voulons abattre, scier et creuser tranquillement sans plus entendre le sifflement de vos flèches. Et le plus important : nous voulons enfin devenir maître de tout ce que le royaume recèle. Nous ne désirons pas un Brokilone et une forêt qui nous empêchent d'avancer. Une telle entité blesse notre orgueil, nous irrite et nous empêche de fermer l'œil, car nous sommes, nous humains, les propriétaires du monde. Nous pouvons tolérer dans ce monde quelques elfes, des dryades ou des naïades, à la condition que ces créatures restent discrètes. Accepte notre volonté, Souveraine de Brokilone ou péris. »

— Eithné, tu as toi-même convenu que Venzlav n'est ni idiot ni fanatique. Tu sais sans aucun doute qu'il est un roi juste, vénérant la paix, attristé et inquiet lorsque le sang est versé...

— S'il se tient à distance de Brokilone, pas une goutte de sang ne coulera.

— Tu sais très bien, répliqua Geralt en relevant la tête, que la situation est quelque peu différente : des humains ont été tués à la Terre brûlée, à la Huitième Lieue, sur les collines de la Chouette ; et puis aussi à Brugge, sur la rive gauche du Ruban. Tous ces lieux sont situés en dehors de Brokilone. La forêt y a été abattue il y a cent ans !

— Que signifient cent ans pour Brokilone ? Et cent hivers ?

Geralt garda le silence.

La dryade rangea le peigne puis caressa les cheveux cendrés de Ciri.

— Rends-toi à la proposition de Venzlav, Eithné.

La dryade lui rendit un regard indifférent.

— Qu'est-ce que cela nous donnera, à nous et aux enfants de Brokilone ?

— La possibilité de survivre. Non, Eithné, ne me coupe pas la parole. Je sais ce que tu veux dire. Je comprends ta fierté d'un Brokilone indépendant. Mais le monde change. Une ère est en train de prendre fin. Que tu le veuilles ou non, la maîtrise du monde par les humains est un fait. Seuls survivent ceux qui s'assimilent à leur société. Les autres disparaissent. Eithné, il existe des forêts où dryades, ondines et elfes vivent tranquillement en accord avec les humains. Nous sommes si proches les uns des autres. Les humains peuvent devenir le père de vos enfants. Que te donne la guerre que tu mènes ? Les pères potentiels de vos enfants tombent un à un sous vos flèches. Quelle en est la conséquence ? Combien de dryades de Brokilone sont de pur sang ? Combien d'entre elles sont de petites filles enlevées et éduquées ? Tu as même besoin d'un Freixenet. Tu n'as pas le choix. Je vois peu de jeunes dryades ici, Eithné. Je ne vois qu'elle : une petite fille humaine terrorisée et abrutie par les stupéfiants, paralysée par la peur...

—Je n'ai pas peur du tout ! cria alors Ciri en reprenant pendant un instant son expression de petit diable. Et je ne suis pas abrutie ! Ce n'est pas vrai ! Rien ne peut m'arriver ici. Justement ! Je n'ai pas peur ! Grand-mère dit que les dryades ne sont pas mauvaises, et ma grand-mère est la plus intelligente du monde ! Ma grand-mère... Ma grand-mère dit qu'il faudrait plus de forêts comme celle-ci...

Elle se tut et courba la tête. Eithné éclata de rire :

—Enfant de Sang ancien, dit-elle. Oui, Geralt, les Enfants de Sang ancien dont parle la prédiction continuent de naître de par le monde. Et toi, tu me parles de la fin d'une ère... Tu te demandes si nous allons survivre...

—La morveuse devait se marier à Kistrin de Verden, coupa Geralt. Dommage que cette union soit désormais impossible. Kistrin succédera un jour à Ervyll : sous l'influence d'une épouse ayant de telles opinions, les expéditions contre Brokilone prendraient vite fin.

—Je ne veux pas de ce Kistrin ! protesta doucement la petite fille. (Un éclair apparut dans ses yeux verts.) Que Kistrin se trouve un joli et stupide matériau. Moi, je ne suis pas un matériau dont on dispose ! Je ne deviendrai pas princesse royale !

– Silence, Enfant de Sang ancien. (La dryade serra Ciri contre son sein.) Ne pleure pas. Tu ne deviendras jamais princesse royale, bien sûr...

—Bien sûr, l'interrompit le sorceleur. Et toi et moi, Eithné, savons bien ce que Ciri va devenir. Je vois que son sort est déjà décidé. Tant pis. Quelle réponse dois-je rapporter au roi Venzlav, souveraine de Brokilone ?

—Aucune.

—Comment ça, aucune ?

—Aucune. Il comprendra. Autrefois, il y a très longtemps, du temps où Venzlav n'était pas encore de ce monde, des hérauts d'armes avaient été envoyés à la frontière de Brokilone. Les cornes et les trompettes sonnaient ; les armures brillaient ; les étendards et les oriflammes claquaient au vent. Ils proclamaient : "Rends-toi Brokilone ! Le roi Capradonte, souverain de la Montagne chauve et de la Prairie inondée exige que tu abdiques, Brokilone !" La réponse de Brokilone fut toujours la même. Lorsque tu quitteras ma forêt, Gwynbleidd, retourne-toi et écoute. Dans le murmure des feuilles, tu entendras la réponse de Brokilone. Transmets-la à Venzlav et ajoute que tant que veilleront les chênes de Duén Canell, il n'en entendra jamais d'autre. Jusqu'au dernier arbre, jusqu'à la dernière dryade.

Geralt garda le silence.

—Tu dis qu'une époque prend fin, poursuivit lentement Eithné. C'est faux. Il est des choses qui ne prennent jamais fin. Tu parles de survie ? Eh bien, moi, je combats pour ma survie. Brokilone subsiste grâce à mon combat : les arbres vivent plus que les humains, mais il faut les protéger de vos haches. Tu me parles de rois et de princes. Qui sont-ils ? Ceux que je connais sont des squelettes aux os blanchis qui reposent, aux tréfonds de la forêt, dans les nécropoles de Craag An, dans des tombeaux de marbre, sur des monceaux de métal jaune et de cailloux qui brillent. Pendant ce temps, Brokilone subsiste ; les arbres chantent sur les ruines des palais ; leurs racines fendent le marbre. Ton Venzlav se souvient-il de ces rois ? Toi-même, t'en souviens-tu, Gwynbleidd ? Si non, comment peux-tu affirmer qu'une époque prend fin ? Que peux-tu savoir de l'extermination ou de l'éternité ? Quelle légitimité invoques-tu pour parler de providence ? Connais-tu au moins le sens de la providence ?

—Non, convint-il. Je ne le sais pas. Mais…

—Si tu ne le sais pas, l'interrompit-elle, aucun "mais" ne peut tenir. Tu ne le sais pas. C'est aussi simple que cela.

Eithné demeura silencieuse et détourna le visage en se touchant le front.

—Lorsque tu es venu ici pour la première fois, il y a de cela des années, tu l'ignorais déjà. Et Morénn… ma fille… Geralt, Morénn est morte. Elle a péri au bord du Ruban en défendant Brokilone. Je ne l'ai pas reconnue lorsqu'on l'a ramenée. Son visage avait été piétiné par les sabots de vos chevaux. Providence ? Aujourd'hui, sorceleur, toi qui n'as pu donner de descendance à Morénn, tu m'offres l'Enfant de Sang ancien. Une petite fille qui sait ce qu'est la providence. Non, il ne s'agit pas d'un savoir susceptible de te convenir et que tu puisses accepter. Répète-moi, Ciri, répète ce que tu m'as confié avant que Loup-Blanc, le sorceleur Geralt de Riv, entre dans la pièce. Répète, Enfant de Sang ancien.

— Votre majes… Noble dame, commença Ciri d'une voix brisée. Ne me forcez pas à rester ici. Je ne peux pas… Je veux… rentrer. Je veux rentrer avec Geralt. Je le dois… avec lui…

— Pourquoi avec lui ?

— Car il est ma providence.

Eithné se retourna. Son visage était d'une pâleur extrême.

— Qu'en penses-tu, Geralt ?

Le sorceleur ne répondit pas. Eithné fit claquer ses doigts. Braenn fit irruption à l'intérieur du chêne comme un fantôme surgi de la nuit. Elle tenait entre ses deux mains un calice d'argent. Le médaillon que Geralt portait à son cou se mit à tinter rapidement.

— Qu'en penses-tu ? répéta la dryade aux cheveux d'argent en se levant. Elle n'entend point rester à Brokilone ! Elle ne désire pas devenir une dryade ! Elle ne veut pas remplacer Morénn auprès de moi ! Elle veut partir, partir, suivre son destin ! En est-il ainsi, Enfant de Sang ancien ? Est-ce vraiment ce que tu veux ?

Ciri fit un signe d'assentiment de la tête. Ses épaules tremblaient. Le sorceleur en avait assez.

— Pourquoi t'acharnes-tu sur cette enfant, Eithné, puisque tu as déjà décidé de la confier à l'Eau de Brokilone ? Sa volonté cessera alors d'avoir la moindre importance. Pourquoi te comportes-tu ainsi ? Pourquoi m'offrir ce spectacle ?

— Je veux te montrer ce qu'est la providence. Je veux te prouver que rien ne prend fin. Que tout ne fait toujours que commencer.

— Non, Eithné, répliqua-t-il en se levant. Désolé de devoir gâcher cette performance, mais je n'ai nulle intention de continuer à en être le spectateur privilégié. Tu as dépassé les bornes, Souveraine de Brokilone, en présentant de cette manière le gouffre qui nous sépare. Vous, Peuple ancien, vous aimez à répéter que la haine vous est étrangère, que ce sentiment demeure une spécialité humaine. Ce n'est pas vrai. Vous savez également haïr, vous savez ce qu'est la haine. Vous ne faites que l'habiller autrement : avec plus de sagesse, moins de violence. Et donc avec peut-être plus de cruauté. J'accepte ta haine, Eithné, au nom de tous les êtres humains. Je la mérite, même si je suis désolé pour Morénn.

La dryade ne répondit pas.

— Voici donc la réponse de Brokilone que je suis censé transmettre à Venzlav de Brugge, n'est-ce pas ? Avertissement et défi ? La preuve vivante de la haine et du pouvoir qui sommeillent parmi ces arbres : un enfant recevra des mains d'un autre enfant humain, dont le psychisme et la mémoire ont également été détruits, un poison qui effacera son passé. Et cette réponse doit être transmise à Venzlav par un sorceleur qui, de surcroît, connaît et s'est pris d'affection pour ces deux enfants ? Un sorceleur, responsable de la mort de ta fille ? Bien, Eithné, qu'il en soit fait selon ta volonté. Venzlav entendra ta réponse. Ma voix et mes yeux seront des porte-parole que le roi déchiffrera. Mais je ne suis pas obligé d'assister au spectacle qu'on prépare. Je refuse.

Eithné restait toujours silencieuse.

— Adieu, Ciri. (Geralt s'agenouilla et serra la petite fille contre lui ; les épaules de Ciri ne cessaient de trembler.) Ne pleure pas. Tu sais bien que rien de mal ne peut t'arriver.

Ciri renifla. Le sorceleur se releva.

— Adieu, Braenn, dit-il à la jeune dryade. Va en paix et prends soin de toi. Que ta vie soit aussi longue que celle de cet arbre et de Brokilone. Et encore une chose…

— Oui, Gwynbleidd ?

Braenn avait relevé la tête : ses yeux étaient humides.

— Il est facile de tuer avec un arc, jeune fille. Il est facile de lâcher la corde en pensant : *Ce n'est pas moi, c'est la flèche. Mes mains ne portent pas le sang de ce garçon, c'est la flèche qui l'a tué, pas moi.* Mais la flèche ne rêve pas la nuit. Je te souhaite de ne pas rêver non plus, petite dryade aux yeux bleus. Adieu, Braenn.

— Mona ! murmura indistinctement Braenn.

Le calice qu'elle tenait dans ses mains se mit à trembler. Son liquide transparent se couvrit de rides.

— Quoi ?

—Mona ! cria-t-elle. Je m'appelle Mona ! Madame Eithné. Je…

—Assez, l'interrompit brutalement Eithné. En voilà assez, maîtrise-toi Braenn.

Geralt éclata de rire.

—La voilà ta providence, Dame forestière. Je respecte ta résistance et ton combat, mais je sais que bientôt tu seras seule : la dernière dryade de Brokilone enverra des jeunes filles à la mort se souvenant de leur véritable prénom. Je te souhaite malgré tout bonne chance, Eithné. Adieu.

—Geralt, murmura Ciri se tenant toujours immobile, l'échine courbée. Ne me laisse pas seule…

—Loup-Blanc, dit Eithné en recouvrant de ses bras le dos courbé de Ciri, faut-il qu'elle te le demande ? As-tu décidé de l'abandonner malgré cela ? As-tu peur de ne pas tenir jusqu'au bout auprès d'elle ? Pourquoi veux-tu l'abandonner en un moment pareil, la laisser seule ? Où veux-tu fuir, Gwynbleidd ? Que fuis-tu ?

Ciri courba encore plus la tête, mais ne se mit pas à pleurer.

—Jusqu'à la fin, acquiesça le sorceleur. Bien, Ciri. Tu ne seras pas seule. Je resterai près de toi. N'aie peur de rien.

Eithné retira le calice des mains tremblantes de Braenn et le souleva.

—Sais-tu déchiffrer les runes anciennes, Loup-Blanc ?

—Oui.

—Lis ce qui est gravé. C'est le calice de Craag An. Tous ces rois aujourd'hui oubliés y ont trempé leurs lèvres.

—*Duettaeán aef cirrán Cáerme Gleddyv. Yn esseth.*

—Sais-tu ce que cela signifie ?

—L'Épée de la providence possède deux tranchants… Tu es l'un deux.

—Lève-toi, Enfant de Sang ancien. (La voix de la dryade intimait un ordre inconditionnel, une volonté implacable :) Bois. C'est l'Eau de Brokilone.

Geralt se mordit les lèvres en plongeant son regard dans les yeux argentés d'Eithné. Son regard évita Ciri qui portait à sa bouche le rebord du calice. Il avait déjà vu, autrefois, une scène identique : les convulsions, les hoquets, un cri affreux, inouï, qui s'éteignait enfin peu à peu. Puis le vide, la torpeur et l'apathie d'yeux s'ouvrant lentement. Il avait déjà vu tout cela.

Ciri but le liquide. Sur le visage immobile de Braenn, une larme perla.

— Cela suffit.

Eithné lui reprit le calice et le déposa au sol. De ses deux mains, elle caressait les mèches cendrées qui tombaient sur les épaules de la petite fille.

— Enfant de Sang ancien, continua-t-elle, choisis. Préfères-tu rester à Brokilone ou suivre le chemin de la providence ?

Le sorceleur fit un mouvement incrédule de la tête. Ciri respira plus rapidement. Ses joues prirent des couleurs. Mais rien de plus. Rien.

— Je veux suivre le chemin de la providence, dit la petite fille en regardant la dryade droit dans les yeux.

— Qu'il en soit donc ainsi, répliqua Eithné froidement et sèchement.

Braenn soupira intensément.

— Je désire rester seule, conclut Eithné en leur tournant le dos. Je vous prie de sortir.

Braenn saisit Ciri et toucha l'épaule de Geralt, mais celui-ci repoussa la main de la jeune dryade.

— Je te remercie, Eithné, dit-il.

La dryade se retourna lentement.

— Pourquoi me remercies-tu ?

— Pour la providence, plaisanta-t-il. Pour ta décision. Car ce n'était pas de l'Eau de Brokilone, n'est-ce pas ? Le destin voulait que Ciri revienne chez elle et c'est toi, Eithné, qui a joué le rôle de la providence. Je t'en remercie.

— Tu ignores presque tout de la providence, répondit-elle amèrement. Tu en sais très peu, sorceleur. Très peu vraiment. Tu n'en comprends pas grand-chose. Tu me remercies ? Tu me remercies pour le rôle que j'ai joué ? Pour ce marchandage ? Pour l'artifice, la duperie, la mystification ? Tu me remercies parce que l'épée de la providence est, crois-tu, faite d'un bois plaqué d'or ? Poursuis donc ta logique jusqu'au bout : ne me remercie pas, mais démasque-moi. Expose tes arguments, prouve-moi tes raisons, jette-moi ta vérité au visage. Montre-moi comment triomphe la sobre vérité humaine, le bon sens grâce auquel, selon vous, vous maîtrisez le monde. Voici l'Eau de Brokilone, il en est resté un peu. Te laisseras-tu tenter, conquérant du monde ?

Geralt, troublé par ses paroles, n'hésita qu'un instant. L'Eau de Brokilone, même authentique, n'avait sur lui aucun effet. Le sorceleur était en effet totalement résistant au tanin toxique et hallucinogène du liquide. Eut-il été possible qu'il s'agît d'Eau de Brokilone ? Ciri avait bu et il ne lui était rien arrivé. Il saisit le calice des deux mains et fixa la dryade dans les yeux.

Le sol se déroba sous ses pieds sans prévenir, comme si le monde s'était abattu sur son dos. Le chêne puissant tournoya et s'ébranla. Tout en tâtant difficilement autour de lui de ses mains engourdies, il réussit à ouvrir les yeux, mais ce fut aussi difficile que s'il eût déplacé la dalle de marbre d'un tombeau. Il vit au-dessus de lui le petit visage de Braenn et derrière elle, les yeux d'Eithné, brillants comme du mercure. Et encore d'autres yeux, vert émeraude. Non, plus clairs encore. Comme de l'herbe printanière. Le médaillon suspendu à son cou tintait et vibrait.

— Gwynbleidd, entendit-il, regarde attentivement. Non, fermer les yeux ne t'aidera en rien. Regarde, regarde ta destinée.

» Te souviens-tu ?

Il vit une explosion soudaine de clarté transperçant un rideau de fumée ; de grands et massifs candélabres ruisselants de paraffine ; des murs de pierre ; d'abrupts escaliers ; une jeune fille aux yeux verts et aux cheveux cendrés descendant des marches, portant un diadème incrusté d'une gemme artistiquement taillée et une robe bleu d'argent dont la traîne était soutenue par un page vêtu d'un surtout écarlate.

— Te souviens-tu ?

Sa propre voix qui parle… qui parle :

— *Je reviendrai dans six ans…*

Une tonnelle, la chaleur, l'odeur des fleurs, le bourdonnement lourd et monotone des abeilles. Lui-même, à genoux, offrant une rose à une femme aux cheveux cendrés dont les boucles s'éparpillent sous un étroit bandeau doré. Aux doigts de la main qui reçoit la rose, il y a des anneaux d'émeraudes et de grands cabochons verts.

— *Reviens*, dit la femme. *Reviens si tu changes d'avis. Ta destinée t'attendra.*

Je ne suis jamais revenu, pensa-t-il. *Jamais je ne suis revenu. Jamais je ne suis revenu à…*

Où ?

Cheveux cendrés. Yeux verts.

De nouveau, c'est sa voix à lui, dans l'obscurité, dans les ténèbres où tout disparaît. Il y a seulement des feux, des feux jusqu'à l'horizon. Un tourbillon d'étincelles dans une fumée pourpre. Belleteyn ! Nuit de mai. À travers les volutes de fumée, des yeux violets, sombres, embrasés sur un visage pâle et triangulaire que voile un embrouillement de boucles noires, observent.

Yennefer !

— *C'est trop peu.*

Les minces lèvres de l'apparition se tordent. Une larme coule sur sa joue pâle. Très vite, toujours plus vite, comme une goutte de paraffine le long d'un cierge.

— *C'est trop peu. Il faut quelque chose en plus.*

— Yennefer !

— Néant contre néant, annonce l'apparition parlant avec la voix d'Eithné.

» Le néant et le vide qui règnent en toi, conquérant du monde, toi qui n'es même pas capable de séduire la femme que tu aimes et que tu quittes et fuis avec la providence au bout de la main. L'épée de la providence possède deux tranchants. Tu es l'un d'eux. Mais quel est l'autre, Loup-Blanc ?

— Il n'y a pas de providence. (Sa propre voix.) Il n'y en a pas. Elle n'existe pas. Seule la mort nous est prédestinée.

— *C'est vrai*, répond la femme aux cheveux cendrés et au sourire mystérieux. *C'est vrai, Geralt.*

La femme porte une armure argentée, ensanglantée, tordue, trouée par les coups de hallebardes. Un mince filet de sang coule de la commissure de ses lèvres qui sourient affreusement et sans raison.

— *Tu te moques de la providence*, dit-elle. *Tu te moques d'elle, tu en joues. L'épée de la providence possède deux tranchants. Tu es l'un d'eux. L'autre… est-ce la mort ? Mais c'est nous qui mourons. Nous mourons à cause de toi. La mort ne peut pas te rattraper. Elle se contente donc de nous. Elle te suit pas à pas, Loup-Blanc, et ce sont les autres qui meurent. À cause de toi. Te souviens-tu de moi ?*

— Ca… Calanthe !

— Tu peux le sauver. (C'est la voix d'Eithné qui transperce le rideau de fumée :) Tu peux le sauver, Enfant de Sang ancien. Avant qu'il disparaisse dans le néant qu'il a aimé et dans la forêt noire qui ne connaît pas de borne.

Des yeux, verts comme de l'herbe printanière. Un toucher. Des voix criant en un chœur incompréhensible. Des visages.

Il ne voit plus rien puis tombe dans l'abîme, le vide, l'obscurité. La voix d'Eithné est ce qu'il entend en dernier :

— Qu'il en soit donc ainsi.

VII

— Geralt, réveille-toi ! Réveille-toi, s'il te plaît !

Le sorceleur ouvrit les yeux et vit le soleil : un ducat doré aux contours distincts dans le ciel, perché au-dessus de la couronne des arbres, au-delà du rideau de brume matinale. Il reposait sur de la mousse mouillée et spongieuse. Une racine lui rentrait dans le dos.

Ciri s'agenouilla près de lui en tirant le pan de sa veste.

— Peste…, mugit-il. (Il regarda autour de lui.) Où suis-je ? Où est-ce que je me trouve ?

— Je ne le sais pas non plus, répondit-elle. Je me suis réveillée il y a un instant, ici, à côté de toi, affreusement gelée. Je ne me souviens pas de… Tu sais, hein ? C'est de la magie !

— Tu as sans doute raison. (Geralt s'assit en se débarrassant des épines de pin qui s'étaient fourrées dans son col.) Tu as sans doute raison, Ciri. L'Eau de Brokilone, nom de nom… Il semble que les dryades se soient amusées à nos dépens.

Il se leva, souleva son épée qui gisait et boucla sa ceinture autour de sa taille.

— Ciri ?

— Oui ?

— Toi aussi, tu t'es amusée à mes dépens.

— Moi ?

— Tu es la fille de Pavetta, la petite-fille de Calanthe de Cintra. Tu savais depuis le début qui j'étais…

— Non, répondit-elle en rougissant. Pas au début. C'est toi qui as désensorcelé mon papa, n'est-ce pas ?

— Pas vraiment. (Il secoua la tête.) C'est ta mère… avec l'aide de ta grand-mère. Je n'ai fait que les assister.

—Mais Nounou disait… Elle a dit que j'étais l'objet d'une destinée. Car je suis la surprise. L'enfant-surprise, Geralt ?

—Ciri. (Il la regarda dans les yeux en hochant la tête et en souriant.) Tu peux me croire : tu es la plus grande surprise qu'il m'ait été donné de rencontrer.

—Ah ! (Le visage de la petite fille s'éclaircit.) C'est donc vrai ! Je suis l'objet d'une destinée. Nounou prédisait qu'un sorceleur viendrait, qu'il aurait des cheveux d'albâtre et qu'il me prendrait avec lui. Grand-mère criait… Comment cela ? Où m'emmènes-tu, dis-moi ?

—Chez toi, à Cintra.

—Ah bon ? Je pensais que…

—Tu penseras en chemin. Partons, Ciri, nous devons sortir de Brokilone. Ce n'est pas un endroit sûr.

—Mais je n'ai pas peur !

—Moi, j'ai peur.

—Grand-mère disait que les sorceleurs n'ont peur de rien.

—Ta grand-mère exagérait. En route, Ciri. Que je sache où nous… (Il observa le soleil.) Hum… prenons ce risque… Allons par-là.

—Non. (Ciri plissa le nez en montrant la direction opposée.) Par-là. Là-bas.

—Comment le sais-tu ?

—Je le sais, c'est tout, répondit-elle en haussant les épaules. (Elle posa sur lui un regard d'émeraude, étonné et sans défense.) Comme ça… Je ne sais pas.

La fille de Pavetta, pensa-t-il. *L'Enfant… l'Enfant de Sang ancien ? Il est possible qu'elle ait hérité ce don de sa mère.*

—Ciri… (Il déboutonna sa chemise et en sortit son médaillon.) Touche ça.

—Oh ! (Elle ouvrit grand la bouche.) C'est un loup terrible. Il a des crocs…

—Touche.

—Oh là là !

Le sorceleur sourit en ressentant la violente vibration du médaillon et l'onde parcourant la chaîne d'argent.

—Il a bougé, murmura Ciri. Il a bougé !

—Je sais. Allons-y, Ciri. C'est toi qui guides.

—C'est de la magie, n'est-ce pas ?

— Bien sûr.

Comme il l'avait prévu, la petite fille sentait le chemin à suivre. De quelle manière ? Cela, il l'ignorait. Rapidement, plus rapidement qu'il ne l'eût cru, ils débouchèrent sur un sentier qui les mena à la croisée de trois chemins. Il s'agissait de la frontière de Brokilone, reconnue tout au moins par les humains. Il se souvenait qu'Eithné n'en faisait nul cas.

Ciri se mordit les lèvres, plissa le nez et hésita en voyant les chemins sableux et défoncés par les sabots et les roues des chariots. Se repérant enfin, Geralt put s'affranchir des dons incertains de la petite. Il prit le chemin vers l'est, en direction de Brugge. Ciri, toujours inquiète, observait le chemin de l'ouest.

— Par-là, on va au château de Nastrog, se gaussa-t-il. Kistrin te manquerait-il ?

La petite fille bougonna en rattrapant Geralt. Elle se retourna encore néanmoins plusieurs fois.

— Que se passe-t-il, Ciri ?

— Je ne sais pas, murmura-t-elle. Ce n'est pas le bon chemin, Geralt.

— Pourquoi ? Nous nous rendons à Brugge, chez le roi Venzlav qui habite un splendide château où nous fréquenterons les bains et où nous dormirons dans des lits de plumes…

— Ce n'est pas le bon chemin, répéta-t-elle. Non.

— C'est un fait : j'en ai vu des meilleurs. Arrête de bouder, Ciri. Allons-y prestement.

Ils dépassèrent un virage bordé de buissons. Ciri avait raison…

Les soldats les encerclèrent soudain, rapidement, de toutes parts. Ils portaient des casques coniques, des cottes de maille et des tuniques de couleur gris foncé arborant l'échiquier noir et or de Verden. Ils demeuraient à distance sans sortir leurs armes.

— D'où venez-vous, où allez-vous ? gueula face à Geralt un individu trapu aux jambes arachnéennes largement écartées et vêtu d'un uniforme vert élimé.

Son visage était basané et fripé comme un pruneau. Son arc et ses flèches à plumes blanches dépassaient de son dos pour s'arrêter très haut au-dessus de sa tête.

— Nous venons de la Terre brûlée, mentit le sorceleur en serrant fort la main de Ciri. Je rentre chez moi, à Brugge. De quoi s'agit-il ?

— Service du Roi, répondit plus poliment l'homme au teint hâlé qui avait remarqué l'épée accrochée dans le dos de Geralt. Nous…

— Amène-le ici, Junghans ! cria quelqu'un qui se tenait en arrière sur le chemin.

La soldatesque s'écarta.

— Ne regarde pas, Ciri, dit Geralt dans un souffle. Retourne-toi. Ne regarde pas.

Un arbre abattu bloquait le passage de son fouillis de branches. La base coupée et brisée du tronc, hérissée de longs éclats de bois blanc, gisait dans les halliers bordant le chemin. Devant l'arbre se tenait un chariot recouvert d'une bâche. Criblés de flèches, enchevêtrés dans le timon et les rênes, de petits chevaux à long poil étaient étendus à terre et montraient leurs dents jaunes. L'un d'eux vivait encore. Il hennissait fortement en ne cessant de ruer.

Il y avait aussi des cadavres éparpillés sur le sable maculé de sang, accrochés à la ridelle ou recroquevillés sur les roues des chariots.

Deux soldats, puis un troisième, sortirent lentement du rang des hommes en armes amassés autour du chariot. Ils étaient environ une dizaine, immobiles, retenant leurs chevaux.

— Que s'est-il passé ? demanda le sorceleur qui, par égard pour Ciri, tentait de masquer avec son corps la scène de massacre.

Un soldat bigle vêtu d'une courte cotte de mailles et de hautes bottes l'observa attentivement en grattant son menton mal rasé qui crépita sous l'effet du frottement. Il portait sur son avant-bras gauche une manchette d'archer usée et patinée.

— Une attaque, dit-il simplement. Des fées des bois ont tué des marchands. Nous sommes chargés de l'enquête.

— Des fées s'en seraient prises à des marchands ?

— Tu le vois toi-même, répondit le bigle en tendant le bras, ils sont criblés de flèches, de vrais hérissons… Sur la grand-route ! Ces créatures des bois deviennent de plus en plus zélées. Bientôt, il ne sera plus possible d'entrer dans la forêt ou même de la longer.

— Et vous, se risqua le sorceleur en clignant des yeux, qui êtes-vous ?

— Les troupes d'Ervyll, des décuries de Nastrog. Nous servions sous les ordres du baron Freixenet, mais le baron est tombé à Brokilone.

Ciri ouvrit la bouche, mais Geralt lui intima de se taire en lui serrant la main.

—Sang pour sang, je dis! gronda le compagnon du bigle, un colosse portant un pourpoint garni de cuivre. Sang pour sang! Cela n'est pas tolérable. D'abord Freixenet et la princesse de Cintra, maintenant ces marchands. Par tous les dieux, vengeance, vengeance, je vous dis! Sinon, vous verrez demain, après-demain, elles tueront les humains sur le seuil de leur propre maison!

—Brick parle bien, continua le bigle. N'est-ce pas? Et toi, frère, je te le demande: d'où viens-tu?

—De Brugge, mentit le sorceleur.

—Et cette petite, ta fille?

Geralt serra une nouvelle fois la main de Ciri.

—Ma fille.

—De Brugge... (Brick fronça les sourcils.) Je te dirai, frère, que c'est ton roi, Venzlav, qui enhardit les monstresses. Il ne veut pas s'allier à notre Ervyll ou à Viraxas de Kerack. Si nous combattions sur trois fronts, nous pourrions enfin nous débarrasser de cette engeance...

—Comment ce massacre a-t-il eu lieu? demanda lentement Geralt. Quelqu'un le sait-il? Un marchand a-t-il survécu?

—Il n'y a pas de témoins, répondit le bigle. Mais nous savons ce qui s'est passé. Junghans, le garde forestier, déchiffre les traces comme dans un livre. Dis-lui, Junghans...

—Ouais, dit le basané. Ça s'est passé ainsi: les marchands roulaient sur la grand-route. Ils ont butté sur les abattis. 'Oyez, seigneur, le pin abattu en plein milieu du chemin est fraîchement coupé. Dans les broussailles, y'a des traces. 'Oulez voir? Et quand les marchands sont descendus pour déplacer l'arbre, on leur a tiré dessus de trois côtés différents. De là-bas, des fourrés, là où il y a le bouleau tordu. Et là-bas, il y a des traces. Les flèches, 'oyez, c'est du travail de fée: les plumes collées avec de la résine, les empennes entourées de liber...

—Je vois, interrompit le sorceleur, en observant les morts. Certains d'entre eux, me semble-t-il, ont survécu aux flèches et ont été égorgés avec des couteaux.

Des rangs de la soldatesque qui se tenait derrière lui sortit un autre homme, petit et maigre, vêtu d'un pourpoint d'élan. Il portait des cheveux noirs coupés très court. Ses joues rasées étaient grises. Le sorceleur n'eut besoin que d'un regard sur ses petites mains étroites gantées de mitaines noires, sur ses yeux de poisson, son épée, le manche de ses stylets dépassant de sa ceinture et de l'ourlet de sa botte gauche… Geralt avait vu trop de meurtriers pour ne pas en reconnaître encore un.

— Tu as l'œil vaillant, dit le noiraud, très lentement. Ma foi, tu vois beaucoup de choses.

— Il en est bien ainsi, dit le bigle. Qu'il rapporte à son roi, Venzlav, ce qu'il a vu, puisqu'il paraît qu'il ne faut pas toucher aux fées soi-disant bonnes et gentilles. Il les rencontre à coup sûr pendant la période de mai pour les baiser. Pour ça, elles sont peut-être bonnes. Nous le vérifierons si l'une d'entre elles nous tombe vivante dans les bras.

— Et même à moitié vivante, ricana Brick. Peste ! Où est le druide ? C'est bientôt midi et pas de trace de lui. Il est temps de reprendre la route.

— Que comptez-vous faire ? demanda Geralt sans lâcher la main de Ciri.

— En quoi ça te regarde ? grogna le noiraud.

— Pourquoi s'énerver, Levecque ? intervint le bigle en riant affreusement. Nous sommes des gens honnêtes. Nous n'avons pas de secrets. Ervyll nous a envoyé un druide, un grand magicien qui sait communiquer avec les arbres. Il nous accompagnera dans la forêt pour venger Freixenet et tenter de sauver la princesse. Ce n'est pas une promenade, frère, mais une expédition pun… pun…

— Punitive, souffla Levecque.

— Ouais. Je l'avais sur le bout de la langue. Oui, va ton chemin, frère, car la situation peut chauffer d'ici quelque temps.

— Oui, reprit Levecque en observant Ciri. C'est dangereux ici, *a fortiori* avec une petite fille. Les fées en raffolent. Hein, môme ? Ta maman t'attend à la maison ?

Ciri acquiesça en tremblant.

— Ce serait dommage qu'elle ne te revoie plus, continua le noiraud sans relâcher son regard. Elle irait sans doute se plaindre auprès de Venzlav : en tolérant les dryades, Roi, tu as condamné ma fille et mon mari. Qui sait si Venzlav ne renouvellerait pas alors son alliance avec Ervyll ?

— 'Aissez-les, monsieur Levecque, gronda Junghans. (Ses rides se firent plus profondes encore.) 'Aissez-les partir.

— Salut à toi, môme.

Levecque tendit la main et caressa la tête de Ciri. Celle-ci frémit et recula.

— Et quoi ? Tu as peur ?

— Tu as du sang sur la main, dit doucement le sorceleur.

— Ah ! (Levecque leva le bras.) Effectivement. C'est le sang des marchands. J'ai voulu vérifier s'il y avait des rescapés. Les fées, malheureusement, visent juste.

— Les fées ? déclara Ciri d'une voix tremblante sans réagir à la pression de la main du sorceleur. Oh ! noble chevalier, vous vous trompez. Ce ne pouvait être des dryades !

— Qu'est-ce que tu bredouilles, môme ?

Le noiraud plissa ses yeux pâles. Geralt jeta un œil à droite et à gauche en estimant les distances.

— Ce n'étaient pas des dryades, monsieur le chevalier, répéta Ciri. C'est pourtant évident !

— Hein ?

— Cet arbre-là… Cet arbre a été coupé ! Avec une hache ! Les dryades ne couperaient jamais un arbre, n'est-ce pas ?

— C'est vrai, répondit Levecque en regardant le bigle. Oh ! Mais tu es une petite fille intelligente. Trop intelligente.

Le sorceleur avait repéré la main gantée de noir de l'assassin rampant, telle une araignée, vers le manche de son stylet. Bien que le regard de Levecque n'eût pas quitté une seule fois la petite fille, Geralt savait que le premier coup serait porté contre lui. Il attendit que Levecque touche son arme.

Le bigle en eut le souffle coupé.

Trois mouvements. Trois, seulement.

L'avant-bras clouté d'argent percuta le côté gauche de la tête du noiraud. Le sorceleur se retrouva entre Junghans et le bigle avant même que Levecque tombe au sol, et son épée, surgissant en sifflant de son fourreau, hurla dans l'air et frappa la tempe de Brick, le colosse au pourpoint garni de cuivre.

— Sauve-toi, Ciri !

Le bigle, saisissant son épée, sauta de côté, mais trop tard. Le sorceleur lui ouvrit le torse obliquement de haut en bas puis, profitant de l'énergie du coup donné, le frappa instantanément, de bas en haut, laissant sur son corps la marque ensanglantée d'un X.

—Les gars! hurla Junghans au reste de la troupe pétrifiée d'étonnement. À moi!

Ciri atteignit un hêtre tordu qu'elle escalada tel un écureuil jusqu'au sommet des branches pour se dissimuler dans le feuillage. Le garde forestier tira sans succès une flèche dans sa direction. Les autres se mirent en mouvement. Placés en demi-cercle, ils saisirent arcs et flèches de leurs carquois. Geralt, en position agenouillée, tendit les doigts et frappa du Signe d'Aard, non les arcs qui étaient trop éloignés, mais le sable du chemin devant eux, dont le tourbillon les aveugla.

Junghans retira de son carquois une seconde flèche en bondissant avec souplesse.

—Non! hurla Levecque en se relevant, armé d'une épée dans la main gauche et d'un stylet dans la main droite. Laisse-le-moi, Junghans!

Le sorceleur pivota en douceur pour se retrouver face à lui.

—Il est à moi, poursuivit Levecque en secouant la tête et en s'essuyant le visage avec l'avant-bras. Seulement à moi!

Geralt, penché, dessina un demi-cercle, mais Levecque ne fit pas de même: il attaqua directement. Il le rejoignit en deux pas.

Il n'est pas mauvais, pensa le sorceleur en neutralisant difficilement d'un rapide mouvement de moulinet la lame du meurtrier et en évitant d'un demi-tour le coup du stylet. Il ne riposta pas volontairement, mais fit un bond de côté, prévoyant que Levecque essaierait une nouvelle fois de porter une longue botte qui le déséquilibrerait. Mais le meurtrier n'était pas un novice. Il se recroquevilla et dessina également un demi-cercle avec une agilité féline. Puis il bondit sans crier gare en faisant des moulinets avec son épée comme un tourbillon. Le sorceleur refusa la confrontation directe en se limitant à une parade haute et rapide qui força le meurtrier à reculer. Levecque se recroquevilla en préparant une quarte. Il dissimula l'un de ses stylets dans son dos. Le sorceleur, cette fois encore, n'attaqua pas, ne réduisit pas la distance, préférant une nouvelle fois effectuer un demi-cercle pour contourner son adversaire.

—Toute bonne plaisanterie a une fin, grommela Levecque entre ses dents. Que penserais-tu d'une décision en une botte, gros malin. Une botte avant d'abattre ton bâtard dans son arbre. Qu'est-ce que tu en penses?

Geralt avait remarqué que le meurtrier observait sa propre ombre, qu'il attendait que cette ombre atteigne son adversaire, signifiant ainsi que celui-ci serait ébloui par le soleil. Le sorceleur cessa de tourner pour faciliter la tâche du meurtrier.

Ses pupilles diminuèrent jusqu'à devenir deux fentes horizontales, deux traits serrés.

Pour donner le change, il plissa légèrement le visage comme s'il avait été aveuglé.

Levecque bondit, pivota en maintenant son équilibre avec son bras armé du stylet et frappa d'un mouvement du poignet qui sembla impossible, de bas en haut, pour toucher le périnée. Geralt jaillit en avant, se retourna et para le coup. D'un mouvement du poignet et de l'épaule tout aussi impossible, il rejeta le meurtrier avec la véhémence d'une parade qui se termina par un coup de lame porté à la joue gauche de son adversaire. Levecque chancela en se saisissant le visage. Le sorceleur pivota d'un demi-tour en jetant tout son poids sur la jambe gauche et d'une courte botte lui sectionna la carotide. Inondé de sang, Levecque se recroquevilla et tomba à genoux avant de basculer la tête la première dans le sable.

Geralt se retourna lentement vers Junghans. Celui-ci le visait de son arc en grimaçant horriblement. Le sorceleur s'inclina en saisissant son épée des deux mains. Les autres soldats tenaient également leurs arcs bandés dans un silence de mort.

— Qu'est-ce que vous attendez ? beugla le garde forestier. 'Irez ! 'Irez !

Puis il trébucha brusquement, chancela et fit quelques pas en trottinant avant de s'écrouler, une flèche lui ayant traversé la gorge. L'empenne de cette flèche était faite de plumes de poule faisane tigrées teintes en jaune dans une décoction d'écorce.

Les flèches fusaient du mur noir de la forêt en longues et plates paraboles. Elles semblaient planer lentement et tranquillement dans le sifflement des plumes et ne prendre de la vitesse et de la force qu'au moment de l'impact. Elles frappaient leur cible sans erreur, décimant les mercenaires impuissants de Nastrog, les abattant dans le sable du chemin, fauchés comme des tournesols qui tombent sous les coups de bâton.

Les survivants se ruèrent vers les chevaux en se bousculant. Les flèches ne cessaient de siffler. Elles les atteignaient alors qu'ils couraient ou qu'ils étaient déjà installés sur les selles. Seulement trois d'entre eux réussirent à lancer leurs chevaux au galop en hurlant et en frappant jusqu'au sang les flancs de leurs montures. Mais ils n'allèrent pas loin.

La forêt se fermait, bloquait le passage. La grand-route sableuse, inondée de soleil, disparaissait derrière le mur dense et impénétrable des troncs noirs.

Les mercenaires éperonnèrent leurs chevaux. Effrayés et ahuris, ils essayèrent de faire demi-tour, mais les flèches tombaient sans arrêt. Elles les arrachaient de leurs selles dans les piétinements, les hennissements des chevaux et les hurlements.

Puis il y eut le silence.

Le mur de la forêt fermant la grand-route scintilla, s'effaça, brilla de toutes les couleurs de l'arc-en-ciel et disparut. Le chemin était de nouveau visible. Un cheval à robe grise monté d'un cavalier puissant à la barbe filasse et vêtu d'une vareuse de phoque ceinte en biais d'un ruban à carreaux en laine apparut.

Le cheval gris avança fiévreusement en agitant la tête et en levant haut ses sabots antérieurs. Il ronflait en évitant les cadavres et l'odeur du sang. Le cavalier, droit sur sa selle, leva la main : une légère brise souffla dans les branches des arbres.

Dans les broussailles lointaines de la forêt apparurent de petites silhouettes vêtues de combinaisons vert et brun, aux visages zébrés par les traces de brou de noix.

— *Ceádmil, Wedd Brokiloéne!* cria le cavalier. *Fáill, Aná Woedwedd!*

— *Fáill!* répondit, portée par le vent, une voix dans la forêt.

Les silhouettes vert et brun disparurent les unes après les autres dans les broussailles de la sylve. Seule en demeura une aux cheveux défaits couleur de miel. Elle s'approcha.

— *Va fáill, Gwynbleidd*, dit-elle en s'approchant plus encore.

— Adieu, Mona, répondit le sorceleur. Je ne t'oublierai pas.

— Oublie, rétorqua-t-elle durement en réajustant son carquois dans le dos. Il n'y a pas de Mona. Mona était un rêve. Je suis Braenn. Braenn de Brokilone.

Elle lui fit encore un signe de la main puis disparut.

Le sorceleur se retourna.

— Sac-à-souris, dit-il en regardant le cavalier sur son cheval gris.

— Geralt, acquiesça le cavalier en le toisant d'un regard froid. Rencontre intéressante. Mais commençons par les choses les plus importantes. Où est Ciri ?

— Ici ! s'écria la petite fille complètement dissimulée dans les feuillages. Je peux descendre ?

— Oui, tu peux, lui répondit le sorceleur.

— Mais je ne sais pas comment !

— De la même manière que tu es montée, mais à l'envers.

— J'ai peur ! Je suis au sommet de l'arbre !

— Descends, je te dis. Nous avons à discuter, petite damoiselle.

— Mais de quoi ?

— Pourquoi, par la peste, es-tu montée là-haut au lieu de fuir dans la forêt ? J'aurais pris la fuite derrière toi, je n'aurais pas été obligé de... Ah ! Par le choléra, descends !

— J'ai fait comme le chat dans le conte ! Quoi que je fasse, c'est donc toujours mal ! Pourquoi ? J'aimerais bien savoir.

— Moi aussi, dit le druide, j'aimerais bien le savoir. Et ta grand-mère, la reine Calanthe, elle aussi, aimerait bien le savoir. Descends, petite princesse.

Des feuilles et des branches sèches dégringolèrent de l'arbre. Puis on entendit le bruit mordant d'un tissu qui se déchire. Ciri apparut enfin, glissant, les jambes écartées, le long du tronc. À la place de la capuche de sa vareuse, elle ne portait plus que de pittoresques lambeaux.

— Oncle Sac-à-souris !

— En personne.

Le druide prit la petite fille dans ses bras et la serra contre lui.

— C'est Grand-mère qui t'envoie, mon oncle ? Elle se fait beaucoup de soucis ?

— Pas trop, répondit Sac-à-souris en souriant. Elle est trop occupée à mouiller son fouet. Le chemin du retour à Cintra nous prendra quelque temps, Ciri. Profites-en pour trouver une explication à tes aventures. Le mieux, si tu entends profiter de mes conseils, serait de trouver une explication courte et à propos. Une explication qu'il est possible d'énoncer très, très vite. Mais je crois néanmoins qu'à la fin, princesse, tu crieras malgré tout très, très fort.

Ciri grimaça de douleur, renifla, ronchonna en silence. Ses mains se réfugièrent instinctivement à l'endroit de son corps le plus menacé.

—Partons, proposa Geralt en inspectant les alentours. Partons, Sac-à-souris.

VIII

—Non, dit le druide. Calanthe a changé ses plans : elle ne souhaite plus de mariage entre Ciri et Kistrin. Elle a ses raisons. De plus, je ne t'étonnerai pas en te disant que, depuis cette malheureuse attaque maquillée sur des marchands, le roi Ervyll a beaucoup perdu de sa crédibilité à mes yeux, et tu sais que mon jugement compte dans le royaume. Non, nous ne nous arrêterons même pas à Nastrog. J'emmène directement la petite à Cintra. Viens avec nous, Geralt.

—Pour quoi faire ?

Le sorceleur jeta un œil sur Ciri qui tremblait sous l'arbre bien qu'elle portât la fourrure de Sac-à-souris.

—Tu sais bien pourquoi. Cette enfant, Geralt, t'est destinée. Vos chemins se croisent pour la troisième fois, oui pour la troisième fois. En un certain sens bien sûr, surtout s'il est question des deux premières fois. J'espère, Geralt, que tu ne penses pas qu'il s'agit là simplement d'un hasard.

—Quelle importance la façon dont je le nomme ? répondit le sorceleur en se forçant à sourire. Les choses échappent aux noms qu'on leur donne, Sac-à-souris. Pourquoi me rendrais-je à Cintra ? J'y suis déjà allé, j'y ai déjà croisé, comme tu le disais, d'autres chemins. Et alors ?

—Geralt, tu avais alors exigé de Calanthe, de Pavetta et de son mari qu'ils prêtent serment. Celui-ci a été tenu. Ciri est l'enfant-surprise. La providence exige…

—Que je prenne cette enfant et que j'en fasse un sorceleur ? Une petite fille ! Regarde-moi bien, Sac-à-souris. Imagines-tu que je puisse être une fraîche et jolie jeune fille ?

—Au diable l'art des sorceleurs ! répondit le druide en s'emportant. De quoi parles-tu au fond ? Quel est le rapport ? Non, Geralt, je vois que tu ne comprends rien et qu'il me faut user de mots simples. Écoute, tout crétin peut exiger un serment. Tu fais partie du nombre. Cela en soi n'a rien d'extraordinaire. C'est l'enfant qui est extraordinaire. De même que le lien créé lorsque l'enfant naît. Je dois être plus clair encore ? Pas de problème, Geralt :

depuis la naissance de Ciri, ce que tu veux et planifies cesse d'être important, de même que ce que tu refuses et ce à quoi tu renonces. Toi-même, par la peste et le choléra, tu as cessé de compter ! Tu ne comprends pas ?

—Ne crie pas. Tu vas la réveiller. Notre surprise dort. Et lorsqu'elle se réveille... Sac-à-souris, même les choses extraordinaires, on peut... On doit parfois y renoncer.

Le druide l'observa avec insistance.

—Tu sais pourtant que tu n'auras jamais d'enfant de toi.

—Je sais.

—Et tu y renonces ?

—J'y renonce. N'en ai-je pas le droit ?

—Tu en as le droit, répondit Sac-à-souris. Et comment. Mais c'est risqué. Il existe un vieux présage qui affirme que l'épée de la providence...

—... possède deux tranchants, compléta Geralt. Je connais.

—Fais donc ce que tu juges bon. (Le druide détourna la tête en crachant.) Et dire que j'étais prêt à risquer ma tête pour toi...

—Toi ?

—Oui. Au contraire de toi, je crois en la providence. Et je sais qu'il est dangereux de jouer avec une épée à deux tranchants. Ne joue pas, Geralt. Profite de la chance qui t'est offerte. Fais de ce lien qui t'engage avec Ciri une relation normale de tuteur à enfant. Sinon... ce lien peut se manifester d'une autre manière. Plus terrible. Négative et destructrice. Je veux vous en protéger, toi et la petite. Si tu voulais la prendre, je ne m'y opposerais pas. Je prendrais le risque de tout expliquer à Calanthe.

—Comment sais-tu que Ciri accepterait de me suivre ? L'as-tu lu dans un présage ?

—Non, répondit sérieusement Sac-à-souris. Je le sais parce qu'elle ne s'est endormie que lorsque tu l'as serrée dans tes bras, qu'elle murmure ton nom en rêve et que sa main recherche la tienne.

—Cela suffit. (Geralt se leva.) Je pourrais m'émouvoir. Adieu, barbu. Tous mes hommages à Calanthe. Pour l'escapade de Ciri, invente quelque chose.

—Ta fuite est illusoire, Geralt.

—Ma fuite de la providence ?

Le sorceleur serra la sangle d'un cheval récupéré.

— Non, répondit le druide en regardant la petite fille : d'elle.

Le sorceleur hocha la tête puis sauta sur la selle. Sac-à-souris demeurait assis, immobile, remuant avec un bout de bois le feu qui s'éteignait.

Geralt partit lentement à travers des bruyères aussi hautes que ses étriers, dans la pente principale de la vallée, en direction de la sylve noire.

— Geralt !

Il se retourna. Ciri se tenait au sommet de la colline, petite figure grise aux cheveux de cendre défaits.

— Ne pars pas !

Il fit un signe de la main.

— Ne pars pas ! hurla-t-elle moins fort. Ne pars pas !

Je le dois, pensa-t-il. *Je le dois, Ciri. Parce que… je pars toujours.*

— Tu ne t'en tireras pas aussi facilement ! cria-t-elle. N'y pense même pas ! Tu ne t'enfuiras pas ! Je fais partie de ta destinée, tu entends ?

Il n'y a pas de providence, pensa-t-il. *Cela n'existe pas. La seule chose qui nous soit prédestinée à tous, c'est la mort. Le second tranchant de l'épée à deux fils, c'est la mort. Le premier, c'est moi. Le second, c'est la mort qui me suit pas à pas. Je ne peux pas, je n'ai pas le droit de t'exposer, Ciri.*

— Je suis ta destinée !

Il l'entendit encore crier du sommet de la colline, mais moins fort, sur un ton plus désespéré.

D'un coup de talon, il fit avancer son cheval et s'enfonça dans la forêt humide, noire et froide comme un gouffre, dans l'ombre familière et bienveillante des ténèbres sans fin.

Quelque chose en plus

I

Lorsque les sabots frappèrent les madriers du pont, Yurga ne leva même pas la tête. Il étouffa son hurlement, lâcha le bandage de la roue qu'il s'efforçait de remettre en place et rampa sous le chariot aussi vite que possible. Les larmes aux yeux, rasant de son dos la rugueuse couche de fumier et de boue recouvrant la partie inférieure du plancher du véhicule, il glapissait par intermittences en tremblant de peur.

Le cheval s'approchait à pas lents du chariot. Yurga remarqua qu'il posait prudemment et délicatement ses sabots sur les poutres complètement pourries et moisies.

— Sors de là, lui intima le cavalier qu'il ne voyait pas.

Yurga siffla entre ses dents en rentrant la tête dans les épaules. Le cheval s'ébroua, frappa du pied.

— Doucement, Ablette, dit le cavalier. (Yurga entendit l'individu tapoter l'encolure de sa monture.) Sors de là, l'ami. Je ne te ferai aucun mal.

Le marchand ne crut pas les paroles de l'inconnu. Il y avait néanmoins quelque chose dans sa voix de rassurant et d'intrigant, bien que son timbre ne fût pas agréable. En marmonnant des prières destinées à plusieurs dieux à la fois, Yurga sortit enfin avec prudence la tête de sous le chariot.

Le cavalier avait des cheveux blancs comme le lait, plaqués sur le front par un bandeau de cuir, et un manteau de laine noir retombant sur la croupe de sa jument alezane. Il ne regarda pas Yurga. Penché sur sa selle, il observait la roue du chariot et le moyeu encastré dans les planches fendues du pont. Il releva soudain la tête, effleura du regard le marchand pour observer impassiblement la végétation poussant sur les bords de la ravine.

Yurga s'extirpa difficilement en grommelant. Il s'essuya le nez du revers de la main en se barbouillant le visage du goudron de bois du moyeu. Le cavalier le darda d'un regard sombre et attentif, aussi tranchant et acéré qu'un harpon. Yurga demeura silencieux.

— À deux, nous n'arriverons pas à la dégager, dit enfin l'inconnu en désignant la roue dentée. Tu voyageais seul ?

— Nous étions trois, seigneur, balbutia Yurga. Mes domestiques ont fui, les pleutres…

— Ce n'est pas étonnant, répondit le cavalier en regardant le fond de la ravine, sous le pont. Ce n'est pas du tout étonnant. Je pense que tu devrais faire la même chose qu'eux. Il est encore temps.

Les yeux de Yurga ne suivirent pas le regard de l'inconnu qui se posa sur les crânes, côtes et tibias dispersés parmi les pierres, et visibles à travers les bardanes et les orties poussant sur le fond asséché de la rivière. Le marchand redoutait que ces orbites noires, ces sourires à belles dents et tous ces os brisés ne provoquent en lui de nouveau un affaissement total de son être, et que ce qui restait de son courage ne crève comme la vessie d'un poisson. Il aurait alors fui sur la grand-route en étouffant ses hurlements, comme l'avaient fait le conducteur et le valet une heure plus tôt à peine.

— Mais qu'est-ce que tu attends ? demanda à mi-voix le cavalier en faisant pivoter son cheval. Le crépuscule ? Il sera alors trop tard. Ils viendront te prendre dès que le jour tombera. Peut-être même plus tôt. Va, monte sur ton cheval, suis-moi. Partons d'ici le plus vite possible.

— Et le chariot, seigneur ? gueula à pleins poumons Yurga, surpris lui-même par l'intensité de son cri dont il ne sut pas si c'était la peur, le désespoir ou la colère qui l'avait provoqué. Les marchandises ! Toute une année de travail ! Je préfère crever ! Je ne laisserai rien sur place !

— Il me semble que tu ne sais pas encore où le sort t'a mené, l'ami, dit tranquillement l'inconnu en montrant de la main l'horrible cimetière s'étendant sous le pont. Tu ne veux pas laisser le chariot sur place, dis-tu ? Moi, je te dis que lorsque le crépuscule tombera, même le trésor du roi Dezmod ne pourra te sauver. Cesse de penser à ton maudit chariot. Au diable ton idée de prendre un raccourci à travers une contrée si merveilleuse. Tu ne sais donc pas quels massacres ont eu lieu ici depuis la fin de la guerre ?

Yurga fit signe qu'il l'ignorait.

— Tu ne le sais pas, répondit l'inconnu en hochant la tête, mais tu vois ce qui gît en bas ! Il est difficile de ne pas le remarquer. Ce sont tous ceux justement qui ont essayé de prendre un raccourci. Et toi, tu dis que tu ne veux pas laisser ton chariot sur place. Que contient-il, ton fameux chariot ? Je suis curieux de le savoir.

Yurga ne répondit pas. Tout en regardant le cavalier par en dessous, il hésitait entre « étoupe » et « vieux chiffons ».

Le cavalier ne semblait pas particulièrement intéressé par la réponse. Il tranquillisa l'alezane qui agitait nerveusement la tête.

— Seigneur..., balbutia enfin le marchand. Aidez-moi. Sauvez-moi. Je vous serai reconnaissant jusqu'à la fin de ma vie... Ne me laissez pas... Je vous donnerai ce que vous voudrez, tout ce que vous désirerez... Sauvez-moi, seigneur !

L'inconnu pivota brusquement la tête tout en maintenant ses deux mains sur le pommeau de la selle.

— Qu'as-tu dit ?

Yurga, la bouche ouverte, garda le silence.

— Tu me donneras ce que je désire, répète.

Yurga avala sa salive avant de fermer la bouche. Il regrettait de ne pas avoir tourné sept fois sa langue. Dans sa tête virevoltèrent les plus fantastiques conjectures concernant le prix que l'étrange voyageur pouvait exiger. Toutes. Même le privilège d'un commerce spécifique une fois par semaine avec sa jeune épouse, Chrysididae, ne paraissait pas si terrible, comparé à la perte de son chariot, et à n'en point douter beaucoup moins macabre que celle de devenir un squelette blanchi au fond du ravin. Son atavisme de marchand l'inclina à estimer rapidement la situation. Le cavalier ne ressemblait pas à un clochard, à un vagabond ou à un maraudeur comme il y en avait tant depuis que la guerre était terminée. Il n'était pas non plus un prince, un conseiller municipal ou l'un de ces petits chevaliers se faisant une haute idée d'eux-mêmes qui prennent plaisir à soustraire l'argent de leurs prochains. Yurga l'estima à près de vingt pièces d'or. Sa nature commerciale l'empêchait néanmoins de proposer un prix. Il se limita à parler indistinctement « d'éternelle reconnaissance ».

— Je t'ai demandé, reprit tranquillement l'inconnu qui avait attendu que le marchand se tût, si tu me donneras ce que je désire.

Il fallait parler. Yurga avala sa salive en hochant la tête. Contre toute attente, l'inconnu ne triomphait pas ; il ne paraissait même pas particulièrement satisfait de son succès dans la négociation. Il cracha dans la ravine en se penchant sur son cheval.

— Mais qu'est-ce que je fais ? dit-il tristement. Est-ce que je ne fais pas une bêtise ? Soit, j'essaierai de te sortir de là. Je ne te cache pas que cette aventure peut s'avérer fatale pour l'un et pour l'autre. Si nous réussissons, toi en échange…

Yurga se contracta, prêt à pleurer.

— Tu me donneras, récita rapidement le cavalier au manteau noir, la chose que tu ne t'attendais pas à trouver chez toi en revenant. Tu le jures ?

Yurga fit un signe de la tête en bégayant.

— Bien, grimaça l'inconnu. Maintenant pousse-toi. Le mieux serait que tu te dissimules de nouveau sous le chariot. Le soleil va disparaître.

Il descendit de cheval et enleva son manteau. Le marchand remarqua l'épée que l'inconnu portait en bandoulière et le baudrier lui barrant le torse. Il avait le sentiment d'avoir déjà entendu parler d'individus portant leurs armes de cette manière. Sa veste de cuir noir coupée à la taille et ses longues manchettes cloutées d'argent pouvaient indiquer que l'inconnu provenait de Novigrad ou de ses environs. La mode pour de tels vêtements était dernièrement répandue parmi la jeunesse, mais l'inconnu n'était plus un jeune homme.

Le cavalier se retourna après avoir déchargé sa monture ; son médaillon rond suspendu sur son torse à une chaîne d'argent se mit à frémir ; il tenait sous le bras une petite chope ferrée et un long paquet sanglé couvert de peaux.

— Toujours pas sous le chariot ? demanda-t-il en s'approchant.

Yurga remarqua qu'un loup montrant les crocs figurait sur le médaillon.

— Seriez-vous… un sorceleur, seigneur ?

L'inconnu haussa les épaules.

— Tout juste. Un sorceleur. Et maintenant, disparais de l'autre côté du chariot. N'en sors pas et tais-toi. Je dois être seul pendant un instant.

Yurga obtempéra. Il s'accroupit près de la roue en se dissimulant sous la bâche. Il préférait ne pas voir ce que faisait l'inconnu de l'autre côté du chariot et encore moins les ossements gisant au fond de la ravine. Il observa donc ses chaussures et les germes de mousse verte en forme d'étoile recouvrant les madriers pourris du pont.

Un sorceleur.

Le soleil disparut.

Il entendit des pas.

L'inconnu sortit lentement, très lentement, de derrière le chariot et se dirigea vers le centre du pont. Yurga le voyait de dos. Il remarqua que son épée n'était pas la même que celle qu'il avait vue auparavant. Il s'agissait d'une belle arme : la poignée, la garde et les ornements de fer du fourreau brillaient comme des étoiles. Même au crépuscule, la lumière continuait d'en émaner.

La lueur or et pourpre recouvrant la forêt s'estompa.

— Seigneur…

L'inconnu se retourna. Yurga réussit à réprimer un cri.

Le visage de l'étranger était blanc, blanc et poreux comme un fromage frais sorti de son linge. Et ses yeux… Ô dieux… La terreur hurla en Yurga. Ses yeux…

— Derrière le chariot, vite, ordonna l'inconnu à mi-voix.

Ce n'était pas la même voix que celle qu'il avait entendue plus tôt. Le marchand sentit soudain la pression de sa vessie trop pleine.

L'inconnu se retourna et s'éloigna sur le pont.

Un sorceleur.

Le cheval attaché à l'échelle du chariot grognait, hennissait, frappait les madriers de ses sabots.

Un moustique se mit à bruire au-dessus de l'oreille de Yurga. Le marchand ne bougea même pas la main pour le chasser. Un deuxième moustique arriva. Des nuages entiers de moustiques se concentraient dans les broussailles de l'autre côté de la ravine.

Ils hurlaient.

Yurga s'aperçut en serrant les dents de douleur que ce n'étaient pas des moustiques.

Dans le crépuscule de plus en plus dense, de petites silhouettes difformes, affreuses, pas plus hautes qu'une aune, aussi maigres que des squelettes, dépassaient des fourrés de la ravine. Elles entraient sur le pont d'une démarche excentrique rappelant celle du héron, en levant très haut, par des mouvements brusques, leurs genoux enflés. Des yeux bilieux saillaient sous des fronts plats et ridés. Leurs petites gueules de batraciens arboraient de menus crocs laiteux. Elles s'approchaient en chuintant.

L'inconnu, immobile comme une statue au milieu du pont, leva soudain la main droite en disposant bizarrement ses doigts. Les nains monstrueux se retirèrent en sifflant avant de reprendre leur marche, rapide, de plus en plus rapide, levant comme des baguettes leurs longues pattes munies de serres.

À gauche, on entendit un bruit de griffes : un nouveau monstre surgit soudain de sous le pont ; les autres se ruèrent en faisant des bonds ahurissants. L'inconnu pivota. La nouvelle épée étincelait. La tête de la créature qui grimpait sur le pont vola à hauteur d'une toise, en traînant derrière elle une guirlande de sang. L'homme aux cheveux d'albâtre bondit jusqu'au groupe restant. Il frappait en faisant tournoyer son épée à droite et à gauche. Les monstres hurlants se jetaient sur lui de toutes parts en agitant les pattes ; la lame brillante et tranchante comme un rasoir ne les décourageait pas. Yurga se blottit contre le chariot.

Quelque chose tombé à ses pieds l'éclaboussa de sang. C'était une longue patte osseuse à quatre serres, écailleuse comme celle d'une poule.

Le marchand hurla.

Il sentit la présence d'un être passant furtivement à côté de lui. Il se recroquevilla comme s'il voulait disparaître sous le chariot. La chose atterrit alors brusquement sur sa nuque : de grosses pattes griffues s'agrippant à sa tempe et à sa joue. Yurga ferma les yeux. Il s'arracha à la prise du monstre en criant et en se lacérant le corps ; il se retrouva titubant au milieu du pont au milieu des cadavres gisant sur les madriers. La bataille faisait rage. Le marchand ne vit rien d'autre que le tumulte rageur et la confusion d'où, de temps en temps, émergeait le rayon d'un fil d'argent.

— À l'aide ! hurla-t-il en sentant que les crocs acérés traversaient la bure de sa capuche et s'abreuvaient à son occiput.

— Baisse la tête !

Il rentra le menton dans son torse en chassant du regard l'éclair fusant de la lame. L'épée vociféra dans l'air en frôlant sa capuche. Yurga entendit un craquement affreux et humide. Un liquide chaud comme déversé d'un seau aspergea ses épaules. Un poids inerte sur sa nuque le força à mettre les deux genoux à terre.

Le marchand vit trois autres monstres jaillir de sous le pont. Bondissant comme des locustes, ils avaient saisi les cuisses de l'inconnu. L'un d'eux, dont la gueule de crapaud fut sectionnée d'un coup, s'éloigna d'une démarche rigide avant de choir sur les madriers. Le deuxième, touché par la pointe de l'épée, s'affaissa dans des spasmes. Les autres cernaient l'homme aux cheveux d'albâtre comme des fourmis, en l'acculant contre le bord du pont. Le troisième monstre fut rejeté, en sang, hurlant et pris de convulsions, au-delà du tumulte. La horde désorganisée roula au même moment hors du pont dans la ravine. Yurga se laissa tomber à terre en se protégeant la tête avec les mains.

Le marchand entendit sous le pont les clameurs de triomphe des monstres se transformer sous les sifflements de l'épée en hurlements et en gémissements de douleur. Puis parvint de l'obscurité un tintinnabulement de pierres suivi d'un craquement de squelettes écrasés et broyés, puis encore le sifflement d'une épée et un coassement ultime, désespéré, à glacer le sang, prématurément interrompu.

Ce ne fut ensuite que le silence entrecoupé çà et là, parmi les grands arbres au fond de la forêt, par le cri effrayé d'un oiseau. Puis l'oiseau lui-même se tut.

Yurga avala sa salive puis se redressa légèrement en relevant la tête. Le silence régnait toujours. Même les feuilles des arbres ne rendaient aucun bruit. La forêt semblait être devenue muette de terreur. Des nuages effilochés assombrirent le ciel.

—Hé!

Le marchand se retourna en se protégeant instinctivement avec les mains. Le sorceleur se tenait debout devant lui, immobile, noir, portant son épée scintillante au bout de son bras pendant. Yurga remarqua qu'il ne se tenait pas droit, qu'il penchait de côté.

—Seigneur, que vous arrive-t-il?

Le sorceleur ne répondit pas. Il fit un pas, lourd et maladroit, en se touchant la hanche gauche, tendit la main pour se retenir au chariot. Yurga remarqua le sang noir et brillant gouttant sur les madriers.

—Seigneur, vous êtes blessé!

Le sorceleur ne répondit pas. Il s'accrocha soudain à la caisse du chariot en fixant son regard sur les yeux du marchand puis se laissa glisser lentement sur le pont.

II

— Doucement, prudemment… Sous la tête… Que l'un d'entre vous lui soutienne la tête !

— Ici, ici, sur le chariot !

— Par les dieux, il saigne… Seigneur Yurga, son sang coule à travers le pansement…

— Cessez de jacasser ! Allez, dépêche-toi, Profit, du nerf ! Couvre-le d'une fourrure, et toi Vell, tu ne vois pas qu'il tremble ?

— On pourrait peut-être lui faire boire de l'eau-de-vie !

— À un blessé inconscient ? Mais tu es devenu fou, Vell ? Passe-moi plutôt la bonbonne : je dois boire un coup… Espèces de chiens, vauriens, misérables pleutres ! Filer comme ça et me laisser seul !

— Seigneur Yurga ! Il dit quelque chose !

— Quoi ? Que dit-il ?

— Ce n'est pas clair… Un prénom…

— Lequel ?

— Yennefer…

III

— Où suis-je ?

— Ne vous levez pas, seigneur, ne bougez pas, ou tout va se rouvrir et se déchirer. Ces bêtes horribles vous ont mordu la cuisse jusqu'à l'os. Vous avez perdu beaucoup de sang… Vous ne me reconnaissez pas ? Je suis Yurga ! L'homme que vous avez sauvé sur le pont, vous ne vous souvenez pas ?

— Ah…

— Avez-vous soif ?

— Par tous les diables, oui…

— Buvez, seigneur, buvez. La fièvre vous consomme.

— Yurga… où sommes-nous ?

— Nous sommes en route, dans mon chariot. Ne dites rien, seigneur, ne bougez pas. Nous devons nous éclipser de ces forêts pour rejoindre les premiers hameaux humains et trouver un guérisseur. Votre pansement ne suffit pas. Le sang n'arrête pas de couler…

— Yurga…

— Oui, seigneur ?

— Dans mon coffre… un flacon… avec de la cire verte. Détache le sceau et donne-le-moi… Dans un godet. Nettoie bien le godet. Personne ne doit toucher les flacons… si vous tenez à la vie… Vite, Yurga… Nom d'un chien, qu'est-ce que ce chariot peut secouer… Le flacon, Yurga…

— Voilà… buvez.

— Merci… Fais bien attention. Je vais m'endormir. Je vais m'agiter et délirer puis gésir comme un cadavre. Ce n'est rien, n'aie pas peur…

— Dormez, seigneur, sinon votre blessure se rouvrira et vous perdrez tout votre sang.

Il s'affaissa sur le cuir. Sa tête chancela. Il sentit que le marchand le couvrait d'une fourrure et d'un plaid puant la sueur de cheval. Le chariot cahotait. Chaque secousse mordait douloureusement sa cuisse et sa hanche. Il serra les dents. Au-dessus de lui, il vit des milliards d'étoiles. Si près qu'il lui semblait qu'il eût suffi de tendre la main juste au-dessus de sa tête, juste au-dessus de la crête des arbres, pour les toucher.

Il choisit en marchant le tracé le plus éloigné de la lumière, de la lueur des feux, pour se dissimuler dans la zone des ombres ondoyantes. Ce n'était pas facile : il y avait partout des bûchers de sapins ardents, imprimant dans le ciel une clarté rouge piquetée de brandons, annexant l'obscurité de leurs oriflammes de fumée, craquant et explosant de lumière entre les silhouettes dansantes.

Geralt s'arrêta pour laisser passer la procession – folle, hurlante, sauvage – qui s'approchait en lui bloquant toute issue. Quelqu'un lui saisit l'épaule et essaya de lui remettre une petite jarre débordant de mousse. Il refusa gentiment, mais repoussa avec fermeté l'homme chancelant qui portait un tonnelet sous l'aisselle et arrosait de bière les gens alentour. Il ne voulait pas boire.

Pas pendant une telle nuit.

Non loin de là, sur une scène construite en troncs de bouleaux dominant l'énorme feu, le roi de Mai aux cheveux clairs, portant une couronne de fleurs et des braies d'étoupe, embrassait la reine de Mai ; il lui caressait les seins à travers sa fine tunique trempée de sueur. Le monarque, plus qu'éméché, titubait et ne maintenait son équilibre qu'en étreignant la reine, le poing retenant dans le dos de la belle une chope de bière. La reine n'était pas sobre non plus. Ceinte d'une couronne de fleurs lui retombant sur les yeux, elle s'accrochait au cou du roi en gigotant les jambes. La foule dansait sur la scène, chantait, hurlait en brandissant des gaules entortillées de fleurs et de plantes.

— Belleteyn ! cria aux oreilles de Geralt une jeune fille de petite taille.

Le tirant par la manche, elle le força à faire un tour sur lui-même dans la procession qui les submergeait. Elle dansa à côté de lui : sa robe et sa chevelure de fleurs claquaient au vent. Il permit qu'elle l'attire dans la danse. Il virevoltait habilement en laissant passer les autres couples.

— Belleteyn ! C'est la nuit de Mai !

À côté d'eux, il y eut une empoignade, des cris et le rire nerveux d'une jeune fille luttant contre un garçon qui l'emportait dans le noir, hors du cercle de la lumière. La procession, braillarde, dessinait une chenille entre les bûchers embrasés. Parfois, quelqu'un trébuchait, tombait en brisant la chaîne des bras qui se scindait alors en petits groupes.

Les yeux de la jeune fille, perçant sous les feuilles ornant son front, observaient Geralt. Elle s'approcha et se serra violemment contre ses épaules. Il la prit plus brutalement qu'il ne voulut. Ses doigts pressés contre son dos ressentaient à travers le lin délicat la moiteur de son corps. Elle releva la tête en fermant les yeux. Ses dents brillaient sous sa lèvre supérieure qu'elle tenait légèrement soulevée. La jeune fille exhalait des odeurs de sueur et de roseau aromatique, de fumée et de désir.

Pourquoi pas, pensa-t-il en froissant le dos de sa robe. Ses mains jouissaient de la chaleur humide et éthérée. La jeune fille n'était certes pas son type : trop petite, trop enveloppée. Il sentait sous ses doigts l'endroit où la robe trop serrée divisait le corps en deux nettes rondeurs justement là où il n'aurait pas dû le sentir. *Mais pourquoi pas, pendant une telle nuit… cela n'a pas d'importance.*

Belleteyn… Des feux jusqu'à l'horizon. La nuit de Mai.

Le bûcher le plus proche, engloutissant les fagots de résineux secs qu'on lui lançait, s'intensifia d'une lueur jaune, d'une lumière inondant les alentours. La jeune fille planta son regard dans les yeux de Geralt. Il l'entendit inspirer bruyamment. Son corps se tendit brutalement ; ses doigts se contractèrent violemment sur le torse du sorceleur. Geralt relâcha sa compagne. Celle-ci hésita d'abord puis éloigna son corps sans dégager immédiatement ses hanches de la cuisse du sorceleur. Le regard fuyant, la tête courbée, elle retira d'abord ses mains avant de faire un pas en arrière.

Ils restèrent immobiles un moment. La procession qui revenait ne les reprit pas, ne les ébranla pas, ne les bouscula pas. La jeune fille pivota et s'enfuit maladroitement en se perdant dans la masse des autres danseurs. Elle ne lui jeta qu'un regard furtif.

Belleteyn...

Mais qu'est-ce que je fais là ?

Une étoile luit, étincelant dans l'obscurité. Aveuglante. Le médaillon que le sorceleur portait autour du cou se mit à tinter. Geralt augmenta instinctivement la taille de ses pupilles pour percer sans difficulté l'obscurité.

La femme n'était pas une paysanne. Les filles de la campagne ne portaient pas de manteaux noirs en velours. Les filles de la campagne que les hommes portaient ou tiraient de force dans les fourrés, criaient, ricanaient, se trémoussaient et gigotaient comme des truites fraîchement pêchées. Aucune d'entre elles ne donnait l'impression de maîtriser la situation : cette femme emmenait dans le noir un compagnon aux cheveux blonds et à la chemise à moitié ouverte.

Les filles de la campagne ne portaient jamais de ruban de velours autour du cou ou d'étoile d'obsidienne incrustée de diamants.

— Yennefer.

Ses grands yeux violets enflammaient un visage triangulaire et pâle.

— Geralt...

Elle abandonna la main du blond chérubin au torse luisant de sueur comme une plaque de cuivre. Le garçon hésita, chancela, tomba à genoux, tourna la tête, regarda de tous côtés, protesta. Puis il se leva lentement en les considérant d'un regard tout à la fois dubitatif et gêné, et s'éloigna vers les feux. La magicienne ne le suivit même pas des yeux. Elle fixait intensément le sorceleur. Sa main tremblait sur l'ourlet de son manteau.

— Heureux de te revoir, dit-il sans émotion.

Il sentit alors que la tension entre eux venait de tomber.

— De même, répondit-elle en souriant. (Il lui sembla qu'il y avait dans ce sourire quelque chose de forcé, mais il n'en était pas sûr.)

C'est une agréable surprise, j'en conviens. Que fais-tu ici, Geralt ? Oh ! pardonne-moi, excuse mon indélicatesse. Tu fais bien sûr ici la même chose que moi. C'est la fête de Belleteyn. À la différence que tu m'as surprise, dirais-je, en flagrant délit.

—Je t'ai dérangée.

—Je n'en mourrai pas, plaisanta-t-elle. La nuit va durer. Si je veux, j'en séduirai un autre.

—Dommage que je ne sache pas comment faire, réussit-il à dire en feignant l'indifférence. Une jeune fille a vu mes yeux à la lumière et s'est enfuie.

—Au petit matin, répondit-elle en souriant de manière encore plus artificielle, lorsqu'elles deviendront vraiment folles, elles ne feront plus attention. Tu en trouveras une autre, tu verras…

—Yen…

Le reste de la phrase resta bloqué dans sa gorge.

Ils se regardèrent longtemps, très longtemps. La lueur rouge du feu dansait sur leurs visages. Yennefer soupira soudain en dissimulant ses yeux sous ses cils.

—Geralt, non. Ne commençons pas…

—C'est Belleteyn, l'interrompit-il, tu as oublié ?

Elle s'approcha lentement, posa la main sur son épaule et se serra doucement contre lui, se pelotonna prudemment contre son torse. Il caressa ses cheveux noir corbeau éparpillés en boucles comme des serpents.

—Crois-moi, murmura-t-elle en relevant la tête, je n'hésiterais pas un instant s'il n'était question que de… mais cela n'a aucun sens. Tout recommencerait et se terminerait comme avant. Cela n'aurait aucun sens que nous…

—Est-ce que tout doit avoir un sens ? C'est Belleteyn.

—Belleteyn ? (Elle détourna le visage.) Qu'est-ce que cela change ? Quelque chose nous a attirés vers ces feux et ces gens qui s'amusent. Nous avions l'intention de danser, de faire des folies, de nous enivrer un peu et de profiter de la liberté des mœurs en vigueur ici en l'honneur du cycle recommencé de la nature. Et quoi ? Nous tombons l'un sur l'autre après… combien de temps s'est écoulé ? après… un an ?

—Un an, deux mois et dix-huit jours.

—Tu m'émeus. Tu le fais exprès ?

— Oui, Yen…

— Geralt, l'interrompit-elle en reculant soudain et en secouant la tête, disons les choses clairement : c'est impossible.

Il confirma d'un hochement de tête que les choses étaient claires.

Yennefer repoussa son manteau de ses épaules. Elle portait un fin chemisier blanc et une jupe noire retenue par une ceinture aux maillons argentés.

— Je ne veux pas recommencer, répéta-t-elle. Et l'idée de faire avec toi… ce que j'avais l'intention de faire avec ce beau blond… selon les mêmes règles… cette idée, Geralt, je la trouve avilissante. Dégradante pour toi et pour moi. Tu comprends ?

Il acquiesça de nouveau. Elle le regarda, les cils baissés.

— Tu ne pars pas ?

— Non.

Elle garda le silence un moment puis haussa impatiemment les épaules.

— Tu es vexé ?

— Non.

— Viens, asseyons-nous quelque part, loin de ce tumulte. Discutons un peu. Tu vois, je suis heureuse que nous nous soyons rencontrés. C'est la vérité. Asseyons-nous un moment. D'accord ?

— D'accord, Yen.

Ils partirent dans l'obscurité, loin de la fourmilière, vers la façade sombre d'une forêt en prenant soin d'éviter les couples enlacés. Pour trouver un lieu tranquille, ils durent marcher longtemps. Ils s'arrêtèrent sur un coteau sec flanqué d'un buisson de genévrier aussi fluet qu'un cyprès.

La magicienne ouvrit la broche de son manteau qu'elle étendit au sol après l'avoir secoué. Il s'assit à côté d'elle. Il désirait ardemment lui prendre les épaules, mais il n'en fit rien par contrariété. Yennefer reboutonna son chemisier grand ouvert en le regardant attentivement. Elle soupira en se serrant contre lui. Geralt savait que Yennefer devait faire de grands efforts pour lire les pensées, mais qu'elle sentait instinctivement les intentions des autres.

Ils gardèrent le silence.

— Eh, par la peste ! s'écria-t-elle soudain en défaisant son étreinte.

La magicienne leva le bras et récita une formule. Au-dessus de leur tête s'élevèrent des bulles rouges et vertes éclatant très haut en formant des fleurs rouges pennées. Des rires et des cris de joie leur parvenaient des feux.

—Belleteyn, dit-elle amèrement. La nuit de Mai… Le cycle se répète. Qu'ils s'amusent, s'ils le peuvent…

Il y avait d'autres magiciens dans les environs. Trois éclairs orange fusèrent au loin dans le ciel; de l'autre côté, au pied de la forêt, un geyser de météores virevoltants aux couleurs de l'arc-en-ciel explosa. Les danseurs près des feux poussèrent des cris d'admiration. Tendu, Geralt caressa les boucles de Yennefer en humant l'odeur de lilas et de groseille à maquereau qu'elles exhalaient. *Si je la désire trop,* pensa-t-il, *elle le sentira; cela risque de l'indisposer. Je vais lui demander tranquillement si tout va bien.*

—Rien de neuf chez moi, reprit-elle. (Quelque chose tremblait néanmoins dans sa voix.) Rien dont il vaille la peine de parler.

—Ne me fais pas cela, Yen. Ne lis pas dans mon esprit. Ça me gêne.

—Pardonne-moi. C'est instinctif. Et chez toi, Geralt, quoi de neuf?

—Rien, rien d'important dont il vaille la peine de parler.

Ils demeurèrent silencieux.

—Belleteyn! cria-t-elle soudain. (Geralt sentit ses épaules pressées contre son torse se tendre et se dresser.) Ils s'amusent. Ils célèbrent le cycle éternel de la nature. Et nous? Qu'est-ce que nous faisons? Nous, les reliques, les condamnés à mort, à l'extermination et à l'oubli. La nature renaît, le cycle se répète. Mais pas nous, Geralt. Nous, nous ne pouvons pas nous perpétuer. Nous sommes dépourvus de cette possibilité. Nous avons hérité du don de faire des choses extraordinaires avec la nature, parfois contre elle, mais nous avons été dépossédés en contrepartie de ce qu'il y a dans la nature de plus simple et de plus naturel. Qu'est-ce que cela peut faire que nous vivions plus longtemps que les humains? Pas de printemps après l'hiver: nous ne renaîtrons pas, notre fin nous emportera avec elle. Mais quelque chose nous attire vers ces feux bien que notre présence constitue une gausserie méchante et sacrilège à l'égard de cette fête.

Elle resta silencieuse. Il n'aimait pas la voir tomber dans une telle noirceur. La raison ne lui en était que trop connue. *Cela recommence à la ronger,* pensa-t-il. Il y avait eu un temps où il semblait qu'elle eût oublié ou accepté son sort. Il lui serra les épaules en la berçant comme un enfant. Elle ne résista pas. Geralt ne s'en étonna pas : il savait qu'elle en avait besoin.

— Tu sais, Geralt, dit-elle soudain tranquillisée, c'est ton silence qui m'a le plus manqué.

Il déposa ses lèvres sur ses cheveux, ses oreilles. *Je te désire, Yen,* pensa-t-il, *je te désire, tu le sais bien. Tu le sais très bien, Yen.*

— Je sais, murmura-t-elle.

— Yen…

— Seulement aujourd'hui, répondit-elle en l'observant de ses yeux grand ouverts. Seulement cette nuit qui va bientôt disparaître. Que ce soit notre Belleteyn. Nous nous séparerons au matin. Je t'en prie, ne compte pas sur plus. Je ne peux pas… Je ne pourrais pas. Pardonne-moi. Si je t'ai blessé, embrasse-moi et va-t'en.

— Si je t'embrasse, je ne pars pas.

— C'est bien ce que je pensais.

Elle courba la tête. Geralt embrassa sa bouche entrouverte. Prudemment : d'abord la lèvre supérieure, puis la lèvre inférieure. Ses mains emmêlaient ses boucles, touchaient ses oreilles, les brillants à ses lobes, son cou. En lui rendant son baiser, Yennefer l'attira à lui ; ses doigts agiles n'eurent aucune peine à défaire les fermoirs de sa veste.

Elle se laissa glisser sur le manteau disposé à même la mousse. Geralt embrassa ses seins. Il sentit les mamelons durcir et se dresser sous le fin textile de son chemisier. Yennefer respirait irrégulièrement.

— Yen…

— Ne dis rien, s'il te plaît.

Le toucher de sa peau nue et douce, froide, électrisait sa paume et ses doigts. Le dos de Geralt frissonna sous les ongles de Yennefer. Des cris, des chants, des sifflements leur parvenaient toujours des feux, dans un tourbillon lointain de brandons et de fumée pourpre. Des câlins, des caresses. Lui, elle. Des frissons. Et de l'impatience. Il toucha ses cuisses sveltes refermées sur ses hanches qui le serraient comme une fibule.

Belleteyn !

Respiration et soupirs entamèrent leur ballet ; des éclairs fusèrent sous leurs paupières ; l'odeur du lilas et de la groseille à maquereau les enveloppa. Le roi et la reine de Mai sont-ils l'expression d'une gausserie sacrilège ? De l'oubli ?

C'est Belleteyn, la nuit de Mai !

Un gémissement de Yen ou de Geralt perça; des boucles noires recouvrirent leurs yeux et leur bouche; leurs doigts enlacés tremblèrent dans leurs mains serrées. Un cri; des cils noirs, humides; un gémissement.

Puis le silence. Toute l'éternité dans un silence.

Belleteyn... Des feux jusqu'à l'horizon...

—Yen?

—Oh... Geralt.

—Yen, tu pleures?

—Non!

—Yen...

—Je m'étais promis... Je m'étais...

—Ne dis rien. Ce n'est pas la peine. Tu n'as pas froid?

—Si.

—Et maintenant?

—J'ai plus chaud.

Le ciel s'éclaircissait à une vitesse vertigineuse. Le mur noir de la forêt retrouvait ses contours: la ligne dentelée de la crête des arbres émergeait de l'obscurité indistincte. Derrière elle, l'annonce azurée de l'aurore se déversait sur l'horizon en éteignant les étoiles. Il fit plus frais. Geralt serra Yennefer plus fort. Il la couvrit de son manteau.

—Geralt?

—Hum...

—Le jour va se lever.

—Je sais.

—Je t'ai blessé?

—Un peu.

—Tout recommencera?

—Rien ne s'est jamais arrêté.

—Je t'en prie... Je me sens bien auprès de toi...

—Ne dis rien. Tout va bien.

Une odeur de fumée montait des bruyères. Une odeur de lilas et de groseille à maquereau.

—Geralt?

—Oui?

—Tu te souviens de notre rencontre au mont de la Grande Crécerelle? Et de ce dragon doré? Comment s'appelait-il?

—Trois-Choucas. Je me souviens.

— Il nous avait dit…

— Je me souviens, Yen.

Elle lui embrassa le bas de la nuque en y plaquant sa tête et en le chatouillant avec ses cheveux.

— Nous sommes créés l'un pour l'autre, murmura-t-elle. Peut-être même destinés l'un à l'autre. Mais rien de tout cela ne peut avoir lieu. Dommage. Nous devrons nous séparer lorsque le jour se lèvera. Il ne peut en être autrement. Nous devons nous séparer pour ne pas nous nuire réciproquement : destinés l'un à l'autre, créés l'un pour l'autre, mais celui qui nous a créés ainsi aurait dû penser à quelque chose en plus. Il faudrait quelque chose en plus. Pardonne-moi. Je devais te le dire.

— Je sais.

— Faire l'amour n'avait aucun sens.

— Tu te trompes.

— Rentre à Cintra, Geralt.

— Quoi ?

— Va à Cintra. Vas-y et cette fois, ne renonce pas. Ne répète pas l'erreur de la dernière fois…

— Comment le sais-tu ?

— Je sais tout de toi. As-tu oublié ? Va à Cintra, vas-y le plus vite possible. Une époque noire advient. Très noire. Tu dois arriver à temps…

— Yen…

— Non, ne dis rien, s'il te plaît.

Il faisait de plus en plus frais et de plus en plus clair.

— Ne pars pas maintenant. Attendons l'aurore.

— Attendons.

IV

— Ne bougez pas, seigneur. Il faut changer votre pansement, car la blessure est souillée et votre jambe enfle horriblement. Par les dieux, c'est affreux… Il faut trouver un guérisseur au plus vite…

— J'incague les guérisseurs ! gémit le sorceleur. Donne-moi mon coffret, Yurga. Oui, ce flacon. Verse-le directement sur la blessure. Oh ! Par la peste et le choléra ! Ce n'est rien, verse encore… Oh ! C'est bien. Panse et couvre-moi…

— Cela enfle, seigneur, toute la cuisse… Et la fièvre vous terrasse…

— J'incague la fièvre… Yurga ?

— Oui, seigneur ?

— J'avais oublié de te remercier…

— Ce n'est pas à vous de remercier, seigneur, mais à moi. C'est vous qui m'avez sauvé la vie. Vous avez été blessé en prenant ma défense. Et moi ? Qu'ai-je donc fait ? Je n'ai fait que panser un homme blessé et inconscient. Je l'ai fait porter sur mon chariot et l'ai empêché de périr. C'est une chose banale, seigneur sorceleur.

— Pas si banale que ça, Yurga. Il est arrivé qu'on m'abandonne dans des situations semblables, comme un chien…

Le marchand demeura silencieux en courbant la tête.

— Oui… c'est comme ça. Le monde environnant est horrible, murmura-t-il enfin. Mais ce n'est pas une raison pour que nous nous comportions tous de manière exécrable. Le bien est nécessaire. C'est ce que mon père m'a enseigné et ce que j'enseignerai à mes fils.

Le sorceleur resta silencieux. Il observa les branches des arbres qui pendaient au-dessus du chemin et disparaissaient avec le mouvement du chariot. Sa cuisse revenait à la vie. La douleur avait disparu.

— Où sommes-nous ?

— Nous venons de traverser le gué de la rivière Trava. Nous sommes actuellement dans les bois d'Alkékenge. Ce n'est plus la Témérie, mais Sodden. Vous dormiez lorsque nous avons franchi la frontière et que les douaniers ont fouillé le chariot. Je dois vous dire qu'ils ont été étonnés de vous trouver là. Mais le plus ancien vous connaissait et il a permis qu'on nous laisse passer.

— Il me connaissait ?

— Oui, sans aucun doute. Il vous a dénommé Geralt. C'est ce qu'il a dit : Geralt de Riv. C'est bien ainsi que vous vous nommez ?

— Ainsi…

— Il a promis d'envoyer quelqu'un pour avertir qu'un guérisseur était nécessaire. Je lui ai donné quelque chose de la main à la main pour qu'il n'oublie pas.

— Je t'en remercie, Yurga.

— Non, seigneur. Je l'ai déjà dit : c'est moi qui vous remercie. Et ce n'est pas tout. Je vous suis encore redevable. Nous avons convenu… Qu'avez-vous, seigneur ? Vous perdez vos forces ?

— Yurga, donne-moi le flacon avec le cachet vert…

— Seigneur, vous allez de nouveau… Vous avez crié si affreusement pendant votre sommeil…

— Je le dois, Yurga…

— Comme bon vous semble. Attendez que j'en verse dans un gobelet… Par les dieux, c'est un guérisseur qu'il nous faut, le plus vite possible, car sinon…

Le sorceleur tourna la tête. Il entendit des cris d'enfants s'amusant dans le fossé intérieur, asséché, jouxtant les jardins du château. Il y en avait une dizaine. Les mômes faisaient un vacarme de tous les diables, s'invectivant les uns les autres de leurs petites voix de faussets, fluettes et excitées. Ils couraient de long en large au fond du fossé, rappelant un banc de petits poissons changeant sans cesse de direction, mais se tenant malgré tout ensemble. Comme c'est toujours le cas dans ces situations, un plus petit, essoufflé, essayait de rattraper la troupe des plus âgés, maigres comme des épouvantails, qui se démenaient en hurlant.

— Ils sont nombreux, remarqua le sorceleur.

Sac-à-souris lui rendit un sourire forcé en se tirant la barbe et en haussant les épaules.

— Oui, beaucoup.

— Et lequel d'entre eux… Lequel de ces petits garçons est-il cette fameuse surprise ?

Le druide détourna le visage.

— Je n'ai pas le droit, Geralt…

— Calanthe ?

— Bien sûr. Tu ne croyais pas, j'espère, qu'elle te donnerait l'enfant aussi facilement ? Tu la connais, non ? C'est une dame de fer. Je vais te dire quelque chose que je ne devrais pas t'avouer. En espérant que tu comprennes… Je compte aussi sur toi pour ne pas me trahir auprès d'elle.

— Parle.

— Lorsque l'enfant est né il y a six ans, elle m'a appelé et ordonné que je te retrouve. Pour te tuer.

— Tu as refusé.

— On ne refuse rien à Calanthe, répondit sérieusement Sac-à-souris en le regardant droit dans les yeux. J'étais prêt à prendre la route lorsqu'elle m'a rappelé. Elle a annulé l'ordre sans commentaire. Sois prudent lorsque tu discuteras avec elle.

— Je le serai. Sac-à-souris, dis-moi : qu'est-il arrivé à Duny et Pavetta ?

— Ils naviguaient de Skellige vers Cintra lorsqu'une tempête les a surpris. On n'a rien retrouvé du bateau, pas même quelques planches. Geralt... le fait que l'enfant ne fût pas alors avec eux, c'est follement étrange. Incompréhensible. Ils devaient le prendre avec eux sur le vaisseau, mais ils ont changé d'avis au dernier moment. Nul ne sait pourquoi. Pavetta ne se séparait jamais de...

— Comment Calanthe a-t-elle supporté ce malheur ?

— À ton avis ?

— Je comprends.

En poussant des jurons d'attaque, les enfants grimpèrent comme une bande de gobelins jusqu'au sommet du fossé et disparurent aussitôt. Geralt remarqua qu'une petite fille, tout aussi maigre et bruyante que les garçons, mais portant une natte claire, ne se laissait pas distancer par la tête du petit groupe. Dans un cri sauvage, la petite bande se laissa glisser une nouvelle fois le long de la pente abrupte du fossé. Au moins la moitié d'entre eux, la petite fille y compris, descendirent sur les fesses. Le plus jeune, toujours incapable de rattraper les autres, fit une culbute et tomba jusqu'en bas où il se mit à pleurer à chaudes larmes en frottant ses genoux râpés. Les autres garçons l'entourèrent en le raillant et en se moquant de lui avant de reprendre leur course. La petite fille s'agenouilla à côté du gamin, le prit dans ses bras et essuya ses larmes en étalant la poussière et la saleté de son visage grimaçant de chagrin.

— Allons-y, Geralt. La reine attend.

— Qu'il en soit ainsi, Sac-à-souris.

Calanthe était assise sur une banquette de bois à dossier, suspendue par des chaînes à l'une des branches principales d'un énorme tilleul. Il semblait qu'elle y faisait la sieste, n'eût été de temps en temps un petit coup du pied qu'elle donnait pour relancer l'escarpolette. Trois jeunes femmes demeuraient à ses côtés. L'une était assise sur l'herbe près de la balancelle. Sa robe étalée sur l'herbe formait une tache blanche sur la verdure, comme un pan de neige. Les deux autres discutaillaient plus loin en cueillant délicatement les fruits d'un framboisier.

— Madame, dit Sac-à-souris en s'inclinant.

La reine leva la tête. Geralt s'agenouilla.

— Sorceleur, répondit-elle sèchement.

Comme autrefois, la reine portait des émeraudes assorties à sa robe verte et à ses yeux. Comme autrefois, une étroite couronne dorée ceignait ses cheveux gris cendre. Mais ses mains, qu'il se rappelait fines et blanches, n'étaient plus aussi fines qu'autrefois. Calanthe avait pris de l'embonpoint.

—Je te salue, Calanthe de Cintra.

—Bienvenue à toi, Geralt de Riv. Relève-toi. Je t'attendais. Sac-à-souris, raccompagne, je te prie, les damoiselles au château.

—À vos ordres, Reine.

Ils restèrent seuls.

—Six ans, dit Calanthe sans sourire. Tu es terriblement ponctuel, sorceleur.

Il ne fit aucun commentaire.

—Par moments, que dis-je, des années durant, j'ai pensé en m'illusionnant moi-même que tu pourrais oublier. Ou que d'autres raisons t'empêcheraient de venir. Non, je ne souhaitais pas qu'il t'arrive malheur, mais je devais prendre en considération le caractère dangereux de ta profession. On dit que la mort te suit pas à pas, Geralt de Riv, mais que tu ne regardes jamais derrière toi. Puis… lorsque Pavetta… Tu sais déjà ?

—Je sais, répondit Geralt en courbant le front. Mes sincères condoléances…

—Non, l'interrompit-elle, tout cela est déjà loin. Je ne porte plus le deuil, comme tu le vois. Je l'ai porté suffisamment longtemps. Pavetta et Duny… étaient destinés l'un à l'autre jusqu'à la fin. Comment ne pas croire en la force de la providence ?

Ils restèrent silencieux. Calanthe, d'un coup de pied, relança la balancelle.

—Et c'est ainsi que le sorceleur revint à l'issue de la période convenue, reprit-elle lentement. (Un étrange sourire fleurit sur ses lèvres.) Il revint en exigeant que le serment soit respecté. Qu'en penses-tu, Geralt ? C'est probablement de cette manière que les conteurs rapporteront notre rencontre dans environ cent ans. Avec cette différence qu'ils embelliront le récit, feront vibrer la corde sensible et joueront avec les émotions. Oui, ils savent bien le faire. Je peux l'imaginer. Écoute, je te prie :

» Et le cruel sorceleur dit enfin : “Respecte ton serment, Reine, ou que ma malédiction t'étreigne.” La reine, en pleurs, tomba aux pieds du sorceleur en criant : “Pitié ! Ne me prends pas cet enfant ! Je n’ai plus que lui !”

— Calanthe…

— Ne me coupe pas la parole, s’il te plaît, répliqua-t-elle sèchement. N’aurais-tu pas remarqué que je raconte une histoire ? Écoute la suite :

» Le cruel et méchant sorceleur tapa du pied, agita les bras en hurlant : “Prends garde à toi, parjure. Tu n’échapperas pas à ton châtiment si tu ne respectes pas ton serment.” La reine répondit : “Qu’il en soit ainsi, sorceleur. Qu’il en soit fait selon la providence. Regarde là-bas : une dizaine d’enfants jouent. Reconnais celui qui t’est destiné. Prends-le et laisse-moi seule, le cœur brisé.” Le sorceleur resta silencieux. Le sourire de Calanthe s’enlaidit de plus en plus.

— Dans cette histoire, la reine, je l’imagine, offre trois chances au sorceleur. Mais nous ne vivons pas dans le monde des contes, Geralt. Nous sommes bel et bien réels, toi, moi et notre problème. Ainsi que notre destinée. Ce n’est pas une histoire que l’on raconte, c’est la vie qui se joue. Écœurante, méchante, difficile, n’économisant ni erreurs et préjudices, ni regrets et malheurs et ne ménageant ni les sorceleurs ni les reines. C’est pourquoi, Geralt de Riv, tu n’auras droit qu’à une seule tentative.

Le sorceleur ne broncha toujours pas.

— Une seule fois, répéta Calanthe. Je le disais tout à l’heure : nous ne sommes pas les personnages d’un conte, il s’agit de la vraie vie qu’il nous faut remplir nous-mêmes de moments de bonheur, car, tu le sais, on ne peut guère compter sur le sort et ses sourires. C’est pourquoi, indépendamment de ton choix, tu ne repartiras pas les mains vides. Tu emmèneras un enfant. Celui que tu auras choisi. Un enfant que tu transformeras en sorceleur… dans la mesure où il réussira l’épreuve des Herbes, cela va de soi.

Geralt releva violemment la tête. La reine souriait toujours. Il connaissait ce sourire, laid et méchant, méprisant et ne dissimulant aucun artifice.

— Je t’étonne, affirma-t-elle. J’ai un peu étudié la question. Puisque l’enfant de Pavetta a une chance de devenir sorceleur, je me suis donné cette peine. Néanmoins, mes sources ne m’ont pas informée sur la proportion d’enfants, parmi ces dix, capables de réussir l’épreuve des Herbes. Ne voudrais-tu pas assouvir ma curiosité dans ce domaine ?

— Reine, commença Geralt en se raclant la gorge. Tu t'es donné sans aucun doute suffisamment de peine dans tes études pour savoir que mon code et mon serment de sorceleur m'interdisent ne serait-ce que de proférer ce mot, *a fortiori* d'en discuter.

Calanthe arrêta violemment le mouvement de la balancelle en plantant ses talons dans la terre.

— Trois, tout au plus quatre sur dix, expliqua-t-elle en simulant la concentration d'un dodelinement de la tête. Une sélection difficile, très difficile, dirais-je, et ce à chaque étape. D'abord celle du choix, puis celle de l'épreuve. Et enfin celle des changements. Combien de garnements reçoivent-ils en fin de compte le médaillon et l'épée d'argent ? Un sur dix ? Un sur vingt ?

Le sorceleur garda le silence.

— J'ai beaucoup réfléchi à la question, poursuivit Calanthe en abandonnant son sourire. J'en suis arrivée à la conclusion que l'étape du choix est accessoire. Quelle différence cela fait-il, Geralt, que tel ou tel enfant meure ou devienne fou sous l'effet massif de stupéfiants ? Quelle différence cela fait-il que son cerveau s'anéantisse suite à des délires ou que ses yeux explosent au lieu de devenir des yeux de félin ? Au regard de son sang ou des nausées précédant son décès, quelle différence cela fait-il que tel ou tel enfant fût véritablement désigné par la providence ou parfaitement inadapté ? Réponds.

Le sorceleur posa ses mains en les croisant sur son torse pour maîtriser leur tremblement.

— Dans quel but ? demanda-t-il. Tu attends une réponse ?

— Non, je n'en attends pas. (La reine se remit à sourire :) Comme toujours, tu demeures infaillible dans tes conclusions. Qui sait cependant si, n'attendant pas de réponse, je n'accepterais pas avec grâce de consacrer un peu de mon attention à la sincérité et à la liberté de tes mots ? Des mots que tu aimerais – qui sait ? – expulser et avec eux tout ce qui étouffe ton âme. Sinon, tant pis, mettons-nous au travail et fournissons de la matière aux conteurs en allant choisir un enfant, sorceleur.

— Calanthe, répondit-il en fixant les yeux de la reine. Que nous importent les conteurs ? S'ils n'obtiennent aucune matière, ils inventeront bien quelque chose. Et même s'ils ont accès à quelque source authentique, tu sais pertinemment qu'ils la déformeront. Comme tu le faisais justement remarquer toi-même, ce n'est pas un conte, mais la vie, écœurante et méchante, que nous essayons, par la peste et le choléra, de vivre convenablement en limitant au strict minimum la quantité de torts infligés aux autres. Dans un conte, la reine doit effectivement implorer le sorceleur et celui-ci exiger son dû en tapant du pied. Dans la vie, la reine peut simplement dire : "Ne prends pas cet enfant, s'il te plaît." Et le sorceleur répondra : "Puisque tu le demandes, Reine, qu'il en soit ainsi." Il reprend alors sa route au crépuscule. Ainsi va la vie. Le conteur n'obtiendrait pas un sou de ses auditeurs s'il proposait une telle fin. Tout au plus un coup de pied dans le fondement. Parce que c'est ennuyeux.

Calanthe cessa de sourire. Dans ses yeux brillait quelque chose qu'il avait déjà vu.

— Et alors ? grogna-t-elle.

— Cessons ce jeu de cache-cache, Calanthe. Tu sais ce que je pense. Je repartirai tel que je suis arrivé. Je devrais choisir un enfant ? Que m'apporterait-il ? Tu penses que cela est si important pour moi ? Que je me suis rendu à Cintra, torturé par l'obsession de te prendre ton petit-fils ? Non, Calanthe. Je voulais tout simplement voir cet enfant, voir les yeux de la providence... Moi-même, je ne sais pas... N'aie pas peur. Je ne te le prendrai pas. Il suffit que tu me le demandes...

Calanthe sauta violemment de la balancelle. Un feu verdâtre se consumait dans ses yeux.

— Demander ? grogna-t-elle, en colère. À toi ? J'aurais peur ? Peur de toi, maudit magicien ? Tu oses me lancer au visage ta pitié méprisante ? Tu oses m'insulter par ta condescendance ! Tu me reproches ma lâcheté ! Tu discutes ma volonté ! Ma bienveillance à ton égard débride ton insolence ! Prends garde à toi !

Le sorceleur décida de ne pas hausser les épaules : il était plus prudent de s'agenouiller et de se prosterner. C'est ce qu'il fit.

— Bien, grommela Calanthe debout au-dessus de lui. (Les bras ballants, elle serrait des poings hérissés d'anneaux.) Enfin. Voilà une position plus convenable. C'est dans cette position que l'on répond à une reine si celle-ci exige une réponse. Et si au lieu d'une question, c'est un ordre que je donne, tu te prosterneras plus bas encore et t'empresseras sans délai d'y obéir. C'est compris ?

— Oui, Reine.

— Parfait. Lève-toi.

Il se releva. Elle le regarda en se mordant les lèvres.

— Mon explosion de colère t'aurait-elle froissé ? Je parle de la forme, non du contenu.

— Non.

— Bien. J'essaierai de ne plus exploser. Comme je te le disais, dix enfants s'amusent là-bas dans le fossé. Choisis celui qui te semblera le plus convenable. Prends-le avec toi et par les dieux fais de lui un sorceleur puisque c'est la volonté de la providence. Et s'il ne s'agit pas de la providence, sache que telle est ma volonté.

Il la regarda droit dans les yeux puis s'inclina très bas.

— Reine, dit-il, il y a six ans, je t'avais prouvé qu'il existe des choses plus puissantes que la volonté royale. Par les dieux, si de telles choses existent vraiment, je te le prouverai encore une fois. Tu ne me forceras pas à effectuer un choix dont je ne veux pas. Pardonne-moi la forme, non le contenu.

— Mon château recèle de profonds cachots dans ses oubliettes. Je te préviens : encore un instant, encore un mot, et tu y pourriras.

— Aucun des enfants qui s'amusent dans le fossé n'est apte à devenir sorceleur, dit-il lentement. Le fils de Pavetta n'est pas parmi eux.

Calanthe cligna des yeux, mais ne trembla pas :

— Viens, répondit-elle enfin en pivotant sur ses talons.

Il la suivit à travers des fourrés en fleurs, des massifs et des haies. La reine entra sous une gloriette ajourée. Quatre chaises en rotin entouraient une table de malachite. Sur le plateau veiné que quatre griffons soutenaient, il y avait une carafe et deux petites coupes.

— Assieds-toi et verse.

Elle trinqua, sans manière, solidement, comme un homme. Il fit de même en restant debout.

— Assieds-toi, répéta-t-elle. Je veux discuter.

— J'écoute.

— Comment as-tu compris que le fils de Pavetta ne se trouvait pas parmi ces enfants ?

— Je ne le savais pas. (Geralt opta pour la sincérité.) Je l'ai dit au hasard.

— Ah ? J'aurais pu m'en douter. Et qu'aucun d'entre eux n'est apte à devenir sorceleur, est-ce la vérité ? Comment peux-tu l'affirmer ? Par la magie ?

— Calanthe, répondit-il à voix basse, je ne devais ni le confirmer ni le vérifier. Ce que tu disais précédemment était la pure vérité : chaque enfant est apte. C'est la sélection qui décide. Plus tard.

— Par les dieux de la mer, comme disait feu mon mari, déclara-t-elle en riant, tout est donc faux ! Y compris ce droit de surprise ! Ces légendes d'enfants que personne n'attendait et qui, les premiers, se rendent au rendez-vous. Je m'en doutais ! C'est un jeu ! Un jeu avec le hasard et la destinée ! Mais tout cela est diaboliquement dangereux, Geralt.

— Je sais.

— Un jeu avec les torts qu'on inflige. Pourquoi, réponds-moi, forcez-vous les parents ou les tuteurs à tenir de si difficiles promesses ? Pourquoi prenez-vous les enfants ? Il y en a tant, partout, qu'il n'est nul besoin de les prendre. Les routes pullulent d'orphelins et de vagabonds. Dans chaque village, il est facile d'acheter un enfant à bon marché. Pendant la disette qui précède les moissons, chaque serf vend volontiers sa progéniture. Que lui importe ? Un nouveau est déjà en route. Pourquoi avoir exigé un tel serment de Duny, de Pavetta et de moi-même ? Pourquoi apparais-tu six ans jour pour jour après la naissance de l'enfant ? Et pourquoi, par le choléra, n'en veux-tu plus maintenant ? Pourquoi dis-tu que tu n'y tiens plus ?

Geralt garda le silence. Calanthe hocha la tête.

— Tu ne réponds pas, conclut-elle en se laissant choir sur le dossier de sa chaise. Tentons d'élucider la raison de ton silence. La logique étant la mère de tous les savoirs, que nous suggère-t-elle en la matière ? Qu'avons-nous à notre disposition ? Un sorceleur en quête d'une providence dissimulée dans un étrange et douteux droit de surprise. Le sorceleur découvre cette providence puis brusquement y renonce, affirmant ne plus vouloir de l'enfant-surprise. Son visage demeure alors impassible et dans sa voix résonnent la glace et le métal. Le sorceleur pense que la reine, une femme au bout du compte, se laissera flouer et finira par céder devant tant de virilité. Non, Geralt, n'attends pas de moi une telle faiblesse. Je sais pourquoi tu renonces au choix d'un enfant. Tu y renonces, car tu ne crois pas en la providence, car tu n'as aucune certitude. Et lorsque tu n'es pas sûr… c'est la peur qui prend le pas sur toi. Oui, Geralt, la peur est ton moteur. La peur est ton bagage. Ose dire le contraire.

Il repoussa lentement la coupe sur la table afin que le tintement de l'argent sur la malachite ne trahisse pas le tremblement irrépressible de son bras.

— Tu ne démens pas ?

— Non.

Elle se pencha pour saisir sa main avec vigueur.

— Tu remontes dans mon estime, dit-elle en pouffant d'un beau rire.

— Ce n'est pas volontaire, répondit-il en riant lui aussi. Comment as-tu deviné, Calanthe ?

— Je n'ai rien deviné. (Elle ne relâcha pas sa main.) Je l'ai dit au hasard, voilà tout.

Ils éclatèrent ensemble de rire.

Ils s'installèrent ensuite dans le silence de la verdure et des odeurs de merisier à grappes, dans la chaleur et le bourdonnement des abeilles.

— Geralt ?

— Oui, Calanthe ?

— Tu ne crois pas en la providence ?

— Je ne sais pas si je crois en quoi que ce soit. Pour ce qui est de la providence… Je crains qu'elle ne suffise pas. Il faut quelque chose en plus.

— Je dois te poser une question sur un point : quelle a été ton histoire ? On dit que tu fus toi-même un enfant-surprise. Sac-à-souris affirme…

— Non, Calanthe. Sac-à-souris avait quelque chose d'autre en tête. Sac-à-souris le sait sans doute… mais il se sert de ce mythe commode quand ça l'arrange. Je n'ai jamais été celui que l'on ne s'attendait à pas trouver à la maison en revenant. Il est faux d'affirmer que je suis devenu sorceleur pour cette raison. Je suis un orphelin ordinaire, Calanthe, un gosse que sa mère, dont il ne se souvient pas, n'a pas voulu. Mais je sais qui elle est.

La reine était tout ouïe, mais Geralt ne poursuivit pas.

— Tous les récits sur le droit de surprise sont donc des légendes ?

— Tous. Comment peut-on affirmer que le hasard soit providence ?

— Mais vous, les sorceleurs, vous ne cessez de chercher.

— Nous n'arrêtons pas. Mais cela n'a pas de sens. Rien n'a de sens.

— Vous croyez que l'enfant-providence réussirait les épreuves sans risque ?

— Nous croyons qu'un tel enfant n'aurait pas besoin de passer ces épreuves.

— Encore une question, Geralt, assez personnelle. Tu permets ?

Il acquiesça.

— Comme on le sait, il n'y a pas meilleur moyen pour transmettre les caractères héréditaires que les voies naturelles. Tu as survécu aux épreuves en les réussissant. Si tu recherches un enfant possédant de telles qualités et une telle résistance, pourquoi ne trouves-tu pas une femme qui… Je suis indélicate, non ? Mais il me semble que j'ai deviné.

— Comme toujours, répondit-il en souriant tristement, tu restes infaillible, Calanthe. Tu as deviné, bien sûr. Ce dont tu parles m'est inaccessible.

— Pardonne-moi. (Son sourire disparut.) Au fond, c'est humain.

— Ce n'est pas humain.

— Ah ? Et donc, aucun sorceleur…

— Aucun. L'épreuve des Herbes, Calanthe, est horrible. Et ce que l'on fait irrémédiablement aux jeunes garçons pendant les changements l'est encore plus.

— Cesse de t'apitoyer sur ton sort, grommela-t-elle. Cela ne te ressemble pas. Peu importe ce que l'on t'a fait subir. Le résultat à mes yeux est tout à fait probant. Si je savais que l'enfant de Pavetta devait devenir quelqu'un de semblable à toi, je n'hésiterais pas un instant.

— Le risque est trop grand, répondit-il rapidement. Oui, c'est comme tu le disais : quatre sur dix survivent.

— Par le diable ! N'y aurait-il de danger que dans l'épreuve des changements ? Seuls les futurs sorceleurs prendraient-ils des risques ? La vie est pleine d'aléas, Geralt. La sélection gouverne aussi la vie : accidents, maladies, guerres. S'opposer au destin peut être tout aussi dangereux que de s'y abandonner. Geralt… je te donnerais volontiers cet enfant, mais… moi aussi j'ai peur.

— Je ne le prendrai pas. Ce serait une trop grosse responsabilité que je refuse d'assumer. Je n'aimerais pas que cet enfant parle de toi un jour comme… comme moi…

— Tu hais cette femme, Geralt ?

— Ma mère ? Non, Calanthe. Je me doute qu'elle a dû faire un choix… ou peut-être n'avait-elle pas son mot à dire ? Non, elle disposait, tu le sais, de suffisamment de formules ou d'élixirs… Le choix. Il s'agit du choix sacré et incontestable de chaque femme qu'il convient de respecter. Les émotions n'ont ici aucune importance. Elle avait le droit indiscutable de procéder à un tel choix. C'est ce qu'elle a fait. Mais je pense qu'une rencontre avec elle, la mine qu'elle ferait alors… m'offriraient une sorte de plaisir pervers, si tu vois ce que je veux dire.

— Je comprends parfaitement ce que tu dis, répondit-elle en souriant. Mais tes chances que cela se produise sont minces. Je ne saurais évaluer ton âge, sorceleur, mais je suppose que tu es beaucoup plus vieux que tu parais. Aussi, cette femme…

— Cette femme, l'interrompit-il, doit présentement avoir l'air beaucoup plus jeune que moi.

— Une magicienne ?

— Oui.

— Intéressant. Je pensais que les magiciennes ne pouvaient pas…

— Elle pensait sans aucun doute elle aussi la même chose.

— Sans aucun doute. Mais tu as raison… Ne parlons plus du droit des femmes à décider. Ce n'est pas le sujet. Revenons à notre problème. Tu ne prends pas d'enfant ? C'est définitif ?

— Définitif.

— Et si… la providence n'était pas un mythe ? Si elle existe vraiment, ne crains-tu pas qu'elle puisse se venger ?

— Si elle se venge, ce sera sur moi, répondit-il sereinement. C'est moi qui agis contre elle. Tu as réalisé ton devoir en la matière. Si la providence se révélait ne pas être une légende, je devrais alors retrouver l'enfant élu parmi tous ceux que tu me montres. L'enfant de Pavetta est-il avec eux ?

— Oui. (Calanthe hocha lentement la tête.) Veux-tu le voir et regarder la providence en face ?

— Non. Je n'y tiens pas. Je me désiste et renonce à ce garçon. Comment pourrais-je regarder la providence en face puisque je n'y crois pas. Pour réunir deux individus, selon moi, la providence ne suffit pas. Il lui faut quelque chose en plus. Devrais-je la suivre comme un aveugle à tâtons, naïvement et sans comprendre ? Je me moque d'une telle providence. Ma décision est irrévocable, Calanthe de Cintra.

La reine se leva en souriant. Le sorceleur ne pouvait deviner ce que ce sourire dissimulait.

— Qu'il en soit ainsi, Geralt de Riv. La destinée voulait peut-être que tu te désistes et que tu renonces. J'en suis pour ma part persuadée.

Si tu avais choisi le bon enfant, la providence que tu railles aurait pu te railler cruellement à son tour.

Il voyait toute l'ironie de ses yeux verts. Elle continuait d'arborer un sourire indéchiffrable.

Un rosier poussait à côté de la gloriette. Geralt cueillit une fleur en brisant sa tige puis s'agenouilla, la tête inclinée, en la présentant dans ses mains.

—Je regrette de ne pas t'avoir connu plus tôt, Cheveux d'albâtre, dit-elle en acceptant la rose qu'il lui offrait. Lève-toi.

Il se leva.

—Si tu changes d'avis, continua-t-elle en humant la fleur, si tu te décides… Rends-toi à Cintra. Je t'attendrai. Ta destinée t'attendra, elle aussi. Peut-être pas *ad vitam aeternam*, mais quelque temps encore sans aucun doute.

—Adieu, Calanthe.

—Adieu, sorceleur. Fais attention à toi. J'ai… j'ai parfois le sentiment… un sentiment étrange… que je te vois pour la dernière fois.

—Adieu, Reine.

V

Geralt se réveilla et s'aperçut avec étonnement que la cuisante douleur à la cuisse avait disparu. Il lui semblait que l'enflure avait, elle aussi, diminué. Il voulut vérifier avec sa main, mais il ne put la déplacer. Avant qu'il comprenne que le poids des couvertures de peau l'empêchaient de bouger, une angoisse horrible, glacée, lui saisit le ventre comme les serres d'un épervier. Il tendait et détendait les doigts en répétant dans sa tête : *non, non, je ne suis pas…*

Paralysé.

—Tu es réveillé.

C'était une constatation, pas une question, qu'une voix claire et douce venait de prononcer. Une femme. Jeune, certainement. Il tourna la tête et bégaya quelque chose en essayant de se lever.

—Ne bouge pas. Pas si violemment en tout cas. Tu as mal ?

—Nnn… (L'enduit collant ses lèvres se déchira.) Nnnon. Pas la blessure… le dos.

— Une escarre, diagnostiqua la douce voix d'alto avec une froideur détonnante. Je m'en charge. Prends, bois cela. Doucement, par petites gorgées.

Le goût et l'odeur du genévrier dominaient dans le breuvage. *Un vieux truc*, pensa-t-il. *Du genévrier ou de la menthe pour en masquer la véritable composition.* Il reconnut malgré tout le cousataire et peut-être aussi du touche-cœur. Oui, du touche-cœur à n'en point douter pour neutraliser les toxines et purifier le sang empoisonné par la gangrène ou une infection.

— Bois. Fais cul sec. Moins vite, car tu vas t'étouffer.

Le médaillon qu'il portait autour du cou se mit à légèrement vibrer. La potion contenait donc également de la magie. Il élargit avec peine ses pupilles. En levant la tête, il put désormais l'observer précisément. De faible constitution, elle portait des vêtements d'homme. La pâleur de son maigre visage luisait dans l'obscurité.

— Où sommes-nous ?

— Dans la clairière des goudronniers.

Des odeurs de résine flottaient effectivement dans l'air. Geralt entendit des voix provenant du côté de l'âtre. Quelqu'un venait de jeter du bois mort. La flamme monta en grésillant. Il l'observa encore une fois en profitant de la lumière. Ses cheveux étaient serrés par un bandeau de peau de serpent. Ses cheveux...

Il ressentit une douleur étouffante dans la gorge et la poitrine, et ferma violemment les poings.

Ses cheveux étaient roux comme le feu. Éclairés par la clarté de l'âtre, ils paraissaient vermillon comme le cinabre.

— Tu as mal ? (Elle lisait les émotions mais de manière incomplète.) Attends...

Il ressentit le choc thermique causé par le contact de sa main : la chaleur se diffusait dans son dos, et plus bas, vers ses fesses.

— On se retourne, dit-elle. N'essaie pas seul. Tu es très affaibli. Hé ! Quelqu'un pourrait-il m'aider ?

Geralt entendit des pas du côté de l'âtre ; il vit des ombres, des silhouettes. Quelqu'un se pencha. C'était Yurga.

— Comment vous sentez-vous, seigneur ? Mieux ?

— Aidez-moi à le retourner sur le ventre, demanda la femme. Prudemment, lentement. Oh oui... Bien. Merci.

Étendu sur le ventre, il ne risquait plus de croiser son regard. Il se tranquillisa et maîtrisa le tremblement de ses mains. Elle pouvait percevoir ses sentiments. Geralt entendait le cliquetis des boucles de son sac ainsi que le tintement de flacons et de bocaux en porcelaine. Il entendit aussi sa respiration et sentit contre lui la chaleur de sa cuisse. Elle s'agenouilla à ses côtés.

— Ma blessure, demanda-t-il pour briser le silence intolérable, était délicate ?

— En effet, oui. Un peu. (Un froid passa dans sa voix.) C'est souvent le cas avec les morsures. Le pire type de blessure. Mais tu as sans doute l'habitude, sorceleur.

Elle sait, elle fouille dans les pensées. Les lit-elle ? Probablement pas. Et je sais pourquoi… Elle a peur.

— Oui, rien de neuf pour toi, répéta-t-elle en cognant des ustensiles de verre. J'ai vu que tu portais quelques cicatrices… Mais je me suis débrouillée. Je suis, vois-tu, magicienne… et guérisseuse. C'est ma spécialité.

Oui, ça se confirme, pensa-t-il. Il ne répondit rien.

— Pour en revenir à ta blessure, poursuivit-elle tranquillement, tu dois savoir que ton pouls, quatre fois plus lent que celui d'un homme ordinaire, t'a sauvé la vie. Sans cela, tu n'aurais pas survécu. Je puis l'affirmer sans hésiter. J'ai vu le bandage que tu portais à la jambe. Il était censé imiter un pansement, mais l'imitation n'était pas bonne.

Geralt garda le silence.

— Plus tard, continua-t-elle en lui soulevant la chemise jusqu'à la nuque, la blessure s'est infectée, ce qui est normal avec les morsures. L'infection a finalement été jugulée. Bien sûr, ton élixir de sorceleur a beaucoup aidé. Je ne comprends pas néanmoins pourquoi tu as pris en même temps des hallucinogènes. J'ai entendu tes délires, Geralt de Riv.

Elle lit, pensa-t-il, *elle lit vraiment les pensées. À moins que Yurga lui ait dit mon nom. Peut-être ai-je parlé pendant mes rêves sous les effets de la « mouette noire ». Seul le diable le sait… La connaissance de mon nom ne lui donnera rien. Rien. Elle ne sait pas qui je suis. Elle ignore complètement qui je suis.*

Il sentit qu'elle lui appliquait dans le dos un onguent froid et apaisant exhalant une forte odeur de camphre. Ses mains étaient petites et très molles.

— Pardonne ma manière classique de procéder, dit-elle. Je pourrais réduire ton escarre à l'aide de la magie, mais je me suis fatiguée en m'occupant de ta blessure : je ne me sens pas très bien. J'ai bandé et fait cicatriser tout ce qu'il fallait sur ta jambe. Tu ne risques plus rien. Ne te lève pas avant deux jours. Même les vaisseaux réparés par la magie peuvent rompre et tu hériterais d'affreuses pétéchies. La cicatrice restera bien sûr. Une nouvelle pour ta collection.

— Merci… (Il pressa sa joue contre une pièce de peau pour déformer sa voix et masquer son timbre naturel :) Puis-je savoir qui je dois remercier ?

Elle ne le dira pas, pensa-t-il, *ou préférera mentir.*

— Je m'appelle Visenna.

Je sais, pensa-t-il.

— Je suis heureux, dit-il lentement en gardant toujours sa joue sous la peau, je me réjouis que nos chemins se soient croisés, Visenna.

— Par hasard, répondit-elle froidement en lui replaçant sa chemise sur le dos et en le recouvrant de couvertures de fourrure. Les douaniers m'ont informée qu'on avait besoin de mon art. Lorsque ma présence est nécessaire, je me déplace. J'ai cette habitude étrange. Écoute : je laisse l'onguent au marchand. Demande-lui de te masser matin et soir. Puisqu'il affirme que tu lui as sauvé la vie, il peut bien te rendre ce service.

— Et moi, Visenna ? Comment puis-je te remercier ?

— Ne parlons pas de cela. Je ne prends jamais d'argent des sorceleurs. Appelons cela de la solidarité, si tu veux, de la solidarité professionnelle. Et de la sympathie. Dans le cadre de cette sympathie que je te témoigne, écoute encore un conseil, ou si tu préfères, la prescription d'une guérisseuse : cesse de prendre des hallucinogènes, Geralt. Les hallucinogènes ne guérissent pas ; ils ne guérissent rien.

— Merci, Visenna, pour ton aide et ton conseil. Je te remercie… pour tout.

Il dégagea sa main de sous les peaux et tâta le genou de la guérisseuse. Celle-ci se mit à trembler. Elle lui saisit la main qu'elle pressa légèrement. Geralt libéra prudemment ses doigts pour saisir son avant-bras.

C'était bien sûr une peau lisse de jeune fille. La magicienne trembla encore plus, mais ne retira pas son bras. Il retrouva la main de la jeune femme qu'il serra très fort.

Son médaillon suspendu au cou vibrait, s'agitait.

— Je te remercie, Visenna, répéta-t-il en maîtrisant le tremblement de sa voix. Je suis heureux que nos chemins se soient croisés.

— C'est un hasard…, répondit-elle encore, mais cette fois sans froideur dans la voix.

— Peut-être est-ce la providence ? demanda-t-il en s'étonnant que son excitation et son énervement eussent disparu sans laisser de trace. Tu crois en la providence, Visenna ?

— Oui, répondit-elle avec un temps de retard. J'y crois.

— Tu crois que les gens liés par le destin, poursuivit-il, se rencontrent nécessairement ?

— Je crois aussi en cela… Que fais-tu ? Ne te retourne pas.

— Je veux observer ton visage… Visenna. Je veux voir tes yeux. Et toi… tu peux regarder les miens.

Elle fit un mouvement comme si elle voulait éloigner ses genoux, mais elle demeura à côté de lui. Geralt se retourna lentement en grimaçant de douleur. La lumière était plus claire : quelqu'un venait encore de jeter du bois dans le feu.

La magicienne ne bougeait plus. Elle tourna la tête de profil. Le sorceleur remarqua alors que ses lèvres tremblaient. Elle serrait très fort sa main.

Geralt la regarda attentivement.

Il n'y avait aucune ressemblance. Son profil était tout autre. Un petit nez. Un menton étroit. La femme ne disait rien. Elle se pencha enfin et le fixa dans les yeux. De près. Toujours sans un mot.

— Mes yeux améliorés te plaisent-ils ? demanda-t-il tranquillement. Pas très ordinaires… Sais-tu, Visenna, ce que l'on fait aux yeux des sorceleurs pour les améliorer ? Sais-tu que cela ne réussit pas toujours ?

— Arrête, dit-elle doucement. Arrête, Geralt.

— Geralt… (Il sentit soudain que quelque chose se brisait en lui.) C'est Vesemir qui m'a appelé ainsi. Geralt de Riv ! J'ai même appris à imiter l'accent de cette région. Probablement pour combler un besoin intérieur d'appartenance à un lieu. Même si ce sentiment était fictif. Vesemir… m'a donné ce nom. Il m'a aussi révélé ton identité. Non sans mal.

— Tais-toi, Geralt, tais-toi.

— Tu me dis aujourd'hui que tu crois en la providence. En ce temps-là, y croyais-tu déjà ? Oui, certainement. Tu devais déjà croire que la providence ordonnerait notre rencontre. Même s'il convient de noter le fait que toi-même, tu n'as pas beaucoup œuvré pour sa réalisation.

La femme ne disait toujours rien.

—J'ai toujours voulu… Je me demandais ce que je te dirais lorsque nous nous rencontrerions. Je pensais à la question que je te poserais. J'imaginais pouvoir ressentir un plaisir pervers…

Une larme perla distinctement sur la joue de la guérisseuse. Geralt sentit sa gorge se serrer jusqu'à la douleur. Il était fatigué, somnolent, faible.

—À la lumière du jour…, murmura-t-il, demain, à la lueur du soleil, je te regarderai dans les yeux, Visenna… Et je te poserai ma question. Ou peut-être ne te la poserai-je pas, car il est bien trop tard. S'agit-il de la providence ? Oui, Yen avait raison. Il ne suffit pas d'être soi-même l'objet de la providence. Il faut quelque chose en plus… Mais je te regarderai demain dans les yeux… À la lueur du soleil.

—Non, répondit-elle doucement, d'une voix de velours qui perçait et mettait au jour des couches de mémoire disparues, inexistantes, mais subsistant néanmoins.

—Si, protesta-t-il. Si, je le veux…

—Non. Dors maintenant. Lorsque tu te réveilleras, tu cesseras de le vouloir. À quoi bon se regarder dans les yeux à la lueur du soleil ? Qu'est-ce que cela changera ? Nous ne pouvons pas faire reculer le temps. Nous ne pouvons rien changer. Quel sens y a-t-il à me poser cette question, Geralt ? Le fait que je ne sache pas y répondre te procurera-t-il réellement un plaisir pervers ? Que nous donnerait cette destruction mutuelle ? Non, nous n'allons pas nous regarder dans les yeux. Endors-toi, Geralt. Entre nous, sache que ce n'est pas Vesemir qui t'a donné ce nom. Même si cela ne change rien et ne fait nullement revenir le passé, je veux que tu le saches. Adieu, prends soin de toi. N'essaie pas de me retrouver…

—Visenna…

—Non, Geralt. Tu vas t'endormir. Et moi… je n'aurai été qu'un rêve. Adieu.

—Non, Visenna !

—Dors ! intima-t-elle d'une voix de velours qui brisa la volonté du sorceleur en la déchirant comme un tissu.

Il sentit la chaleur émanant de sa main.
—Dors.
Geralt s'endormit.

VI

—Sommes-nous déjà dans les territoires d'Autre Rive, Yurga?

—Depuis hier, seigneur Geralt. Nous arriverons bientôt à la rivière Yarouga. De l'autre côté, ce sera chez moi. Regardez, même les chevaux marchent plus prestement en jetant leur tête en avant. Ils sentent l'odeur de l'écurie et de la maison.

—La maison... Tu habites dans l'enceinte du château?

—Non, dans le faubourg.

—Intéressant. (Le sorceleur inspecta les environs.) On ne voit pratiquement pas de traces de la guerre. Il paraît pourtant que le pays fut affreusement détruit.

—Ma foi, répondit Yurga, on manque de tout sauf de ruines... tout au moins, ce n'est pas ce qui manquait. Regardez attentivement: presque chaque maison, chaque cour, dispose d'une charpente flambant neuve. Derrière la rivière, vous verrez, là-bas c'est encore pire, là-bas le feu a tout détruit jusqu'au sol... La guerre, c'est la guerre, mais il faut continuer de vivre. Nous avons subi la pire des tourmentes lorsque les Noirs ont traversé nos terres. On aurait dit qu'ils voulaient tout transformer en désert. Beaucoup de ceux qui ont fui alors ne sont jamais revenus. À leur place, de nouveaux arrivants se sont installés. La vie doit continuer.

—C'est exact, murmura Geralt, la vie doit continuer. Peu importe le passé... Il faut continuer à vivre...

—Absolument raison. Tenez! Prenez, essayez-la. J'ai recousu et rapiécé votre culotte. Elle est désormais comme neuve. Tout comme cette terre, seigneur Geralt. La guerre l'a arrachée et retournée tel le fer de la herse; elle l'a meurtrie et ensanglantée; mais la terre se renouvelle en devenant plus fertile encore: les cadavres eux-mêmes œuvrent pour son bien en enrichissant sa glèbe, même s'il est difficile de labourer à cause des ossements et de la ferrure encombrant les champs. La terre saura vaincre le fer.

—Vous ne redoutez pas le retour des Nilfgaardiens... des Noirs? Ils connaissent désormais le chemin par les montagnes...

— Ma foi oui, nous vivons dans la peur. Mais que faire ? S'asseoir et pleurer ? Trembler ? Il faut continuer à vivre. Advienne que pourra. Ce que le destin nous réserve, nous ne pouvons l'éviter.

— Tu crois donc en la providence ?

— Comment pourrais-je ne pas y croire ? Après notre rencontre sur le pont du bois enchanté où vous m'avez sauvé la vie ! Oh, seigneur sorceleur, vous verrez que ma Chrysididae vous embrassera les pieds…

— Arrête avec ça. À vrai dire, c'est moi qui te suis redevable. Sur le pont… je ne faisais que mon travail, Yurga. J'exerçais ma profession qui consiste à protéger les humains pour de l'argent, pas bénévolement. Yurga, sais-tu ce que les gens disent des sorceleurs ? Qu'on ne sait qui sont les pires… eux ou les monstres qu'ils détruisent.

— Tout cela est faux, seigneur, je ne comprends pas pourquoi vous parlez ainsi. Vous pensez que je n'ai pas d'yeux pour voir ? Vous êtes du même bois que cette guérisseuse…

— Visenna…

— Elle ne nous a pas donné son nom. Elle nous a rattrapés et proposé sans tergiverser ses services sachant que nous avions besoin d'elle. Le soir, à peine descendue de cheval, elle s'occupait déjà de vous. Oh, seigneur, elle a pris un tel soin de votre jambe. L'air était empli de sa magie et nous avons tous fui, terrorisés, dans la forêt. Et puis le sang lui a coulé du nez. La magie, visiblement, n'est pas chose facile. Elle vous a bandé avec tant de délicatesse, que vous…

— Comme une mère ? demanda Geralt en serrant les dents.

— En effet. C'est bien cela. Et lorsque vous vous êtes assoupi…

— Oui, Yurga ?

— Pâle comme un linge, elle tenait à peine sur ses jambes. Mais elle est venue nous demander si l'un d'entre nous avait besoin de son aide. Le goudronnier, qui avait eu la main écrasée par un tronc, a bénéficié de ses soins. Et elle n'a pas pris un sou. Elle a même laissé des médicaments. Je sais, Geralt, qu'on dit bien des choses dans le monde sur les sorceleurs et les sorciers, mais pas ici. Nous, les gens du Haut Sodden, d'Autre Rive, nous savons ce qu'il en est. Nous devons trop aux sorciers pour ne pas savoir qui ils sont vraiment. Leur souvenir n'est pas colporté par des racontars ou des potins, mais il est gravé dans la pierre. Vous verrez vous-même derrière ce bois. Du reste, seigneur, vous le savez certainement mieux que moi. On a parlé dans le monde entier de la bataille qui fut livrée ici il y a moins d'un an. Vous avez dû en entendre parler.

—Je n'étais pas revenu ici depuis un an. J'étais dans le Nord. Mais j'en ai entendu parler… La seconde bataille de Sodden…

—Exactement. Vous allez voir la colline et son roc. Avant, nous nommions cette colline d'une manière ordinaire “mont des Coulemelles”, mais maintenant tout le monde la surnomme le mont des Sorciers ou le mont des Quatorze. Car vingt-deux sorciers y ont livré bataille et quatorze y ont succombé. Ce fut une lutte terrible, seigneur Geralt. La terre s'est cabrée, le ciel a craché une pluie de feu. Des éclairs ont frappé. Les cadavres jonchaient le terrain. Mais les sorciers ont fini par vaincre les Noirs en soumettant la puissance qui les animait. Quatorze d'entre eux ne sont pas revenus. Quatorze d'entre eux y ont laissé leur vie… Que se passe-t-il, seigneur? Qu'avez-vous?

—Rien. Continue, Yurga.

—La bataille fut terrible, oh! Sans ces sorciers de la colline, nous ne pourrions vraisemblablement pas discuter aujourd'hui, vous et moi, en route tranquillement vers ma maison, car elle n'existerait plus, moi non plus, et vous peut-être non plus… Oui, nous sommes redevables à tous ces sorciers. Quatorze d'entre eux sont morts en nous défendant, nous les gens de Sodden et d'Autre Rive. Bien d'autres ont bien sûr également combattu: des guerriers, des nobles et puis des paysans, quiconque pouvait saisir une fourche ou une cognée, ou même un pieu… Tous se sont comportés avec courage. Nombre d'entre eux ont succombé. Mais les sorciers… Rien de plus naturel pour un guerrier que de mourir sur le champ de bataille, et puis la vie est courte de toute façon… Mais les sorciers peuvent vivre autant qu'ils le veulent. Et pourtant, ils n'ont pas hésité.

—Ils n'ont pas hésité, répéta le sorceleur en s'essuyant le front. Ils n'ont pas hésité. Et moi, j'étais dans le Nord…

—Qu'avez-vous, seigneur?

—Rien.

—Oui… Nous tous, dans les environs, nous laissons des fleurs sur cette colline et à la période de Mai, à Belleteyn, le feu brûle toujours. Il brûlera pour les siècles des siècles. Ces quatorze sorciers vivront éternellement dans la mémoire des hommes. Vivre dans le souvenir, seigneur Geralt, c'est… c'est quelque chose en plus !

— Tu as raison, Yurga.

— Chaque enfant connaît les noms de ces quatorze gravés dans la pierre au sommet de la colline. Vous ne me croyez pas ? Écoutez : Axel dit Raby, Triss Merigold, Atlan Kerk, Vanielle de Brugge, Dagobert de Vole…

— Arrête, Yurga.

— Que se passe-t-il, seigneur ? Vous êtes pâle comme la mort.

— Rien.

VII

Il gravissait la pente très lentement, prudemment, attentif au travail des tendons et des muscles après sa guérison par la magie. Bien que complètement cicatrisée, sa blessure nécessitait encore qu'il la protège en évitant de peser de tout son poids sur sa jambe. Il faisait chaud. L'odeur des herbes l'enivrait et le troublait, mais c'était agréable.

L'obélisque n'avait pas été installé au centre même du plateau sommital de la colline, mais au fond, derrière une rangée de pierres anguleuses. Si Geralt était venu avant le coucher du soleil, l'ombre du menhir projetée sur la rangée de pierres aurait fidèlement dessiné son diamètre et indiqué la direction dans laquelle les visages des sorciers étaient tournés pendant la bataille. Il regarda dans cette même direction, vers des champs mamelonnés sans limites. S'il y avait encore des ossements – il y en avait certainement –, les herbes abondantes devaient les recouvrir. Un faucon effectuait des cercles plus loin en planant sereinement, les ailes largement déployées : le seul point mobile dans ce paysage pétrifié par la canicule.

La base de l'obélisque était large. Pour l'entourer, il aurait fallu au moins quatre ou cinq personnes les bras écartés. Il était évident qu'il avait été impossible de le transporter jusque-là sans avoir recours à la magie. La face du menhir tournée vers la rangée de pierres avait été méticuleusement polie.

On y avait gravé en caractères runiques les noms des quatorze défunts.

Il s'en approcha lentement. Yurga, en effet, avait raison. Au pied de l'obélisque, des fleurs ordinaires, fleurs des champs, coquelicots, lupins, mauves, myosotis, avaient bien été déposées.

Les noms des quatorze.

En les lisant lentement de haut en bas, il revoyait le visage de ceux qu'il avait connus.

Triss Merigold, cheveux châtains, gaie, prête à s'esclaffer pour n'importe quelle raison, ressemblait à une gamine. Il l'aimait bien. C'était réciproque.

Lawdbor de Murivel avec qui Geralt avait manqué se battre dans la ville de Wyzima, un jour où il avait surpris le sorcier en train de manipuler les dés à l'aide d'une discrète télékinésie.

Lytta Neyd, alias Corail. On l'avait affublée de ce surnom à cause de la couleur de la pommade qu'elle s'appliquait sur les lèvres. Elle avait un jour dit du mal de Geralt au roi Belohun qui l'avait alors enfermé pendant une semaine dans un cachot. Tout juste sorti, il était allé la rejoindre pour lui demander quels avaient été ses motifs et s'était retrouvé dans le lit de la belle, sans qu'il sût comment, pendant une autre semaine.

Gorazd l'Ancien qui avait voulu lui offrir 100 marks en échange de la possibilité d'examiner ses yeux et même 1 000 pour pouvoir les disséquer, « pas nécessairement aujourd'hui », avait-il précisé.

Il restait encore trois noms.

Geralt entendit derrière lui un léger bruissement. Il se retourna.

Elle était pieds nus, vêtue d'une simple robe de lin. De longs cheveux clairs retombaient librement sur ses épaules. Une couronne tressée de pâquerettes lui ornait le front.

— Salut à toi, dit-il.

Sans répondre, elle posa sur lui des yeux bleus et froids.

Geralt remarqua qu'elle n'était pas bronzée. C'était étrange, car la peau des jeunes filles de la campagne, brûlées par le soleil, était d'ordinaire mate à la fin de l'été. Son visage et ses épaules dévêtues étaient de teinte légèrement dorée.

— Tu as apporté des fleurs ?

Elle sourit en baissant les paupières. Il sentit un froid s'installer. Elle le dépassa sans dire un mot et s'agenouilla au pied du menhir en touchant la pierre de la main.

— Je n'apporte pas de fleurs, dit-elle en relevant la tête. Celles qu'on a déposées le sont pour moi.

Il l'observa attentivement. Elle s'agenouilla en masquant de son corps le dernier nom gravé dans la pierre du menhir. La jeune fille émettait une lueur claire sur le fond du roc sombre.

— Qui es-tu ? demanda-t-il lentement.

Elle sourit. Un vent froid souffla.

— Tu ne le sais pas ?

Je le sais, pensa-t-il en regardant l'azur glacé de ses yeux. *Oui, il me semble que je le sais.*

Geralt resta tranquille. Il ne pouvait en être autrement. Plus maintenant.

— J'ai toujours été curieux de te voir, maîtresse.

— Tu n'es pas obligé de me donner un tel titre, répondit-elle froidement. Nous nous connaissons depuis des années, n'est-ce pas ?

— Nous nous connaissons, confirma-t-il. On dit que tu me suis pas à pas.

— Je vais mon chemin. Mais toi, tu n'avais, jusqu'à aujourd'hui, jamais regardé derrière toi. Tu t'es retourné aujourd'hui pour la première fois.

Geralt resta silencieux. Fatigué, il n'avait rien à dire.

— Comment... Comment cela va-t-il se dérouler ? demanda-t-il enfin, avec froideur et sans émotion.

— Je te prendrai par la main, lui répondit-elle en le regardant droit dans les yeux. Je te prendrai par la main et te mènerai par la prairie à travers un brouillard froid et humide.

— Et après ? Qu'y a-t-il derrière le brouillard ?

— Rien, répondit-elle en souriant. Plus loin, il n'y a rien.

— Tu m'as suivi pas à pas, dit-il, en fauchant ceux que j'ai croisés sur mon chemin. Pourquoi ? Pour que je reste seul, n'est-ce pas ? Et qu'enfin je commence à avoir peur ? Je vais te dire la vérité. Tu m'as toujours fait peur. Je ne me retournais pas de peur de te voir derrière moi. J'ai toujours eu peur. Ma vie s'est écoulée dans la crainte jusqu'à aujourd'hui...

— Jusqu'à aujourd'hui ?

— Oui. Nous nous tenons face à face, mais je ne ressens aucune angoisse. En me prenant tout, tu m'as aussi dépossédé de la crainte.

— Pourquoi tes yeux sont-ils donc remplis de terreur, Geralt de Riv ? Tes mains tremblent. Tu es pâle. Pourquoi ? Aurais-tu peur de lire le quatorzième nom gravé sur l'obélisque ? Si tu veux, je puis te dire quel est ce nom.

—Non, tu n'es pas obligée. Je sais quel est ce nom. Le cercle se referme. Le serpent se mord lui-même la queue. Qu'il en soit ainsi. Toi et ton nom. Les fleurs. Pour elle et pour toi. Le quatorzième nom gravé dans la pierre, le nom que j'ai prononcé au cœur de la nuit et à la lueur du soleil, dans le gel, la canicule et la pluie. Non, je ne le prononcerai pas maintenant.

—Mais si, prononce-le.

—Yennefer… Yennefer de Vengerberg.

—Mais les fleurs sont pour moi.

—Finissons-en, réussit-il à dire. Prends… Prends-moi la main.

Elle se leva et s'approcha. Geralt sentit un froid dur et pénétrant.

—Pas aujourd'hui, répondit-elle. Un autre jour, oui. Mais pas aujourd'hui.

—Tu m'as tout pris…

—Non, l'interrompit-elle. Moi, je ne prends rien. Je ne fais que prendre par la main. Pour que personne ne soit seul et perdu dans le brouillard… Au revoir. Geralt de Riv. À un autre jour.

Le sorceleur ne répondit pas. Elle se retourna lentement puis disparut dans le brouillard qui noyait le sommet de la colline où tout disparaissait : dans cette brume humide et blanche s'évanouirent l'obélisque, les fleurs déposées à sa base et les quatorze noms gravés. Il n'y eut bientôt plus rien hormis le brouillard et l'herbe mouillée par les gouttes brillant sous les pieds, une herbe dont l'odeur lourde, douce, foudroyante à rendre les tempes dolentes, à oublier et à s'écrouler de fatigue…

—Seigneur Geralt ! Qu'avez-vous ? Vous vous êtes assoupi ? Je vous avais pourtant dit que vous pouviez encore tomber en faiblesse. Pourquoi être monté jusqu'au sommet ?

—Je me suis assoupi, grogna-t-il en s'essuyant la tête avec la main. Je me suis assoupi, par la peste… Ce n'est rien, Yurga, c'est à cause de cette chaleur…

—Oui, vous avez une fièvre de tous les diables… Nous devons poursuivre notre route, seigneur. Venez, je vais vous aider à descendre la pente.

—Je n'ai rien…

—Rien, rien. Je suis curieux de savoir pour quelle raison vous titubez. Par la peste, pourquoi avoir gravi cette colline par cette chaleur ? Vous vouliez lire tous leurs noms ?

— Rien… Yurga… tu te souviens réellement de tous les noms inscrits sur la stèle ?

— Bien sûr.

— Je vérifie ta mémoire… Le dernier. Le quatorzième. Quel est-il ?

— Mais vous êtes vraiment sceptique. Vous ne croyez donc en rien ? Vous voulez vérifier si je ne mens pas ? Je vous avais pourtant dit que même les enfants connaissent ces noms. Le dernier, vous disiez ? Oui, le dernier, c'est Yol Grethen de Carreras. Vous le connaissiez peut-être ?

— Non, répondit-il. Je ne le connaissais pas.

VIII

— Seigneur Geralt ?

— Oui, Yurga ?

Le marchand courba la tête et garda le silence en enroulant sur son doigt la fine lanière avec laquelle il venait de réparer la selle du sorceleur. Il se releva enfin en donnant une légère bourrade dans le dos du valet qui conduisait le chariot.

— Lâche les rênes, Profit. Je vais conduire. Asseyez-vous sur le siège à mes côtés, seigneur Geralt. Et toi, Profit, qu'est-ce que tu fais encore là ? Allez, saute ! On doit causer. Pas besoin de tes oreilles ici !

Ablette, allant d'un petit pas et mordant la corde qui la retenait au chariot, semblait envier la petite jument de Profit qui trottait sur la grand-route.

Yurga fit claquer sa langue en frappant légèrement les chevaux avec les brides.

— Ma foi, dit-il avec un accent traînant, la situation est la suivante, seigneur. Je vous ai promis… alors, sur le pont… Je vous ai fait une promesse…

— Oublie cela, l'interrompit promptement le sorceleur. Oublie cela, Yurga.

— Je ne peux pas oublier, lui répondit sans ambages le marchand, ma parole n'est pas du vent. Ce que je n'attends pas à trouver chez moi en revenant est à vous.

— Laisse-moi tranquille. Je ne veux rien de toi. Nous sommes quittes.

— Non, seigneur. Si je trouve une telle chose chez moi, ce sera le signe de la providence. Et si l'on se moque de la providence, si on la fait mentir, elle se venge alors sévèrement.

Je sais, pensa le sorceleur. *Je sais.*

— Mais… seigneur Geralt…

— Quoi, Yurga ?

— Je ne trouverai rien à la maison que je ne m'attende à voir. Rien, et encore moins ce que vous désirez. Écoutez bien, seigneur sorceleur : Chrysididae, mon épouse, ne me donnera plus d'enfants. Quoi qu'il arrive, il n'y aura pas de nouvel enfant à la maison. Vous êtes mal tombé.

Geralt ne répondit pas.

Yurga garda également le silence. Ablette renifla une fois encore en remuant la tête.

— Mais j'ai deux fils, finit par dire très rapidement Yurga en regardant la grand-route devant lui. Deux fils en bonne santé, forts et pas idiots. Je dois d'ailleurs les envoyer en apprentissage. L'un des deux va, je pense, apprendre le commerce avec moi. Mais l'autre…

Geralt continua de se taire. Yurga tourna la tête et le regarda :

— Vous disiez ? Vous aviez exigé un serment sur le pont. Il s'agissait pour vous de trouver un enfant à former, rien de plus, n'est-ce pas ? J'ai deux fils : que l'un des deux étudie l'art des sorceleurs. Il n'y a pas de sot métier.

— Tu es sûr, intervint Geralt à voix basse, qu'il n'est pas sot ?

Yurga cligna des yeux.

— Défendre les gens, leur sauver la vie, selon vous, c'est une chose bonne ou mauvaise ? Ces quatorze, sur la colline ? Vous, sur le pont ? Ce que vous-même avez réalisé, est-ce bien ou mal ?

— Je ne sais pas, réussit à répondre Geralt. Je ne sais pas, Yurga. Parfois, il me semble que je sais. Mais j'ai parfois des doutes aussi. Aimerais-tu que ton fils ait de tels doutes ?

— Et pourquoi pas ? répliqua sérieusement le marchand. Pourquoi ne pourrait-il pas douter ? Ce n'est là que chose humaine et bonne.

— Quoi ?

— Le doute. Seul le mal, seigneur Geralt, en est dépourvu. Et personne n'échappe à son destin.

Le sorceleur ne répondit pas.

La grand-route tournait sous un haut promontoire et des bouleaux tordus qui réussissaient mystérieusement à tenir fixés sur la pente abrupte. Les arbres portaient des feuilles jaunes. *L'automne est revenu*, pensa Geralt, *c'est de nouveau l'automne.* En bas, une rivière miroitait. Derrière une palissade fraîchement chaulée, on voyait des toits de maisons et les pilotis polis d'un embarcadère.

Le treuil grinçait.

Le bac se dirigeait vers le bord en formant devant lui une vague. Il fendait les eaux de sa proue émoussée en rejetant sur le côté les herbes et les feuilles flottant à la surface, immobilisées par la saleté d'un manteau de poussière. Les cordes, tirées par les passeurs, grinçaient. La foule rassemblée sur la berge se comportait bruyamment : cris de femmes, jurons d'hommes, pleurs d'enfants, mugissements, hennissements, bêlements. Le chant de basse monotone de la peur.

— Reculez ! Partez ! Reculez, nom d'un chien ! hurlait un chevalier, la tête couverte d'un chiffon ensanglanté.

Son cheval, immergé jusqu'à l'abdomen, s'énervait en levant violemment ses jambes antérieures et en provoquant des éclaboussements. Sur l'embarcadère, on entendait des hurlements, des cris : des soldats armés de pavois repoussaient la foule en frappant où ils pouvaient avec le manche de leurs lances.

— Éloignez-vous du bac ! cria le chevalier en faisant tournoyer son épée. Priorité à l'armée ! Éloignez-vous, sinon les têtes vont voler !

Geralt tira sur ses rênes pour arrêter sa jument qui dansa en lisière de pente.

Au fond du val marchaient des soldats lourdement équipés. Le mouvement de leurs armes et de leurs armures enveloppait d'un nuage de poussière les porteurs de pavois qui les rattrapaient au pas de course.

— Geraaaalt !

Le sorceleur regarda en bas. Un homme mince à la vareuse couleur griotte et au chapeau orné d'une plume d'aigrette sauta sur place et le héla depuis un chariot rempli de cages de bois qui avait dû être abandonné sur le bord de la grand-route. Dans les cages, des poules et des oies ne cessaient de caqueter.

— Geraaaalt, c'est moi !

— Jaskier ! Viens me rejoindre !

— Éloignez-vous du bac, continuait de hurler le chevalier à la tête bandée, sur l'embarcadère. Le bac est seulement pour l'armée ! Si vous voulez passer sur l'autre rive, bande de chiens, prenez vos haches et au travail dans la forêt ! Fabriquez-vous un radeau ! Le bac est seulement pour l'armée !

— Par tous les dieux, Geralt, haleta le poète en grimpant la pente du vallon. (Sa vareuse griotte était couverte de plumes de volailles blanches comme de la neige.) Tu vois ce qui se passe ? Ceux de Sodden viennent de perdre la bataille : ils battent en retraite. Retraite ? Mais qu'est-ce que je dis ? C'est plutôt une débandade… une fuite panique ! Nous devons partir d'ici, Geralt, et passer sur l'autre rive de la rivière Yarouga…

— Que fais-tu ici, Jaskier ? D'où sors-tu ?

— Ce que je fais ici ? hurla le barde. Tu me le demandes ? Je fuis, comme tous les autres. J'ai été cahoté toute la journée d'hier sur ce chariot ! Un fils de pute a volé mes chevaux pendant la nuit ! Geralt, je t'en supplie, sors-moi de là ! Ceux de Nilfgaard peuvent arriver à tout moment ! Celui qui ne mettra pas la rivière Yarouga entre eux et lui se fera égorger. Égorger, tu comprends ?

— Ne panique pas, Jaskier.

En bas, ils entendaient les hennissements des chevaux embarqués de force sur le bac et le fracas de leurs sabots frappant sur les planches ; des hurlements ; le tumulte de la foule ; un bruit d'éclaboussement provoqué par le chariot poussé dans l'eau ; les beuglements des bœufs dont les nez apparaissaient à la surface. Geralt vit des caisses et des ballots emportés par le courant se fracasser contre la coque du bac et poursuivre leur chemin. Tout n'était que tumulte et jurons ; un nuage de poussière s'éleva au-dessus de la vallée ; on entendait des bruits de sabots.

— Chacun à son tour ! hurla le chevalier à la tête bandée en fonçant avec son cheval dans la foule. De l'ordre, fils de chiens ! Les uns après les autres !

— Geralt, gémit Jaskier en s'accrochant à l'étrier, tu vois ce qui se passe ? Nous ne pourrons jamais monter sur le bac. Les soldats vont s'y bousculer à qui mieux mieux et le brûleront ensuite pour qu'il ne serve pas aux Nilfgaardiens. C'est bien ce que l'on fait en général, hein ?

— Tu as raison, acquiesça le sorceleur. Ainsi le veut effectivement la pratique. Je ne comprends pas cependant pourquoi tous ces gens sont pris d'une telle panique ! C'est donc la première guerre qu'ils voient ? D'habitude, les troupes royales combattent entre elles, puis les rois s'entendent, signent un traité et profitent de l'occasion pour s'égorger. Ces événements ne devraient pas concerner tous ces gens qu'on écrase sur l'embarcadère. Comment expliquer ce paroxysme de violence ?

Jaskier regarda le sorceleur bien en face sans relâcher l'étrier :

— Tu as sans doute accès à de bien piètres informations, Geralt. Ou bien tu ne sais pas les interpréter. Il ne s'agit pas d'une banale guerre de succession ou d'un conflit pour la possession d'un lopin de terre ; nous n'avons pas affaire à la querelle de deux seigneurs dont les paysans, occupés par les moissons, demeurent les témoins passifs.

— Qu'est-ce que c'est alors ? Éclaire ma lanterne, car je ne vois pas de quoi il retourne. Entre nous, cela ne m'intéresse guère, mais explique toujours, je t'en prie.

— Cette guerre est inédite, expliqua le barde sérieusement. Les armées de Nilfgaard ne laissent derrière elles que désolation et cadavres : des champs entiers de cadavres. C'est une guerre d'extermination totale. Nilfgaard contre tous. Les cruautés...

— Il n'y a pas de guerre sans cruauté, l'interrompit le sorceleur. Tu exagères, Jaskier. C'est comme pour l'incendie du bac : ainsi le veut la pratique... Il s'agit, je dirais, d'une tradition militaire. Depuis que le monde est monde, les armées en mouvement tuent, volent, brûlent et violent, et ce, à l'infini, dans cet ordre. Depuis que le monde est monde, lorsqu'une guerre éclate, les paysans se cachent avec leurs femmes dans les forêts avec le peu de biens qu'ils peuvent emporter et rentrent chez eux quand le conflit prend fin...

— Pas pendant cette guerre, Geralt. Après cette guerre, personne ne reviendra. Il n'y aura d'ailleurs pas où revenir. Nilfgaard ne laisse derrière elle que des décombres ; ses armées se déversent comme une lave à laquelle personne n'échappe. Les grands-routes sont jonchées, sur des milles, de potences et de pieux ; les fumées tracent dans le ciel des lignes aussi longues que l'horizon. Depuis que le monde est monde, en effet, rien de tel n'était encore arrivé. Depuis que le monde est notre monde... Tu dois comprendre que les Nilfgaardiens sont descendus de leurs montagnes pour le détruire, ce monde.

— C'est absurde. Qui aurait intérêt à la destruction du monde ? Les guerres ne sont pas menées pour détruire. Les guerres sont menées pour deux raisons : la première est le pouvoir ; la seconde l'argent.

— Cesse de philosopher, Geralt ! Tu ne changeras pas ce qui se passe actuellement avec de la philosophie ! Pourquoi ne m'écoutes-tu pas ? Pourquoi refuses-tu de comprendre ? Crois-moi, Yarouga n'arrêtera pas l'élan de Nilfgaard. En hiver, lorsque la rivière gèlera, ils pousseront leur avance plus loin encore. Je te le dis : il faut fuir jusqu'au Nord. Ils ne parviendront peut-être pas jusque-là. Mais dans tous les cas de figure, notre monde ne sera plus ce qu'il fut. Geralt, ne me laisse pas seul ici ! Je ne m'en sortirai pas sans toi ! Ne me laisse pas !

— Tu es devenu fou, Jaskier. (Le sorceleur se pencha sur sa selle.) C'est sans doute la peur qui te fait perdre la raison. Comment peux-tu croire que je vais te laisser seul ? Donne-moi la main. Monte sur mon cheval. Tu ne trouveras rien de bon sur le bac. D'ailleurs, ils ne te laisseraient jamais monter. Je t'emmène en amont de la rivière. Nous y chercherons une barque ou un radeau.

— Les Nilfgaardiens nous cerneront. Ils sont tout prêts. Tu as remarqué les chevaliers ? On voit qu'ils reviennent directement du champ de bataille. Allons en aval de la rivière, en direction de l'embouchure de l'Ina.

— Arrête de paniquer. Nous passerons, ne t'en fais pas. En aval de la rivière, il y a aussi des foules de fuyards. À chaque gué, il y aura comme ici des problèmes avec la traversée en bac. Toutes les barques ont dû être réquisitionnées. Allons en amont, à contre-courant. N'aie pas peur. Je te ferai traverser, sur un tronc d'arbre s'il le faut.

— On voit à peine l'autre bord !

— Cesse de te plaindre. J'ai dit que je te ferai traverser.

— Et toi ?

— Monte sur mon cheval. Nous discuterons en route. Hé, par le diable, tu ne vas pas prendre ce gros sac ! Tu veux donc briser l'échine d'Ablette ?

— C'est Ablette ? Ablette était baie, celle-ci est alezane.

— Chacun de mes chevaux s'appelle Ablette. Tu le sais très bien. Cesse de me faire marcher. Qu'est-ce que tu as là-dedans ? De l'or ?

— Des manuscrits ! Des poèmes ! Et ma pitance...

— Jette-moi tout ça dans la rivière. Tu écriras de nouveaux poèmes. Quant à la nourriture, je partagerai la mienne avec toi.

Jaskier fit une mine d'enterrement, mais n'hésita pas. Il lança son sac dans l'eau en prenant de l'élan puis bondit sur le cheval, se tortilla en s'asseyant sur les sacoches et en s'accrochant à la ceinture du sorceleur.

— En route, en route, répéta-t-il avec inquiétude. Ne perdons pas de temps, Geralt, entrons dans la forêt avant...

—Arrête, Jaskier… Tu transmets ta panique à Ablette.

—Ne te moque pas de moi. Si tu savais ce que j'ai…

—Ferme-la, par la peste. Prenons la route. J'aimerais te faire traverser avant la tombée du soir.

—Moi ? Et toi ?

—Rien ne m'appelle de l'autre côté de la rivière.

—Tu es devenu fou, Geralt ? Tu en as assez de vivre ? Que comptes-tu faire ?

—Ce n'est pas ton affaire. Je vais à Cintra.

—À Cintra ? Mais Cintra n'existe plus !

—Qu'est-ce que tu racontes ?

—Cintra n'existe plus. Elle n'est plus que décombres et ruines. Les Nilfgaardiens…

—Descends, Jaskier…

—Quoi ?

—Descends !

Le sorceleur se retourna violemment. À la vue de son visage, le troubadour descendit comme une flèche du cheval en trébuchant. Geralt descendit à son tour tranquillement. Ayant passé les rênes au-dessus de la tête de la jument, le sorceleur resta indécis pendant un moment avant de s'essuyer le visage de sa main gantée. Il s'assit sur le bord de la souche renversée d'un buisson de cornouiller aux pousses rouge sang.

—Viens ici, Jaskier, dit-il. Assieds-toi et raconte-moi ce qui s'est passé à Cintra. Dis-moi tout.

Le poète s'assit :

—Les Nilfgaardiens s'y sont introduits sans coup férir, commença-t-il après un moment de silence. Ils étaient des milliers. Ils avaient cerné les armées de Cintra dans la vallée du Marnadal. La bataille a duré toute la journée : de l'aurore au crépuscule. Les troupes de Cintra ont résisté vaillamment avant d'être décimées. Le roi a succombé, et c'est alors que la reine…

—Calanthe.

—Oui. Évitant que son armée succombe à la panique et se disperse, elle a su réunir autour d'elle et de son étendard tous ceux pouvant encore combattre et a formé une ligne de défense qui a reculé jusqu'à la rivière, du côté de la ville. Tous les soldats encore valides l'ont suivie.

—Et Calanthe ?

—Avec une poigné de chevaliers, elle a couvert la traversée des troupes en protégeant leurs arrières. On dit qu'elle s'est battue comme un homme en se lançant dans le plus fort de la bataille. Des piques l'ont empalée lorsqu'elle a chargé contre l'infanterie nilfgaardienne. Elle a alors été évacuée vers la ville. Que contient cette flasque, Geralt ?

—De l'eau-de-vie. Tu en veux ?

—Ma foi, volontiers.

—Parle. Continue, Jaskier. Raconte-moi tout.

—La ville ne s'est pas à proprement parler défendue. Il n'y a pas eu de siège. Les murs de défense étaient vides. Le reste des chevaliers et leurs familles, les princes et la reine se sont barricadés dans le château. Les Nilfgaardiens ont alors pris le château après que leurs sorciers eurent réduit le portail en cendres et détruit les murs d'enceinte. Seul le donjon, visiblement protégé par la magie, a résisté aux sorts des sorciers nilfgaardiens. Malgré cela, les assaillants ont pénétré à l'intérieur quatre jours plus tard sans faire de quartier. Les femmes avaient tué les enfants, les hommes les femmes, et ceux-ci se sont jetés sur leur propre épée ou... Qu'as-tu Geralt ?

—Continue, Jaskier.

—Ou... comme Calanthe... la tête la première, des créneaux, de tout en haut... On dit qu'elle aurait demandé qu'on la... mais personne n'a accepté. Elle a donc grimpé jusqu'aux créneaux... et a sauté la tête la première. Ils ont fait, paraît-il, des choses horribles ensuite avec son cadavre. Je ne veux pas... Qu'as-tu ?

—Rien, Jaskier... À Cintra, il y avait... une petite : la petite-fille de Calanthe, âgée environ de dix ou onze ans. Elle s'appelait Ciri. Tu as entendu parler d'elle ?

—Non, mais un terrible massacre dont presque personne n'est sorti vivant a ensuite été perpétré en ville et dans le château. Aucun des défenseurs du donjon n'a échappé à la mort, je te le disais. La plupart des femmes et des enfants des familles princières s'y trouvaient justement.

Le sorceleur resta silencieux.

—Tu connaissais Calanthe ? demanda Jaskier.

—Je l'ai connue, en effet.

—Et la petite fille dont tu me parlais ? Ciri ?

—Je l'ai connue aussi.

Un vent souffla sur la rivière en ridant la surface de l'eau et en secouant les branches du buisson. Quelques feuilles s'envolèrent en tourbillonnant. *C'est l'automne*, pensa le sorceleur. *C'est de nouveau l'automne.*

Geralt se leva.

— Tu crois en la providence, Jaskier ?

Le troubadour releva la tête en regardant le sorceleur avec des yeux ronds d'étonnement.

— Pourquoi me demandes-tu cela ?

— Réponds.

— Ma foi... oui, j'y crois.

— Mais sais-tu que la seule providence ne suffit pas ? Qu'il lui faut quelque chose en plus ?

— Je ne comprends pas.

— Tu n'es pas le seul. Mais c'est comme ça. Il faut quelque chose en plus. Le problème consiste en ce que je... ne saurai jamais ce que c'est.

— Qu'as-tu, Geralt ?

— Rien, Jaskier. Viens, en selle. Partons. Dépêchons-nous. Qui sait combien de temps nous prendra la recherche d'une grande barque. Je ne vais quand même pas abandonner Ablette.

— Nous traversons donc ensemble ? demanda le poète revigoré.

— Oui. Je n'ai plus rien à chercher de ce côté-ci de la rivière.

IX

— Yurga !

— Chrysididae !

La jeune femme, debout près du portail, courut en trébuchant et en criant, les cheveux au vent, vers Yurga qui jeta les rênes à son valet et bondit hors du chariot en direction de sa femme. Il la prit par la taille, énergiquement, la souleva et la fit tournoyer.

— Je suis revenu, Chrysididae ! Je suis revenu !

— Yurga !

— Je suis de retour ! Ouvrez grand toutes les portes ! Le maître de céans est de retour !

Surprise en train de faire la lessive, Chrysididae était mouillée et sentait l'eau savonneuse. Yurga la reposa au sol sans la relâcher. Elle resta dans ses bras, tremblante, serrée tout contre lui.

— Accompagne-moi jusqu'à la maison, Chrysididae.

— Par les dieux, tu es revenu… Je ne pouvais pas dormir… Yurga… Je ne pouvais plus dormir…

— Je suis revenu. Eh, je suis revenu ! Je suis même revenu riche, Chrysididae ! Tu vois le chariot ? Hé, Profit ! Donne donc un coup de cravache, passe par la porte ! Tu vois le chariot, Chrysididae ? Il transporte beaucoup de choses…

— Yurga, que me chaut ton chariot ? Tu es revenu… en bonne santé… entier…

— Je suis revenu riche, je te dis. Viens voir…

— Yurga ? Et lui, qui est-ce ? Cet individu vêtu de noir ? Par les dieux, avec une épée…

Le marchand se retourna. Descendu de cheval, le sorceleur feignait, le dos tourné, de régler les sous-ventrières et de rajuster les bâts de son cheval. Il ne les regardait pas et ne s'approchait pas.

— Je te dirai ensuite. Oh, Chrysididae, pourvu qu'il… Dis-moi, où sont les enfants ? Ils sont en bonne santé ?

— En bonne santé, Yurga, en bonne santé. Ils sont partis dans les champs tirer sur les corneilles. Les voisins les préviendront de ton retour. Ils rappliqueront tout de suite, tous les trois…

— Tous les trois ? Qu'est-ce… Chrysididae ? Tu peux…

— Non… mais je dois te dire quelque chose… tu ne vas pas te mettre en colère ?

— Moi ? Contre toi ?

— J'ai accueilli une petite fille, Yurga. Des druides l'ont amenée… Tu sais, ceux qui sauvaient la vie des enfants après la guerre… Ils recueillaient dans les forêts les gamins perdus et abandonnés… à peine vivants… Yurga ? Tu es en colère ?

Yurga se plaqua la main sur le front et se retourna. Le sorceleur marchait derrière le chariot en tirant son cheval. Évitant de les regarder, il ne cessait de détourner la tête.

— Yurga ?

— Oh, par les dieux, gémit le marchand. Par les dieux, Chrysididae ! Quelque chose que je n'attendais pas ! À la maison !

— Ne te mets pas en colère, Yurga… Tu verras que tu sauras l'aimer. C'est une petite fille intelligente, aimable, travailleuse… un peu bizarre, il est vrai. Elle refuse de dire d'où elle vient et se met alors à pleurer. Je ne lui pose donc pas de question.

Yurga, tu sais combien j'ai toujours désiré avoir une fille... Qu'en penses-tu ?

— Rien, répondit-il sourdement. Rien. C'est la providence. Pendant tout le chemin, il a répété ce mot dans son délire provoqué par la fièvre : providence, providence... Par les dieux... Nous ne sommes pas capables de comprendre de quoi il s'agit, Chrysididae. Il nous est impossible de saisir ce que pensent les gens comme lui. Et ce à quoi ils rêvent. Nous n'en sommes pas capables...

— Papa !!!

— Nadbor ! Sulik ! Comme vous avez grandi ! De vrais petits taureaux ! Venez à moi...

Yurga stoppa net en voyant le petit être malingre aux cheveux de cendre marcher lentement derrière les garçons. La petite fille le regarda. Le marchand remarqua ses grands yeux verts comme l'herbe printanière et brillants comme deux étoiles. Il la vit soudain prendre son élan et courir... Il l'entendit crier d'une voix aiguë et perçante :

— Geralt !

Le sorceleur se retourna instantanément et s'élança à la rencontre de la jeune fille. La scène laissa coi Yurga qui n'avait encore jamais vu personne se déplacer à une telle vitesse.

Ils se rencontrèrent au milieu de la cour : la petite fille aux cheveux de cendre ceinte d'une robe grise ; le sorceleur aux cheveux d'albâtre portant son épée en bandoulière, vêtu d'un cuir noir clouté d'argent ; le sorceleur effectuant de légers bonds ; la petite fille trottinant ; le sorceleur à genoux ; les mains menues de la petite fille autour de son cou ; les cheveux gris souris de la petite fille tombant sur les épaules du sorceleur. Chrysididae poussa un cri assourdi. Yurga l'attira à lui sans dire un mot et la serra dans ses bras. Son autre bras pressait les deux garçons.

— Geralt ! répéta la petite fille en étreignant le torse du sorceleur. Tu m'as retrouvée ! Je le savais ! Je l'ai toujours su ! Je savais que tu me retrouverais !

— Ciri, dit le sorceleur.

Yurga ne vit pas le visage de Geralt dissimulé sous les cheveux de cendre de la petite fille. Il ne vit que des mains gantées de noir pressant le dos et les épaules de Ciri.

— Tu m'as finalement retrouvée ! Oh, Geralt ! J'ai attendu tout ce temps ! Ça a duré si longtemps... Nous resterons ensemble, n'est-ce pas ? Maintenant, nous serons ensemble, hein ? Dis-le, Geralt ! Pour toujours ! Dis-le !

— Pour toujours, Ciri.

— C'est comme ils le prédisaient, Geralt ! Comme ils le prédisaient… Je suis ta providence ? Dis ! Je suis ta providence ?

Yurga regardait avec étonnement les yeux du sorceleur. Il entendit les sanglots discrets de Chrysididae et sentit le tremblement de ses épaules. Tendu, il observa le sorceleur, attentif à sa réponse. Il savait qu'il ne comprendrait pas cette réponse, mais il l'attendit quand même. Avec raison :

— Tu es plus que ça, Ciri. Plus que ça.

35294132-0

Dépôt légal : janvier 2008

Achevé d'imprimer en France en décembre 2019
par Dupliprint à Domont (95)
N° d'impression : 2019122690 - N° d'édition : 1904341